MANFRED KOCH

Nette Leute mit Hunden

MANFRED KOCH

Nette Leute mit Hunden

Roman

GMEINER SPANNUNG

Personen und Handlung sind frei erfunden.
Ähnlichkeiten mit lebenden oder toten Personen
sind rein zufällig und nicht beabsichtigt.

Im Ehnried 5, 88605 Meßkirch
Telefon 07575/2095-0
info@gmeiner-verlag.de

1. Auflage 2019

Lektorat: Claudia Senghaas
Herstellung: Mirjam Hecht
Umschlaggestaltung: U.O.R.G. Lutz Eberle, Stuttgart
unter Verwendung eines Fotos von: © Z2sam / photocase.de
Druck: GGP Media GmbH, Pößneck
Printed in Germany
ISBN 978-3-8392-2397-0

MEDITATIO

Betrachte ich die Umgangsform des Hundes,
Komm ich zwangsläufig zu dem Schluss,
Dass der Mensch das höh're Tier ist.

Betrachte ich die Umgangsform des Menschen,
Gesteh ich, Freund, ich werde ganz konfus.

Ezra Pound

Das Missgeschick wird kommen und eine Weile bleiben.

Michael Cunningham

1

An meinem einundvierzigsten Geburtstag lud mich Robert ins Ristorante »Milano« zum Abendessen ein, und ich fand das einfach großartig von ihm, denn zu dieser Zeit war ich alles andere als ein unterhaltsamer Gesprächspartner, mit dem man ein paar angenehme, entspannte oder gar fröhliche Stunden verbringen konnte.

In den Monaten davor war einiges geschehen, das mein Leben gehörig durcheinandergebracht hatte. Zuerst hatte mich Laura verlassen und war mit einem Architekten, an dessen Seite sie sich ein interessanteres Leben versprach als mit mir, nach Berlin gezogen. Dann war Herr Thalheim, der Besitzer des Antiquariats, in dem ich jahrelang als Verkäufer gearbeitet hatte, völlig überraschend an einem Herzinfarkt gestorben, und weil keiner seiner drei Söhne das Geschäft übernehmen wollte, hatten sie »Das Buchgewölbe« kurzerhand geschlossen. Und zu allem Überfluss war mir zuletzt auch noch meine Wohnung gekündigt worden, und ohne Job hielt ich es für nahezu aussichtslos, eine halbwegs anständige Bleibe zu finden, die ich mir leisten konnte.

Für andere Leute wäre solch eine Situation möglicherweise überhaupt keine Katastrophe, manche sähen darin vermutlich sogar eine willkommene Chance, ihr Leben in völlig neue Bahnen zu lenken. Ich jedoch war nichts als ein Häufchen Elend, hatte nicht die leiseste Ahnung, wie es weitergehen sollte, beklagte mein Schicksal und gab aller Welt die Schuld an meiner ausweglosen Lage.

Seit Wochen lag ich meinem alten Freund Robert mit endlosen Tiraden über die Ungerechtigkeit, Dummheit und Herzlosigkeit, denen ich mich ausgeliefert fühlte, in den Ohren.

Verzweiflung mündete in Wut, Wut in Ratlosigkeit, Ratlosigkeit wieder in Verzweiflung, eine monotone, zu nichts führende Spirale aus Anklagen und Selbstmitleid, die jeder andere Mensch wahrscheinlich spätestens bei der dritten Wiederholung unerträglich gefunden hätte. Aber Robert hörte sie sich immer wieder mit bewundernswerter Geduld an, und auch wenn er keinen Rat wusste, gab er mir doch wenigstens das Gefühl, verstanden zu werden.

»Dafür sind Freunde schließlich da«, sagte er jedes Mal, wenn mir mein Monolog irgendwann selber peinlich wurde und ich mich bei Robert verlegen dafür bedankte, dass er mir seine Zeit und seine Aufmerksamkeit schenkte. Und dann verspürte ich immer ein bisschen Erleichterung und einen Hauch von Zuversicht, alles könnte wieder gut werden. Doch dieses Gefühl hielt nie lange an, und schon nach kurzer Zeit versank ich wieder im Sumpf meiner trüben Gedanken. Das ging so dahin, quälend und ohne Aussicht darauf, jemals wieder aufzuhören – bis zu diesem Abend beim Italiener. Denn da tat Robert etwas, womit ich nie gerechnet hätte, und dessen Konsequenzen für mein weiteres Leben ich in ihrer ganzen Tragweite erst viel später erkennen sollte.

Als ich nach ein paar Bissen schon wieder lustlos in meiner Piccata milanese herumstocherte und gerade damit anfangen wollte, mich darüber zu beklagen, dass ich Laura offenbar nicht einmal mehr die Mühe wert war, mich an meinem Geburtstag anzurufen oder mir wenigstens eine Glückwunschkarte zu schicken, und dass ich bei den unverschämt hohen Mieten, welche die Leute schon für die mickrigsten Bruchbuden verlangten, mit meiner lächerlichen Abfindung und dem Arbeitslosengeld nie über die Runden kommen würde, und dass es heutzutage für jemanden über vierzig so gut wie keine Chance gäbe, einen vernünftigen Job zu bekommen, und dass ich mich am besten gleich umbringen sollte, um meinem Unglück ein Ende zu machen, kurz, als ich eben im Begriff war, das große Klagelied über mein Leben anzustimmen, das man mir verpfuscht hatte – genau in diesem Moment legte Robert seine Hand auf meinen Arm, griff mit der anderen in seine Jackentasche, legte einen Schlüssel aufs Tischtuch und schob ihn neben mein Weinglas.

»Dein Geburtstagsgeschenk, David. Ab sofort wird alles anders. Und jetzt freu dich gefälligst.«

Ich drehte den Schlüssel ratlos zwischen meinen Fingern.

»Danke, Robert … aber … ich versteh nicht …«

Hatte er womöglich eine billige Wohnung für mich gefunden, vielleicht sogar schon die erste Monatsmiete bezahlt? War das der Wohnungsschlüssel? Nein, viel zu schön, um wahr zu sein! Bloß keine falschen Hoffnungen, noch eine Enttäuschung konnte ich nicht brauchen. Und wieso sollte einer wie ich plötzlich wieder Glück haben?

Aber es kam noch besser.

»Was ist das?«

»Wonach schaut es denn aus?« Robert grinste.

»Ein Schlüssel. Ich bin ja nicht blöd.«

»Wieso fragst du dann?«

»Ich hab ja auch gemeint: Wofür ist der? Entschuldige, dass ich mich nicht vernünftig ausdrücke, aber offenbar bin ich sogar schon unfähig, eine verständliche Frage zu formulieren, verliere wohl den Verstand und bemerke nicht einmal, wie ich langsam aber sicher verrückt werde –«

»Stopp«, sagte Robert. »Stopp! Kein Wort mehr.« Und so, wie er mich dabei ansah, war mir sofort klar, dass ich jetzt Pause hatte und zur Abwechslung einmal er dran war mit Reden und ich mit Zuhören.

Er nahm mir den Schlüssel aus der Hand und hielt ihn mir demonstrativ unter die Nase. »Das hier«, er sprach betont langsam und überdeutlich, als würde er mit einem Schwerhörigen reden, »das hier, das ist der Schlüssel für mein Haus. Und das hier«, jetzt schrieb er mit einem Kugelschreiber etwas auf meine Papierserviette und legte den Schlüssel drauf, »das hier ist die

Adresse. So, und dies hier, mein Freund«, nun hob er sein Weinglas und prostete mir zu, »dies hier wird für lange Zeit unser letztes Treffen gewesen sein. Ich werde nämlich für mindestens ein Jahr verschwinden, in acht Stunden sitze ich schon im Flugzeug.«

Und dann erzählte er irgendwas über unerträglichen Stress im Beruf, über Grenzen der Belastbarkeit, über Burn-out, über Auszeit, Nachdenken, Selbstfindung und den Sinn des Lebens, über Ruhe, Meditation und Seelenfrieden in der Abgeschiedenheit eines buddhistischen Klosters in Indien oder Thailand oder Tibet, was weiß ich, jedenfalls irgendwo am Ende der Welt, wo er unerreichbar sein würde, und zwar für ausnahmslos jeden, also auch für mich. Aber dafür könne ich bis zu seiner Rückkehr in seinem Haus wohnen, womit ich immerhin eine Sorge weniger hätte, vorerst wenigstens, und danach würden wir weitersehen. Doch wer weiß, vielleicht hätte ich dann ohnehin schon einen neuen Job und möglicherweise sogar eine neue Freundin. In der Nachbarschaft lebten nämlich eine Menge Frauen, die für mich sicher interessant sein könnten, junge Witwen, unglückliche Ehefrauen, hübsche Töchter, und über kurz oder lang würde ich meiner Laura keine einzige Träne mehr nachweinen. Du hast leicht reden, dachte ich, denn im Unterschied zu mir konnte Robert jede Frau um den Finger wickeln, und allein aus den wenigen Andeutungen, die er einmal darüber gemacht hatte, schloss ich, dass er dieses Talent auch weidlich ausnutzte.

»Jede Wette, David, die Welt wird für dich bald ganz anders ausschauen.« Er schenkte uns Wein nach, lächelte und hob sein Glas. »Viel Glück, mein Freund. So, und jetzt bist wieder du dran. Was sagst du dazu?«

Was sollte ich sagen? Was, außer wie dankbar ich ihm war? Das mit den Frauen war Unsinn, aber die Möglichkeit, ein Jahr mietfrei wohnen zu können, erschien mir tatsächlich wie ein erster heller Streifen am Horizont. Und auf einmal konnte ich nicht anders, als aufzustehen und Robert über den Tisch hinweg wortlos zu umarmen.

»Komm, David, lass das bitte«, sagte er sichtlich unangenehm berührt und drückte mich auf meinen Sessel zurück. »Dafür sind Freunde schließlich da. Und jetzt iss endlich deine Piccata auf, bevor sie ganz kalt wird.«

Glück gehabt, dachte ich, verdammt viel Glück. Glück im Unglück, wie man so schön sagt. Damals konnte ich ja noch nicht wissen, was ich heute weiß: Wenn man glaubt, dass alles gut ist, fängt der Wahnsinn erst richtig an.

2

Das Erste, was mir auffiel, als ich am Tag nach Roberts Abreise um die Mittagszeit sein Haus betrat, war der Geruch. Ich stellte meine Reisetasche im Flur ab, schloss die Augen, um mich besser konzentrieren zu können, und atmete vorsichtig ein. Kein Zweifel: Es roch nach Hund.

Nasses Fell, Hundesabber, Ausdünstungen, Scheiße – mit dieser Geruchsmischung in der Nase bin ich aufgewachsen, die hat sich in mein Gedächtnis hineingefressen, so wie sie sich in Teppiche, Vorhänge und Polstermöbel hineinfrisst, aus denen man sie auch nie wieder herauskriegt, egal, wie sehr man sich bemüht.

Und als ich dann auch noch die Hundeleine und den ledernen Beißkorb sah, die an Garderobenhaken neben der Haustür hingen, wusste ich, dass ich mich nicht getäuscht hatte.

Aber ich war doch ziemlich irritiert und fragte mich, wieso nie von einem Hund die Rede gewesen war – mit keinem einzigen Wort, nicht einmal in der leisesten Andeutung – als Robert mir beim Italiener all die Dinge aufgezählt hatte, die ich bitte regelmäßig erledigen solle, angefangen beim Abtauen des Kühlschranks bis hin zum Staubsaugen, Fensterputzen und Rasenmähen. Den Rasen regelmäßig zu mähen, hatte er mir sogar mindestens drei Mal aufgetragen, als sei ein gemähter Rasen das Wichtigste auf der Welt. Aber nicht eine Silbe über einen Hund. Ein Hund war doch keine so bedeutungslose Nebensache, dass Robert einfach vergessen haben konnte, ihn zu erwähnen.

Oder hatte ich es überhört, war es verloren gegangen in dem Durcheinander aus Frustration und Vorfreude, das in meinem Kopf geherrscht hatte? Wie auch immer, jetzt war es zu spät, ich konnte Robert nicht mehr fragen, er hatte sich ja inzwischen hinter dicke Klostermauern zurückgezogen, irgendwo weit weg von hier. Es blieb mir also wohl nichts anderes übrig, als mich völlig unvorbereitet auf die Existenz eines vierbeinigen Mitbewohners einzustellen.

Jetzt wunderte ich mich allerdings, dass ich nicht sofort mit aufgeregtem Kläffen empfangen worden war. Schon die ganze Zeit hatte ich keinen einzigen Laut gehört, kein Bellen, kein Knurren, kein Winseln, absolut nichts. Und auch als ich fast auf Zehenspitzen durchs Haus schlich, eine Tür nach der anderen öffnete und mich in jedem Raum umblickte, konnte ich nirgends einen Hund entdecken, und da wusste ich dann erst recht nicht, was ich davon halten sollte.

Hatte Robert seinen Hund auf die Reise mitgenommen? Wohl kaum. Hatte er ihn für die Zeit seiner Abwesenheit anderen Leuten anvertraut, Nachbarn, Freunden, einem Tierheim? Möglich. Aber warum hingen dann die Hundeleine und der Beißkorb immer noch an ihren Haken?

Nun gut, früher oder später würde sich die Geschichte bestimmt aufklären. Hauptsache, dass es nun offenbar doch keinen Hund im Haus gab, um den ich mich hätte kümmern müssen. Ich atmete erleichtert auf. Denn was ich jetzt brauchte, waren vor allem Ruhe und Zeit zum Nachdenken. Robert hatte anscheinend auch das gewusst und mir deshalb die Verantwortung für seinen Hund vorsorglich erspart. Ein Grund mehr für mich, meinem Freund dankbar zu sein.

Das Haus würde mir wenig Arbeit machen, es war nicht groß. Vier Zimmer, Küche, Bad, Toilette. Ein Bungalow im Stil der Sechzigerjahre, mit Flachdach und einer kleinen, mit Natursteinplatten ausgelegten Terrasse. Rund ums Haus, nur unterbrochen durch einen breiten Kiesweg vom Gartentor zur Haustüre und weiter zu einer über und über mit Efeu bewachsenen Garage in der hintersten Ecke des Grundstücks, gab es eine Wiese mit niedrigen Sträuchern und einer grün gestrichenen Holzhütte, in der sich neben einem Haufen sinnlosem Gerümpel – wie zum Beispiel einem Klappfahrrad ohne Räder, ein paar rostigen Eisenrohren, einem blinden Spiegel, einem Korb voll fußballgroßen Zierkürbissen und, wohl am sinnlosesten, drei ausrangierten Barhockern, aus deren zerrissenen, weinroten Plastiksitzen die Schaumgummipolsterung quoll – auch nützliche Dinge befanden: ein alter Liegestuhl, mehrere Stapel Blumentöpfe aus ziegelfarbenem Ton, eine Heckenschere, ein Motorrasenmäher, ein Laubrechen, ein Spaten, eine Gießkanne aus Blech, ein zusammengerollter, schwarzer Wasserschlauch und ein Paar gelbe Gummistiefel, die mich sofort an die Stiefel erinnerten, in die ich als Kind immer schlüpfen musste, wenn mich mein Vater bei Regen mit unserem Hund hinausgeschickt hatte.

Das ganze Grundstück wurde von einer hohen Ligusterhecke eingesäumt, die offensichtlich schon seit Jahren nicht mehr geschnitten worden war, so dass man den Drahtzaun zwischen den wild wuchernden Zweigen kaum noch sehen konnte. Alles miteinander machte den Eindruck, als würde Robert bei der Pflege seines Eigentums doch ziemlich nachlässig sein, und deshalb beschloss ich spontan, es mit den vielen Dingen, die zu tun er mir aufgetragen hatte, auch nicht ganz so ernst zu nehmen. Sie waren gewiss nur als Beschäftigungstherapie für mich gedacht, um mich von meiner sinnlosen Grübelei über mein Unglück abzulenken.

Wie das Haus hatte auch die Einrichtung ihre beste Zeit schon länger hinter sich. In die Jahre gekommene, ein bisschen muffige Gemütlichkeit mit viel Nussfurnier, Raufasertapeten und Möbelsamt in Braun- und Ockertönen. Das erstaunte mich, denn ich hatte mir bei Robert etwas anderes erwartet. Anspruchsvoller, moderner, eleganter, meinetwegen auch protziger. Dieses alte, abgenutzte Zeug passte gar nicht zu ihm, fand ich, aber da hatte ich ihn wohl falsch eingeschätzt. Umso besser passte es zu mir. Denn genauso bescheiden, ja fast schäbig, war auch die möblierte Mietwohnung eingerichtet, in der ich bis jetzt gelebt hatte. Ich habe schon immer eine Vorliebe für gebrauchte Sachen gehabt, die einem ihre Geschichte erzählen, wenn man einen Sinn dafür besitzt. Was das betraf, würde ich mich in Roberts Haus also gar nicht lang eingewöhnen müssen. Das empfand ich als höchst angenehm, denn sonst ist es mir zeit meines Lebens immer schwergefallen, mich in einer neuen Umgebung nicht fremd oder sogar wie ausgesetzt zu fühlen. Und den Hundegeruch würde ich in ein paar Tagen ganz sicher auch nicht mehr wahrnehmen, dachte ich.

Es gab ein Wohnzimmer mit einer bodentiefen Fensterfront und einer Schiebetür, die direkt auf die Terrasse hinausführte, ein Schlafzimmer mit Doppelbett und Kleiderschrank, einen kleinen Raum, der ursprünglich wohl als Kinderzimmer gedacht gewesen war, von Robert aber offenbar als Büro benutzt wurde, und noch ein kleines, sparsam mit einer Ausziehcouch, einem Garderobeschrank, einem Tisch und zwei Stühlen möbliertes Gästezimmer, das, so hatten wir vereinbart, ab jetzt mein Schlafzimmer sein würde.

Robert hatte für alles gesorgt. Die Couch war mit frischem Bettzeug bezogen, der Kühlschrank war gefüllt mit Fertigpizza, Schinken, Salami und Käse für mindestens eine Woche, und auf dem Wohnzimmertisch stand neben einer Vase mit Margeriten eine Flasche Rotwein als Willkommensgruß – lauter Freundschaftsbeweise, die mich zutiefst rührten. Mensch Robert, dachte ich, was du für mich tust, das werde ich dir nie vergessen!

Ich fühlte mich plötzlich so fröhlich und optimistisch wie schon lange nicht mehr. In den nächsten Tagen musste ich nur noch ein paar Mal mit dem Bus ins Stadtzentrum fahren, um meine restlichen Habseligkeiten aus der alten Wohnung zu holen, spätestens am Ende des Monats dem Vermieter den Wohnungsschlüssel zurückgeben, und danach konnte es losgehen mit meinem Versuch, wieder Boden unter die Füße zu bekommen. Glück gehabt, dachte ich wieder, es wurde aber auch langsam

Zeit. Und dann schenkte ich mir ein Glas Wein ein und prostete meinem alten Freund in Gedanken zu.

Ich bin ja kein Experte, aber soweit ich es beurteilen konnte, war dieser Wein verdammt gut. Musste richtig viel Geld gekostet haben. Genauso wie die Cognacs, Whiskys und edlen Schnäpse, Flasche an Flasche dicht gedrängt in drei Reihen in der Bar, die wie ein Hausaltar fast die halbe Breite der rechten Wohnzimmerwand einnahm. An der Wand gegenüber der zweite Altar: ein großer Fernseher und eine Hi-Fi-Anlage mit riesigen Lautsprecherboxen. Das Teuerste, Modernste und Beste vom Besten, was es auf dem Unterhaltungselektronikmarkt Anfang der Neunzigerjahre zu kaufen gab – also zu der Zeit, in der sich all das abgespielt hat, worüber ich hier berichte.

Sündteure Getränke, sündteure Musikanlage, bloß nicht sparen, wenn es ums Genießen geht: was für ein Gegensatz zu dem abgenutzten Sofa, den durchgesessenen Fauteuils, dem falschen Perserteppich und der Stehlampe mit dem Elefantenhautschirm in der Zimmerecke. Es gab also doch etwas, worauf Robert Wert legte und das zu ihm passte. Ja, so kannte ich ihn. Wie beruhigend. Ich hatte ihn also doch nicht so ganz falsch eingeschätzt.

Ich stellte mir vor, wie er wohl oft dagesessen sein mochte, die Beine auf dem Tisch, ein Glas Whisky in der Hand, die Augen geschlossen und die Stereoanlage auf volle Lautstärke aufgedreht. Nur die Musik konnte ich mir nicht vorstellen. Seine Musik. Mit sechzehn, siebzehn hatte er die Stones gehört, manchmal Bob Dylan, doch das machten damals ja fast alle. Aber heute, ein Vierteljahrhundert später? Zog er sich die Schnulzen von Queen rein? Ließ er sich von Techno die Ohren volldröhnen, diesem nervtötenden Hämmern, das in letzter Zeit so oft aus der Nachbarwohnung durch die dünnen Wände zu mir gedrungen war? Liebte er Jazz oder war er gar Klassikfan geworden? Ich wusste es einfach nicht.

Ich ließ meinen Zeigefinger über die Stapel von Plattenalben und CDs gleiten und versuchte, ein paar Titel oder die Namen der Interpreten zu entziffern, die in winzigen Buchstaben auf den Schmalseiten der Cover gedruckt standen, aber eigentlich interessierte es mich nicht wirklich, wenn ich ehrlich war. Ja, irgendwann würde ich mir Roberts Musiksammlung schon noch ansehen, mir vielleicht sogar das eine oder andere anhören. Irgendwann, nur nicht jetzt. Denn jetzt war mir mein eigenes Leben wichtiger, mein eigener Klang, den ich zwischen den Misstönen der vergangenen Wochen einfach nicht mehr heraushören konnte, der mir verloren gegangen war, und den ich unbedingt wiederfinden musste. Ich hatte bloß absolut keine Ahnung, wie ich das anstellen sollte.

Und wenn schon, dachte ich, ich habe ja jetzt Zeit, viel Zeit. Ein ganzes Jahr, um meine Probleme zu lösen. Ein ganzes Jahr, in dem sich vermutlich manches sogar einfach von selber erledigen würde. »Jede Wette, David, die Welt wird für dich bald ganz anders ausschauen«, hatte Robert gesagt, und sicher hatte er recht damit. Ich musste die Dinge nur an mich heranlassen, für sie offen sein. Denn so, wie mich die bösen Ereignisse überrascht hatten, genauso würden mich auch die guten überraschen. Also Geduld, und immer schön eins nach dem andern. Jetzt sollte ich hier erst einmal richtig ankommen, mich akklimatisieren, wie es so schön heißt, mich einleben. Die herrliche Stille in diesem Haus genießen. Und darauf vertrauen, dass alles andere geschehen würde, wenn die Zeit dafür reif wäre.

Ich nahm mir eine Flasche Whisky aus der Bar, ließ mich in einen Fauteuil fallen, legte meine Beine auf den Tisch, trank einen Schluck und atmete ein paar Mal tief durch. Der kalte, eiserne Ring, der schon so lang meinen Magen umklammert hielt, gab plötzlich nach. Ja, alles würde gut werden. Ich würde ihn wieder hören können, meinen abgewürgten, erstickten Klang. Oder noch besser: einen ganz neuen, ganz wunderbaren Klang. Wunderbar wie die Wärme, die langsam in mir aufstieg. So fühlt sich Zuversicht an, dachte ich. Aber wahrscheinlich lag es nur am Whisky, den ich aus der Flasche trank, weil ich kein Glas gefunden hatte.

Johnny Walker Blue Label.

Eine Stunde, zwei Stunden, drei ... ich weiß nicht mehr, wie lang ich so dasaß und durchs Fenster hinaus in den Garten schaute. Ich erinnere mich nur noch an die Gedanken und Bilder, die leise heranfluteten, kamen und verebbten und wieder kamen, wie Wellen am Strand.

Laura. Der rätselhafte Ausdruck ihres Gesichts, als ich sie das erste Mal sehe: ein sanftes Lächeln und zugleich Augen voll Müdigkeit und Trauer. Sehnsucht, Hoffnung und Schicksalsergebenheit in einem. Ein Gesicht, das mich anrührt wie die Erinnerung an eine lang zurückliegende Zeit. Ein Gesicht, in dem ich mich wiederfinde und in das ich mich sofort verliebe.

Es ist ein eiskalter Novembernachmittag. Ich bin auf einem der Bücherflohmärkte, die ich schon seit Jahren regelmäßig besuche, um mich nach geeigneten Exemplaren für unser Antiquariat umzusehen. Meine Ausbeute ist spärlich, nach stundenlangem Wühlen in unzähligen Bücherkisten gerade einmal zwei Ausgaben der »Fackel« aus dem Jahr 1919. Ich bin enttäuscht, mich friert, es wird schon dunkel, die Leute packen ihre Bücher wieder ein – Schluss für heute, ab nach Hause, und das so schnell wie möglich.

In der Eile remple ich an einen kleinen Klapptisch, und ein Stapel Bücher klatscht auf den Boden. »Entschuldigung«, sage ich und gehe in die Hocke, um die Bücher aufzusammeln, »hoffentlich ist nichts beschädigt, wäre wirklich schade drum.« Das ist gelogen, denn ich erkenne auf den ersten Blick, dass die Bücher nichts wert sind. Fast ausnahmslos zerlesene Paperbacks, Groschenware. Was man Flohmarktverkäufern aber niemals sagen darf, sonst sind sie zutiefst beleidigt. Weshalb mich die Antwort auch ziemlich verblüfft. »Ach was, auch schon egal. Morgen hätte ich die Bücher ohnehin in den Müll geworfen. Was soll's, das Zeug will ja doch keiner haben.«

Und als ich hochblicke, sehe ich in das Gesicht einer jungen Frau, die mich so hilflos und verlegen anlächelt, als ob nicht ich, sondern sie für das Missgeschick um Verzeihung bitten müsse. »Irrtum«, sage ich. »Ich will die Bücher. Und zwar alle.«

Und es ist verrückt, dass ich die Bücher kaufe, und noch verrückter, wie viel ich für sie bezahle, aber das ist mir gleichgültig. Denn was ich damit erreichen möchte, ist einzig und allein, dass mich diese Frau weiter anlächelt, ein bisschen fröhlicher vielleicht, obwohl mir gerade ihre Traurigkeit so gefällt, und dass ich mit ihr ins Gespräch komme, und dass sie »Ja« sagt, wenn ich sie auf einen Espresso einlade oder eine Tasse Tee in das kleine Kaffeehaus ganz in der Nähe. Und als sie dann tatsächlich »Ja« sagt, kann ich es kaum glauben.

Johnny Walker Blue Label.

So haben wir uns kennengelernt, erinnerst du dich, Laura? Oder versuchst du jetzt, alles möglichst schnell zu vergessen, weil du es für einen Fehler hältst? Heute, im Nachhinein.

Ach, Laura. Alles wirklich nichts als ein schrecklicher Fehler? Alles falsch von Anfang an? Alles nur eine unverzeihliche Dummheit? Alles nur zum Vergessen? Nicht für mich, Laura. Ich sehe dich immer noch.

Wie dein Lächeln plötzlich verschwindet, als ich dich frage, warum du die Bücher in den Müll werfen wolltest. Wie du deinen Kaffee völlig vergisst und nur noch redest und redest und redest, weil da endlich jemand ist, der dir zuhört und sich für das interessiert, was aus dir herausbricht, als wäre ein Damm gebrochen.

Wie du von deiner Ehe erzählst, deinem Mann, seinen unkontrollierten Wutausbrüchen, den Schlägen und Demütigungen, die du ihm jahrelang verziehen hast, immer wieder über dich ergehen lassen, immer wieder verziehen und immer wieder darüber geschwiegen, bis es dir einfach zu viel geworden ist und du dich am liebsten umgebracht hättest.

Wie du von deiner Scheidung erzählst, bei der dich dein Mann und sein Anwalt über den Tisch gezogen haben, so dass du jetzt gezwungen bist, alles, was dir geblieben ist, nachdem dein Ex eure kleine Wohnung fast leer geräumt hat, nach und nach zu verkaufen. Womit du dich aber auch endgültig von ihm befreien willst: Nur weg mit allem, was dich an deinen Mann erinnert, weg mit dem Schmuck, den er dir zur Hochzeit geschenkt hat, weg mit den paar restlichen Möbeln, und weg mit den paar Büchern, wenn es sein muss, in den Müll damit, weg mit allem, was gewesen ist, weg, weg, weg, Hauptsache, nie wieder Schläge, nie wieder Schmerzen, nie wieder Gewalt.

Und wie dein Lächeln auf einmal wieder zurückkehrt, zögernd und unsicher, aber dafür auch ein bisschen in deine Augen, als ich sage, wie gut ich dich verstünde, und dass eine Frau mit mir ganz sicher niemals so etwas erleben müsste wie du mit deinem Mann.

Johnny Walker Blue Label.

Was ist schiefgelaufen, wieso haben wir es nicht geschafft, Laura und ich? Kannst du mir das erklären, Robert? Aber komm mir jetzt bitte nicht zum hundertsten Mal damit, dass du mich für einen hoffnungslosen Träumer hältst. Einen, der glaubt, den edlen Ritter spielen zu müssen, den Beschützer wehrloser, misshandelter Frauen. Einen, der das mit Liebe verwechselt, was auf Dauer nie gut gehen kann. Und dass ich meine Einstellung endlich ändern soll, sonst würde ich schon noch sehen, was ich davon habe.

Gut gemeint, Robert, aber ausnahmsweise liegst du völlig falsch. Nach allem, was du über mich weißt, müsstest du nämlich auch wissen, wie zutiefst zuwider mir gewalttätige Männer sind, und dass sich das nie ändern wird. Aber »edler Ritter«? Lächerlich, absolut lächerlich. Tja, es kann eben doch niemand in einen anderen Menschen wirklich hineinschauen, selbst wenn er der beste Freund ist.

Johnny Walker Blue Label.

Lass uns reden, Laura. Lass uns nicht einfach so auseinandergehen. Nicht nach fast drei Jahren so tun, als hätten wir einander nichts mehr zu sagen. Okay, vielleicht bin ich ja wirklich so ein Langweiler, wie du immer behauptest. Und vielleicht bin tatsächlich ich daran schuld, dass dein Lächeln anders geworden ist, irgendwie routiniert, mechanisch und hart. Das hat sich ganz langsam eingeschlichen, und als ich es bemerkt habe, war es schon zu spät. Umgekehrt finde ich es auch nicht gerade toll, dass du dich kein bisschen für das interessiert hast, was ich liebe, nämlich für Bücher, nicht für neue, und für antiquarische schon überhaupt nicht. Und dass du nie wirklich zu mir gezogen bist, sondern ziemlich oft in deiner alten Wohnung geschlafen hast, nur weil du es von dort aus am nächsten Morgen nicht so weit zu deiner Arbeit gehabt hättest, wie du immer beteuert hast, das ist für mich auch so ein Wermutstropfen in unserer Beziehung. Aber das wissen wir beide eigentlich schon ziemlich lang, nicht wahr? Und trotzdem sind wir zusammengeblieben.

Irgendwas muss es da also doch noch geben, Laura. Irgendein Gefühl, das stärker ist als all die lächerlichen Kleinigkeiten, die uns trennen. Etwas Großes, Unerklärliches, wenn du es schon nicht Liebe nennen willst.

Nein? Glaubst du wirklich, dass es nur deine Angst vorm Alleinsein ist? Diese Angst sei das Einzige, was dich bis jetzt daran gehindert hat, mich zu verlassen, sagst du? So wie damals in deiner Ehe, in der du auch nur wegen dieser Angst jahrelang ausgeharrt hättest. Aber jetzt, mit diesem anderen Mann, sei eben endlich alles anders, und ich solle dir nicht böse sein, doch vorbei sei eben vorbei. Gut, wenigstens eine klare Antwort. Ich muss es wohl akzeptieren, auch wenn es verdammt weh tut.

Johnny Walker Blue Label.

Ich bin dir nicht böse, Laura. Na ja, ein bisschen vielleicht. Trotzdem wünsche ich dir viel Glück mit deinem neuen Wunderknaben. Wie du ihn kennengelernt hast, will ich gar nicht wissen. Nein, keine Fragen mehr. Doch, eine einzige noch: Warum, verflucht noch einmal, warum hast du nicht schon viel früher mit mir über deine Angst geredet? Wäre besser gewesen, weißt du.

Ich glaube nämlich, dann hätten wir eine Chance gehabt, und es wäre vielleicht doch gut gegangen mit uns. Und irgendwann hätte auch ich dir von meiner Angst erzählen können.

Okay, hätte wahrscheinlich auch nichts gebracht. Angst plus Angst ist nicht Mut. Oder doch?

Ach, Laura.

Johnny Walker Blue Label.

Schiefgelaufen irgendwie.

Von wegen edler Ritter.

Ritter von der traurigen Gestalt. Bestenfalls.

Dulcinea …

Du hast keinen Schimmer, wovon die Rede ist, stimmt's?

Johnny Walker Blue Label.

Ich wünsch dir ein schönes Leben, Laura. Mach's gut. Und pass auf dich auf. Versprochen, ja?

Johnny Walker Blue Label.

Entschuldige, Robert, dass ich dir deinen teuren Whisky wegsaufe, während du dich in mönchischer Enthaltsamkeit übst. Falls dich etwas daran stören sollte, muss ich dich leider zitieren: Das hast du nun davon. Nein, ganz im Ernst, ich weiß deine Großzügigkeit echt zu schätzen. Mir geht es so gut wie schon lang nicht mehr. Und dir hoffentlich auch, mein Freund. Also auf deine und meine Zukunft!

Johnny Walker Blue Label.

Ich glaube, das mit Laura kriege ich wirklich hin, weißt du. Macht mir schon fast nichts mehr aus. Und das mit dem Antiquariat – also, ich hab da so eine Idee: Wenn du zurückkommst, kaufst du »Das Buchgewölbe« und machst mich zum Geschäftsführer. Genug Geld hast du ja offensichtlich, also was sagst du dazu? Dafür sind Freunde schließlich da, stimmt's? Also, ich werde auf alle Fälle gleich einmal mit den drei Thalheim-Söhnen reden, die sind sicher heilfroh, wenn sie das Geschäft loswerden und dabei sogar noch was verdienen. Ich frage mich nur, warum mir das nicht gleich eingefallen ist. Aber gut, besser spät als gar nicht. Großartige Aussichten, was, Robert? Mensch, alter Freund und Bettelmönch, ich freu mich schon richtig drauf.

Johnny Walker Blue Label.

Wunderbar, dieses Licht der Abendsonne über der Ligusterhecke. Sanftes Rotgold. Smooth.

Der Tag geht, Johnny Walker kommt.

Johnny Walker kam, der Tag ging. Und ich wäre wohl noch lang so zufrieden dagesessen und hätte durchs Wohnzimmerfenster zugeschaut, wie die Sonne zuerst genau entlang der spitzen Dachsilhouette des Hauses auf der anderen Straßenseite und dann hinter der Hecke versank und alles in einen schwarzen Scherenschnitt verwandelte, während ein schmaler Streifen Himmel langsam whiskyfarben wurde, ja, wahrscheinlich wäre ich sogar eingeschlafen mit der fast leeren Flasche in der Hand – wenn nicht plötzlich der Hund zu bellen angefangen hätte.

Verdammter Köter! Seinetwegen stolperte ich über meine Reisetasche, die immer noch im Flur stand. Ich fiel der Länge nach hin und schlug hart mit dem Kopf auf dem Boden auf. Es dauerte eine Weile, bis ich wieder auf die Beine kam, in meinem Schädel begann jemand auf mein Stirnbein zu hämmern, das Bellen draußen vor der Tür wurde immer lauter und wütender, und dann läutete auch noch irgendwo im Haus das Telefon. Ich fühlte mich von allen Seiten bedroht, wusste nicht mehr, was ich machen sollte, und stand bloß da wie angenagelt, bis mir irgendetwas befahl: Zuerst der Hund, also raus hier!

Und dann sah ich sie, den großen, wolfsgrauen Schäferhund, der sich hoch aufgerichtet am Gitter des Gartentors festkrallte und kläffte und kläffte, und den Jungen, der verzweifelt versuchte, den Hund an der Leine zurückzuzerren.

»Verschwindet«, schrie ich, »haut bloß ab!« Was natürlich völlig sinnlos war.

»Ich weiß auch nicht, was er hat«, rief der Junge. »Das macht er sonst nie!«

Ich trat ein paar Mal kräftig gegen das Gartentor, der Hund wich zurück, duckte sich und knurrte gefährlich, aber schon Sekunden später warf er sich wieder mit einem mächtigen Satz gegen das Drahtgitter und bellte wie der Teufel. Und im Haus schrillte immer noch das Telefon, in meinem Kopf hämmerte es, und ich spürte, wie sich mein Magen zusammenkrampfte.

Ich hasste dieses Vieh. »Aus, Tasso! Aber sofort, Tasso! Aus, Tasso! Und sitz, Tasso, sitz!«, brüllte ich, und der Hund gehorchte sofort, zog mit einem protestierenden Winseln den Schwanz ein und setzte sich.

Der Junge sah mich fassungslos an. Verschüchtert, fast ängstlich. Er tat mir leid, schließlich konnte er nichts dafür, dass er den Hund nicht bändigen konnte.

»Schäferhunde reagieren auf ihren Namen«, erklärte ich.

»Aber wieso wissen Sie, wie er heißt?«

»Einfach so«, sagte ich. »Ich hab den gleichen Hund gehabt, als ich in deinem Alter war, und der hat auch Tasso geheißen. Schätze, du bist zehn, richtig?«

»Elf«, sagte der Junge. »Nächste Woche werde ich zwölf.«

»Schon zwölf! Das ist ja toll. Und wie heißt du?«

»Sebastian. Meine Eltern sagen Bastian.«

»Bastian und Tasso also«, sagte ich.

»Ja«, sagte Bastian, und jetzt grinste er. »Und Ihr Hund hat wirklich Tasso geheißen? Echt?«

»Ja, echt. So ein Zufall, was?« Dass fast jeder zweite Schäferhund Tasso hieß, musste ich dem Jungen ja nicht verraten, er hielt seinen Hund sicher für etwas Besonderes, alle Kinder tun das, und die Illusion wollte ich ihm nicht kaputt machen. »Mein Tasso hat aber nur so ähnlich ausgesehen wie deiner. Und auf der rechten Vorderpfote hat er einen großen weißen Fleck gehabt.«

»Aha«, sagte der Junge.

Der Hund stand auf, zerrte wieder an der Leine und zwängte seine Schnauze durchs Gitter, um an mir zu schnüffeln. Ich trat einen Schritt zurück.

»Tasso tut nichts. Er will nur spielen. Wenn Sie möchten, können Sie ihn streicheln.«

»Danke. Kein Bedarf.« Ich trat noch einen Schritt zurück, als befürchtete ich, der Hund könnte mich durchs Gitter hindurch anspringen.

»Haben Sie Angst vor Hunden?«

»Nein. Nicht unbedingt. Ich mag sie bloß nicht.«

»Echt? Und wieso?«

»Ach, weißt du, das ist eine lange Geschichte.«

»Aha«, sagte der Junge. Dann sah er mich auf einmal neugierig an. »Entschuldigen Sie?«

»Ja?«

»Was haben Sie da?« Er zeigte auf meine Stirn.

»Warum? Was ist da?«

»Sie bluten, glaube ich.«

»Ach, das.« Dein Hund hat mich erschreckt und deshalb bin ich hingefallen, hätte ich beinahe gesagt. Vermutlich die beste Antwort, um sich vor einem Zwölfjährigen lächerlich zu machen. Also sagte ich lieber: »Ach, das ist nichts, ich hab mich nur aufgekratzt, weiß du.«

»Aha«, sagte der Junge wieder.

»Also dann, ihr zwei, schaut dass ihr nachhause kommt. Und sei so gut, Bastian, komm mit Tasso in Zukunft nicht mehr hierher. Ihr habt hier nichts zu suchen. Klar?«

»Ja«, sagte Bastian. »Alles klar.«

Das wäre geschafft, dachte ich. Doch als ich mich umwandte und zurück zum Haus ging, sprang der Hund schon wieder am Tor hoch und bellte wie verrückt und warf sich gegen das Gitter, als wollte er es niederreißen, um in den Garten zu gelangen, und der Junge konnte ihn nicht zurückhalten, und dass er Tasso bei seinem Namen rufen sollte, hatte er in der Aufregung wohl schon wieder vergessen. Aber ich wusste, irgendwann würde der Hund müde werden und aufgeben, und ich drehte mich zu den beiden nicht mehr um, sondern beeilte mich, ins Haus zu kommen, wo das Telefon immer noch läutete und läutete und läutete.

Wo genau stand das blöde Ding überhaupt? Bei dem Krach, den der Hund vorm Gartentor und der Hammer in meinem Schädel machten, hatte ich ziemliche Mühe herauszukriegen, aus welchem Raum das Läuten kam.

Es war Roberts Arbeitszimmer. Und auch da konnte ich das Telefon dann nicht gleich finden, weil es von einem Stapel alter Zeitschriften und ein paar Aktenordnern verdeckt wurde, die auf dem Schreibtisch lagen.

Das Telefon ging mir nun schon seit mindestens zehn Minuten mit seinem beharrlichen, penetranten, schrillen Läuten auf die Nerven, es schrie mich regelrecht an, und am liebsten hätte ich wieder »Aus!« gebrüllt oder »Schnauze, und zwar sofort!«, um es zum Schweigen zu bringen. Der Anruf konnte ja unmöglich für mich sein, und dass ich Nachrichten für Robert entgegennehmen sollte, hatten wir nicht vereinbart. Aber das Telefon würde wohl kaum irgendwann müde werden wie ein Hund, sondern ewig so weitermachen, wenn der Mensch am anderen Ende der Leitung nicht lockerließ.

Also hob ich schließlich doch den Hörer ab und machte damit den größten Fehler meines Lebens.

Das wusste ich natürlich noch nicht, als ich förmlich »Ja, hallo, hier bei Lehmann« sagte und darauf erst einmal nur etwas hörte, das mir wie ein leises Schluchzen vorkam, gefolgt von ein paar geflüsterten Worten, die ich aber bei all dem Lärm nicht verstehen konnte. Ich presste den Hörer an mein Ohr, hielt mir das andere mit der flachen Hand zu und wiederholte »Hallo, hier bei Lehmann« – und dann verstand ich das Flüstern, verstand die atemlos hervorgestoßenen Worte, die ich besser nie gehört hätte.

»Bitte, lauf schnell zu mir herüber ... er hat mich geschlagen ... er ist so brutal ... o Gott ... er wird mich umbringen ... hilf mir ... bitte, hilf mir ... um Gottes willen –«

Und dann brach die Verbindung ab.

»Hallo?«

Nichts. Totenstille.

Ich starrte den Hörer an, legte auf, hob noch einmal ab. Nichts. Auflegen, abheben, auflegen, abheben. Sinnlos. Nur das Freizeichen war zu hören, und die Stille, die ich sonst so liebte, war auf einmal schrecklich.

Sogar der Hund bellte nicht mehr. Dafür begann jetzt das Hammerwerk hinter meiner Stirn auf Hochtouren zu arbeiten, was mir das Denken auch nicht eben leichter machte.

Was sollte ich tun? Wenn das kein schlechter und unüberbietbar geschmackloser Scherz gewesen war, und danach hatte es sich weiß Gott nicht angehört, dann war das ein verzweifelter Hilferuf gewesen, der Aufschrei einer Frau, die möglicherweise gerade in diesem Augenblick von ihrem Mann halb tot geprügelt wurde.

Laura! Du lieber Himmel, Laura? War sie wieder an einen Schläger geraten und wusste keinen anderen Ausweg mehr, als mich zu Hilfe zu rufen? Verfluchte Scheiße!

Irgendwas stieg siedend heiß in mir auf, Schweiß brach mir aus allen Poren, und ich begann zu zittern. Durchatmen, tief durchatmen.

Ich Idiot! Laura konnte es doch gar nicht gewesen sein. Sie war in Berlin und sie hatte keine Ahnung, dass ich in Roberts Haus wohnte. Wieso hätte sie mich also hier anrufen sollen?

Doch wer war es dann gewesen? Eins war klar: Der Anruf hatte nicht mir gegolten, sondern Robert. Irgendwo da draußen gab es eine Frau, die sich in letzter Not an Robert gewandt hatte und offenbar von seiner Abwesenheit nichts wusste. »Bitte, lauf schnell zu mir herüber«, hatte sie gesagt, also musste sie ganz in der Nähe sein, hier in irgendeinem der Häuser, möglicherweise sogar in dieser Straße. Mir wurde schlecht bei der Vorstellung, dass vielleicht soeben im Nachbarhaus ein Mann auf seine Frau einschlug, und niemand da war, der etwas dagegen unternahm. Wie denn auch? Keiner außer mir wusste davon, und ich konnte nichts tun.

Mir blieb nichts übrig, als das Telefon anzuglotzen und darauf zu hoffen, dass sich die Frau noch einmal melden würde. Bei ihr anrufen konnte ich nicht, das Telefon war ein alter, schwarzer Wählscheibenapparat, auf dem es natürlich weder Rufnummernanzeige noch Rückruftaste gab. Noch so ein Relikt aus den Sechzigerjahren in diesem Haus. Sogar schon in den handylosen Anfangneunzigern vorsintflutlich.

Und bei der Polizei anrufen? »Guten Abend, irgendwo hier in der Gegend wird gerade eine Frau von ihrem Mann misshandelt – Adresse unbekannt, Name unbekannt, Telefonnummer unbekannt – tut mir leid, aber helfen Sie ihr bitte, es ist dringend.« Es war zum Wahnsinnigwerden, aber nein, es gab nichts, absolut nichts, was ich tun konnte.

Das Hämmern in meinem Kopf hatte sich in ein leises, dumpfes Pochen verwandelt, doch als ich mir mit dem Handrücken den Schweiß von der Stirn wischte, spürte ich einen stechenden Schmerz über der rechten Augenbraue. Vorsichtig tastete ich über die Stelle. Sie fühlte sich klebrig an.

Ich ging ins Badezimmer, blickte in den Spiegel und erschrak. Von der Nasenwurzel bis zur Schläfe hatte sich eine Schwellung ausgebreitet, mittendrin war die Haut aufgeplatzt, und aus dem kleinen Cut war ein wenig Blut gequollen, das schon zu trocknen begann. Das war also das Resultat meines Sturzes. Kein schöner Anblick. Und in den nächsten Tagen würde er noch hässlicher sein: ein Bluterguss, zuerst blaugrün und dann gelb. Ich kannte das. Ich hatte es schon oft gesehen. Viel zu oft.

Mir wurde speiübel. Der Hund, der Hilferuf, die blutig geschlagene Stirn – das alles miteinander war einfach zu viel. Doch ich schaffte es nicht, es aus mir herauszuwürgen, da konnte ich mir den Finger so tief in den Hals stecken, wie ich wollte, ich wurde es nicht los.

Noch vor einer halben Stunde war es mir richtig gut gegangen. Aber *Johnny Walker* konnte mir jetzt auch nicht helfen, im Gegenteil, schon der Gedanke daran schnürte mir die Kehle zu. Vielleicht sollte ich schlafen, dachte ich. Abtauchen ins Vergessen. Ich schlich ins Gästezimmer und legte mich aufs Bett. Es schaukelte wie ein Schiff bei schwerem Seegang, wenn ich die Augen zumachte. Also blieb mir nichts anderes übrig, als in den dunklen Raum zu starren, bis sich meine Augen an die Dunkelheit gewöhnt hatten, und mir dann an der Zimmerdecke einen Punkt zu suchen, an dem ich mich festhalten konnte. Außerdem wäre Schlafen ohnehin keine gute Idee gewesen, denn ich musste ja unbedingt wach bleiben, um das Läuten nicht zu überhören, falls die Frau doch noch einmal anrufen würde.

Nach einiger Zeit wurde mir kalt, ich zog Schuhe und Hose aus und kroch unter die Bettdecke. Und dann konzentrierte ich mich wieder auf den Punkt über mir, obwohl mir die Augen brannten. Und ich horchte aufs Telefon, obwohl es nicht mehr läutete, leider oder Gott sei Dank, das wusste ich nicht. Ein paar Mal hörte ich das Schlagen von Autotüren, zwei, drei Mal bellten Hunde, aber weit weg und immer nur kurz, wenn ich ganz ruhig lag, gab auch die Platzwunde auf meiner Stirn Ruhe, und irgendwann schlief ich schließlich doch ein.

Aus der klaffenden Wunde rinnt Blut, es blutet und blutet und hört nicht auf, das Blut rinnt mir übers Gesicht, ich will es abwischen, aber das Gesicht ist gar nicht mein Gesicht, es ist Lauras Gesicht, es sind Lauras traurige Augen, es ist Lauras trauriges Lächeln, es ist Lauras Blut, das eine dunkelrote Spur von ihrer Stirn bis zu ihrem Kinn zieht, und wieder will ich das Blut abwischen, aber ich kann Lauras Gesicht nicht erreichen, wenn ich meine Hand danach ausstrecke, weicht es zurück und verschwindet hinter einem Schleier aus Nebel und Rauch, und dann taucht es auf einmal wieder auf, kommt näher und näher, und es ist das Gesicht meiner Mutter, und es ist das Blut meiner Mutter, das rinnt und rinnt und von ihrem Kinn auf den Boden tropft, und auch das Gesicht meiner Mutter weicht zurück, als ich es berühren will, wird immer weißer und blasser und löst sich in Nebel auf, nur das Blut auf dem Boden ist noch da, und Tasso ist da, seine weiße Pfote ist blutverschmiert, und er leckt das Blut vom Fell, und er leckt an den Bluttropfen auf dem Boden, und er fährt mir mit der Zunge übers Gesicht, und er leckt das Blut von meinem Gesicht, und das Blut vermischt sich mit dem Geifer, der in schleimigen Fäden von seinen Lefzen trieft, und mein Gesicht ist ganz nass, und der widerliche Geruch raubt mir den Atem, und ich ersticke, gleich ersticke ich, ersticke, ersticke, ersticke – und mit allerletzter Kraft stoße ich den Hund von mir weg.

Ich fuhr hoch, riss die Augen auf, rang nach Luft und blickte verwirrt ins Halbdunkel: Ein fremdes Bett, ein fremdes Zimmer im fahlen Licht der Morgendämmerung – es verging sicher eine Minute, bis ich mich endlich zurechtfand und wusste, wo ich war. Aber was war dieses Feuchte, Schleimige, Kalte auf meinem Gesicht und auf dem Kopfpolster? Und woher kam dieser ekelhafte, säuerliche, beißende Gestank?

Es war so unglaublich banal, so beschämend und zugleich so lächerlich! Was soll ich lang drum herum reden? Die Wahrheit ist, dass ich mich im Schlaf übergeben hatte und beinahe an meinem Erbrochenen erstickt wäre. Die ganze Flasche Johnny Walker Blue Label war mir zusammen mit den letzten halbverdauten Resten meiner Piccata milanese wieder hochgekommen und hatte unbarmherzig ihren Tribut gefordert.

Nur sie? Wirklich nur sie?

3

Nicht nur die Nachwirkungen meines Whiskyrausches hielten mich davon ab, aus dem Haus zu gehen, ich wollte auch in der Nähe des Telefons bleiben. Ich hatte mir vorgenommen, es dieses Mal richtig zu machen, wenn die Frau wieder anriefe. Ich würde versuchen, mit ihr ins Gespräch zu kommen oder wenigstens ihren Namen zu erfahren.

Ich hoffte inständig auf ihren Anruf, meine Gedanken kreisten um nichts anderes mehr, und am meisten wünschte ich mir, sie würde mir sagen, alles sei in Ordnung und es gehe ihr gut, was gestern Abend geschehen sei, sei nur ein Missverständnis gewesen, bitte um Entschuldigung wegen der Belästigung und kein Grund zur Sorge. Allerdings bezweifelte ich, dass ich ihr das dann glauben würde. Denn ich wusste es besser, weiß Gott, auch wenn ich wollte, dass es anders wäre, wusste ich es besser.

Spätestens nach allem, was Laura mir darüber erzählt hatte, wusste ich, dass viele Frauen die Gewaltattacken ihrer Männer kleinreden. Aus Liebe, aus Abhängigkeit, aus irregeleitetem Verständnis und aus hundert anderen Gründen, nur um sich nicht eingestehen zu müssen, dass ihr Ehemann oder Partner ein Dreckskerl ist. Robert hatte bei einem unserer letzten Gespräche zwar gemeint, ich dürfe das nicht so einseitig sehen, denn gewalttätige Männer hätten meistens selber irgendwann Gewalt erleiden müssen. Trotzdem waren wir uns darin einig, dass es immer unweigerlich in eine Katastrophe mündet, wenn niemand eingreift und dem Wahnsinn ein Ende macht.

Das Schwindelgefühl und die Übelkeit, die mich ein paar Mal ziemlich vehement auf die Toilette trieben, ließen im Lauf des Vormittags nach, und um meinen Magen zu beruhigen, aß ich ohne großen Appetit ein paar Scheiben Toastbrot und ein bisschen von dem Schinken, den Robert für mich besorgt hatte – die Pizza rührte ich lieber nicht an – und ich machte mir eine große Kanne ungezuckerten Kamillentee, der mir helfen sollte, die bösen Geister von Johnny Walker endgültig zu vertreiben. Den vollgekotzten Polsterüberzug hatte ich bereits in die Waschmaschine gesteckt und das Gästezimmer ausgiebig gelüftet. Nur die Platzwunde und die Schwellung auf meiner Stirn würden wohl noch einige Zeit brauchen, um zu verschwinden.

Mein erster Tag in diesem Haus war nicht wirklich optimal verlaufen, dachte ich. Einmal davon abgesehen, dass ich mit Laura zu meinem eigenen Erstaunen schon beinah meinen Frieden gemacht hatte, und dass ich die Idee, Robert vorzuschlagen, das Antiquariat zu kaufen, immer noch für ausgezeichnet hielt. Aber alles andere? Am besten, Schwamm drüber und zurück an den Start! Ach ja, wenn das so einfach gewesen wäre.

Je länger das Telefon schwieg, desto größer wurde meine Unruhe. Was, wenn die Frau nur deshalb nicht anrief, weil sie nicht anrufen *konnte*? Hatte ihr Mann sie in ein Zimmer eingesperrt? Hatte er das Telefonkabel aus der Wand gerissen? Hatte er sie so brutal zusammengeschlagen, dass sie immer noch halb ohnmächtig oder starr vor Angst auf dem Boden lag? Oder – ich mochte es mir gar nicht vorstellen – war sie tot?

Ein Unfall, würde es heißen. Die Treppe hinuntergestürzt. Bedauernswert, wirklich bedauernswert. Aber da kann man nichts machen, so etwas kommt nun einmal vor. Der arme Mann. Muss ein ungeheurer Schock für ihn sein. Aufrichtiges Beileid. Waren so ein reizendes Paar die beiden. Gibt es eigentlich Kinder? Einen Sohn, aha. Gerade einmal zwölf. Schrecklich, in diesem Alter die Mutter zu verlieren. Aber, wie gesagt, was soll man machen? Man kann sich sein Schicksal eben nicht aussuchen.

Nein, dachte ich. Nein, nein, nein! Verflucht noch einmal, ruf doch endlich an! Ich dreh hier sonst noch durch!

Im nächsten Moment meldete sich meine Vernunft zu Wort,

beziehungsweise das, was ich für nüchternes Denken hielt, nachdem es sich endlich von den letzten Resten Johnny Walker befreit hatte. »Du Idiot«, sagte die Vernunft, »was geht dich eigentlich diese Frau an? Diese Fremde, von der du überhaupt nichts weißt. Vielleicht ist sie bloß eine Verrückte, und du reimst dir da eine Geschichte zusammen, die nicht das Geringste mit der Realität zu tun hat. Also lass das gefälligst und kümmere dich um deine eigenen Angelegenheiten.«

Aber waren meine eigenen Angelegenheiten tatsächlich schwerwiegender als das, was dieser Frau geschah? War es nicht doch wichtiger, ihr zu helfen, und wenn sich hinterher alles nur als ein Produkt reiner Einbildung, ihrer oder meiner, herausstellen sollte, umso besser? Darauf wusste sie keine Antwort, meine ach so nüchterne Vernunft, und sie hatte nichts Besseres zu sagen als »Ja, aber …«

Willkommen auf dem Kettenkarussell der Gedanken. Immer im Kreis herum. Immer schneller. Immer wieder von vorn. Wenn ich davon nicht schwindlig werden wollte, musste ich schleunigst abspringen. Und das tun, wofür mein Bauch plädierte.

Und dann war die Antwort ganz einfach, logisch und klar: Die Frau rief nicht an – also musste ich sie suchen.

Ich konnte nicht anders. Es war meine verdammte Pflicht, dieser Frau zu helfen.

Das hatte ich nun davon.

Nach den vielen Stunden, die ich im Haus in einem Gemisch aus Whiskydunst und Hundemief zugebracht hatte, tat mir die frische Luft gut. Hier draußen in der grünen Vorstadtidylle riecht ein Abend im Juni eben wirklich noch so, wie ein Frühsommerabend zu riechen hat, dachte ich. Und unter normalen Umständen hätte ich meinen ersten Spaziergang durch mein neues Viertel auch einfach nur genossen, aber jetzt stellte ich mir natürlich ständig die Frage, in welcher all der hübschen Villen sich wohl gerade die Tragödie dieser Frau abspielte.

Jeder Garten konnte der Vorhof ihrer Hölle sein, hinter jeder Fassade konnten Angst und Gewalt wohnen, jede heruntergelassene Jalousie konnte schreckliche Szenen verbergen. Und je länger ich die schmalen Straßen und Wege entlangging, desto verlogener fand ich alles, und der Duft von Blumen und frisch gemähtem Gras bekam auf einmal etwas Giftiges, der Gesang der Amseln in den Baumkronen etwas Alarmierendes, und der Frieden, der über dem Viertel lag, etwas Gefährliches.

Vermintes Gelände – von Hunden bewacht, dachte ich, als mich plötzlich zwei Frauen in weiten Jogginghosen, Sweatshirts und Tennisschuhen überholten und sich mir in den Weg stellten. Die eine hielt einen Rottweiler an der kurzen Leine, die andere einen Dalmatiner.

»Sagen Sie einmal, was tun Sie hier?« Die Rottweilerfrau musterte mich mit Polizistenblick. »Was haben Sie hier verloren? Wir beobachten Sie schon eine ganze Weile.«

»Genau«, fügte die Dalmatinerfrau hinzu. »Seit mindestens einer halben Stunde gehen wir bereits hinter Ihnen her.«

»Ist nämlich ziemlich eigenartig, wie Sie vor jedem Haus stehen bleiben und es betrachten. Suchen Sie irgendetwas Bestimmtes?«

»Oder haben Sie sich verlaufen? Sie sind ja offensichtlich fremd hier bei uns, oder? Wir haben Sie jedenfalls noch nie gesehen.«

»Also bitte, wer sind Sie und was wollen Sie hier?« Die Rottweilerfrau sah aus, als wollte sie im nächsten Augenblick ihren Hund auf mich loslassen.

Es ist wohl besser, wenn ich höflich antworte, dachte ich, obwohl mir im ersten Moment eher danach zumute gewesen war, mit irgendeiner unfreundlichen Bemerkung zu reagieren oder die Frauen ohne ein Wort stehen zu lassen und einfach weiterzugehen.

»Guten Abend erst einmal«, sagte ich und deutete dazu sogar eine knappe Verbeugung an, es konnte ja nicht schaden. »Mein

Name ist David Bauer und ich bin tatsächlich neu hier. Ich wohne nämlich seit gestern im Haus von Robert Lehmann. Und jetzt wollte ich einmal ein bisschen die Gegend kennenlernen. Zufrieden? Oder wollen die Damen sonst noch was wissen?«

Die Frauen sahen einander fragend an.

»Robert Lehmann? Weißt du …?«

»Keine Ahnung … oder doch, ich glaube, das ist der mit dem Bungalow, du weißt schon.«

»Richtig«, sagte ich. »Der Bungalow in der Sackgasse. Birkenweg fünf. Nur ein paar Straßen weiter.«

»Kenne ich nicht«, sagte die Rottweilerfrau.

»Aber sicher kennst du den«, sagte die Dalmatinerfrau und lachte. »Robert. Der schöne Robby.«

»Ach so, *der*. Robby. Na ja.« Die Rottweilerfrau blickte mich an. »Ein Freund von Ihnen?«

»Mein bester«, sagte ich. »Seit unserer Schulzeit.«

»Tja«, sagte sie. »Wenn das so ist.«

»Genau«, sagte die andere. »Das wär's dann, oder?«

Und dann zogen beide mit einem Ruck an den Leinen ihre Hunde hoch, die während der ganzen Zeit hechelnd zu ihren Füßen gesessen waren, und gingen einfach davon. Ohne weitere Fragen. Ohne Gruß. Als wäre ich auf einmal nicht mehr vorhanden. Was sie wissen wollten, wussten sie jetzt offenbar, und ein David Bauer interessierte sie wohl nicht.

Oder sie wollten möglichst schnell nachhause kommen, um ihren Ehemännern von diesem Mann zu erzählen, der ihnen höchst verdächtig vorgekommen ist, nämlich wie ein Einbrecher, beziehungsweise einer, der in ihrem Viertel die Häuser auskundschaftet – so ein unrasierter Typ mit einer Platzwunde auf der Stirn wie nach einer Schlägerei, schlampig gekleidet, und ziemlich unangenehm gerochen hat er auch – der dann aber behauptet hat, er würde seit Kurzem hier wohnen, aber wer weiß, ob das auch wirklich stimmt, und wie gut es doch ist, dass wir einen scharfen Hund im Hause haben, man kann nämlich nicht vorsichtig genug sein bei all dem Gesindel, das sich neuerdings hier herumtreibt.

Und auch ich sah zu, dass ich so schnell wie möglich heimkam. Noch eine Begegnung dieser Art wollte ich mir ersparen. Oder hätte ich den beiden Damen nachlaufen und sie fragen sollen, ob sie mir netterweise sagen könnten, in welchem Haus in der Nachbarschaft seit einiger Zeit eine Frau von ihrem Mann blutig geschlagen wird? Spätestens dann hätten sie vermutlich ihre Hunde auf mich gehetzt. Denn so etwas gibt es doch gar nicht, nein, nicht hier in dieser feinen Gegend mit all diesen hochanständigen Menschen, und wer etwas anderes behauptet, der soll sich zum Teufel scheren, eine Frechheit ist das nämlich, genau, eine Unverschämtheit sondergleichen, bitteschön!

Trotzdem eine verpasste Gelegenheit, dachte ich. Wenn ich es geschickt angestellt hätte, wer weiß, vielleicht hätte ich irgendetwas herausbekommen, einen Hinweis, eine Andeutung, eine Vermutung, ganz im Vertrauen natürlich, unter dem Siegel der Verschwiegenheit. Weil man will ja nichts gesagt haben, aber was man so hört, also möglicherweise, aber nein, eigentlich ganz unvorstellbar, sicher nur ein böses Gerücht, und das haben Sie jetzt nicht von uns, nur dass das klar ist, verstanden?

Und selbstverständlich hätte ich absolute Verschwiegenheit versprochen, meinetwegen sogar geschworen, Hauptsache, ich wäre einen Schritt weitergekommen bei meiner Suche. Aber ich Idiot hatte es wieder einmal vermasselt. Dafür wusste ich jetzt, dass Robert als *der schöne Robby* bekannt war, na großartig. Darüber konnte ich zwar lachen, doch es interessierte mich noch weniger als seine Musiksammlung. Er war also wirklich immer noch ein kleiner Möchtegern-Casanova, der *schöne Robby*, aber seine Beliebtheit bei den Frauen hier hielt sich offensichtlich in Grenzen, und sein heißer Tipp mit den schönen Töchtern, liebeshungrigen Ehefrauen und jungen Witwen, von denen ich locker die eine oder andere erobern könnte, war ebenfalls in Wahrheit genau das, wofür ich es insgeheim ohnehin gehalten hatte, nämlich heiße Luft. Na wenn schon, dafür war ich schließlich nicht hier. Und Robert war trotzdem ein großartiger Freund, Fehler hat schließlich jeder.

Inzwischen war es völlig dunkel geworden. Im Birkenweg, an dessen Ende der Bungalow lag, gab es nur eine einzige Straßenlaterne, und deshalb konnten sie mich nicht sehen, ich hingegen sah sie schon von Weitem: den Jungen und den Schäferhund. Bastian und Tasso. Sie standen wieder vorm Gartentor.

Ich blieb stehen. Zum einen, weil ich mit dem Hund nichts zu tun haben wollte, zum anderen, um die beiden zu beobachten. Und dann sah ich etwas Merkwürdiges: Bastian schien leise auf Tasso einzureden, dann gab er ihm plötzlich einen Klaps auf den Hinterkopf, und sofort sprang der Hund auf, krallte sich ans Gitter des Gartentors und begann wütend zu bellen. Als würden sie die Szene von gestern nachstellen.

»He, was soll das?«, rief ich und lief die letzten Meter bis zum Tor. »Ich hab doch ausdrücklich gesagt, dass ihr hier nichts zu suchen habt!«

Der Junge erschrak. »Ich kann nichts dafür! Ehrlich! Tasso macht einfach nicht, was ich ihm sage!«

»Was? Das hat aber eben ganz anders ausgeschaut! Du hast den Hund doch erst aufgehetzt!«

»Gar nicht wahr. Hab ich nicht!«

»Ach was! Gib's doch zu!«

»Nein! Ich hab Tasso nur gesagt, dass wir jetzt weitergehen. Ehrlich!«

»Glaub ich dir nicht.«

»Wenn's aber so war!«

»Du lügst doch. Wie heißt du eigentlich?«

»Bastian. Das hab ich Ihnen doch schon –«

»Ja, ja. Und weiter?«

»Zirkowski. Warum wollen Sie das wissen?«

»Und wo wohnst du?«

»Bachweg drei. Aber warum –«

»Weil ich dich bei der Polizei anzeigen werde, Freundchen, wenn du noch einmal hierherkommst. Und die Polizisten nehmen dir dann deinen Hund weg!« Schlagartig machte sich Angst in Bastians Gesicht breit. Ich griff dem Jungen in die Leine und riss den Hund mit einem »Tasso, aus!« vom Gartentor zurück. »So, und jetzt haut ab! Ich will euch nie wieder hier sehen, hast du das jetzt endlich verstanden, Sebastian Zirkowski?«

Ich hob einen Stein auf und warf ihn weit weg die Gasse hinunter. Der Hund machte einen gewaltigen Satz, fetzte dem Jungen die Leine aus der Hand und raste dem Stein hinterher, und der Junge rannte dem Hund nach und schrie »Tasso! Tasso! Tasso!«, und seine Stimme hörte sich an, als würde er weinen.

Das mit der Anzeige war natürlich nicht ernst gemeint gewesen, aber es hatte genau die Wirkung gehabt, die ich damit erreichen wollte: Jedem Kind kann man mit der Polizei einen mächtigen Schrecken einjagen, der dann einige Zeit anhält. Und irgendwann würde ich dem Jungen schon sagen, dass er sich nicht mehr zu fürchten brauche, weil alles wieder in Ordnung sei, und dass ihm Tasso niemand wegnehmen werde. Wichtig war, dass der Bengel jetzt erst einmal seine Lektion gelernt hatte und mich mit seinem Hund in Frieden ließ. Hoffte ich wenigstens.

Aber was, wenn Bastian doch die Wahrheit gesagt hatte? Verflucht noch einmal, hatte ich dem Jungen vielleicht in meiner Wut völlig grundlos Angst gemacht? War ich ein verdammter Narr, der ein Kind verstörte und sein Vertrauen in die Gerechtigkeit erschütterte, was zum Schlimmsten gehört, das man einem Kind antun kann? Auf einmal tat es mir leid, und ich wollte dem Jungen nachlaufen, um noch einmal mit ihm zu reden, wollte ihm mein Verhalten erklären, mich bei ihm dafür entschuldigen.

In diesem Moment begann im Haus das Telefon zu läuten.

Ich kam zu spät. In meiner Aufregung hatte ich das Gartentor mit meinem Wohnungsschlüssel aufsperren wollen, und bis ich das schließlich begriffen und das Tor mit dem richtigen Schlüssel geöffnet hatte, und dann durch den Garten zum Haus gerannt war und im Dunkeln das Schlüsselloch der Eingangstür gefunden hatte und endlich ins Haus gekommen war, hatte das Läuten bereits wieder aufgehört.

Um Gottes willen, dachte ich. Um Gottes willen! Warum hat sie aufgelegt? Warum ist sie nicht drangeblieben? Nur ein paar Sekunden länger, und ich könnte jetzt mit ihr sprechen, könnte sie fragen, wo ich sie finde, könnte ihr zu Hilfe eilen, könnte sie vor dem Schlimmsten retten. Nur zehn Sekunden, Herrgott noch einmal, nur zehn Sekunden.

Wieder saß ich in Roberts Arbeitszimmer und starrte das Telefon an. Wieder hoffte ich, die Frau würde sich noch einmal melden, denn ich war sicher, dass nur sie es gewesen sein konnte, die angerufen hatte. Und wieder blieb das Telefon stumm. Es war wie ein Déjà-vu. Als wäre ich in eine Endlosschleife geraten, in der sich die Ereignisse wiederholten. Zuerst der Junge mit dem Hund. Dann der Hilferuf. Und schließlich das unerträgliche Gefühl, kläglich zu versagen. Schon wieder. Immer wieder.

Das darf doch alles nicht wahr sein, dachte ich. Was für ein mieser Film ist *das* denn, bitte? Das Remake eines Streifens über einen Zwölfjährigen Anfang der Sechzigerjahre? So eine idiotische Psychogeschichte über eine versaute Kindheit und Angst und Schuldgefühle? Nein, Leute, da mache ich nicht mit. Ohne mich, ist das klar? Damit habe ich nichts mehr zu tun. Begraben und vergessen. Nie passiert, versteht ihr? Also lasst mich gefälligst in Ruhe!

Aber sie ließen mich nicht in Ruhe. Sie setzten noch eins drauf. Mit einem kühlen Lächeln, als wollten sie sagen: Darauf wartest du doch schon die ganze Zeit – wir erfüllen dir also bloß einen Wunsch.

Nein, dieses Mal kläffte kein Hund.

Nur das Telefon läutete.

Und ich hob ab, und die Frau flüsterte, stöhnte, schrie: »Hilf mir … ich kann nicht mehr … hilf mir! … So hilf mir doch, bitte!!! … Bitte!!! … Mein Gott … nein –«, und dann gab es ein dumpfes Krachen im Hintergrund, als würde eine Tür eingetreten oder ein Schrank umgestoßen, und ehe ich auch nur ein Wort sagen konnte, brach die Verbindung wieder ab und die Leitung war tot.

Das Einzige, was ich jetzt hörte, war das Schlagen dieses wild gewordenen Muskels in meiner Brust, der wie verrückt Blut in meinen Kopf pumpte, dass ich meinte, er müsse in der nächsten Sekunde explodieren.

4

Zwei Becher Kaffee, schwarz und ohne Zucker, und dazu eine ganze Pizza vongole – als Frühstück war das zwar ungewöhnlich, aber so gut hatte mir schon lang nichts mehr geschmeckt. Ich verschlang die Pizza auf einen Sitz, einfach nur froh darüber, dass ich aus einem tiefen, traumlosen Schlaf, oder besser gesagt, einer Bewusstlosigkeit als Resultat völliger Erschöpfung, in die ich irgendwann gefallen sein musste, mit einem unglaublichen Hungergefühl aufgewacht war. Eine Stunde lang gab es für mich nichts Wichtigeres, als diesen Heißhunger zu stillen. Ein angenehmer Zustand. Mein Körper verlangte sein Recht und war hellwach, aber meine Sorgen um die Frau schliefen noch. Es stimmt also wohl, was ich einmal bei Brecht gelesen habe: »Erst kommt das Fressen, dann die Moral.«

Als ich das Geschirr abspülte, läutete es an der Tür. Es war der Briefträger, der mir übers Gartentor einen Brief reichte und mich bat, den Empfang mit meiner Unterschrift zu bestätigen. Der Brief war natürlich nicht für mich, sondern für Robert, auf dem Kuvert stand als Absender eine Rechtsanwaltskanzlei, das Ganze sah irgendwie höchst offiziell aus, und deshalb gab ich den Brief zurück.

»Herr Lehmann ist verreist, wissen Sie. Ein ganzes Jahr. Ich bin hier nur zu Gast, passe sozusagen aufs Haus auf.«

»Okay«, sagte der Briefträger. »Annahme verweigert. Mir ist das egal.« Dann steckte er den Brief in seine Posttasche, holte ein kleine Flasche Mineralwasser heraus und nahm einen großen Schluck. »Schwül heute. Ich bin sicher, spätestens zu Mittag gibt's ein nettes Gewitter.« Er wischte sich den Schweiß vom

Gesicht. »Ein ganzes Jahr lang verreist also. So gut möchte ich's auch einmal haben.«

Dem Mann war offensichtlich nach Unterhaltung, und das konnte mir nur recht sein.

»Sagen Sie, tragen Sie hier die Post schon lange aus?«

»Acht Jahre. Wieso?«

»Acht Jahre, unglaublich! Dann kennen Sie sicher alle Leute in dem Viertel, oder?«

»Eigentlich schon. Gut, *kennen* ist vielleicht übertrieben.«

»Aber wer zum Beispiel in dieser Straße wohnt, das können Sie mir doch sagen?« Er sah mich verständnislos an. »Wissen Sie, ich bin erst vorgestern hier eingezogen, und da möchte man halt doch gern wissen, wer die Nachbarn sind.«

Jetzt verstand er. »Okay. Klar. Also der Reihe nach.«

Und dann gingen wir die paar Häuser durch, schön eins nach dem andern, zuerst die geraden Hausnummern auf der gegenüberliegenden Straßenseite und dann die ungeraden auf meiner Seite.

So erfuhr ich, dass gegenüber in Nummer vier, einem einstöckigen, von wildem Wein überwucherten Häuschen, eine alte, gebrechliche, aber ausgesprochen nette Dame wohnte, die das Haus nicht mehr verlassen konnte und von ihrer ebenfalls im Haus wohnenden, ebenfalls ausgesprochen netten und um zwei Jahre jüngeren Schwester betreut wurde.

Im Haus auf dem angrenzenden großen Grundstück, Birkenweg zwei, lebte seit ungefähr zweieinhalb Jahren ein junges Ehepaar, beide Architekten, angeblich ziemlich erfolgreich, vielleicht ein bisschen verrückt, aber irgendwie interessant, na ja, Künstler eben, und ich würde sie ja sicher irgendwann kennenlernen, wenn sie in zwei Monaten wieder aus Südafrika zurück seien, wo sie gerade eine Schule bauten. »Nette Leute«, sagte der Briefträger, »wirklich ausgesprochen nett. Die haben das Haus komplett umgestaltet. Unten Wohnung, oben Atelier. Toll, was die aus der alten Hütte gemacht haben. Todschick, sage ich Ihnen, todschick. Was das gekostet hat, das Geld möchte ich haben.«

»Die Hütte auf Nummer eins ist aber auch nicht gerade von schlechten Eltern«, sagte ich. Das große, schönbrunngelbe und mit Giebeln und Türmchen geschmückte Gebäude auf dem für dieses Stadtviertel ungewöhnlich weitläufigen, parkähnlichen Areal war mir schon bei meinem abendlichen Spaziergang aufgefallen. »Schaut ja beinahe aus wie ein schottisches Jagdschloss oder ein adeliger Gutshof.«

Der Briefträger blickte mich an, als würde er an meinem Verstand zweifeln. »Sie wissen nicht, wer dort wohnt?«

Nein, wusste ich nicht.

»Altenburg. Der Name sagt Ihnen doch was?«

Noch einmal nein, der Name sagte mir gar nichts.

»Altenburg-Kosmetik. Macht's jetzt klick?«

Es klickte nicht. Und das Fragezeichen war mir wohl ins Gesicht geschrieben.

Wie gut, dass auch der Briefträger ein ausgesprochen netter Mensch war und mich von meiner Unwissenheit erlöste. Fünf Minuten später wusste ich alles über die Altenburgs. Alles, was man offenbar wissen musste, wenn man nicht als völliger Ignorant durch die Welt laufen wollte:

Dass Altenburg-Kosmetik mit ganz speziellen, rein pflanzlichen Schönheitsprodukten einen Haufen Geld verdiene. Dass Peter Altenburg das Unternehmen von seinem Vater geerbt habe, aber äußerst selten in der Firmenzentrale im Norden der Stadt anzutreffen sei, weil das Geschäft ja quasi von selbst laufe. Dass er sich lieber mit seiner Kunstsammlung beschäftige, die ein Vermögen wert sein solle, weshalb es für die Aufbewahrung der Kunstwerke angeblich im Keller des Anwesens einen mit hochmodernen Alarmanlagen ausgestatteten Depotraum gäbe, der sicherer sei als die Bank von England. Dass Isabella, Peter Altenburgs Frau, um einiges jünger als ihr Mann sei und bis vor gar nicht langer Zeit als Fotomodell mit ihrem Gesicht für die Marke »MagicAltenburg« Werbung gemacht habe. Dass die Altenburgs neben ihrem Wohnsitz in der Stadt auch noch andere Luxusbleiben besäßen, zum Beispiel in Sankt Moritz und an der französischen Riviera. Aber dass die beiden überhaupt nicht mit ihrem Reichtum protzen würden, sondern – wer hätte das gedacht? – ausgesprochen nette Leute seien.

»Beneidenswert«, sagte der Briefträger. »Aber das ist halt eine Liga, in der unsereins nie mitspielen wird. Davon kann man nur träumen.«

Und dann kam Birkenweg drei an die Reihe, doch darüber gab es nicht viel zu sagen. Das schmale Grundstück zwischen dem Park der Altenburgs und Roberts Garten war ziemlich verwahrlost, und das Haus stand schon seit Jahren leer. Wem es gehörte, wusste sogar der Briefträger nicht. »Wird sicher irgendwann von einer Wohnbaugesellschaft gekauft«, sagte er. »Genauso wie die Wiese auf der anderen Seite Ihres Grundstücks. Neuerdings werden ja schon auf jedem noch so kleinen Fleck Wohnanlagen hingebaut. Und dann wird es auch in dieser netten Gegend vorbei sein mit der Ruhe.«

Wie aufs Stichwort war plötzlich ein dumpfes Grollen zu hören, das immer näher kam. Der Briefträger machte einen Schritt zurück und warf einen besorgten Blick hinauf zum Himmel – doch nein, noch brauten sich keine Gewitterwolken zusammen, nur ein verboten tief fliegendes Verkehrsflugzeug donnerte über unsere Köpfe hinweg – aber nicht deshalb verzog der nette Mann nur Sekunden später verärgert sein gerade eben noch so nettes Gesicht und schaute ziemlich angeekelt drein, sondern weil er bemerkt hatte, dass er in einen Haufen Hundescheiße getreten war.

Er zog ein Papiertaschentuch aus dem Hosensack, bückte sich und wischte notdürftig seinen Schuh ab. »Es ist doch wirklich zu blöd«, sagte er. »Jetzt habe ich schon wieder nicht daran gedacht, dass die Leute diese Sackgasse als Hundeklo benutzen. Speziell abends, weil's dann hier so schön dunkel ist.«

»Gibt es viele Hunde in dem Viertel?«, fragte ich.

»Ja, schon. Fast jeder hat einen. Ist neuerdings große Mode geworden.«

»Ziemlich unangenehm für Sie, oder?«

»Sie meinen, weil Hunde Briefträger beißen? Ach, das halte ich für ein Märchen. Mir hat noch kein Hund was getan. Ich mag Hunde. Finde sie sogar ausgesprochen nett.« Er richtete sich wieder auf und deutete auf das verdreckte Taschentuch in seiner Hand. »Na ja, bis auf das da.«

»Und die anderen Leute, die hier in der Gegend wohnen? Auch alle nett? Oder gibt's vielleicht welche, die nicht so nett sind?«, fragte ich. Weiß der Teufel, warum ich mich nicht traute, ganz einfach direkt zu fragen, was ich eigentlich wissen wollte.

Der Briefträger überlegte. Dann schüttelte er den Kopf. »Lauter nette Leute. Da gibt's nichts. Wirklich alles ausgesprochen nette Leute.«

Ich zeigte auf sein Taschentuch. »Aha. Also nur nette Leute. Mit Hunden.«

»Ja«, sagte er. »Nette Leute mit Hunden.«

»Großartig«, sagte ich. »Dann ist ja alles bestens. Und danke für die nette Unterhaltung. Wirklich bewundernswert, was Sie so alles wissen.«

»Ach ja, im Laufe der Jahre lernt man die Leute halt doch ein bisschen kennen. So, aber ich muss jetzt auch wieder weiter.« Er schaute unschlüssig auf das Taschentuch und wusste offensichtlich nicht, wohin damit.

»Na, geben Sie schon her.«

»Oh. Nett von Ihnen.«

Mit einem dankbaren Lächeln reichte er mir den dreckigen Fetzen übers Gartentor, schwang sich auf sein gelbes Dienstfahrrad, das am Zaun gelehnt hatte, winkte mir zu, rief »Auf Wiederseh'n, Herr Lehmann!« und fuhr davon. Und bevor ich ihm nachrufen konnte »Meine Name ist Bauer!«, war er schon um die Ecke gebogen.

Da stand ich nun mit dem zusammengeknüllten, durchweichten Stück Zellstoff voll stinkender Hundescheiße zwischen Daumen und Zeigefinger. Und plötzlich hatte ich keine Lust, das eklige Zeug bis zur Mülltonne hinterm Haus zu tragen, sondern wollte es nur möglichst schnell loswerden, also schmiss ich es über die Hecke hinüber auf das Nachbargrundstück, wo ohnehin niemand wohnte.

Das war zwar überhaupt nicht nett von mir, aber was soll's. Gehörte ich eben nicht zu den netten Menschen, die das beneidenswert nette Weltbild des netten und alles wissenden Briefträgers bevölkerten: All diese netten Hundebesitzer, von denen selbstverständlich keiner seine Frau verdrosch, und die nichts Böseres anstellten, als in der Nacht ihre Hunde im Birkenweg ihre Notdurft verrichten zu lassen.

Scheiße, dachte ich. Nette Leute mit Hunden. Scheiße, wirklich absolute Scheiße.

In meiner Wohnung hatte mich immer gestört, dass durch die dünnen Wände alles zu hören gewesen war, was in der Nachbarwohnung geschah. Gespräche, Fernsehen, Musik, nächtliches Lustgestöhne, sogar von den Geräuschen auf der Toilette war ich nicht verschont geblieben. Aber irgendwann hatte ich mich damit arrangiert und gelernt, mit dieser Geräuschkulisse zu leben, denn eine andere Wohnung konnte ich mir ja nicht leisten. Doch was ich jetzt zu hören bekam, als ich gerade ein paar frische Kleidungsstücke in meine Reisetasche packte, das überschritt alle Grenzen des Erträglichen. Es war einfach entsetzlich.

Ein Mann und eine Frau, offenbar neue Mieter: Stimmen, die ich nicht kannte, und eine Sprache, die mir fremd war. Serbisch, Kroatisch, irgend so etwas, keine Ahnung, jedenfalls verstand ich kein Wort. Und trotzdem begriff ich, was vor sich ging. Denn es gibt eine Sprache, die überall auf der Welt die gleiche ist und die jeder versteht. Die Sprache der Angst, die

Vokabeln der Schmerzen, die Syntax der Gewalt, die Grammatik des Bösen, die Semantik der Macht und die Artikulation der Verzweiflung.

Ich hämmerte mit meinen Fäusten gegen die Wand, ich brüllte »Hör sofort auf! Lass die Frau in Ruhe oder ich rufe die Polizei!«, ich lief hinaus auf den Gang, läutete an der Nachbartür Sturm, trat sie fast ein – doch ich erreichte nichts. Ja, für ein paar Atemzüge wurde es still, vielleicht war der Kerl durch mein Geschrei kurz irritiert, doch dann machte er weiter, noch heftiger als davor, als hätte ich ihn erst so richtig angestachelt. Direkt vor mir, nur durch ein paar Zentimeter Beton und eine Holztüre vor meinen Blicken geschützt, prügelte ein Mann auf eine Frau ein, und ich war dagegen machtlos. Ohnmächtig wie ein Kind, das miterleben muss, wie ein Erwachsener einem anderen Erwachsenen Gewalt antut, ein Kind, dem gesagt wird, es solle gefälligst seinen Mund halten und sich nicht einmischen in Dinge, von denen es nichts versteht. Und genauso wie dieses Kind rannte ich davon, nein: schlich ich davon. Nahm meine Reisetasche, verließ stumm das Haus, zitternd vor Wut und mit Tränen in den Augen, und lief, stolperte, flüchtete durch die Straßen, ohne zu wissen, wohin.

So, wie ich mich bewegte, hielten mich die Leute garantiert für einen Betrunkenen. Schaut euch den an, jetzt haben wir erst Mittag, und der Typ ist schon stockbesoffen! Bekommt nicht einmal mit, dass es in Strömen regnet!

Doch, ich bekam es sehr wohl mit, und es war mir auch unangenehm, aber ich rannte trotzdem weiter wie ein aufgezogener Spielzeugaffe, und konnte es nicht abstellen und sah mir selber dabei zu. Erst als das – vom netten Briefträger prophezeite – Gewitter losbrach, mit allem was dazugehört, Sturmböen, Blitz und Donner, und plötzlich statt des Regens kleine, scharfe Hagelschloten niederprasselten und auf dem Asphalt und den Autodächern tanzten und mir ins Gesicht stachen, suchte ich Schutz in einem Hauseingang.

Nass bis auf die Haut kauerte ich auf meiner Reisetasche, mich fröstelte und ich fühlte mich todunglücklich. Am liebsten hätte ich mich irgendwo verkrochen. *Die arme, kleine Maus verkroch / sich tief in ihrem Mäuseloch / und aus dem Loch kommt jetzt die Maus / in sieben Tagen erst heraus.* Das hatte mir meine Mutter immer zugeflüstert, wenn ich wegen irgendeines Kummers voll kindlicher Verzweiflung in ihren Armen Schutz gesucht hatte. In einem fort hatte sie es wiederholt, manchmal leise gesungen nach einer einfachen Melodie, und mich dabei sanft hin und her gewiegt, bis ich mich endlich beruhigt hatte. Bitte, sei wieder da, dachte ich. Lass mich mein Gesicht an deinen Bauch drücken, leg deine Arme um mich und halt mich fest. Ein Wunder, wenigstens eine Minute lang, nur eine einzige Minute.

Aber nicht einmal der Regen wurde schwächer, bloß zu hageln hörte es auf. Und nein, es war auch kein Wunder, obwohl ich es nur allzu gern für eines gehalten hätte, als ich vorsichtig wieder hinaus auf die Gasse trat und mich umsah und überrascht feststellte, wohin mich meine Beine geführt hatten, während ich blind durch die Gegend gelaufen war.

Es war unglaublich: Keine fünfzig Schritte weiter befand sich »Das Buchgewölbe«. Meine Füße hatten automatisch den richtigen Weg eingeschlagen und mich an den Ort gebracht, der fast zwanzig Jahre lang tatsächlich so etwas wie mein Mäuseloch gewesen war, in dem ich Zuflucht, Geborgenheit und Ruhe gefunden hatte. Aber, wie gesagt, kein Wunder hatte mich hierher gelenkt, sondern wohl eher ein innerer Kompass oder ganz einfach die Gewohnheit, denn immerhin war ich diesen Weg von meiner Wohnung zum Antiquariat zigtausend Mal gegangen.

Genaugenommen war das Gewölbe mein eigentliches Zuhause gewesen, genauso wie für den alten Herrn Thalheim. In den Augen seiner Söhne hingegen war es jetzt vermutlich nur ein nutzloses, mit Büchern vollgestopftes, altes Gemäuer. In ihrem Desinteresse hatten sie nicht einmal daran gedacht, von mir den Schlüssel zurückzuverlangen. Was sollte mich also jetzt davon zurückhalten, einfach aufzusperren und den Laden zu betreten?

Drinnen sah alles immer noch so aus wie vor vier Monaten. Es hätte mich nicht erstaunt, wenn Herr Thalheim zwischen den Buchregalen gestanden wäre, die Lesebrille auf der Nasenspitze und die zweite Brille in den weißen Haarschopf hochgeschoben, einen Band mit Übersetzungen der »Cantos« von Ezra Pound, einem seiner Lieblingsdichter, in der Hand, und wenn er nur flüchtig von dem Buch hochgeblickt und gesagt hätte »Schön, dass du endlich wieder hier bist, David, wo warst du denn so lang?« und sich dann sofort wieder in das Gedicht vertieft hätte, ohne eine Antwort oder gar eine Rechtfertigung von mir zu erwarten. Und ich spürte eine große Wehmut darüber, dass auch von den guten Dingen im Leben nichts als Erinnerung bleibt. Tröstlich, dass wenigstens die Bücher noch da waren. Und auch die Stille umfing mich, als hätte sie nur meinetwegen geduldig ausgeharrt.

Laura hatte nie verstanden, wie viel mir diese Stille bedeutete. Nach den tristen Jahren ihrer Ehe war sie geradezu süchtig gewesen nach Trubel, lärmender Unterhaltung und lautstarker »Action«, diesen ganzen Krach hatte sie genossen, sogar dann, wenn er aus dem Fernsehapparat der Nachbarwohnung gekommen war. Und so war es mir beim besten Willen nicht gelungen, ihr begreiflich zu machen, welche Rolle die Stille dabei spielte, dass ich meine Arbeit im Antiquariat über alles mochte und eine andere für mich niemals infrage gekommen wäre, selbst wenn ich mehr Geld verdient hätte, und wir dann in eine größere, komfortablere Wohnung hätten ziehen können.

Denn es waren ja nicht nur die alten Bücher, die ich so sehr liebte. Die wunderschönen Einbände, die aus vielen von ihnen ebenso geheimnis- wie verheißungsvollen Kostbarkeiten machten, der Geruch ihres leicht vergilbten Papiers, die herrlich altmodischen Buchstaben und die vor langer Zeit geschriebenen Geschichten und Gedichte, in denen ich andere Welten, andere Menschen und andere Gedanken kennenlernen und all das vergessen konnte, was mir im wirklichen Leben Angst machte.

Nein, vor allem war es diese ganz besondere Stille, die etwas anderes war als nur die Abwesenheit von Lärm und störenden Geräuschen, keine tote Stille hinter schalldichten Wänden, sondern ein fast körperlich wahrnehmbarer, verlangsamter Pulsschlag der Zeit, eine Form von konzentrierter Gelassenheit, die nichts aus der Ruhe bringen konnte, nur hin und wieder unterbrochen vom leisen Klingeln der Türglocke, wenn Kundschaft in den Laden gekommen war, und auch dann war immer leise gesprochen worden, so als hätten die Bücher um Ruhe gebeten. In dieser kaum neunzig Quadratmeter großen, stillen Welt hatte ich Zuflucht gefunden, und nirgendwo anders hatte ich meine Tage verbringen wollen. Und Herr Thalheim war der Herr dieser Stille gewesen, und dass der Tod all dem eines Tages ein Ende machen würde, daran hatte ich nie gedacht.

Es war mir auch nie eingefallen, meinen Beruf richtig zu erlernen, also eine Ausbildung zum Buchhändler oder Antiquar zu machen. Alles, was ich wusste – und heute, viele Jahre später, immer noch weiß –, hatte mir Herr Thalheim beigebracht, und das ist zwar sicher mehr, als man mir in einer Fachschule hätte vermitteln können, aber ohne offizielle Prüfung und das entsprechende Zeugnis war ich nur eine ungelernte Hilfskraft und hatte natürlich auch keine Berechtigung, irgendwann selber ein Antiquariat führen zu dürfen. Mein Fehler, völlig klar. Wieso Herr Thalheim mich nie dazu gedrängt hatte, eine anerkannte Ausbildung zu absolvieren, kann ich mir nur damit erklären, dass er vermutlich am Beginn meiner Arbeit bei ihm der Ansicht gewesen war, ich hielte den Job ohnehin nur für eine kurzfristige Zwischenlösung und würde früher oder später einen anderen Beruf ergreifen. Oder er hatte gemeint, die Liebe zu dem, was man tut, sei wichtiger als jedes staatliche Examen. Und dann hatte er mich mit seiner Leidenschaft angesteckt, und alles andere war kein Thema mehr gewesen.

Es regnete immer noch. Die Tropfen trommelten gegen die Fensterscheibe der kleinen Auslage, und das machte das Gewölbe noch mehr zu einer Höhle, einem sicheren, fast heimeligen Unterschlupf, in dem man sich vor der Welt verstecken konnte. So war es auch an dem Tag gewesen, als ich zum ersten Mal das Antiquariat betreten hatte, um mich bei Herrn Thalheim vorzustellen.

Ich erinnere mich genau an diesen verregneten Vormittag des zwölften November neunzehnhundertneunundsechzig. Wie ich zuerst ziemlich lang, eine halbe Stunde, wenn nicht sogar länger, auf der anderen Straßenseite im Schutz einer Hauseinfahrt stand, beide Hände tief in die Taschen meines Parkas vergraben und die Kapuze bis über die Augen gezogen, und zum »Buchgewölbe« hinüberschaute. Tausend Fragen im Kopf. Bitte, was soll ich hier? Was habe ich mit alten Büchern am Hut? Lesen, okay. Aber verkaufen? Secondhand-Wälzer, staubiges Altpapier, interessiert mich das? Will ich wirklich Gebrauchtwarentrödler werden? Doch ich wusste ja auch nicht, was ich stattdessen wollte. Keine Alternative, keinen Plan, nicht einmal Träume. Selbst ein Leben als Späthippie konnte ich mir nicht vorstellen, dafür war ich zu feig. Aber irgendetwas musste ich ja machen, womit ich wenigstens Geld verdienen konnte. Also gut, so schlecht würde es schon nicht sein, immerhin hatte mir Robert den Tipp gegeben und das Vorstellungsgespräch eingefädelt, da wäre es doch idiotisch gewesen, wenn ich es nicht wenigstens versucht hätte. »Lass dich überraschen«, hatte Robert gesagt. Also gab ich mir einen Ruck und ließ mich überraschen.

Überraschung Nummer eins: Das Glöckchengebimmel, das mich beim Öffnen der Tür begrüßte. Ich hatte so etwas noch nie gehört, und es erschien mir so vorvorgestrig, so aus der Zeit gefallen, dass ich sofort grinsen musste.

Überraschung Nummer zwei: Herr Thalheim, der mit einem Stapel Bücher in den Händen auf einer kleinen Stehleiter vor einem der Regale stand und ohne lange Umschweife zu mir sagte »Du kommst genau zur richtigen Zeit, David. Du kannst mir gleich beim Umsortieren helfen«, und mir dann die Bücher herunterreichte und mich bat, sie auf ein halb leer geräumtes Regalbrett weiter unten zu legen und ihm danach von dort die restlichen Bücher hinaufzureichen, eins nach dem anderen, immer eins von unten nach oben und eins von oben nach unten, und dann weiter zu den nächsten Reihen von Büchern.

Überraschung Nummer drei: Dass Herr Thalheim tatsächlich so aussah, wie Robert ihn mir beschrieben hatte. »Stell dir das Porträt des Dichterfürsten auf dem Vorsatzblatt von Goethes Dramen vor, die wir in der Schule lesen mussten. Genau so schaut mein Onkel Hans aus, aber halt nur eins fünfundsechzig groß.« Die Ähnlichkeit war wirklich verblüffend: Ein Gelehrtenkopf mit einer schon damals weißen Mähne, ein alter, weise wirkender Mann, obwohl er gerade einmal so Ende vierzig, Anfang fünfzig war, also im Alter meines Vaters.

Schließlich Überraschung Nummer vier: Was ich Herrn Thalheim über mich erzählte, während wir die Bücher von oben nach unten und von unten nach oben schlichteten, schien für ihn bedeutungslos zu sein. Es kümmerte ihn nicht, dass ich die Reifeprüfung mit einjähriger Verspätung und nur mit Ach und Krach geschafft hatte. Auch nicht, dass ich wegen angeblicher Herzrhythmusstörungen, die sich bei späteren Untersuchungen aber bloß als Zeichen erhöhter Nervosität herausgestellt hatten, keinen Militärdienst ableisten musste. Und von den Dingen, die in meiner Familie vorgefallen waren, und weshalb ich nicht wusste, was ich mit meinem Leben anfangen sollte und an allem, am meisten an mir selber, zweifelte, wollte er schon gar nichts hören. Heute denke ich, dass ihn Robert vielleicht bereits über alles informiert hatte. Jedenfalls war es für Herrn Thalheim kein Thema. »Mach dir keine Sorgen, David«, sagte er, »wir zwei werden schon gut miteinander auskommen.«

Und danach redeten wir eine Zeit lang überhaupt nicht. Reichten einander nur die Bücher, und ich mochte, wie sie sich anfühlten und wie sie rochen, und ich fand es gut, dass ich keine Fragen beantworten musste und mir niemand sagte, dass ich etwas falsch gemacht hätte, und es gefiel mir, dass nichts zu hören war außer dem leisen Rauschen des Regens draußen und dem Rascheln der Seiten, wenn Herr Thalheim einen kurzen Blick in ein Buch warf, ehe er es mir gab. Und ich dachte, dass es vielleicht wirklich etwas werden könnte mit mir und Herrn Thalheim und den Büchern und der Stille.

So hatte sie begonnen, die beste Zeit meines Lebens. Genaugenommen nur dank Robert. Denn ohne ihn wäre ich ja nicht einmal auf die Idee gekommen, jemals auch nur einen Fuß in »Das Buchgewölbe« zu setzen.

Das Sommergewitter schlug noch einmal kräftig zu, der Regen prasselte wütend gegen die Auslagenscheibe, und im Gewölbe wurde es stockfinster. Ich tippte auf den Lichtschalter, aber die Beleuchtung ging nicht an. Mit einer bösen Vorahnung ging ich zum Telefon, hob den Hörer ab, und da bestätigte sich meine Befürchtung: kein Strom. Ich wusste, dass die Stromrechnung immer pünktlich per Abbuchungsauftrag beglichen worden war, also konnte das nur bedeuten, dass Herrn Thalheims Söhne den Stromvertrag gekündigt hatten.

Es war also doch nicht alles unverändert geblieben, und vielleicht würden sie demnächst mit dem Ausräumen anfangen, die Bücher auf irgendeinem Flohmarkt billig verscherbeln und schließlich das Gewölbe verkaufen.

Diese Vorstellung erschreckte mich. Ich musste dringend etwas unternehmen, wenn ich das Antiquariat für meine Zukunft retten wollte. Gut, auf ein, zwei Tage würde es wohl nicht ankommen, aber ich nahm mir vor, noch in dieser Woche mit den Thalheim-Söhnen zu reden. Ich würde einfach behaupten, ihr Cousin Robert habe mir gesagt, dass er das Geschäft unbedingt kaufen wolle – nein, noch besser: er habe seinem

Onkel in die Hand versprochen, es zu kaufen – damit es »in der Familie« bleibe, und es müsse doch auch in ihrem Interesse sein, wenn auf diese Weise das Lebenswerk ihres Vaters erhalten und sogar weitergeführt würde.

Ein gewagtes Manöver, diese Notlüge, knapp am Betrug, das war mir schon klar. Doch was blieb mir anderes übrig? Ich musste die Brüder einfach dazu überreden, mit dem Verkauf des Gewölbes bis zu Roberts Rückkehr zu warten. Und dass Robert mich dann nicht im Stich lassen würde, daran zweifelte ich keinen Augenblick. Er hatte mich ja noch nie im Stich gelassen, kein einziges Mal, seit wir Freunde geworden waren.

»Verbündete gegen sämtliche Scheißtypen dieser Welt.« Seine Worte damals im Speisesaal des Internats, nachdem er den Rest des Eintopfs auf meinem Teller für mich runtergeschlungen hatte, diesen faden, lauwarmen Brei aus zerkochtem Kohl und mehligen Kartoffeln, der mir so unendlich zuwider gewesen war, dass ich beim besten Willen keinen Bissen mehr hinuntergebracht und damit gegen die Vorschrift verstoßen hatte, alles aufzuessen. Frühpubertärer Kinderkram, schon möglich, dachte ich. Und lang her, verdammt lang her. Aber dass eine Freundschaft dann so viele Jahre hält, das ist schon eine Seltenheit. Wertvoll wie ein altes Buch. Wenn nicht sogar wertvoller.

Ich bin dreizehn, und meine Mutter ist seit einem Jahr tot, als mich mein Vater ins Internat steckt.

»Es ist nur zu deinem Besten«, sagt er, »und später einmal wirst du mir dafür dankbar sein, dass ich dich dazu gezwungen habe, das Gymnasium zu absolvieren und gleichzeitig Disziplin zu lernen. Denn wenn du so weitermachst wie im vergangenen Jahr, sehe ich schwarz für deine Zukunft. Deine Mutter ist tot, aber dein Leben steht erst am Anfang, also mach was aus der Chance, die ich dir gebe. Franziska sieht das übrigens genauso wie ich.«

Und Franziska verzieht ihre Lippen zu einem dünnen Lächeln und nickt zustimmend. Franziska, die immer mit allem einverstanden ist, was Vater tut oder sagt. Franziska, die gern meine neue Mutter sein möchte, aber ich weigere mich, »Mama« zu ihr zu sagen und nehme dafür lieber eine Ohrfeige von meinem Vater in Kauf. Franziska, die ich hasse, weil sie meinen Vater liebt.

Meinen Vater, den hochgeachteten und bei allen Leuten beliebten Herrn Sparkassenfilialdirektor Josef Bauer. Den geschätzten und verdienstvollen Kameradschaftsbundobmann, der am liebsten vom Krieg erzählt, tolle Abenteuergeschichten für mich, mit Vater in der Rolle des großen Helden, von mir bewundert, bis ich zehn bin, danach beginnen mich seine immer gleichen Berichte über Panzerschlachten und unter der Wüstensonne auf Kühlerhauben gebratene Spiegeleier langsam zu langweilen. Meinen Vater, der mir bei jeder Gelegenheit voll Stolz das Eiserne Kreuz zeigt, das ihm für seine Tapferkeit und Pflichterfüllung an der Front, wie er sagt, verliehen worden ist. Meinen Vater, der mich auf den Namen David taufen ließ als Beweis, dass er nie ein Antisemit gewesen ist, womit ich als Kind überhaupt nichts anfangen kann. Meinen Vater, den Herrn im Haus, der keinen Widerspruch duldet und der seinen Sohn mit harter Hand für die Anforderungen des Lebens stählen will. Meinen Vater – und davon bin ich auch heute noch überzeugt – der meine Mutter auf dem Gewissen hat. Meinen Vater, für den ich seither nichts anderes empfinden kann als Hass.

»Hier werden sie dir deine Flausen schon abgewöhnen und dir beibringen, wie man sich zu benehmen hat«, ruft er mir nach, als ich, ohne mich von ihm und Franziska zu verabschieden, wortlos meinen vollgestopften Koffer aus dem Gepäckraum des Ford Taunus zerre und dann zum Eingang des Internats laufe, so schnell ich nur kann.

Nein, ich will sie nicht sehen, nie mehr will ich sie sehen, nie, nie, nie mehr! Und vor allem will ich nicht, dass sie mein Gesicht sehen. Dass sie sehen, wie mir zumute ist und wie ich Rotz und Wasser heule, aus Angst vor dem, was mich erwartet, und aus Wut darüber, dass ich mich nicht dagegen wehren kann, was mit mir geschieht. Nein, ich drehe mich nicht mehr nach ihnen um, nein, kein letzter Blick, kein Winken, ich gehe sofort ins Haus, und kaum ist das schwere Eingangstor hinter mir krachend ins Schloss gefallen, höre ich auch schon, wie der Ford gestartet wird und mit quietschenden Reifen davonrast.

Das Internat ist damals – neunzehnhundertdreiundsechzig – jedem Gymnasiasten im ganzen Land als »Schleiferkaserne« ein Begriff. »Wenn du nicht spurst, kommst du in die Schleiferkaserne«, das ist die gängige Drohung, wenn man schlechte Noten nachhause bringt oder die Schule schwänzt oder sich sonst etwas zuschulden kommen lässt. In der Schleiferkaserne, so heißt es, habe man nämlich die geeigneten Methoden, um einen zur Räson zu bringen, hier würde man auch den aufmüpfigsten Lümmel zurechtschleifen und mit militärischem Drill zu einem anständigen Menschen erziehen, ob er wolle oder nicht. Und selbst dem Dümmsten würde »der Knopf aufgehen«, um die Reifeprüfung zu schaffen und ein wertvolles, pflichtbewusstes und höher gebildetes Mitglied der Gesellschaft zu werden.

Es sind schreckliche Geschichten, die sich um das Internat ranken, das ein paar Kilometer außerhalb der Stadt in einer ehemaligen Kadettenanstalt aus dem neunzehnten Jahrhundert, untergebracht ist. Geschichten über Schlafsäle mit fünfzig Betten, eiskalte Duschen, brutale, perverse Erzieher – eben die berüchtigten, beinharten »Schleifer« –, über willkürliche Schikanen, Essensentzug und sogar Prügel als Strafe für Ungehorsam, über einen fensterlosen Kellerraum voll Spinnen und Ratten, in den man eingesperrt würde, wenn man einen Karzer absitzen müsse, kurz, über alles Bedrohliche, das die Schleiferkaserne zu einem Ort macht, an dem man auf gar keinen Fall sein möchte.

Und genau an diesem Ort befinde ich mich nun. Mit tränennassem Gesicht, trotzig und verzweifelt zugleich. Wie am Rand eines Abgrundes. Ich habe die Wahl: entweder springen oder umdrehen und klein begeben. Doch selbst wenn mein Vater noch draußen vor dem Tor stünde und darauf warten würde, kann und will ich ihn nicht um Vergebung bitten und ihm versprechen, dass ich mich bessern werde, und dann so tun, als sei nichts geschehen. Also werde ich springen. Schlimmer als das, was ich erlebt habe, kann es nicht kommen.

So, und jetzt?

Ich stehe in einer kleinen Eingangshalle am Fuß einer breiten Treppe ins Obergeschoß, zu beiden Seiten führt jeweils ein langer Gang in die Flügel des Gebäudes. Unzählige geschlossene Türen, nur die erste, gleich rechts von mir, ist einen Spalt weit offen. Daneben ein Schiebefenster, darüber ein Schild mit den Worten »MELDEZIMMER – Zöglinge und Besucher haben sich an- und abzumelden«. Ich schaue zuerst durch die Scheibe, dann durch den Türspalt, aber niemand ist zu sehen.

»Bitte«, sage ich, »ist da wer?«

Keine Antwort.

Jetzt erst fällt mir auf, dass es hier unheimlich still ist, so als wäre außer mir kein einziger Mensch im ganzen Haus. Und ich fühle mich irgendwie hilflos, wie ausgesetzt in einer menschenleeren Einöde.

Da tippt mir plötzlich jemand von hinten auf die Schulter und sagt: »Keiner da. Unser Wachhund kommt erst in einer Stunde.« Und während ich mich erschrocken umdrehe, fügt er hinzu: »Sag, hast du vielleicht eine Zigarette für mich?«

Ich kann es nicht glauben: Da bin ich in einer für ihre unmenschliche Strenge gefürchteten Erziehungsanstalt, und das Erste, was ich zu hören bekomme, ist die Frage nach einer Zigarette. Und gestellt wird mir die Frage von einem, der fast das Abziehbild von James Dean sein könnte, von dem ich einmal Fotos in einer Illustrierten meiner Mutter gesehen habe, die, glaube ich, ein bisschen verliebt in ihn gewesen ist, und für den mein Vater nur ein verächtliches »typisch amerikanischer Halbstarker, gut, dass er tot ist« übrig gehabt hat. Und jetzt steht er vor mir, mindestens einen Kopf größer als ich, schlaksig, eine widerspenstige Haarsträhne mit lässigem Schwung in der Stirn, den Kragen seiner kurzen, roten Jacke hochgestellt, eine Hand in der Hosentasche seiner Blue Jeans, die andere vor dem Mund, Mittel- und Zeigefinger ausgestreckt, als hielte er eine Zigarette.

»Was ist«, fragt er noch einmal, »hast du oder hast du nicht?«

Es ist das erste Mal in meinem Leben, dass ich um eine Zigarette gebeten werde, und ich komme mir gleich ein bisschen erwachsener vor und wische mir rasch die Tränen ab. »Tut mir leid«, sage ich, »ich bin Nichtraucher.«

»Schade«, sagt der von den Toten auferstandene James Dean, »aber was nicht ist, das kann ja noch werden.«

»Bestimmt«, lüge ich, »ich wollte es ohnehin schon längst einmal probieren.«

»Ich hab vor einem Jahr mit dem Rauchen angefangen«, sagt James Dean. »Genau drei Wochen nachdem ich in die Schleiferkaserne gekommen bin. Übrigens, ich heiße Robert Lehmann. Und du?«

»David Bauer.«

»Ach, du bist das. Dann bist du also der Neue. Aber was machst du denn jetzt schon hier? Der Unterricht fängt doch erst in einer Woche an. Deine Eltern haben es wohl nicht erwarten können, dass sie dich loswerden, was?«

»Ich soll mich eingewöhnen, hat mein Vater gesagt.«

Robert James Dean Lehmann grinst. »Alles klar. Die übliche faule Ausrede. Na gut, komm, ich zeig dir, wo du schlafen wirst.«

Er geht den Gang hinunter, und ich trotte mit meinem schweren Koffer hinterher. Am Ende des Ganges biegen wir scharf links ab in einen etwas schmäleren Flur, der in einen der beiden Seitentrakte führt, die den ehemaligen Exerzierplatz flankieren, »auf dem uns jetzt die Turnlehrer herumkommandieren«, wie Robert nebenbei erzählt, und als Nächstes zeigt er mir den von ihm als »Stink-und-Piss-und-Brausestall« bezeichneten Waschraum mit mindestens dreißig WC-Kabinen und ebenso vielen Duschen und einem einzigen langen Blechwaschbecken an einer grün gestrichenen Wand. Und hinter der nächsten Tür, »praktischerweise«, sagt er, befindet sich dann endlich »unsere Schnarchbude«, und ich bin unglaublich erleichtert, als ich sehe, dass das kein riesiger Schlafsaal ist, sondern ein Zimmer mit acht Betten, um genau zu sein, vier Stockbetten.

»Du schläfst unten, ich oben.« Robert deutet auf das Stockbett neben dem Fenster. »Und der Spind da ist für deine Sachen.« Dann wirft er einen Blick auf seine Armbanduhr – die er mit dem Zifferblatt an der Innenseite seines Handgelenks trägt, wie ich es bisher noch bei niemandem gesehen habe und was mir unglaublich imponiert – und sagt: »Einräumen kannst du später. Komm mit.«

Wir gehen zurück zum Meldezimmer, in dem Robert sich »was zum Rauchen besorgen« will, und ich soll »den Wachhund mit irgendwelchen Fragen ablenken, falls er früher als erwartet auftaucht«.

»Hä? Was soll ich …?«

»Frag ihn am besten, wo die Direktionskanzlei ist. Wegen deiner Anmeldung. Dann bringt er dich hin.«

»Ein Wachhund? … Ich soll einen Hund fragen?«

Robert klärt mich grinsend darüber auf, dass der »Wachhund« Herr Freisinger sei, der Portier, an dem normalerweise niemand unbemerkt vorbeikomme, und den ich sofort an seinem Gesicht erkennen würde, weil er nämlich aussähe wie eine Bulldogge. Auf den ersten Blick grimmig und gefährlich, aber eigentlich ein völlig harmloser und sogar ausgesprochen freundlicher alter Mann. Trotzdem müsse er ja nicht unbedingt wissen, dass sich jemand an seinem Zigarettenvorrat bedient.

Ich suche mir eine Stelle, von der aus ich das Eingangstor im Auge behalten und gleichzeitig durchs Schiebefenster beobachten kann, wie Robert sich mit der Klinge eines kleinen Taschenmessers vorsichtig und konzentriert am Schloss einer Schreibtischschublade zu schaffen macht, die Schublade mit einem Ruck öffnet, eine Packung Zigaretten herausnimmt und in seine Jackentasche steckt, die Lade schließt und zuletzt mit dem Ärmel gründlich abwischt.

Als er aus dem Zimmer kommt, schaut er wieder auf seine Armbanduhr. »Zwei Minuten zwanzig, neuer Rekord. Klasse.« Mit einem triumphierenden Lächeln lässt er die Klinge in den Griff seines Taschenmessers zurückschnappen und schiebt es in seine Hosentasche. »Taschenmesser sind hier eigentlich verboten.« Dann holt er die Zigarettenpackung heraus, reißt sie auf und steckt sich eine Zigarette zwischen die Lippen. »Und Zigaretten natürlich auch. Also Mund halten, klar?« Und als er meinen fragenden Blick bemerkt, fügt er hinzu: »Unser Wachhund ist der Einzige, der in seinem Zimmer rauchen darf.«

Ich verstehe. Daher kommt also der Geruch nach kaltem Zigarettenrauch, den ich plötzlich an Robert bemerke. Ein Geruch, über den mein Vater jedes Mal angewidert die Nase gerümpft hat, wenn meine Mutter von einem ihrer seltenen Treffen mit ihren alten, offenbar leidenschaftlich rauchenden Schulfreundinnen nachhause gekommen ist. »Du stinkst wie ein Aschenbecher«, ist sein üblicher Kommentar gewesen, und dann hat er Fichtennadelduft im ganzen Haus versprüht, in jedem Zimmer, als wollte er böse Geister vertreiben, und einmal hat er Mutter sogar wutentbrannt samt ihrer Kleidung unter die Dusche gezerrt. Zugegeben, als Kind habe ich den Zigarettenmief auch nicht besonders gemocht, aber dass ihn mein Vater hassen würde, ist für mich allein schon Grund genug, um diesen Geruch jetzt zu lieben.

»Habt ihr nichts Besseres zu tun, als dumm herumzustehen?« Die Stimme meines Vaters. Das darf doch nicht wahr sein! Lässt er mich denn nie in Ruhe? Nicht einmal hier?

»Wo kommt denn der auf einmal her?« Robert greift blitzschnell nach der Zigarette, verbirgt sie hinter seinem Rücken und blickt irritiert über meinen Kopf in Richtung Treppe.

Auf der Suche nach einer Antwort drehe ich mich zu meinem Vater um – und eine Schrecksekunde später platze ich fast vor Lachen. Erstens, weil der Mann, der da mühsam, offenbar durch ein steifes Bein oder eine Prothese behindert, die Treppe Stufe für Stufe herabsteigt, gar nicht mein Vater ist. Und zweitens, weil ich das Gesicht dieses Mannes einfach nur zum Brüllen komisch finde, dieses traurige Bulldoggengesicht, in dem alles nach unten hängt, was in einem Gesicht nach unten hängen kann, die Augenlider, die Tränensäcke, die Wangen, die Mundwinkel, das Doppelkinn, sogar die Nasenflügel und die Ohrläppchen, als wäre alles aus Wachs geformt und würde jetzt langsam schmelzen und in großen Tropfen herunterrinnen. Aber vielleicht lache ich auch nur aus Trotz, weil ich schon ziemlich lang nichts mehr zu lachen gehabt habe und endlich lachen will, ob es den anderen nun passt oder nicht.

Deshalb habe ich auch keine vernünftige Erklärung parat, als sich der Wachhund vor mir aufbaut, mich aus seinen kleinen Augen böse anfunkelt und – immer noch mit der Stimme meines Vaters – sagt: »Würdest du mir bitteschön verraten, was du so komisch findest? Vielleicht kann ich dann ja auch mitlachen.«

»Entschuldigung«, stoße ich hervor und versuche vergeblich, mein Lachen zu unterdrücken, »aber ich lache doch gar nicht, ehrlich, ich lache wirklich nicht.« Was wohl so ziemlich die blödeste Antwort ist, die ich in diesem Moment geben kann, doch dann fällt mir Gott sei Dank ein, dass Robert zu mir gesagt hat, ich solle fragen, wo die Direktionskanzlei ist, also bitte ich Herrn Freisinger, mich dorthin zu bringen, und das ist jetzt natürlich noch unsinniger als meine erste Antwort.

»Da haben wir wohl einen kleinen Spaßvogel, wie?« Ob sich hinter den schweren Hängebacken Verärgerung oder ein Lächeln verbirgt, kann ich nicht erkennen. »Lass gefälligst einen alten Mann in Frieden, den Weg soll dir dein neuer Freund zeigen. Morgen. Heute ist nämlich keiner mehr in der Kanzlei. Und jetzt schaut, dass ihr weiterkommt, und zwar alle beide. Abmarsch!«

»Jawohl!«, brüllt Robert und tut so, als würde er die Hacken zusammenschlagen und strammstehen. »Abmarsch! Zu Befehl!« Er salutiert und dann fängt auch er an zu lachen.

»Saubande, freche«, höre ich noch, ehe die Tür zum Meldezimmer zuknallt. Und wir lachen und lachen und lachen, und es kommt mir vor, als wäre auch aus dem Zimmer ein Lachen zu vernehmen, aber ich bin mir nicht sicher.

»Das war arschknapp«, sagt Robert und drängt mich zum Hinterausgang. »Gut gemacht, David. Komm, geh'n wir eine rauchen.«

Arschknapp, das gefällt mir. Gut gemacht, das gefällt mir noch mehr. Ich weiß zwar nicht, was ich gut gemacht habe, aber es ist das erste Lob seit Langem, und nur darauf kommt es an. Doch am allermeisten gefällt mir, dass der Wachhund Robert als meinen neuen Freund bezeichnet hat. Ich glaube, deshalb mag ich den komischen alten Mann irgendwie, besser gesagt, ich würde ihn mögen, wenn er bloß nicht diese gefährlich sanfte und ein bisschen heisere Stimme meines Vaters hätte, mit der sich jedes Wort wie ein Vorwurf anhört oder eine Drohung.

Im nächsten Augenblick wünsche ich mir, mein Vater wäre jetzt hier und könnte sehen, was ich gerade mache: Ich stehe in einer Ecke des Sportplatzes, gut versteckt hinter einem Geräteschuppen, und zünde mir eine Zigarette an. Und das – was ja wohl der Gipfel der Unverschämtheit ist – in Gesellschaft eines Halbstarken, der auf James Dean macht. Ich bin sicher, mein Vater würde platzen vor Wut.

Nur schade, dass ich es nicht hinkriege, so wie Robert »den Tschick« in James Dean-Manier im Mundwinkel zu halten. Der Rauch bringt meine Augen sofort zum Tränen und brennt in der Kehle. Deshalb halte ich die Zigarette vorsichtig zwischen Daumen und Zeigefinger, mache nur hin und wieder mit spitzen Lippen einen Zug und puste den Rauch gleich wieder aus, während Robert sogar mit der Zigarette zwischen seinen Lippen reden kann. Es ist zwar ein undeutliches Nuscheln, das auf diese Weise aus seinem halb geschlossenen Mund kommt, und ich verstehe nur die Hälfte von dem, was er erzählt, aber trotzdem finde ich es großartig.

Alles, wirklich alles, finde ich großartig. Zum Beispiel, dass Robert schon fast fünfzehn ist, was für einen Dreizehnjährigen wie mich nicht nur einen riesigen Altersunterschied bedeutet, sondern vor allem einen gewaltigen Vorsprung an Reife und Lebenserfahrung, und da kann ich schon stolz darauf sein, dass er sich mit mir abgibt. Es wundert mich zwar zunächst, dass er nicht bereits in die fünfte Klasse geht, sondern wie ich in die dritte, doch als er sagt, er habe halt schon in anderen Schulen »ein paar Ehrenrunden gedreht«, und dass ich im Klassenzimmer neben ihm sitzen könne, wenn ich wolle, finde ich auch das großartig und ich fühle mich ziemlich geschmeichelt. Daran ändert sich auch nichts, als ich erfahre, dass der Platz – übrigens ebenso wie der in der unteren Etage des Stockbetts – nur deshalb frei ist, weil Roberts bisheriger bester Freund ein paar Tage vor dem Ende des vergangenen Schuljahres verschwunden ist, einfach abgehauen bei Nacht und Nebel, niemand weiß, warum und wohin.

»Du hilfst mir und ich helfe dir, so werden wir die nächsten sechs Jahre locker schaffen«, sagt er, und ich finde, dass das doch wirklich großartige Aussichten sind. »Eigentlich ist die Schleiferkaserne gar nicht so übel«, erzählt Robert weiter. »Die Lehrer strengen sich ganz gewaltig an, damit sie uns durchs Gymnasium bringen. Müssen sie auch, weil unsere Eltern nämlich einen Haufen Geld dafür bezahlen. Nur ein paar Erzieher spielen manchmal den wilden Mann, und dann stellen sie völlig idiotische Regeln auf, an die man sich besser hält, wenn man seine Ruhe haben will. Aber glaub mir, alles halb so schlimm.«

Er gräbt mit dem Schuhabsatz ein kleines Loch in den Boden, wirft seinen Zigarettenstummel hinein, schiebt Erde und Kiesel darüber und tritt alles wieder fest. »Siehst du, David, so macht man das. Obwohl mir die Vorschriften eigentlich egal sein könnten.« Dann steckt er sich die nächste Zigarette an und nuschelt etwas über seinen »Herrn Papa«, der ein bekannter Großbäcker sei – *Bäcker Lehmann bäckt bestes Brot*, ja, den Werbespruch kenne sogar ich – und dass sein Vater das Internat seit vielen Jahren allmorgendlich mit Brot beliefern würde, natürlich zu einem unschlagbar günstigen Sonderpreis, weshalb man sich selbstverständlich davor hüten würde, den »Herrn Fabrikantensohn« aus irgendeinem Grund rauszuschmeißen oder schlecht zu behandeln.

Großartig, denke ich wieder, wenn Robert und ich Freunde sind, dann kann bestimmt auch mir nichts passieren. Und das Beste daran ist, dass mein Vater sich das alles garantiert ganz anders vorgestellt hat.

Ich ziehe aufgeregt an meiner Zigarette und ziehe und ziehe, bis ich endlich merke, dass die Glut inzwischen längst erloschen ist. »Da, bitte«, sagt Robert und streckt mir sein Feuerzeug entgegen, doch auf einmal verschwimmt alles vor meinen Augen und der Boden fängt zu schaukeln an, und und ich fühle mich alles andere als großartig, aber an der Zigarette kann das ja wohl nicht liegen.

Robert schaut mir ins Gesicht. »He, was ist los? Musst du kotzen?«

»Ja«, flüstere ich, und ich würde mich gern darüber freuen, dass er nicht »übergeben« gesagt hat, sondern »kotzen«, ein Wort, das bei mir zuhause als primitiv und proletenhaft gilt und absolut verboten ist – doch dafür bleibt mir keine Zeit. Ich kann mich gerade noch zur Seite drehen, dann kleben auch schon die Reste meines Mittagessens an der Wand des Geräteschuppens.

»Also ich hab nichts gesehen. Keine Ahnung, von wem diese Sauerei ist«, grinst Robert. Er tritt seinen und meinen Zigarettenstummel fest in den Boden und zieht mich am Ärmel zurück ins Haus. »Vergiss die Kotze, der nächste Regen wäscht alles ab.«

Als wir am Meldezimmer vorbeigehen, öffnet der Wachhund das Schiebefenster und ruft »Moment, ich hab was für dich!«

Dann reicht er mir ein Päckchen, ungefähr so groß wie eine Schuhschachtel, in Packpapier eingeschlagen und mit einem Bindfaden verschnürt. »Vor fünf Minuten hat das deine Mutter für dich abgegeben. Hast du im Auto liegen lassen, hat sie gesagt.«

»Ja«, sage ich, »vielen Dank. Das hab ich wirklich vergessen.« Was eine glatte Lüge ist, weil ich das Päckchen absichtlich nicht mitgenommen habe. Ich weiß nämlich, was drin ist, und ich will ihn nicht, diesen Liebesbeweis, mit dem Franziska die treusorgende Mutter spielen möchte. Und dass sie meinen Vater nur wegen dieses blöden Päckchens nun sogar dazu überredet hat, zum Internat zurückzufahren, finde ich ganz besonders aufdringlich von ihr. Sie kapiert es einfach nicht, denke ich, und wenn mir nicht schon total schlecht wäre, dann würde mir garantiert jetzt übel.

Im Zimmer schiebe ich das Päckchen unters Bett und lege mich hin. »Willst du's nicht aufmachen?«, fragt Robert, und ich drehe mich von ihm weg, damit er mein Gesicht nicht sehen kann, denn plötzlich ist mir nicht nur schlecht, sondern auch schon wieder zum Heulen.

»Mach du's auf«, sage ich. »Ich schenk's dir.«

»Du spinnst.«

»Nein. Im Ernst. Du kannst es haben.«

»Na gut, wenn du meinst.«

Die Sprungfedern quietschen, als sich Robert neben mich auf den Bettrand setzt. Dann höre ich ein lautes Schnalzen, weil er den Knoten des Bindfadens nicht geduldig löst, sondern einfach mit seinem Taschenmesser durchschneidet, und danach geht das Packpapier geräuschvoll in Fetzen. Lieblos, denke ich mir. Passt. Genau richtig. Franziska wäre entsetzt. Und mein Vater hätte wieder einen Grund, sich stundenlang über die »Unsitten und den mangelnden Ordnungssinn der heutigen Jugend« aufzuregen.

»Wahnsinn«, ruft Robert. »Hast du heute Geburtstag oder was?«

»Wieso? Was ist denn drin in der Schachtel?« Aber eigentlich will ich es gar nicht hören.

»Eine Torte. Schwarzwälder Kirsch, glaube ich.«

Na bitte, hab ich's doch gewusst. Meine Lieblingstorte, die meine Mutter so oft gemacht hat und mit der sich Franziska seit Monaten bei mir einzuschleimen versucht.

»Nein«, sage ich, »ich hab nicht Geburtstag.«

»Aber warum ...?«

»Weiß nicht«, lüge ich, »einfach so.«

»Und du willst sie wirklich nicht?«

»Lass mich damit in Ruhe. Wie oft soll ich denn noch sagen, dass sie dir gehört? Geschenkt.«

»Aber die Torte ist doch von deiner Mutter.«

»Ist sie nicht«, flüstere ich und schlage mit meiner Faust zornig auf die Matratze ein, »ist sie nicht, ist sie nicht, ist sie nicht. Sag nie wieder, dass sie von meiner Mutter ist.« Und jetzt kann ich mich nicht mehr zurückhalten und breche in Tränen aus, und wenn mich Robert deshalb auslacht, bitteschön, dann soll er eben lachen, ist mir doch egal. »Ich hab keine Mutter. Meine Mutter ist tot.«

Robert sagt nichts. Und er lacht auch nicht. Er räuspert sich nur ein paar Mal laut und überdeutlich, doch das Räuspern klingt irgendwie nicht echt, sondern bloß gespielt, und dann hält er mir demonstrativ einen kleinen Zettel vors Gesicht.

David, mein lieber Bub! Lasse Dir Deine Lieblingstorte recht gut schmecken! Deine Dich liebende Mama.

»Aber sie ist wirklich tot«, flüstere ich und reiße Robert den Zettel aus der Hand.

O Gott! Robert glaubt mir nicht. Ich stehe schon wieder als Lügner da. Als einer, der sich irgendwas ausdenkt, um sich interessant zu machen. Einer, dem es nicht einmal zu blöd ist zu behaupten, dass seine Mutter tot sei, weil er damit Aufmerksamkeit und Mitleid erregen will, und der sich dafür schämen sollte. Als kleiner Spinner, mit dem man besser nicht befreundet ist. Aber ich bin kein Spinner. Und ein Lügner bin ich schon gar nicht. Was soll ich machen, damit Robert mir glaubt?

Einfach sagen, was geschehen ist, etwas anderes bleibt mir wohl nicht übrig. Alles erzählen, leise, stockend, das Gesicht halb im Kopfpolster vergraben, und dabei hoffen, dass Robert mich versteht. Mir zuhört. Und mir glaubt, was mir bis jetzt niemand geglaubt hat.

Womit anfangen? Vielleicht mit der Torte. Dass die in der Schachtel bloß eine gekaufte Torte ist und keine selbst gemachte, und dass die erste Torte, die ich von meiner Mutti bekommen habe, wirklich eine Geburtstagstorte gewesen ist, und dass meine Mutti die besten Torten auf der ganzen Welt gebacken hat, und dass sie überhaupt die allerbeste Mutti gewesen ist – aber ich kann nicht. Ich kann nicht »meine Mutti« sagen. Nicht, seit sie tot ist. Weil es weh tut, einfach nur weh. Es gibt keine »Mutti« mehr. Man hat sie mir weggenommen. Und es kommt mir vor, als würde ich sie verraten, wenn ich »meine Mutti« sage, jetzt, nachdem ich sie im Stich gelassen und ihr nicht geholfen habe. Und deshalb kann ich auch nicht »ich« sagen, kann nicht über mich reden, über ihr »Büblein«, wie sie mich zärtlich genannt hat. Nein, ich kann es einfach nicht.

Also verstecke ich mich hinter einem anderen. Erzähle, als sei ich gar nicht der David, von dem die Rede ist. Erzähle von einem, dem seine Mutter jedes Jahr zum Geburtstag seine Lieblingstorte bäckt, seit er sechs ist. Aber dass er drei Jahre später ein Geschenk bekommt, das noch viel schöner ist. Erzähle von dem Neunjährigen, der einen Freudentanz aufführt, als ihm seine Eltern einen Hund schenken. Einen süßen, jungen Schäferhund mit einer weißen Pfote. Tasso, seinen neuen Spielkameraden. Und dass sie vom ersten Augenblick an unzertrennlich sind, David und sein heiß geliebter Tasso, mit dem er gleich schmust und sich von ihm das Gesicht abschlecken lässt, und den er in den ersten Nächten sogar zum Schlafen ins Bett mitnimmt, heimlich, bis sein Vater es entdeckt und nicht mehr erlaubt. Erzähle, wie sich David um Tasso kümmert, wie sie miteinander spielen, miteinander aufwachsen, fast so, als wäre Tasso Davids Bruder. Mutter, Vater, David und Tasso: eine glückliche Familie.

Und dann erzähle ich, wie alles anders wird. Wann genau es anfängt, weiß ich nicht, und auch den Grund dafür kenne ich nicht. Ich weiß nur, dass Davids Mutter eines Tages ganz schnell im Schlafzimmer verschwindet, als er mit Tasso nach einem langen Spaziergang nachhause kommt. Und dass sie ein paar Stunden im Zimmer bleibt, obwohl es doch erst Nachmittag ist, und dass sein Vater erklärt, sie habe Kopfschmerzen und sich deshalb ins Bett gelegt. Und dass sie gerötete Augen hat, als hätte sie geweint, und schrecklich blass ist, als sie später in der Küche steht und das Abendessen zubereitet. Dass das dann immer häufiger vorkommt, erzähle ich, manchmal ein paar Mal in der Woche, aber dass David sich nie traut, seine Mutter zu fragen, was denn los sei und wieso sie geweint habe, weil sein Vater gesagt hat, er solle sie in Ruhe lassen. Nicht einmal, als er eine große, hässliche Schwellung auf ihrer Wange sieht, stellt er eine Frage.

David ist jetzt elf, und ein Elfjähriger hat zu tun, was man von ihm verlangt. Darum gehorcht er, wenn ihn sein Vater neuerdings immer öfter mit dem Hund hinausschickt, obwohl er mit Tasso doch gerade erst seine Runde gemacht hat, und gleichgültig, ob es in Strömen regnet oder bereits spät am Abend ist.

Die Proteste seiner Mutter werden einfach vom Tisch gewischt. Kindern würde es Spaß machen, auch einmal in der Nacht auf der Straße spielen zu dürfen, und David solle nicht verweichlicht werden, heißt es. Doch der Einzige, dem es Spaß macht, ist Tasso, der dann kaum zu bändigen ist und sich nicht selten losreißt, um in der Dunkelheit hinter Katzen herzujagen. Gegen den großen, kräftigen Hund, zu dem Tasso herangewachsen ist, hat David keine Chance, da bleibt ihm nichts anderes übrig, als hinterherzurennen und hundert Mal »Tasso, hierher! Tasso, Fuß!« zu schreien, bis der Hund endlich aufgibt. Nein, für David ist das ganz und gar kein Spaß, und irgendwie hat er das Gefühl, dass Tasso jetzt nicht mehr sein Freund ist, und sein kleiner Spielkamerad schon überhaupt nicht, auch das ist anders geworden.

Wenn sie heimkommen, herrscht oft eine ganz merkwürdige Stimmung im Haus, die ihm Angst macht, so dass er sich ganz schnell in sein Zimmer verzieht. Am nächsten Tag tun dann alle so, als sei alles ganz normal. Und einmal erklärt ihm sein Vater sogar augenzwinkernd, »Mutti und Vati« wären halt manchmal gern miteinander allein, und wenn er älter sei, würde er das sicher verstehen. Aber David versteht schon jetzt, was sein Vater damit meint, doch er glaubt ihm kein Wort, obwohl er es nur allzu gerne glauben möchte.

Sein Vater lügt, das spürt David. Und dann kommt der Abend, an dem er erkennt, dass er recht hat. Der Abend, an dem er schon nach einer Viertelstunde wieder zum Haus zurückkehrt, weil es ihm zu blöd ist, draußen mit dem Hund herumzurennen. Und was er dann – noch im Garten auf dem Weg zur Haustür – mit anhören muss, das klingt alles andere als liebevoll. Die zornige Stimme seines Vaters und die gequälten, halb erstickten Laute aus dem Mund seiner Mutter, nein, das ist nicht Liebe, das sind Wut und Hass und Schmerz und Verzweiflung. Und David weiß nicht, was er tun soll, ihm ist völlig klar, was da drin vorgeht, er ist ja nicht dumm, aber er wagt sich nicht ins Haus, am liebsten würde er davonlaufen, doch er bleibt stehen wie festgefroren, und der Hund neben ihm rührt sich ebenfalls nicht von der Stelle und knurrt leise und sträubt die Nackenhaare.

Erst Sekunden oder Minuten oder Stunden später – keine Ahnung, auch die Zeit ist erstarrt – hechtet Tasso plötzlich mit einem einzigen gewaltigen Satz zur Tür, als hätte er auf den dumpfen Schlag und den kurzen, kehligen Aufschrei, die fast gleichzeitig durch die geschlossenen Jalousien des Küchenfensters dringen, gewartet wie auf ein Kommando, und fängt zu bellen an, so laut und aufgeregt und böse, wie er bisher noch nie gebellt hat. Der Hund tobt, während die Stimmen ganz plötzlich verstummen. Und dann schnappt er zwei, drei Mal nach der Klinke, weiß der Teufel, wer ihm das beigebracht hat, die Tür springt auf, Tasso rennt ins Haus, und David folgt ihm zögernd, schleicht ihm nach in die Küche, vorsichtig und voll Angst. Und wieder einmal riecht es schon im Hausflur nach Fichtennadelspray.

Aber dass dann niemand in der Küche ist, erzähle ich, und dass alles ordentlich und sauber und aufgeräumt ist wie immer. Nur ein Sessel ist umgefallen, und irgendwas ist neben dem Tisch auf den Boden ausgeschüttet worden, und Tasso schnüffelt daran und fängt an, es aufzulecken, etwas Rotes, Klebriges, das auf den ersten Blick aussieht wie Himbeersirup, und David steckt die Spitze seines Zeigefingers hinein und riecht daran, und da weiß er, dass es Blut ist, Blut, das er nun auch an der Tischkante kleben sieht.

Und wie sich in Davids Kopf sofort alles zusammenfügt, der dumpfe Schlag und der Schrei und das Blut, und dass er jetzt nicht mehr lang nachzudenken braucht, um zu wissen, was sich hier abgespielt hat, und dass es das Blut seiner Mutter ist, das Tasso vom Boden leckt.

Dass David dem Hund einen Tritt versetzt, erzähle ich, und noch einen und noch einen, bis er endlich aufhört, Mutters Blut aufzulecken, und dass der Hund sich wütend in Davids Hose verbeißt, und er ihn abzuschütteln versucht und anschreit und mit der Faust auf die Schnauze schlägt, und dass plötzlich Davids Vater da ist und Tasso am Halsband packt und zurückreißt und hinaus in den Garten zerrt und die Eingangstür zusperrt. Und dass er dann etwas über ein dummes Missgeschick daherredet, eine Ungeschicklichkeit, einen Ausrutscher, der aber nicht so schlimm sei, und dass er David in sein Zimmer schickt und ihm wieder einmal ausdrücklich aufträgt,

Mutter in Ruhe zu lassen und sie nicht mit irgendwelchen Fragen noch mehr aufzuregen.

Mein Gott, wäre ich doch nur größer, stärker und vor allem mutiger gewesen, denke ich, dann könnte ich jetzt erzählen, wie David seinem Vater erklärt, dass er ganz genau wüsste, was vorgefallen ist, und dass ihm sein Vater keine Märchen auftischen solle, und dass er Mutter nie wieder schlagen dürfe, weil er ihn sonst anzeigen würde, oder ihm den Arm brechen und die Nase auch, und wie er ihm dabei seine Fäuste vors Gesicht hält, um seine Drohung zu unterstreichen, und ihm dann gleich einmal gegen das Schienbein tritt – aber nein, nichts davon macht David, er ist zu feig dazu, und so kann ich nur erzählen, dass er wortlos und mit gesenktem Kopf die Treppe hinaufläuft, in seinem Zimmer verschwindet und sich unter die Bettdecke verkriecht.

Später in dieser Nacht geht David wieder in die Küche, um ein Glas Wasser zu trinken. Was er sofort bemerkt, erzähle ich, ist der scharfe Geruch von Reinigungsmitteln, der jetzt den Fichtennadelduft verdrängt hat. Dann sieht er, dass das Blut verschwunden ist und die Bodenfliesen und die Resopaltischplatte blitzblank poliert sind. Ja, sein Vater hat ganze Arbeit geleistet, obwohl es sicher das erste Mal in seinem Leben gewesen ist, dass er einen Putzlappen in die Hand genommen hat. Und als David schon wieder draußen im Flur ist, hört er auf einmal das laute Schnarchen seines Vaters, ein vertrautes Geräusch, nur dass es nicht wie sonst aus dem Schlafzimmer kommt, sondern aus dem Wohnzimmer gleich neben der Küche. Er macht die Tür einen Spalt weit auf und sieht seinen Vater auf dem Ecksofa liegen, flach auf dem Rücken, halb zugedeckt mit einer alten karierten Wolldecke, den Mund weit offen. Ein unglaublich lächerlicher Anblick, so dass David wenigstens jetzt endlich einmal seinen Gehorsam vergisst und hinüber ins Elternschlafzimmer geht, um nach seiner Mutter zu sehen.

Es ist ziemlich dunkel, nur die Straßenlaterne schickt einen schmalen Lichtstreifen durch den nicht ganz geschlossenen Vorhang ins Zimmer, aber das Wenige, das David erkennen kann, ist schlimm genug. Auf der Stirn seiner Mutter klebt ein Wundverband, groß wie ein Handteller. Zwischen den beiden Leukoplaststreifen ist der weiße Stoff fast schwarz vom durchgesickerten Blut. Und als David sich neben das Bett kniet und zum Gesicht seiner Mutter hinunterbeugt, steigt ihm von dem notdürftigen, feucht schimmernden Pflaster der bittere Geruch von Jod in die Nase.

Ich weiß nicht, wie ich das beschreiben soll, was David fühlt, während er seine Hand ausstreckt, weil er das Gesicht seiner Mutter berühren und vorsichtig über den Verband tasten möchte, und es dann doch nicht macht, aus Angst, er könnte ihr damit wehtun, und die Hand dann wenige Zentimeter über ihrem Gesicht sanft hin und her bewegt, als würde er die Luft streicheln. Ist es nur Mitleid, was er fühlt? Oder ist es Hilflosigkeit? Oder Entsetzen über das, was seiner Mutter angetan worden ist? Ratlosigkeit, weil er nicht begreifen kann, wieso sein Vater so gemein und brutal ist? Wut auf sich selber, weil er seine Mutter nicht beschützt hat? Wahrscheinlich ist es das alles zusammen. Und er nimmt sich vor, ja, er schwört, ab jetzt alles zu tun, was er nur tun kann, damit seiner Mutter nie wieder so etwas passiert. Aber was kann er denn tun? Was kann er ausrichten gegen einen übermächtigen Feind wie seinen Vater?

Als hätte sie Davids Gedanken lesen können, erzähle ich weiter, schlingt seine Mutter auf einmal ihre Arme um ihn, drückt ihn an ihre Brust und hält ihn fest. Keine Angst, sagt sie leise, alles gut, alles gut. Ihre Stimme klingt seltsam, heiter und traurig zugleich, aber vielleicht auch nur müde, und mit jedem Wort mischt sich jetzt in den Jodgeruch ein leicht süßlicher Hauch. Kirschlikör? Er solle sich keine Sorgen machen, sagt Davids Mutter, und dass sie sich nur ein bisschen verletzt habe, wirklich nur ganz, ganz wenig, und dass es schlimmer ausschauen würde, als es in Wirklichkeit sei, nicht der Rede wert und in drei Tagen vorbei und vergessen. Eine kleine Unaufmerksamkeit, eine ungeschickte Bewegung von ihr, ein dummer Sturz, so etwas komme nun einmal vor. Er sei ja als Kind auch manchmal hingefallen und habe sich wehgetan. Aber drei Mal auf die Wunde geblasen, ein Pflaster drauf, und alles sei wieder gut gewesen, richtig? Und dann pustet sie mit spitzen Lippen drei Mal in die Luft, puh, puh, puh, und wieder ist da der Geruch nach Kirschen, ein bisschen schärfer vielleicht, und David mag diesen Duft an seiner Mutter, er hat ihn lieber, als wenn sie nach Zigaretten riecht. Und dann sagt sie zu David, dass sein Vater sie ganz toll verarztet habe, bestimmt besser, als es jeder Doktor gemacht hätte, und dass er überhaupt ein großartiger Mann sei, gut, manchmal vielleicht ein bisschen ungeduldig, laut oder schlecht gelaunt, doch daran seien nur seine Arbeit schuld, die vielen Probleme und die Verantwortung, mit denen er fertig werden müsse, da würde er eben manchmal seinen Ärger mit nachhause bringen, aber sie beide würde er ganz lieb haben, sie und David, und dass er das nie vergessen dürfe und seinen Vater auch immer lieb haben müsse. Versprochen, flüstert sie, versprochen?

Ja, versprochen. Zwei einfache Worte, die David nicht über die Lippen bringt. Nicht einmal seiner Mutter zuliebe. Er schmiegt seinen Kopf nur stumm an ihren Bauch, legt einen Arm um sie – und jetzt ist es David, der seine Mutter festhält, ganz ruhig und ganz lang, und er hofft, dass er sie damit wenigstens ein bisschen trösten kann.

So erzähle ich es, doch es ist nur die halbe Wahrheit. Ich will nämlich nicht, dass Robert weiß, wie es wirklich ist. Ja, David drückt sich an seine Mutter, ja, er umarmt sie und hält sie fest. Aber dann ist sie es, die ihn tröstet. Mit einem Lied. Dem Lied von der armen kleinen Maus und dem Mäuseloch. Dem Lied, das keiner kennt außer David und seine Mutter. Ihrem Lied, ganz allein ihrem. Ihrem Geheimnis. Und so soll es auch bleiben. Robert geht das nichts an. Außerdem soll er David nicht für ein armseliges Muttersöhnchen halten, es genügt schon, wenn er erfährt, dass David seine Mutter auch in den nächsten Monaten nicht vor seinem Vater beschützen kann, obwohl er es versucht.

Er versucht es wirklich. Weigert sich immer öfter, am Abend mit dem Hund hinauszugehen. Erfindet immer neue Ausreden. Bauchweh, Kopfschmerzen, Müdigkeit, eine Prüfung in der Schule, für die er unbedingt noch lernen müsse, sogar einen Mann mit einer riesigen Bulldogge, vor der sich Tasso fürchten würde, lässt er sich einfallen. Manchmal hat er damit Erfolg. Und wenn nicht, dann läuft er mit Tasso eben keine große Runde mehr durchs ganze Viertel wie früher, sondern bleibt immer in der Nähe des Hauses. Bezieht in Hörweite seinen Wachposten, um beim ersten verdächtigen Geräusch eingreifen zu können.

Und es ist ihm egal, dass dem Hund das nicht passt. Er bindet ihn einfach mit der Leine an einen Hydranten, da kann das blöde Hundsvieh dann zerren und bellen und winseln, soviel es will. Ja genau: das blöde, böse, gemeine Hundsvieh! Das seine Schnauze in das Blut von Davids Mutter gesteckt hat, und das David seither so zuwider ist, dass er sich manchmal wünscht, den Mann mit der Riesendogge gäbe es tatsächlich, und die Dogge würde sich auf Tasso stürzen und ihm die Kehle durchbeißen.

Dass er das Haus nicht verlässt oder zumindest ganz in der Nähe bleibt, wenn sein Vater zuhause ist, scheint zu wirken: Wochenlang hört David kein lautes Wort, und es sieht so aus, als sei endlich wieder Friede eingekehrt. Sein Vater schweigt zwar die meiste Zeit und macht ein finsteres Gesicht, aber das kümmert David nicht, Hauptsache, seine Mutter kann wieder lächeln, zaghaft und unsicher, aber immerhin. Alles ist gut. Er hat gegen seinen Vater gewonnen. Und er ist richtig stolz auf sich.

Bis zu dem Tag, an dem David früher als erwartet aus der Schule heimkommt, weil die letzte Unterrichtsstunde ausgefallen ist. Dem Tag, an dem er sieht, wie sein Vater aus dem Haus stürmt und mit dem Auto davonrast. Dem Tag, an dem seine Mutter zusammengekrümmt und weinend in der Küche auf dem Boden sitzt und sich rasch die Tränen abwischt, als sie

David bemerkt, und ins Badezimmer läuft und sich einschließt, während der Hund die ganze Zeit hinter der versperrten Wohnzimmertür kläfft. Dem Tag, an dem David erkennen muss, dass er ein Idiot ist, weil er einfach nicht daran gedacht hat, dass der Herr Sparkassenfilialdirektor natürlich unter der Woche immer zum Mittagessen nachhause kommt und dann mit Mutter allein und ungestört ist, ohne den lästigen kleinen Aufpasser, der normalerweise bis nachmittags halb zwei in der Schule zu sitzen hat.

Dass er an den folgenden Tagen einfach immer zwei Stunden früher aus der Schule abhaut und dann zuhause behauptet, ein Lehrer sei krank geworden, erzähle ich. Und dass er nach einer Woche mitten aus dem Unterricht in die Direktionskanzlei gerufen wird, in der schon seine Mutter sitzt und sich fassungslos vom Herrn Direktor anhören muss, sie sei mit der Erziehung ihres Sohnes offensichtlich überfordert, und der Schüler David Bauer müsse mit schwerwiegenden Konsequenzen rechnen, wenn er auch nur noch ein einziges Mal unerlaubt dem Unterricht fernbleiben und außerdem Lügen über den Gesundheitszustand von Mitgliedern des Lehrkörpers verbreiten würde. Und dass Davids Mutter ihn später daheim händeringend beschwört, mit dem Unsinn aufzuhören und nicht seine Zukunft aufs Spiel zu setzen, und ihm verspricht, seinem Vater nichts zu sagen, der ja schließlich nicht alles zu wissen brauche, aber wenn er sie nur ein bisschen lieb habe, dann müsse er ihr dafür ebenfalls etwas versprechen, nämlich bitte, bitte wieder vernünftig zu sein. Und dass David klein beigibt.

Ja, ja, ja! Er gibt klein bei. Er hört mit dem Unsinn auf. Er ist wieder vernünftig. Und genau deshalb kommt er zu spät. Zu spät, um seiner Mutter zu helfen. Zu spät, um zu verhindern, dass sein Vater sie die Treppe hinunterstößt. Zu spät, um sie ein letztes Mal zu sehen. Für alles kommt er zu spät am Nachmittag dieses zwölften Oktober neunzehnhundertzweiundsechzig.

Denn obwohl er sofort seine schwere Schultasche fallen lässt und losrennt, als er das Rettungsauto sieht, das mit weit geöffneten Hecktüren vor ihrem Haus steht, und zwei weiß gekleidete Männer, die jemanden auf einer Trage ins Auto schieben, und obwohl er rennt, als ginge es um sein Leben, schafft er es nicht rechtzeitig und kann gerade noch seinen Vater hinten in den Wagen springen sehen, und dann werden die Türen zugeknallt, das Blaulicht geht an, das Folgetonhorn jault auf, und dann rast das Rettungsauto davon. Und – ob man es glaubt oder nicht – in diesem Augenblick weiß David, dass er seine Mutter verloren hat. Und dass sein Vater ein Mörder ist. Ja, er weiß es einfach, weil es gar nicht anders sein kann.

Gleichzeitig wünscht er sich, dass er sich das alles nur eingebildet hat. Er macht kehrt, hebt unterwegs seine Tasche vom Straßenrand auf, läuft den halben Schulweg zurück, dreht dann wieder um und geht langsam nachhause. Seine Mutter wird schon in der Küche auf ihn warten, stellt er sich vor, und sie wird ihm sein Mittagessen auf den Tisch stellen und sich zu ihm setzen und ihn fragen, wie es in der Schule gewesen sei, »keine besonderen Vorkommnisse, Probleme und Beschwerden«, wird er antworten, und darauf wird sie die Stimme seines Vaters nachmachen und sagen »na, siehst du, alles geht, wenn man will«, und dann werden sie darüber lachen. Und als er nach einer Dreiviertelstunde und ein paar extra Umwegen in die Straße zu ihrem Haus einbiegt, ist tatsächlich kein Rettungsauto zu sehen, alles schaut aus wie immer, nur das Gartentor und die Haustür stehen sperrangelweit offen. Und seine Mutter antwortet nicht, als er nach ihr ruft. Aber sonst ist alles bestens.

Alles geht, wenn man will. Richtig. Stimmt genau. Deshalb gibt es auch keine Blutlache im Flur unten vor der Treppe, weil David nicht will, dass da eine Blutlache ist. Sie darf einfach nicht da sein. Er will auch nicht, dass der Hund da ist und schon wieder seine Pfote in das Blut steckt und seine Schnauze und seine Zunge, also ist der Hund ebenfalls nicht da. David kann sie zwar sehen, das Blut und den Hund, ganz genau kann er sie sehen, und jetzt auch noch das blutgetränkte Handtuch auf dem Boden und auf der vierten oder fünften Stufe einen Schuh seiner Mutter, aber trotzdem sind sie nicht da. Und wenn er sie noch so lange anstarrt, zusammengesackt auf dem Flur hockt und die Augen nicht von dem Blut und dem Hund und dem Handtuch und dem Schuh abwenden kann, nein, sein Blick belügt ihn und zwingt ihn, etwas zu sehen, was gar nicht da ist, und so lange hinzuschauen, bis ihm schwarz vor den Augen wird.

Dass David zuerst nichts als die blutverschmierte Hundeschnauze sieht, als er wieder zu sich kommt, erzähle ich, und dass Tasso ihm mit der Zunge übers Gesicht fährt, und David sich angeekelt zur Seite dreht und den Hund wegstößt. Und dass sich auf einmal eine Frau, die er noch nie gesehen hat, neben ihn kniet und ihm ein nasses, kaltes Handtuch auf die Stirn legt und in einem fort »mein armer Bub, mein armer Bub« murmelt, bis David sie ebenso angewidert von sich stößt wie den Hund. Und dass sie sich trotzdem wieder über ihn beugt und flüstert »wir müssen dir was sagen, du musst jetzt ganz stark sein«, aber dass dann hinter der Frau sein Vater auftaucht und sie am Arm hochzieht und erklärt »komm, lass es bleiben, Franziska, er begreift es noch nicht.«

Und ob er es begreift! Er hat es schon längst begriffen, hat es begreifen müssen, egal, ob er will oder nicht. Er weiß, was geschehen ist. Es braucht ja nicht viel Fantasie, um sich alles vorzustellen: den Streit, den Stoß, den Aufschrei und den tödlichen Sturz.

Während ich weitererzähle, merke ich, dass ich richtig wütend werde. Ganz anders als David, der nach dem Tod seiner Mutter überhaupt nichts ist, nicht verzweifelt, nicht traurig, nicht erschüttert, nicht empört und schon gar nicht wütend. Nichts, absolut nichts. Leer und schlaff wie ein kaputter Luftballon. Dabei hätte er doch vor Zorn aufschreien müssen, als ihm sein Vater am Abend nach dem Begräbnis mit irgendwelchen Andeutungen über ein tragisches Unglück kommt und den tief Betroffenen spielt und danach »dieses traurige Thema ein für alle Mal für erledigt« erklärt. Und er hätte sich sofort mit allen Mittel empört dagegen wehren müssen, dass diese Franziska schon vier Wochen später bei ihnen einzieht und die Stelle seiner Mutter einnehmen will. Und als David sich eines Tages aufrafft und in die nächste Polizeiwachstube geht und dort erzählt, seine Mutter sei von seinem Vater mit voller Absicht die Treppe hinuntergestoßen und umgebracht worden, da hätte er wutentbrannt darauf bestehen müssen, dass sein Vater als Mörder verhaftet wird, und sich nicht von zwei mitleidig lächelnden Polizisten als »frecher Rotzbub, der seinem Vater etwas anhängen will« abwimmeln lassen dürfen.

Im Grunde genommen ist David ebenfalls tot. Sollen sie doch reden und machen, was sie wollen, es geht ihn nichts mehr an. Soll ihn Franziska doch mit Mütterlichkeit und Torten zuschaufeln, soll sein Vater, der über jeden Verdacht erhabene, geachtete und verdienstvolle Bürger dieser Stadt, an einem Tag »Verständnis für seinen verstörten Sohn« heucheln und am nächsten Tag feststellen, solche »Nichtsnutze« habe man früher ins Arbeitslager gesteckt oder gleich an die Wand gestellt, sollen sie ihm mit der Schleiferkaserne drohen, wenn er im Gymnasium nicht endlich wieder spuren würde – es prallt an ihm ab, es hat nichts mit ihm zu tun.

Es dauert Monate, bis er wieder etwas fühlt. Zuerst ist es nur eine riesengroße Erleichterung, als Tasso weggegeben wird, um den er sich ohnehin kaum mehr gekümmert hat, und wenn, dann mit größtem Widerwillen. Doch als er an diesem Abend froh ist, endlich nicht mehr das Bellen und Winseln hören zu müssen, mit dem das blöde Hundsvieh ständig darum gebettelt hat, raus auf die Straße zu dürfen, stürzen schlagartig all die Bilder auf David ein, auf denen eben immer auch der Hund zu sehen ist: Die zahllosen Nächte, in welchen sein Vater ihn mit Tasso aus dem Haus geschickt hat, die Schläge und Schmerzen, die seine Mutter in so vielen dieser Nächte erlitten haben muss, die ganze hässliche, blutige, tödliche Geschichte. Und dann kann David das erste Mal um seine Mutter weinen.

Aber noch viel größer als die Trauer ist jetzt die Wut. Und mit der kann ich Robert bestimmt mehr imponieren, denke ich. Also erzähle ich, wie sehr David seinen Vater hasst und wie wütend er auf ihn ist. Und dass er sich nichts mehr wünscht, als es seinem Vater heimzuzahlen. Und dass er seiner toten Mutter verspricht, hier und jetzt und hoch und heilig, dass die Stunde kommt, in der dieser feige Mörder und Lügner für alles büßen wird, was er ihr angetan hat. Und dass sie sich darauf verlassen kann, und dass er dieses Mal sein Versprechen halten wird, und wenn er sein halbes Leben auf die richtige Gelegenheit warten muss, erzähle ich.

Und dann weiß ich auf einmal nicht mehr weiter, und ich weiß auch nicht, ob es überhaupt richtig gewesen ist, dass ich Robert das alles über David erzählt habe, und ich komme mir ziemlich blöd vor.

»Wahnsinnsgeschichte! Wo hast du die denn her?«

Na, großartig. Genau das habe ich befürchtet. Robert glaubt mir nicht. Als Antwort drehe ich ihm den Rücken zu.

»He, das sollte ein Witz sein.« Robert boxt mir freundschaftlich auf die Schulter. »Entschuldige … aber … ich weiß gar nicht, was ich sagen soll. Also … das mit deiner Mutter, das tut mir wirklich leid. Das mit deiner richtigen Mutter, meine ich. Und dein Vater … wenn du mich fragst … dein Vater ist ein echtes Arschloch.«

»Du glaubst mir also?«

»Dein Alter ist ein Scheißmörder, was sonst?«

Lässig, wie er das sagt, denke ich. Hört sich richtig gut an. Ich drehe mich zu ihm um, und als ich sein Gesicht sehe, muss ich laut auflachen. Robert ist rund um den Mund voll Schokocreme und Tortenkrümel, und jetzt steckt er sich noch ein Stück Schwarzwälder Kirsch hinein und mampft drauflos.

»Ist was?«

»Schaut aus, als wärst du in die Torte gefallen.«

»Ist doch in Ordnung, oder?« Er leckt sich genüsslich die Finger ab und deutet auf die leere Schachtel. »Die Scheißtorte hab ich jedenfalls schon einmal vernichtet.«

»Ja«, sage ich, »wenigstens die hat dran glauben müssen.«

Robert grinst und liest die letzten Krümel vom Schachtelboden auf. »Rache ist süß.« Er wischt sich mit dem Handrücken den Mund ab, drückt die Schachtel platt, hebt Einwickelpapier und Bindfaden vom Boden auf und macht ein »Wohin damit?«-Gesicht. »Hm. Ich glaub, ich hab da eine Idee. Komm mit.«

Wir gehen wieder auf den Sportplatz. Hinter dem Geräteschuppen, an dessen Wand immer noch zur Freude von ein paar fetten, grün schimmernden Fliegen mein Erbrochenes klebt, zerreißt Robert die Tortenschachtel und das Einwickelpapier in kleine Stücke, schlichtet sie auf dem Boden sorgfältig auf, wirft den Bindfaden drauf und dann zündet er das Häufchen mit seinem Feuerzeug an. »Ein bisschen Höllenfeuer«, sagt er, und mir ist sofort klar, was er damit meint. Hexenverbrennung, denke ich und werfe auch Franziskas Mama-Zettel, den ich seit einer Stunde zusammengeknüllt in meiner Faust halte, in die Flamme. Der Feuerzauber dauert keine Minute, dann glosen die Papierreste nur noch eine Zeit lang vor sich hin, und die Grube, die dieses Mal ich mit dem Schuhabsatz für die Asche in den Boden grabe, ist nur wenig größer als das Loch für die Zigarettenstummel.

Robert steckt sich eine an und beobachtet mich, wie ich wieder Erde über das Loch schiebe, festtrete und mit der Schuhspitze nachdenklich alle Spuren verwische.

»Brennt's?«, fragt er.

»Ja«, sage ich, »es brennt.«

Eine Freundschaft, die mit einem gemeinsam begangenen Zigarettendiebstahl anfängt, mit Kotze, Tränen und Wut besiegelt und schließlich im Feuer gehärtet wird, die ist so außergewöhnlich und durch nichts zu erschüttern, dass man auch nach Jahrzehnten auf sie vertrauen kann, davon war ich fest überzeugt.

»Prima Idee von dir, David«, wird Robert sagen. »Klar kaufe ich meinen Cousins das ›Buchgewölbe‹ ab, wäre ja sonst echt schade drum. Hätte mir auch wirklich selber einfallen können, aber vor meiner Abreise sind mir so viele andere Dinge durch den Kopf gegangen, dass ich einfach nicht daran gedacht habe, tut mir leid.« Und vielleicht wird er sogar sagen, er habe seinem Onkel tatsächlich vor vielen Jahren versprochen, das Antiquariat zu kaufen, und gerade jetzt während unseres Gesprächs würde er sich wieder daran erinnern. Dass ich das seinen Cousins gegenüber behauptet habe, sei also gar keine Notbehauptung von mir gewesen. Und dazu wird er grinsen und mir mit einem Auge zuzwinkern, weil wir beide wissen, dass das nun erst recht eine Lüge ist.

Das Gewitter hatte sich ausgetobt, die Regenwolken verzogen sich, und durch die Auslagenscheibe fiel wieder Licht ins »Buchgewölbe«. Ich blickte auf meine Uhr – übrigens immer noch die Armbanduhr, welche mir meine Mutter zum zehnten Geburtstag geschenkt hatte, eine »Hoffmann« mit unverwüstlicher Aufziehmechanik und braunem Lederarmband, eine Uhr, die heute vermutlich schon eine Antiquität ist, und die ich seit dem ersten Tag im Internat wie Robert innen an meinem Handgelenk trug, was mein Vater immer nur abfällig mit einem »affig, absolut affig« kommentierte.

Schon fünf Uhr Nachmittag. Höchste Zeit, mich mit meiner Reisetasche auf den Heimweg zu machen und mir unterwegs noch ein bisschen Obst und ein paar Tomaten fürs Abendessen zu kaufen, denn auf die Pizzas und was sonst noch im Kühlschrank auf mich wartete, hatte ich keine Lust.

Als ich mich wenig später an der Supermarktkasse anstellte, rempelte mich jemand von hinten mit dem Einkaufswagen an. Ich blickte mich kurz um. Ein Paar in meinem Alter, sie klein und zierlich, er gut zwei Köpfe größer als ich, kahlgeschoren, mit Dreitagebart und einer olivgrünen Bomberjacke. Sie sahen mich nur stumm an, doch mir war, als ginge von ihm irgendetwas

Feindseliges aus. Das könnten die beiden aus meiner Nachbarwohnung sein, schoss es mir durch den Kopf, und dann stellte ich mir vor, was wohl geschehen wäre, wenn der Mann auf mein Läuten und Protestieren die Tür geöffnet hätte. Ein Faustschlag in mein Gesicht wäre vermutlich das Mindeste gewesen. Einen Moment lang bekam ich weiche Knie und sagte lieber nichts, obwohl mir der Mann schon wieder seinen Wagen in den Rücken rammte, und schließlich war ich heilfroh, als ich endlich bezahlen und das Geschäft so schnell wie möglich verlassen konnte. Und als ob ich mich für meine Feigheit bestrafen wollte, nahm ich nicht den Bus, sondern ging zu Fuß und schleppte meinen Einkauf und die Reisetasche fast zwei Stunden quer durch die Stadt bis zu Roberts Haus.

Da stellte ich dann erleichtert fest, dass sich nicht schon wieder Sebastian mit seinem Hund vorm Gartentor herumtrieb. Und dass das Telefon nicht läutete. Diese Unglücksboten sollten mich doch bitte in Frieden lassen. Wenigstens heute Abend. Oder noch besser für immer.

Bevor ich schlafen ging, legte ich den Hörer neben das Telefon. »Entschuldigung, aber ich kann ohnehin nichts machen«, sagte ich. Ein paar unruhige Stunden später kroch ich mit schlechtem Gewissen aus dem Bett, legte den Telefonhörer wieder auf und hoffte, dass die Frau inzwischen nicht versucht hatte anzurufen. Und als ich dann im Badezimmer ein Glas Wasser trank, fiel mein Blick in den Spiegel, und ich betrachtete lange die verkrustete Platzwunde über meinem Auge, die immer noch ziemlich hässlich aussah.

5

Wieso ich nicht einfach bei der Auskunft anrief, um die Telefonnummern der Thalheim-Brüder zu erfragen, weiß ich nicht mehr. Ich erinnere mich nur noch daran, dass ich im ganzen Haus nach einem Telefonbuch suchte, aber keines fand. Das war zwar eigenartig, aber bei meiner Suche bemerkte ich etwas, das mich weitaus mehr irritierte: Robert besaß überhaupt kein Buch! Kein einziges. Außer ein paar alten Zeitungen, Illustrierten, Fachzeitschriften über Finanzwirtschaft, irgendwelchen Katalogen und Bedienungsanleitungen gab es absolut nichts zu lesen. Nicht einmal Krimis, Kochbücher oder die üblichen schlauen Ratgeber für Gesundheit, Erfolg und Lebensglück, die sonst in keinem Haushalt fehlen. Der ganze Bungalow war eine total bücherfreie Zone. Und da kamen mir natürlich sofort ganz gewaltige Zweifel, ob mein Plan mit dem »Buchgewölbe« tatsächlich funktionieren würde.

Jemanden, der mit Büchern offenbar überhaupt nichts am Hut hat, überreden zu wollen, dass er ein Antiquariat kauft, das ist wohl so, als würde man versuchen, einem Antialkoholiker eine Schnapsdestillerie anzudrehen, dachte ich. Andererseits wäre es aber auch durchaus möglich, dass es Robert völlig egal ist, in was er sein Geld investiert, solange es nur Gewinn abwirft, überlegte ich weiter. Und unsere Freundschaft ist ja wohl auch ein starkes Argument, wenn nicht sogar das stärkste. Doch was, wenn Robert von seinem Seelentrip überhaupt nicht mehr zurückkommt und komplett aussteigt? Macht er nicht. Kann ich mir nicht vorstellen. Aber nur, weil ich es mir nicht vorstellen kann …?

Herrgott, warum musste alles so kompliziert sein? Mir blieb nichts anderes übrig, als abzuwarten. Die Sache irgendwie durchzuziehen und dann zu akzeptieren, wie sie ausgehen würde. Es musste einfach klappen. Einen Plan B hatte ich nicht. Also marschierte ich jetzt erst einmal los, um die nächste Telefonzelle zu suchen, in der dann hoffentlich auch ein Telefonbuch liegen würde.

Im ganzen Viertel fand ich nur zwei Telefonzellen. Es waren noch diese alten, gelben Häuschen aus Holz, mit Fenstern an den Seiten und in der Tür, und drinnen stank es nach kaltem Zigarettenrauch und Pisse. Im ersten gab es einen neuen Wertkartenapparat, jedoch kein Telefonbuch, im zweiten hatte irgendein Idiot das Telefon demoliert und den Hörer abgerissen, aber das Telefonbuch war immerhin noch vorhanden, dreckig und über und über mit Kugelschreiber vollgekritzelt, hauptsächlich primitive pornografische Darstellungen und plumpe Sexangebote. Außerdem fehlten etliche Seiten, doch glücklicherweise nicht die Seite, die ich brauchte. Dummerweise hatte ich mir nichts zum Schreiben mitgenommen, und die Telefonnummern von Anton, Gerhard und Philipp Thalheim waren zu kompliziert, als dass ich sie mir hätte merken können. Also riss auch ich kurzerhand die Seite aus dem Buch, faltete sie zusammen und steckte sie ein.

Erst als ich die Telefonzelle verließ, bemerkte ich, dass mich jemand durchs Fenster an der Seite beobachtet hatte. Auf den zweiten Blick erkannte ich ihn. Es war Sebastian, diesmal ohne Hund, dafür mit einer Schultasche.

»Ich hab genau gesehen, was Sie gemacht haben«, sagte er mit ebenso vorwurfsvollem wie triumphierendem Gesicht. »So was darf man nicht. Das ist nämlich verboten.«

»Hast recht«, sagte ich. »Ich werd's auch nie wieder tun. Großes Ehrenwort.«

»Sicher?«

»Ganz sicher.«

»Weil sonst sag ich's nämlich der Polizei.«

Daher wehte also der Wind. Das war die Retourkutsche auf

meine Drohung, ihm von der Polizei den Hund wegnehmen zu lassen. Schlaues Kerlchen, der Kleine. Gute Gelegenheit, ihn zu beruhigen. »Musst du nicht«, sagte ich, »weißt du, ich gehe ja wegen deinem Tasso auch nicht zur Polizei.«

»Ehrlich?«

»Ja, ehrlich, Bastian. Das mit der Polizei hab ich nur so gesagt, weil ich grad irgendwie schlecht drauf war. Vergiss es.«

»Na gut«, sagte Sebastian und grinste.

Und auch ich war froh, weil ich ihm richtig ansehen konnte, wie ihm ein Stein vom Herzen fiel. Doch fast zur gleichen Zeit beschlich mich ein ungutes Gefühl. Ich sah auf die Uhr. Erst kurz vor zwölf.

»Heute schon frei? Keine Schule mehr?«

»Mathe ist ausgefallen.«

»Na, so was! Ist der Lehrer krank?«

»Ja«, antwortete Sebastian. »Sommergrippe.«

Etwas sagte mir, dass das nicht stimmte. »Sommergrippe? Das ist natürlich schlimm. Aber bei euch daheim sind hoffentlich alle gesund, ja? Deinen Eltern geht's gut?«

»Nein. Meiner Ma geht's nicht so gut.«

»Wirklich? Was hat sie denn?«

»Weiß nicht.« Sebastian machte ein unglückliches Gesicht und zuckte mit den Schultern. »Pa will's mir nicht sagen.«

»Das tut mir aber leid«, sagte ich. »Hoffentlich nichts Schlimmes. Geht sicher bald vorbei.«

»Ja«, sagte Sebastian. »Hoffentlich.« Er nahm seine Schultasche in die andere Hand, wandte sich um und lief los. »Entschuldigung, aber ich muss jetzt nachhause.«

»Alles Gute, Bastian«, rief ich ihm nach. »Und mit Tasso kannst du natürlich wieder gern zu meinem Haus kommen, wenn du willst. Jederzeit, hörst du? Jederzeit!« Ich bekam keine Antwort.

Verdammte Scheiße, dachte ich. Gottverdammte Scheiße! Ist es wirklich das, wonach es aussieht? Ist es Sebastians Mutter, die angerufen hat? Spielt sich im Haus der Zirkowskis der Wahnsinn ab, den ich nur allzu gut kenne? Und wenn es so ist, was soll ich machen? Sebastian nachlaufen, ins Haus gehen, nach Platzwunden im Gesicht von Frau Zirkowski und Blutspuren in der Küche und an der Pfote des Hundes suchen und dann Herrn Zirkowski zur Rede stellen? Unmöglich. Lächerlich.

Was wusste ich denn wirklich? Dass Sebastian einen Schäferhund hat, der Tasso heißt, dass er früher aus der Schule nachhause gehen darf, und dass es seiner Mutter nicht gut geht – das war auch schon alles. Daraus abzuleiten, Frau Zirkowski könnte die unbekannte Anruferin sein, war ja wohl mehr als gewagt.

Trotzdem folgte ich dem Jungen mit einigem Abstand. Wenigstens einmal einen Blick auf das Haus zu werfen, konnte schließlich nicht schaden.

Ich erschrak, als ich es sah, denn für einen Moment war mir, als stünde ich vor meinem Elternhaus: ein für die Zwanzigerjahre typisches Haus der Sorte »gemütliches Einfamilienhäuschen mit Gemüsegarten«. Ein kleines, schmalbrüstiges Haus, wie es von der Groß- und Urgroßelterngeneration zu Dutzenden nach einem Einheitsplan gebaut worden war. Seitlicher Stiegenaufgang zum Vorhaus, darunter die Kellertür, im Halbstock Küche, zwei Zimmer, Klo, Bad und eine Holztreppe hinauf zu ein, zwei Mansardenzimmerchen unterm roten Ziegeldach. Weiß gefärbelter Rauverputz, grüne Fensterläden. »Gutbürgerlich« hatte man das damals genannt. Und wer es sich später leisten konnte, wie mein Vater, opferte einen Teil des Gartens und ließ eine großzügige Veranda anbauen. Und natürlich auch noch den extra Schlafraum für das wertvollste und von Vater am innigsten geliebte Familienmitglied: die Garage fürs Auto.

Es war so, als hätte man mein Elternhaus vom anderen Ende der Stadt hierher versetzt. Deshalb fiel es mir nur allzu leicht, mir vorzustellen, wie sich darin das Leben der Familie Zirkowski abspielte. Neue Hauptdarsteller eines bekannten Stücks in einer alten Kulisse. Jetzt bellte sogar der Hund.

Was allerdings überhaupt nicht dazu passte, war das helle Lachen, das aus einem geöffneten Fenster kam. Nur kurz, aber immerhin. Das hört sich nicht nach einer Tragödie an, dachte ich. Dann kam das Lachen wieder. Und nach einer kurzen Pause noch einmal und noch einmal, bis ich erkannte, dass es sich um die eingespielten Lachsalven in einer dieser verrückten Unterhaltungsserien im Fernsehen handelte.

Künstliche Heiterkeit also. Bei offenem Fenster für jedermann gut hörbar demonstrierte Fröhlichkeit – um dahinter etwas zu verbergen?

Ich hatte keine Gelegenheit, darüber nachzudenken, denn auf einmal sah ich die beiden Frauen auf mich zukommen, die mich erst neulich abends mit unverhohlenem Misstrauen beäugt hatten. Die Tennisschuh-und-Jogginghosen-Damen samt Rottweiler und Dalmatiner. Da musste ich mir blitzschnell eine gute Begründung dafür einfallen lassen, warum ich mich nun schon wieder verdächtig neugierig vor einem Haus herumtrieb.

Menschen mit Hunden lieben es, wenn man über Hunde redet, dachte ich. Damit kann ich bei den Damen sicher ein paar Pluspunkte machen.

»Entschuldigen Sie«, sagte ich, »haben Sie eine Ahnung, was mit dem Hund in dem Haus da los ist? Der bellt so eigenartig. Ich weiß auch nicht, aber irgendwie hört sich das nicht normal an.«

»Was«, sagte die Dalmatinerfrau, »welcher Hund? Ich hör nichts.«

Zu blöd, Tasso bellte jetzt tatsächlich nicht. »Aber vorhin. Schon die längste Zeit. Ist Ihnen das nicht aufgefallen? So ein heiseres Bellen, irgendwie krank. Oder verzweifelt. Also, ich fürchte, irgendwas stimmt nicht mit dem Hund.« Ich merkte, dass ich mich in einen ziemlichen Unsinn hineinredete. »Ist mir wenigstens so vorgekommen. Aber ich kann mich natürlich auch irren.«

»Komisch«, sagte die Rottweilerfrau zur Dalmatinerfrau. »Haben die überhaupt einen Hund?«

»Soviel ich weiß, nicht.«

»Na eben. Die Zirkowskis haben doch noch nie einen Hund gehabt.«

»Sind Sie sicher, dass das Bellen aus diesem Haus zu hören war?« Die Dalmatinerfrau schüttelte den Kopf, als würde sie die Antwort gleich selber mitliefern.

»Ganz sicher. Hundertprozentig.«

»Also, ich weiß nicht«, die wachsende Skepsis im Gesicht der Dalmatinerfrau war unübersehbar. »Die Zirkowskis und ein Hund, das wäre ja ganz was Neues.«

»Sie müssen sich täuschen. Oder haben Sie sich das bloß –«

Bloß ausgedacht, wollte die Rottweilerfrau offensichtlich sagen. Doch genau in diesem Moment fing Tasso glücklicherweise wieder zu bellen an.

Die Hunde spitzten die Ohren, und die Frauen machten es ihnen nach.

»Aha«, sagte die Dalmatinerfrau.

»Klingt aber ganz normal«, sagte die Rottweilerfrau.

»Finden Sie?«

»Ein völlig gesundes Bellen von einem gesunden Hund.«

»Gott sei Dank, da bin ich aber froh, dass Sie das sagen. Sie kennen sich mit Hunden sicher besser aus als ich.«

»Die Zirkowskis und ein Hund. Kaum zu glauben«, sagte die Dalmatinerfrau. »Ich hab immer gedacht, die mögen keine Hunde.« Sie warf mir einen entschuldigenden Blick zu. »Wissen Sie, eigentlich kümmert man sich hier bei uns nicht darum, was die anderen Leute machen. Jeder lebt wie er will, und lässt die Nachbarn in Ruhe.«

»Genau. Man kennt sich auch gar nicht richtig. Ist besser so. Man soll sich in die Angelegenheiten anderer Leute nämlich nicht einmischen, finden wir.«

»Man hat schließlich seine eigenen Sorgen. Und ein Hund verlangt ja auch jede Menge Aufmerksamkeit.«

Wie aufs Stichwort sprangen der Rottweiler und der Dalmatiner auf und begannen zu kläffen. Ich hatte mich ohnehin schon gewundert, dass sie nicht bereits auf Tassos Bellen geantwortet hatten.

»Aus«, riefen die Frauen fast einstimmig und zogen die Leinen straff. »Und Abmarsch!«

Die Hunde gehorchten sofort, und ich blickte den beiden sechsbeinigen Gespannen aus Hund und Mensch nach, bis sie sich kurz vorm Ende der Straße trennten und hinter zwei gegenüberliegenden Gartentoren verschwanden.

Ja, sie hatten ihre Hunde im Griff. Sie hatten ihre Hunde gut erzogen. Sie liebten ihre Hunde. Sie kümmerten sich um ihre Hunde. Ihre Hunde gingen ihnen über alles. Und sie ließen ihre Nachbarn in Ruhe. Wie es sich eben gehört für nette Leute mit Hunden.

Im Haus der Zirkowskis war es still geworden. Kein Bellen, kein Lachen. Vielleicht saß die ganze Familie beim Mittagessen. Oder Sebastians Mutter schlief. Ging es mich etwas an? Plötzlich kam ich mir vor wie ein Eindringling, und ich schämte mich und machte, dass ich nachhause kam.

Gartenarbeit beruhigt, heißt es. Deshalb hätte ich mir am Nachmittag gern mit Rasenmähen ein wenig Ablenkung verschafft. Ich dachte, dass es angenehm sein müsste, den Rasenmäher langsam und behutsam über die Wiese zu schieben, immer gleichmäßig auf und ab und in spiralförmigen Bahnen um die Sträucher herum, und aus den Spuren im Gras ein Muster wie das im Sand japanischer Zen-Gärten entstehen zu lassen. In höchster Konzentration, fast meditativ. Eben so, wie man es sich vorstellt, wenn man es noch nie gemacht hat.

Aber entweder war ich zu blöd dafür, den Motorrasenmäher in Gang zu setzen, oder er funktionierte tatsächlich nicht. Was Technik betrifft, bin ich eine absolute Null, und weder in der Gartenhütte noch in Roberts Büro konnte ich eine Bedienungsanleitung finden. Die mir übrigens ohnehin nicht geholfen hätte, denn meiner Erfahrung nach sind diese Handbücher stets so formuliert, dass sie nur jemand versteht, der sie gar nicht nötig hat.

Ich wollte schon enttäuscht aufgeben, da bemerkte ich einen Zettel, der an der Innenseite der Gartenhüttentür klebte. *Lieber David*, stand darauf zu lesen, *falls der Rasenmäher Probleme macht, bitte einfach den Nachbarn auf Nummer 1, Herrn Altenburg, um Hilfe, der kennt sich aus und ist auch sonst ein netter Mensch. R.* Ich musste lachen. Robert hatte doch wirklich an alles gedacht! Unglaublich, wie gut er mich kennt, sogar daran, dass ich eine technische Null bin, hat er sich erinnert! Na gut, vielleicht konnte ich mir ja bei dem – schon wieder einmal: netten – Nachbarn tatsächlich Rat holen, auch wenn man laut den beiden Hundefrauen in diesem Viertel hier von Nachbarschaftshilfe nicht viel hielt. Außerdem meinte ich, dass von Nummer eins soeben das Surren einer Mähmaschine zu hören war, also würde ich dort jedenfalls einen Fachmann vorfinden.

Das an- und abschwellende Geräusch kam tatsächlich vom Grundstück, besser gesagt, vom Anwesen der Altenburgs. Der Park war als sanft hügelige Landschaft angelegt; wenn der Rasenmäher – so ein Gerät, auf dem man sitzt wie auf einem kleinen Traktor – hinter einer Kuppe verschwand, war er von der Straße aus kaum zu hören, und wenn er wieder auftauchte, wurde auch das Brummen lauter, aber immer noch weit entfernt von dem Sirenengeheul, das diese Dinger üblicherweise erzeugen

Dass der Mann auf dem Mähfahrzeug offenbar keinen Lärm mochte, machte ihn mir sofort sympathisch, und ich sah ihm eine Zeit lang zu, wie er ruhig das Gelände abgraste und dabei wirkte, als hätte er die Welt um sich herum völlig vergessen. Deshalb erschrak ich, als er mich bemerkte, mir kurz zuwinkte, den Motor abstellte, vom Mäher stieg und auf mich zukam.

»Verzeihung«, sagte ich, »ich wollte Sie nicht stören.«

»Ach«, sagte er, »ich habe schon gedacht, ich bin der, der hier stört, weil ich zu laut bin, und Sie wollen sich jetzt deshalb beschweren.«

»Überhaupt nicht. Ganz im Gegenteil. Mir gefällt das, wie ruhig Sie Ihre Arbeit machen.«

Der Mann lächelte. »Arbeit? Nein, das ist für mich keine Arbeit. Das ist nichts als Entspannung. Abschalten, verstehen Sie? Nichts denken, nur über die Wiese fahren und ein bisschen träumen.«

Der Mann wurde mir immer sympathischer. »Sind Sie ein Angestellter von Herrn Altenburg? Träumen und dafür bezahlt werden, nicht schlecht!«

Er lächelte wieder. »Tja, wissen Sie, ich lebe davon, Träume zu verkaufen.« Und als er meinen verständnislosen Blick sah, fügte er hinzu: »Wunschträume. Schöne Träume. Träume von Schönheit. Magische Träume. Magic Altenburg-Dreams. Na ja, wovon Frauen halt so träumen und wofür sie eine Menge Geld ausgeben.«

Jetzt ging mir ein Licht auf: Der grauhaarige, sonnengebräunte Mittfünfziger in Polohemd und ausgebeulter Leinenhose war Peter Altenburg selber.

»Das ist mir jetzt aber peinlich, Herr Altenburg«, sagte ich. »Ich hab wirklich nicht gewusst –«

»Macht doch nichts«, fiel er mir ins Wort. »Woher hätten Sie's denn auch wissen sollen, Herr …?«

»David Bauer«, sagte ich rasch. »Ich wohne auf Nummer fünf. Aber erst seit vier Tagen, und da kennt man die anderen Leute halt noch nicht.«

»Ach was! Ich bin hier aufgewachsen und weiß trotzdem nicht, wer mittlerweile meine Nachbarn sind. Die alten sterben oder ziehen weg, und die neuen stellen sich nicht vor. So ist das nun einmal heutzutage.« Mit einem großen Schlüssel, den er an einer langen Kordel um den Hals trug, öffnete er das schmiedeeiserne Einfahrtstor und streckte mir die Hand entgegen. »Freut mich, dass ich endlich einmal jemanden kennenlerne.«

Ein ehrlicher, kräftiger Händedruck.

Dann holte Peter Altenburg ein flaches, silbernes Zigarettenetui und ein Feuerzeug aus seiner Hosentasche und zündete sich eine an.

»Auch eine?«

»Danke, nein. Ich bin Nichtraucher.«

»Sehr gescheit. Ich kann's mir leider nicht abgewöhnen.« Er sog den Rauch tief in seine Lunge. »Meine erste habe ich mit vierzehn geraucht.«

»Ich mit dreizehn. Da ist mir fürchterlich schlecht geworden, und ich habe nie wieder eine angerührt.«

»Was für ein Glück für Sie. Sucht ist was ganz Schlimmes. Aber irgendein Laster muss der Mensch ja haben, sonst wäre er so perfekt, dass er vor lauter Langeweile sterben würde.«

Der Mann will zeigen, dass er ein Philosoph ist, dachte ich und fühlte mich herausgefordert. »Und wie ist das mit der Schönheit? Ist das Verlangen danach nicht auch eine Sucht? Wenn ich denke, was Sie vorhin darüber gesagt haben …«

»Was meinen Sie?«

»Das mit den Träumen von Schönheit und so.«

»Ach das! Guter Gedanke, nicht wahr? Werde ich vielleicht in unserer neuen Werbekampagne verwenden. Noch nicht ganz ausgereift, aber hat schon was. Muss nur noch ein bisschen darüber nachdenken.«

»Na, dann will ich Sie nicht weiter aufhalten.« Ich wollte schon gehen, da fiel mir ein, weshalb ich eigentlich hierher gekommen war. »Darf ich Sie noch was fragen?«

»Natürlich. Solange ich Ihnen nicht meine anderen Laster verraten soll.« Altenburg lächelte verschmitzt.

»Nein, es geht um was viel Banaleres.«

»Banal? Das ganze Leben ist doch banal, wenn man nicht bis an seine Grenzen geht.«

Der Philosoph, der auf alles eine Antwort hat, ließ nicht locker. Auf meine Frage, ob er sich mit elektrischen Rasenmähern auskennen würde und mir vielleicht bei der Reparatur von so einem Gerät helfen könne, stieß ich dann allerdings auch an seine Grenzen. Er musste zugeben, dass jede Art von Technik für ihn ein Buch mit sieben Siegeln sei, und dass sich seine Fähigkeiten bei Rasenmähern aufs Ein- und Ausschalten und über die Wiese fahren beschränken würden. Das nahm ihn zwar als verwandte Seele noch mehr für mich ein, half mir jedoch im konkreten Fall überhaupt nicht weiter. Ebenso wenig wie sein spontanes Angebot, mein Stück Wiese zu mähen, was ich dankend ablehnte und erklärte, dass es mir nicht um die Rasenpflege gehe, sondern ums Mähen an sich und die beruhigende Wirkung, die ich mir davon erhoffte.

»Verstehe«, sagte Altenburg. »Genau das mache ich auch. Mähen und dabei meditieren. Das nennt man dann ja wohl *Mähditation.*«

Damit hatte er endgültig meine Sympathie. Menschen, die so mit Worten umgehen, sind eine Seltenheit.

»Kommen Sie«, sagte er, »ich glaube, ich hab was für Sie.«

Er führte mich zu einem Nebengebäude, das früher vielleicht ein Pferdestall gewesen war, in dem jetzt aber nur ausrangierte Möbel standen.

»Erinnerungen an die Zeit, als ich noch ein kleiner Bub war«, sagte er, und es klang wie eine Entschuldigung. »Ich kann mich einfach nicht endgültig davon trennen. Sentimentalität, nichts als Sentimentalität.« Er blickte sich um. »Aber ich suche was anderes … ach, da haben wir ihn ja.« In einer Ecke lehnte ein alter Handmäher. »Da, bitte: kein Motor, keine Elektrik, keine komplizierte Technik. Den müssen Sie nur über Ihre Wiese schieben wie einen Kinderwagen. Sollte eigentlich noch perfekt funktionieren. Genau das Richtige für Sie, oder? Wissen Sie was? Nehmen Sie ihn, Sie können ihn behalten.«

»Das kann ich nicht annehmen«, sagte ich. »Es reicht, wenn Sie ihn mir leihen.«

»Ach was! Er gehört Ihnen. Geschenkt.«

»Aber wieso …?«

»Schauen Sie, ich brauche das Ding nicht mehr, aber Ihnen nützt es. Was für mich überhaupt keinen Wert hat, ist für Sie wertvoll. In Ihren Händen erlebt das gute Stück also sozusagen seine Wiedergeburt.«

»Danke, ich nehme ihn«, sagte ich, denn irgendwie hatte ich keine Lust, jetzt auch noch über die Wiedergeburt eines Rasenmähers zu philosophieren. Ein andermal gern, sehr gern sogar.

»Also dann, viel Glück beim Mähditieren«, rief mir Altenburg nach, als ich den Rasenmäher vorsichtig am Straßenrand nachhause schob.

»Auf Wiedermähen«, rief ich zurück, und Altenburg brach in schallendes Lachen aus.

Der Tag war gerettet. Die erste angenehme Begegnung, seit ich hier lebte. Der Briefträger zählte nicht, denn der wohnte sicher woanders. Aber er hatte völlig recht gehabt, als er meinte, die Altenburgs seien »ausgesprochen nette Leute«. Ich fand, auf Peter Altenburg traf das schon einmal zu, und warum sollte dann seine Frau nicht genauso nett sein? Und etwas war ganz besonders erfreulich: Wie es schien, hatten die Altenburgs keinen Hund.

Der Rasenmäher funktionierte hervorragend. Es war ein Vergnügen, ihn Runde um Runde über die Wiese zu schieben und nichts als das leise Surren der Spindel zu hören. Anfangs fraß sie sich ein paar Mal an größeren, kräftigeren Grasbüscheln fest, doch ich lernte rasch, diese Stellen schon vorher zu erkennen, umrundete sie dann ebenso geschmeidig wie die Sträucher und ließ sie einfach auf der frisch gemähten Fläche stehen. Genauso machte ich es überall dort, wo Löwenzahn oder Gänseblümchen dicht nebeneinander wuchsen, und so entstand langsam zwar kein Zen-Garten, aber immerhin ein gepflegter Rasenteppich mit hübschen, sattgrünen, knallgelb oder weiß gesprenkelten Inseln.

Auch die erhoffte beruhigende Wirkung stellte sich ein. Vielleicht lag es nur am Grün, vielleicht am regelmäßigen Surren, vielleicht an meiner Aufmerksamkeit, die sich völlig auf die Wiese konzentrierte – jedenfalls waren schon bald jeder Grashalm, jede Blüte, jeder Krümel Erde, jedes Steinchen und jeder kleine Käfer wichtiger als alles andere. Ich genoss es und mähditierte, bis die Sonne unterging, und mich die Dunkelheit zum Aufhören zwang. Schade, dachte ich und nahm mir vor, am nächsten Tag ganz früh aufzustehen und gleich weiterzumachen.

Außerdem wollte ich mich bei Peter Altenburg anständig bedanken. Jemandem, den man erst seit zehn Minuten kennt, einen Rasenmäher zu schenken, war schließlich keine Selbstverständlichkeit. Aber möglicherweise hatte er mich ja auf Anhieb genauso sympathisch gefunden, wie ich ihn. Immerhin kommt es nicht alle Tage vor, dass man auf einen Menschen mit der gleichen Wellenlänge trifft. Also ich zumindest konnte mir gut vorstellen, mit ihm öfter einmal über »Gott und die Welt und die Kunst des Rasenmähens« zu philosophieren. Und warum sollten wir nicht irgendwann sogar richtige Freunde werden?

Nachdem ich ausgiebig und genussvoll geduscht und mich danach ebenso genussvoll über die Schinken- und Käsevorräte im Kühlschrank hergemacht hatte, stand ich im Wohnzimmer vor Roberts Hausbar und überlegte, welche Flasche wohl die teuerste sein könnte. Nein, nicht um mir zur Krönung des Tages noch einen Schluck zu gönnen – davon hielt mich die Erinnerung an meinen Whiskyrausch mit großer Vehemenz ab – sondern um ein Dankeschön-Geschenk für Peter Altenburg auszusuchen. Philosophisch angehauchter Schöngeist hin oder her, der Mann war vor allem stinkreich, und da wollte ich mich nicht mit irgendeinem zweitklassigen Fusel blamieren. Das Problem war nur, dass ich von Spirituosen ebenso viel verstand wie von Wein, nämlich absolut nichts. Was sich übrigens bis heute nicht geändert hat.

Also hielt ich mich an die Etiketten. Je prächtiger, desto wertvoller. Oder war es gerade umgekehrt? Täuschten aufwendige Flaschenausstattungen nur etwas vor, und verbargen sich wahre Kostbarkeiten hinter schlichtem Aussehen, wie das manchmal bei Büchern der Fall ist? Ja, mit Büchern hätte ich mir leichtgetan, dachte ich. Aber hier blieb mir wohl nichts anderes übrig, als mich auf Robert zu verlassen und darauf, dass er bei seiner Getränkesammlung grundsätzlich auf erstklassige Qualität Wert legte, und sich deshalb in seiner Bar kein einziges indiskutables Gesöff befinden würde. Egal, auf welche Flasche meine Wahl fiele, sie stammte von einem echten Kenner, einem wahren Connaisseur, deshalb würde sie schon die richtige sein.

Was soll's. Augen zu, tief durchatmen und zugreifen.

Aha, ein Cognac.

Hennessy Paradis Imperial.

Na bitte, sieht doch edel aus.

Dass ich deinen Cognac verschenke, stört dich doch nicht, lieber Robert, oder? Und eine möglicherweise neue Freundschaft hoffentlich auch nicht. Die Zeiten sind ja wohl längst vorbei, in denen du unsere Freundschaft mit einem *Exklusiv*-Stempel versehen hast. Wir beide und sonst niemand – also diese Einstellung von dir war schon etwas eigenartig. Damals im Internat habe ich das natürlich noch nicht begriffen, ich hab's sogar toll gefunden. Es war für mich ein bisschen wie Tom Sawyer und Huckleberry Finn am Ufer des Mississippi, dem wilden Fluss unseres Erwachsenwerdens. Na ja, oder so ähnlich. Aber wenn ich mich heute an diese blöde Geschichte mit Otto erinnere, also bitte, das war schon reichlich übertrieben von dir.

Du weißt schon, Otto Schneider, unser Mitschüler mit der riesigen Hakennase und der dicken Brille. »Eule« haben wir ihn genannt. Ist im Klassenzimmer immer ganz vorn gesessen, weil er sonst die Tafel nicht richtig gesehen hätte. Super in Mathe, Niete in Turnen, mehr weiß ich auch nicht über ihn. Hat mich auch damals nie interessiert. Nur einmal, ich glaube, wir waren in der sechsten Klasse oder in der siebten, jedenfalls damals, als du wegen deiner Blinddarmoperation eine Woche im Spital gewesen bist, da hat er mir irgendwas über Trigonometrie erklärt, bei der ich wie üblich völlig danebengestanden bin. Und weil Franziska genau an dem Tag bei unserem Wachhund wieder einmal eine Schwarzwälder Kirschtorte für mich abgegeben hat, habe ich sie dann einfach Eule geschenkt.

Ich weiß nicht, wie du davon erfahren hast, aber in der Woche darauf hast du mich gefragt, ob ich jetzt mit Eule befreundet sei und nun er alle vierzehn Tage die Torte bekommen würde. Warum nicht, habe ich gesagt, und dass dir das süße Zeug doch inzwischen ohnehin schon zum Hals heraushängen müsse. Am nächsten Tag hast du mir dann so ganz nebenbei die Frage gestellt, ob ich denn wüsste, dass Eule eine kleine Schwester hat. Und als ich »Nein, wieso?« gesagt habe, hast du mir »ganz vertraulich und unter uns« erklärt, du hättest erfahren, dass Eule nur deshalb in die Schleiferkaserne gesteckt worden ist, weil er früher regelmäßig seine Aggressionen an seiner Schwester ausgelassen und sie grün und blau geschlagen hat.

Damit war bei mir natürlich sofort der Ofen aus. Ich habe mit Eule kein einziges Wort mehr gesprochen, ich habe ihn gehasst, und wenn er nicht aus irgendwelchen Gründen ein paar Monate später aus dem Internat genommen worden wäre, wer weiß, was ich ihm angetan hätte. Und dir war ich natürlich dankbar, denn ohne dich hätte ich ja nie erfahren, was für ein mieser Typ Eule ist.

Dass du die ganze Geschichte über ihn und seine Schwester nur erfunden hast, weil du nicht wolltest, dass ich mit Eule befreundet bin, das hast du mir erst Jahre später gestanden. Aber *dass* du's dann einfach so zugegeben hast, war für mich wieder ein Beweis dafür, dass unsere Freundschaft eben doch etwas ganz Besonderes ist, und Vertrauen und Aufrichtigkeit an erster Stelle stehen.

Gut, um die Schwarzwälder Kirschtorte ist es dir natürlich auch gegangen. Nach der bist du ja regelrecht süchtig gewesen. Wie viele sind es im Lauf der Jahre geworden? Sicher mehr als hundert. Und jedes Mal habe ich sie ein bisschen mehr gehasst. Besonders dann, wenn Franziska zu dem stets *David, mein lie-*

ber Bub! Deine Lieblingstorte soll Dir recht gut schmecken! lautenden und unerschütterlich mit *Deine Dich liebende Mama* unterschriebenen Brief eines dieser Kalenderblätter mit ihren geliebten Spruchweisheiten dazugelegt hat. So idiotische Sprüche wie *Eine Wahrheit, die weh tut, ist trotzdem keine Lüge* oder *Ein Unglück wird nicht kleiner, wenn man jemandem dafür die Schuld gibt.* Ich habe genau gewusst, was Franziska damit erreichen wollte, und wahrscheinlich war mir gerade deshalb immer zum Kotzen. Aber du hast sofort erkannt, was mit mir los ist, hast gesagt »Komm!«, und dann sind wir hinausgegangen und haben den Scheißzettel samt der Tortenverpackung hinter dem Geräteschuppen verbrannt. Nicht lang reden, sondern einfach für den anderen das Richtige tun – also wenn das nicht Freundschaft ist, dann gibt's keine.

Tempi passati. Wir sind beide älter geworden, und ich bin sicher, heute macht es dir bestimmt nichts aus, wenn Peter Altenburg und ich Freunde werden. Und falls es dich doch stören sollte: Selber schuld, Robert! Was musst du dich auch in ein tibetanisches Kloster absetzen und mich hier mit meinen Problemen alleinlassen!

Ich brauche nämlich dringend jemanden, mit dem ich reden kann, verstehst du? Richtig reden und nicht nur idiotische Selbstgespräche führen. Nein, reden über diesen ganzen Mist mit der Frau und dem Jungen und dem Hund und den Anrufen. Darüber reden, wie ich mich jetzt verhalten soll.

Verflucht noch einmal!

Kann hier wer meine Gedanken lesen oder was?

Als das Telefon läutete, ließ ich vor Schreck die Flasche fallen, und sie knallte auf die Kante eines Beistelltisches und zerbarst. Dann läutete das Telefon plötzlich nicht mehr, und während ich die Scherben und den dunklen Fleck auf dem Teppichboden anstarrte, dachte ich, dass es vielleicht überhaupt nicht geläutet hatte, und ich jetzt schon so weit bin, mir einzubilden, das Telefon würde läuten, aber ein paar Sekunden später läutete es dann doch wieder, und ich lief in Roberts Arbeitszimmer, und das Telefon läutete immer noch, und ich hob ab.

Dieses Mal wollte ich es richtig machen.

»Frau Zirkowski? Hallo? Sind Sie es, Frau Zirkowski?«

Keine Antwort. Nur ein leiser, erschrockener Aufschrei.

»Hallo? Frau Zirkowski? Bitte, sagen Sie etwas, Frau Zirkowski. Ich kann Ihnen doch nur helfen, wenn Sie mir sagen, wer Sie sind. Also, Sie sind doch Frau Zirkowski, oder?«

Lautes Atmen. Eine kaum vernehmbare Stimme im Hintergrund. Wenige Worte, die ich nicht verstehen konnte.

Dann wurde aufgelegt.

Irgendetwas musste ich tun.

Eingreifen! Jetzt sofort.

Ich fuhr in Hemd, Hose und Schuhe und rannte los.

Ein paar Mal dachte ich, ich würde Schritte hinter mir hören, doch wenn ich mich umwandte, war niemand zu sehen. Zehn Minuten später stand ich vorm Haus der Zirkowskis. Völlig außer Atem und, so absurd es sich auch anhören mag, zutiefst enttäuscht, weil nichts auf die schreckliche Szene hindeutete, die ich mir vorgestellt hatte. Keine Schreie, kein Poltern, kein Zuschlagen von Türen, kein aufgeregtes Bellen, absolut nichts. Im ganzen Haus war es dunkel, hinter dem Fenster des Zimmers, aus dem ich am Vormittag das künstliche Lachen gehört hatte, war nicht einmal das flackernde Licht des Fernsehers zu sehen. Das ganze Haus und seine Bewohner schienen friedlich zu schlafen.

Eigentlich völlig normal, dachte ich, denn schließlich geht es auf Mitternacht zu. Aber was, wenn sie nicht schlafen? Wenn sich eine Tragödie abgespielt hat, die noch viel größer ist, ein unvorstellbar schreckliches Verbrechen, das weit über meine schlimmsten Befürchtungen hinausgeht? Was, wenn sie alle tot sind?

Kann man in nur zehn Minuten seine ganze Familie ausrotten? Natürlich kann man. Wenn die Verzweiflung groß genug ist. Oder der Hass. Oder der Wahnsinn. Ebenso groß wie hinterher das Entsetzen. Mein Gott, wer hätte das denn ahnen können! So eine nette Familie! Sogar der Hund soll umgebracht worden sein. Wirklich? Unglaublich! Doch nicht der Hund! Das ist ja grauenvoll!

Und dann? Man würde von Doppelmord und Suizid ausgehen, wird ein Polizeisprecher sagen, offenbar eine Familientragödie, aber der genaue Hergang der Tat und die Hintergründe müssten noch ermittelt werden, außerdem seien die Ergebnisse der gerichtsmedizinischen Untersuchungen und der Spurensicherung abzuwarten. Es sei jedoch zum gegenwärtigen Zeitpunkt nicht auszuschließen, dass ein Unbekannter ins Haus eingedrungen sei und die Familie Zirkowski ermordet habe, die Ermittlungsbehörde bitte deshalb um zweckdienliche Hinweise, die selbstverständlich vertraulich behandelt würden. Und dann werden sich bei der Polizei zwei Zeuginnen melden und zu Protokoll geben, ihnen sei schon zwei Tage vor dem Verbrechen ein Mann aufgefallen, der sich äußerst verdächtig in der Gegend herumgetrieben und ganz offensichtlich die Häuser ausspioniert habe, zuletzt sei er am Tag vor der Mordnacht vor dem Haus der Zirkowkis gestanden, und als sie ihn darauf angesprochen hätten, habe er sich mit ganz sonderbaren Fragen über den Hund der Familie Zirkowsi herauszureden versucht. Und sie werden sich an meinen Namen erinnern und daran, wo ich wohne, und dann wird man mich verhaften und stundenlang verhören, und wenn ich von den Anrufen erzähle, wird man mir kein Wort glauben, natürlich nicht, die Polizei hat mich ja schon damals für einen Lügner gehalten, als ich meinen Vater angezeigt habe, warum sollte sie mir also ausgerechnet jetzt glauben, und ich will mir gar nicht vorstellen, wohin das alles führen wird, es wäre schließlich nicht das erste Mal, dass ein Unschuldiger im Gefängnis landet.

Und wieder hatte ich das Gefühl, irgendwo hinter mir würde jemand stehen und mich dabei beobachten, wie ich das Haus anstarre, und ich blickte mich vorsichtig um und suchte die Dunkelheit ab, doch abermals vergeblich.

Ich kann kaum beschreiben, wie erleichtert ich war, als plötzlich hinter dem Küchenfester im Erdgeschoß das Licht anging und ein heller Streifen auf den Garten und ein Stück der Straße fiel, und ich Sebastian sehen konnte, der sich ein Glas Wasser holte und dann wieder aus der Küche verschwand und vergaß, das Licht auszuschalten.

Dieses Licht im Haus hatte so etwas Tröstliches, als hätte ein Totgeglaubter seine Augen aufgeschlagen.

Das ist noch einmal gut gegangen, dachte ich. Danke, Bastian, und hoffentlich bekommst du keinen Ärger mit deinem Vater, wenn er morgen früh bemerkt, dass du die halbe Nacht das Licht brennen lassen hast.

6

In der Nacht hatte ich noch gehofft, auf dem hellbraunen Teppichboden würde man nichts mehr von der Cognacpfütze bemerken, wenn sie erst einmal aufgetrocknet wäre. Jedoch bei Tageslicht sah die Schweinerei, die ich angerichtet hatte, noch viel schlimmer aus: ein großer, dunkler Fleck, das Gewebe völlig durchtränkt und der Teppichflor verklebt und borstig. Nur der Alkoholgeruch hatte sich verflüchtigt und wieder dem Hundemief Platz gemacht.

Nachdem ich die Scherben der Flasche vorsichtig aufgehoben und in der Küche in den Abfalleimer geworfen hatte, rubbelte ich mit einem feuchten Tuch eine Zeit lang verbissen an den Rändern des Flecks herum, doch das brachte überhaupt nichts. Und als ich es mit einem Geschirrspülmittel versuchte, löste es die Farbe aus den Fasern und hinterließ nun zusätzlich einen schmutzig weißen Streifen auf dem Teppichboden. Also blieb mir nichts anderes übrig, als den Beistelltisch darüber zu schieben, um die Spuren meiner Ungeschicklichkeit zu verbergen.

Aber auch wenn ich ihn versteckte, war der Schaden trotzdem da, und ich würde mich dafür rechtfertigen müssen. Was mich ziemlich ärgerte, denn im Grunde war Robert selber daran schuld. Das wurde mir immer klarer, je länger ich darüber nachdachte.

Entschuldige, Robert, aber das wäre alles nicht passiert, wenn du nur einen einzigen Ton gesagt hättest. War wohl zu viel verlangt, mich vor den Anrufen dieser Frau Zirkowski zu warnen. Einfach zu sagen »Heb das Telefon nicht ab, David, diese Anrufe sind nicht für dich, also lass es einfach klingeln. Das ist nämlich eine Frau, der geht es nicht so gut, die ruft ständig an und behauptet dann, ihr Mann würde sie schlagen. Kümmere dich nicht darum, irgendwann wird sie schon merken, dass ich nicht da bin, und dann gibt sie auf.« Oder du hättest mir erzählen können, dass sie eine bedauernswerte, arme Irre ist, die nichts Besseres zu tun hat, als bei irgendwelchen Leuten anzurufen und sie zu belästigen. Oder dass sie unglücklich in dich verliebt ist, hoffnungslos verknallt in den *schönen Robby*, und es jetzt mit der Mitleidsmasche probiert und die unglückliche Ehefrau spielt, aber dass das eben nur eine blöde Geschichte zwischen ihr und dir ist, die mich nichts angeht. Egal was, irgendwas hättest du mir sagen können, Robert. Oder kannst du dir nicht vorstellen, was solche Anrufe bei mir auslösen? Herrgott noch einmal, du kannst dir doch denken, wie ich darauf reagiere! Also wirf mir gefälligst nicht vor, dass ich in Panik geraten bin, als das Telefon geläutet hat, und vor Schreck die Flasche fallen lassen habe!

Ich war wirklich stinksauer wegen Roberts Gedankenlosigkeit. Aus dem *Mäuseloch*, in das ich mich gern verkrochen hätte, um zur Ruhe zu finden, war eine *Mausefalle* geworden. Ich saß fest. Denn der Umstand, dass Familie Zirkowski noch am Leben war, bedeutete ja noch lange nicht, dass ich mir auch alles andere nur eingebildet hatte. Die verzweifelten Anrufe gab es nun einmal tatsächlich, und all meinen verharmlosenden Erklärungsversuchen zum Trotz konnte ich nicht so tun, als gingen sie mich nichts an.

Aber etwas anderes konnte ich sehr wohl tun: In Zukunft würde ich mich dazu zwingen, mit mehr Verstand und weniger Gefühl an das Problem heranzugehen. Das musste sein, wenn ich mich nicht völlig verrückt machen lassen wollte.

Das hieß, statt den nächsten Anruf abzuwarten, musste ich die Initiative ergreifen. Wer oder was sollte mich daran hindern, zu Frau Zirkowski zu gehen und mit ihr zu reden? Ich musste mir nur ein plausibles Argument für meinen Besuch einfallen lassen, denn sie glaubte ja, sie würde Robert anrufen, von mir wusste sie nichts, ich war ihr völlig unbekannt. Also konnte ich sie nicht einfach fragen, ob ihr Mann sie schlagen würde und wie ich ihr helfen könne. Nein, auf gar keinen Fall durfte ich mit der Tür ins Haus fallen, damit würde ich genau das Gegenteil von dem erreichen, was ich wollte. Kein Mensch verrät einem Fremden derart entwürdigende Familiengeheimnisse, Frau Zirkowski würde alles abstreiten. Die einzige Möglichkeit war, so zu tun, als wüsste ich von nichts, und dann unauffällig in ihrem Gesicht nach irgendwelchen Spuren von erlittener Gewalt zu suchen. Alles andere konnte ich mir danach überlegen.

Gut, aber wie sollte ich es anstellen? Als Pizzamann oder Blumenbote am Gartentor läuten? Behaupten, ich käme von der Stadtverwaltung und müsse den Stromzähler oder die Wasseruhr überprüfen? Sagen, ich würde Spenden fürs Rote Kreuz sammeln? Oder für den Tierschutzverein, speziell für Hunde? Alles keine guten Ideen. Es brauchten ja nur die beiden Hundefrauen auftauchen, und schon wäre ich aufgeflogen. »Sie schon wieder! Was machen Sie hier? Geld sammeln? Aha, dann zeigen Sie uns doch bitteschön Ihren Ausweis!« Nein, ich musste weiter nachdenken.

Aber erst einmal wollte ich das machen, was ich mir gestern Abend vorgenommen hatte: den Rasen fertig mähen. Und wer weiß, vielleicht würde sich dabei sogar ein Geistesblitz einstellen, was bekanntlich nur dann geschieht, wenn man sich auf etwas ganz anderes konzentriert und den Gedanken im Hintergrund ihren freien Lauf lässt.

Nichts lief. Der Rasenmäher schien über Nacht schwerer geworden zu sein, fette, krautige Grasbüschel blockierten die Spindel, statt ruhig und gleichmäßig meine Bahnen zu ziehen, ruckte ich den Mäher verbissen und angestrengt vor und zurück, und statt meditativer Gelassenheit verspürte ich wachsenden Ärger. Nach einer halben Stunde gab ich auf, natürlich ohne zündenden Einfall.

Ich hatte schon vor, meinen Plan, bei Frau Zirkowski Privatdetektiv zu spielen, überhaupt fallen zu lassen. Komplette

Schnapsidee, dachte ich, so was funktioniert doch nur in billigen Romanen, aber nicht in Wirklichkeit. Was erwartete ich denn? Dass die Frau mir als Retter aus höchster Not in die Arme sinken, und ich ihren Mann, wenn er nachhause kommt, mit einem Faustschlag niederstrecken und dann fesseln, knebeln und eigenhändig zur Polizei schleppen würde? War ich Philip Marlowe?

Nein, aber ich war David Bauer. Und David Bauer konnte die Frau nicht einfach ihrem Schicksal überlassen, bloß weil ihm nichts Kluges einfiel. David Bauer würde sich das nie verzeihen.

Und dann kam mir der Zufall zu Hilfe. Als ich den Briefkasten von einem dicken Packen Reklamezusendungen befreite, entdeckte ich einen Brief, der sich zwischen die bunten Prospekte und Flugblätter verirrt hatte: einen Brief an Frau Maria Zirkowski, Bachweg 3.

Danke, lieber Herr Briefträger, dachte ich sofort. Danke für Ihre Unaufmerksamkeit, das war wirklich ausgesprochen nett von Ihnen. Mit diesem Brief haben Sie mir nämlich die beste Begründung dafür geliefert, Frau Zirkowski in ihrem Haus aufzusuchen. Nichts ist glaubwürdiger und harmloser, als ihr einen falsch zugestellten Brief persönlich zu überbringen. Großartig!

Es war kurz vor elf. Um diese Zeit würde Frau Zirkowski sicher noch allein im Haus sein. Ich wusch mich, zog frische Sachen an und machte mich auf den Weg.

Der Briefkasten der Zirkowskis neben dem Gartentor war ebenfalls übervoll mit Reklame, was es nur logisch erscheinen ließ, dass ich nicht noch zusätzlich den Brief in den Einwurfschlitz stopfte, sondern anläutete.

Verflucht! Wie hatte ich auf den Hund vergessen können? Schon beim ersten Klingelton kam Tasso aus dem Haus gerannt, sprang am Gartentor hoch und bellte wie verrückt. Und fünf Sekunden später bellten sämtliche Hunde in der Nachbarschaft. So hatte ich mir das nicht vorgestellt.

Was dann geschah, hatte ich mir noch viel weniger vorgestellt: Nicht Frau Zirkowski erschien hinter dem Küchenfester und öffnete es, sondern ein Mann, und als er »Tasso, aus!« brüllte, und der Hund aufs Wort folgte, war mir klar, dass das nicht irgendein Mann war, sondern »der Herr im Haus«, also niemand anderer als Herr Zirkowski.

Und zwar ein äußerst schlecht gelaunter Herr Zirkowski im T-Shirt, unrasiert und mit zerrauftem Haar. So, wie einer ausschaut, der soeben aus dem Schlaf gerissen wurde – oder nein, doch wohl eher einer, der gerade noch damit beschäftigt war, seine Frau zu verprügeln!

»Was wollen Sie?«

Schon aus diesen drei Worten triefte unverhohlene Feindseligkeit. Ruhig und höflich bleiben, dachte ich, alles andere führt zu nichts.

»Entschuldigen Sie bitte, dass ich Sie störe. Mein Name ist David Bauer.«

»Ja, und?«

»Ich habe einen Brief für Frau Maria Zirkowski.«

»Was haben Sie?«

»Einen Brief für … Ihre Frau, nehme ich an. Ist irrtümlich bei mir gelandet.«

»Und deshalb läuten Sie extra an? Schmeißen Sie ihn doch in unseren Briefkasten.«

»Der ist leider voll. Darum würde ich den Brief gern Ihrer Frau persönlich geben.«

»Wozu soll das gut sein? Lassen Sie gefälligst meine Frau in Ruhe!«

»Aber es geht doch nur um den Brief. Vielleicht wartet sie schon drauf.«

»Sicher nicht. Meine Frau erwartet keinen Brief.«

»Ja, aber –«

»Sagen Sie, hören Sie schlecht oder was? Wie heißen Sie, haben Sie gesagt?«

»David Bauer. Ihr Sohn kennt mich übrigens. Wir haben uns neulich über Ihren Hund unterhalten.«

»Aha. Dann sind also Sie der Hundehasser, der Bastian mit der Polizei gedroht hat?«

»Mein Gott, das war doch nur Spaß.«

»Wissen Sie was, Herr Bauer? Machen Sie, dass Sie weiterkommen, Herr Bauer! Und wenn Sie meinen Sohn oder meine Frau oder mich auch nur noch einziges Mal belästigen, dann gnade Ihnen Gott! Und das war jetzt kein Spaß, haben Sie mich verstanden? So, und jetzt will ich Sie nie mehr hier sehen! Guten Tag, Herr Bauer!«

Damit knallte er das Fenster zu, dass die Scheiben nur so klirrten. Und ich stand mit dem Brief in der Hand da, wie der sprichwörtliche begossene Pudel.

Was für ein ekelhafter Mensch! Seine Frau konnte einem wirklich leidtun. Ich konnte nur hoffen, dass sie jetzt nicht auch noch irgendwelchen idiotischen Fragen ausgesetzt war. »Seit wann kennst du einen David Bauer? Wer ist der Kerl? Hast du was mit dem? Lüg mich nicht an, oder hast du noch nicht genug?« Und dann wieder Beschimpfungen, Beleidigungen, Schläge.

Und das nur wegen mir! Hätte ich über den Zaun klettern und ins Haus eindringen sollen? Zusätzlich Öl ins Feuer gießen? Sei vernünftig, sagte ich mir, dieses Mal hast du verloren, aber noch ist nicht aller Tage Abend. Außerdem konnte ich nichts Verdächtiges hören, also trat ich den Rückzug an. Den Brief behielt ich, um ihn demnächst wieder als Vorwand zu benutzen, mit Frau Zirkowski zu sprechen. Ihr Mann würde ja wohl nicht immer zuhause sein. So redete ich mir ein, dass ich überlegt handelte und nicht einfach feig den Schwanz einzog.

Zu Mittag machte ich mir ein Salamisandwich. Das Toastbrot schmeckte wie Sägemehl, nach drei Bissen warf ich es in den Abfalleimer. Danach versuchte ich, eine zwischen zwei Backenzähnen eingezwängte Wurstfaser zu entfernen. Ich plagte mich so lange vergeblich damit ab, das dünne, glitschige Ding in der Tiefe meiner Mundhöhle mit Daumen und Zeigefinger zu fassen und herauszuziehen, bis es mich würgte. Auch Zähneputzen brachte nichts. Also ließ ich es entnervt bleiben, in der Hoffnung, der Störenfried würde irgendwann von selber verschwinden. Was er aber nicht tat. Immer wenn ich – automatisch und gegen meinen Willen – mit der Zungenspitze danach tastete, war er noch da, und ich musste meine ganze Willenskraft aufbieten, meine Zunge einigermaßen zu beherrschen. Ohne Erfolg. Bald drehte sich alles ausschließlich um das Salamirelikt, und da wusste ich, wenn ich mich nicht schleunigst mit irgendwas davon ablenkte, würde ich mich den ganzen Nachmittag nur noch mit dieser lästigen Wurstfaser beschäftigen.

Obwohl ich ihr eigentlich dankbar sein musste. Immerhin hatte sie eine Zeit lang andere hartnäckige Probleme in den Hintergrund gedrängt. Ekelhafte Salamifaser triumphiert über ekelhaften Ehemann und Gewalt gegen Frauen! Ich musste lachen. Aber es kam mir vor wie das künstliche, eingespielte Lachen in den Seifenopern.

Nun gut, was sollte ich machen? Aufs Rasenmähen hatte ich keine Lust. Noch weniger darauf, mir den Kopf über einen neuen Plan zur Rettung von Frau Zirkowski zu zerbrechen. Mit jemandem ein bisschen plaudern und dabei die Gedanken in eine andere Richtung lenken, das wäre wohl das Beste. Also, auf zu Peter Altenburg!

Ich hatte Glück. Erstens, dass er da war. Zweitens, dass er sich über meinen Besuch freute, der ihm die höchst willkommene Gelegenheit bot, beim Mähen eine Pause einzulegen, wie er mir sagte. Und drittens, dass mein Geschenk seinen Geschmack traf, obwohl ich nur in aller Eile aufs Geratewohl nach irgendeiner Flasche in der Hausbar gegriffen und erst unterwegs festgestellt hatte, dass es sich um Roberts zweite Flasche Johnny Walker Blue Label handelte.

»Oh, vielen Dank«, sagte Altenburg, »das ist ja ein ganz Besonderer! Den werde ich mir aber auch für einen ganz besonderen Anlass aufheben!«

»Ach, nicht der Rede wert«, sagte ich. »Nur ein kleines Dankeschön für den Rasenmäher.«

»Kleines Dankeschön?« Altenburg betrachtete die Flasche, als wäre sie eine antike Vase. »Für das Geld hätten Sie sich ja zwei neue Rasenmäher kaufen können, mein Lieber.«

Ich zuckte mit den Schultern. Von Preisen hatte ich keine Ahnung. Weder bei Whisky noch bei Rasenmähern.

Altenburg lächelte. »Und? Hat's mit dem Mähditieren geklappt?«

»Wunderbar«, sagte ich. »Jedenfalls gestern. Heute war ich leider noch nicht besonders erfolgreich.«

»Oh ja! Das kenne ich. Manche Sachen passieren halt nicht, wenn man sie zu sehr will. Wissen Sie, *Erzwingen* und *Gelingen* sind nämlich verfeindete Brüder.«

»Schade«, sagte ich, »dabei reimt sich *Gelingen* so schön auf *Erzwingen.*«

»Tja, damit verführen sie uns. Weil wir immer glauben, was auf den ersten Blick übereinstimmt, würde auch zusammenpassen.«

Ich dachte nach. »*Wollen* und *Sollen*«, sagte ich dann.

»*Betrügen* und *Vergnügen*«, sagte Altenburg.

»*Sehen* und *Verstehen.*«

»*Verbrechen* und *Rächen.*«

»*Liebe* und *Hiebe.*« Ich konnte nicht anders, auf einmal ritt mich der Teufel.

»Einspruch!« Altenburg grinste. »Es soll ja Leute geben, für die passt das sehr wohl zusammen. Habe ich mir zumindest sagen lassen.«

»Sie haben recht«, sagte ich. »Ich glaube, ich kenne solche Leute.« Obwohl ich mit dem Besuch eigentlich vorgehabt hatte, meinen Kopf frei zu bekommen, war ich nun doch wieder bei dieser verfluchten Geschichte angelangt. Aber die Gelegenheit, mit Altenburg darüber zu reden, war einfach zu verlockend. »Diese Leute wohnen sogar ganz in der Nähe.«

»Wirklich? Hier bei uns? Das gibt's doch nicht!« Altenburg zog erstaunt die Augenbrauen hoch. Dann ließ er sich auf der frisch gemähten Wiese nieder und klopfte mit der flachen Hand neben sich auf den Boden. »Kommen Sie, setzen Sie sich. Und jetzt erzählen Sie.«

Plötzlich überfielen mich Skrupel. »Ach, wissen Sie, ich möchte da keine Gerüchte verbreiten. Was bei den Leuten wirklich los ist, weiß ich nämlich auch nicht. Also, wenigstens nicht genau.«

»Was denn nun? Wissen Sie etwas oder wissen Sie nichts?«

»Na ja, ich glaube ...«, ich zögerte, »wie gesagt, ich bin mir nicht sicher, aber ich glaube, der Mann schlägt seine Frau.«

Altenburg blickte mich erwartungsvoll an. »Und? Weiter?«

»Nichts weiter. Das reicht doch wohl. Ich finde das jedenfalls ziemlich schlimm.«

»Wieso? Vielleicht gefällt's ihr ja. Das soll's ja geben.«

Ich zuckte zusammen. War Altenburg so zynisch, oder verstand er nicht, worüber ich redete? »Gefallen? Ich bitte Sie! Welcher Frau gefällt es, wenn sie von ihrem Mann geschlagen wird?«

»Ja, das kommt natürlich eher selten vor. Üblicherweise ist es umgekehrt, habe ich gehört. Da empfindet der Mann Vergnügen, wenn ihn eine Frau schlägt. Da haben wir's: *Lust* reimt sich zwar nicht auf *Schmerz*, aber die beiden sind trotzdem ein Zwillingspaar.«

Ach, das meinte er! Wir hatten gründlich aneinander vorbeigeredet! Altenburg hatte an harmlose, kontrollierte Sadomaso-Spielchen gedacht. Dass es brutale Typen gibt, die ihre Frauen tatsächlich halbtot prügeln, kam ihm offenbar gar nicht in den Sinn, dem philosophischen Schöngeist. Na gut, entschuldigt! Doch auf dieses gepflegt schlüpfrige Smalltalk-Niveau wollte und konnte ich nicht einsteigen.

»Wissen Sie, ich fürchte, hier geht es um etwas anderes. Nämlich um eine Frau, die entsetzlich darunter leidet, dass sie von ihrem Mann regelmäßig krankenhausreif geschlagen wird. Es geht um Gewalt in der Ehe.«

»Ach ja … Pack schlägt sich, Pack verträgt sich.« Altenburg hielt inne. Er hatte wohl bemerkt, wie ich erstarrte. »Verzeihung, ich glaube, das war jetzt absolut unpassend. Wirklich dumm von mir.«

»Ja«, sagte ich, »das war es. Die ganze Sache reißt bei mir nämlich alte Wunden auf.«

»Oh …« Altenburg klang verlegen. »In Ihrer Familie?«

»Meine Mutter«, sagte ich.

»Gütiger Gott!«

Dann saßen wir ziemlich lang schweigend nebeneinander auf der Wiese, aber eigentlich war ich nicht zum Schweigen hergekommen.

»Wohl eher nicht«, sagte ich.

»Was?«

»Dass er gütig war.«

»Wer?«

»Na, Gott.«

»Ach so … ja … verstehe … trotzdem …« Altenburg dachte nach. »Kein schönes Thema, oder?«

»Nein. Kein schönes Thema.«

»Kein angenehmes Gespräch.«

»Überhaupt nicht.«

»Themenwechsel?«

»Themenwechsel.«

Altenburg stand auf. »Also, ich finde, es ist kühl geworden. Kommen Sie, gehen wir ins Haus.«

Während wir auf das Gebäude zugingen, versuchte ich mir vorzustellen, wie es drinnen aussehen würde. Vor meinem inneren Auge sah ich dunkel getäfelte Wände, kostbare Perserteppiche und schwere Chesterfield-Ledersofas, also alles, was meiner

Ansicht nach dem distinguiert herrschaftlichen Baustil entsprach. Umso größer war meine Verblüffung über das, was ich zu sehen bekam. Schon der Eingangsbereich, besser gesagt das Vestibül, präsentierte sich als heller, mit ausgesuchten Designerstücken geschmackvoll ausgestatteter Raum. Doch der Salon, in den mich Altenburg führte, war dann wirklich unglaublich: Es gab nur die Farbe Weiß. Der Boden, die Wände, die hauchdünnen, durchsichtigen Stores vor den bodentiefen Fenstern, der Teppich und die Sitzlandschaft, auf der die ganze Regierung eines mittleren Staates bequem Platz gefunden hätte, alles war weiß. Eine regelrechte Weiß-Orgie von strahlender, irgendwie fast unwirklich wirkender, betörender Eleganz und Leichtigkeit.

»Bitte, nehmen Sie Platz«, sagte Altenburg. »Und entschuldigen Sie mich für ein paar Minuten, ich bin gleich wieder bei Ihnen.«

Ich setzte mich nicht. Mein Hosenboden ist sicher schmutzig von der Wiese, dachte ich, und so ein Grasfleck geht aus dem empfindlichen, weißen Leder garantiert nie mehr heraus. Und überhaupt empfand ich mich mit meinen schwarzen Cordjeans und dem rotkarierten Hemd inmitten dieser Inszenierung von Weiß ziemlich fehl am Platz. Ich rührte mich nicht von der Stelle und sah mich nur still im Raum um.

Als ich mich zur Wand gegenüber der Fensterfront umdrehte, fielen mir die beiden einzigen Dinge auf, die nicht weiß waren: Die Flasche Johnny Walker Blue Label, die Altenburg auf einem schmalen, hohen, gläsernen Kubus abgestellt hatte, so dass es im ersten Moment aussah, als schwebte sie vor der Wand frei im Raum. Und darüber – was mich weitaus mehr faszinierte – drei wie ein Triptychon eng nebeneinander hängende, weiß gerahmte Bilder hinter spiegelfreiem Glas, jedes geschätzt einen mal einen Meter groß und in zarten, fast hingehauchten Farben.

Es waren Fotografien vom Gesicht einer Frau. Nahaufnahmen. Die erste zeigte sie im Profil, die zweite im Halbprofil, die dritte von vorn, und wenn ich den Blick von links nach rechts gleiten ließ, war es, als würde mir die Frau ihr Antlitz zuwenden und mir in die Augen schauen.

Ich war wie elektrisiert. Noch nie hatte ich ein so schönes Gesicht gesehen. Es war – und jetzt nehme ich in Kauf, als schwärmerischer Träumer belächelt zu werden – überirdisch, ätherisch, geheimnisvoll und zugleich von einer fast animalischen Sinnlichkeit. Romy Schneider mit langem, rötlichblondem Haar, dachte ich, falls man das überhaupt als Denken bezeichnen kann, was in meinem Kopf vorging und meinen Pulsschlag mindestens verdreifachte.

Mein Verstand flüsterte mir zwar zu, dass diese Schönheit bloß durch die Kunst des Fotografen entstanden sei, ein Resultat raffinierter Tricks mit Licht und Weichzeichner und was solche Leute sonst noch auf Lager haben, aber dennoch wusste ich, wenn diese Frau in Wirklichkeit auch nur halb so schön wäre wie auf diesen Bildern, brächte sie mich immer noch völlig aus der Fassung.

»Darf ich vorstellen: meine Frau.«

Peter Altenburgs Stimme riss mich aus meiner Träumerei. Ich wandte mich um und wollte schon höflich »David Bauer – freut mich, Sie kennenzulernen« sagen und Altenburgs Frau die Hand entgegenstrecken, aber außer ihm war niemand zu sehen.

Er grinste übers ganze Gesicht, als er meinen ratlos suchenden Blick sah, und zeigte auf die Bilder. »Bitteschön: Isabella, meine Frau. Aber wie ich sehe, haben Sie sie ja schon kennengelernt. Also wenigstens ein bisschen.«

»Das …«, mehr als ein Flüstern brachte ich nicht zustande, »das ist …?«

»Ja, das ist sie. Meine Isa. Wunderschön, nicht wahr?« Die ganze Verbindung von Liebe, Glück, Dankbarkeit aber auch Stolz, die er bei diesen Worten empfand, war unüberhörbar. »Nun ja, leider müssen wir heute mit ihren Bildern Vorlieb nehmen. Isa ist zurzeit in unserem Haus in Südfrankreich und kommt erst morgen oder übermorgen zurück.«

»Ja«, sagte ich, »schade.« Doch als Untertitel lief: Gott sei Dank, weil sonst hätte es mich ohnehin umgehauen.

Altenburg trat nah an das mittlere Porträt heran und berührte mit den Fingerspitzen seiner Linken zärtlich das Glas über Isabellas Gesicht. »Diese Frau bedeutet mir alles ... nur der Himmel weiß, wie sehr ich sie liebe ...« Dann drehte er sich abrupt um, als müsste er sich gewaltsam losreißen. »Was ist? Warum setzen Sie sich nicht?«

Ich deutete auf die Rückseite meiner Jeans. »Ich fürchte, mit Grasflecken werden Sie keine Freude haben.«

Altmann lächelte. »Sehr aufmerksam von Ihnen. Moment, bitte.« Er verließ den Salon, kam kurz darauf mit einer blauen Decke zurück und breitete sie auf dem weißen Leder aus. »Bitteschön.« Er selber hatte sich inzwischen umgezogen, beige Baumwollhose und dunkelrotes Polohemd, und nahm mir gegenüber Platz.

»Fantastisch, dieses Weiß«, sagte ich.

»Ja. Isas Idee. Weiß ist ihre Lieblingsfarbe. Ein weißes Ambiente ist Form in ihrer reinsten Schönheit, sagt sie. Und ich gebe ihr recht. Konzentration aufs Wesentliche, sozusagen auf die Seele der Dinge, verstehen Sie? Weiß ist nämlich die Summe aller Farben. Wenn weißes Licht durch einen Kristall fällt, zerstreut es sich in sämtliche Farben des Regenbogens. Das ist das Geheimnis von Weiß, seine Magie. Die zeitlose Essenz der Schönheit statt modischer Buntheit, die nur vom Eigentlichen ablenkt.«

Bloß nicht sehr praktisch, dachte ich. Aber ich sagte es nicht, denn mir gefiel, wie Altenburg über das Weiß philosophierte.

»Stellen Sie sich vor«, fuhr er fort, »meine Schönheitscremen wären farbig und nicht weiß. Keine Frau würde auf ihre Wirkung vertrauen, obwohl sie dieselbe wäre. Aber Weiß weckt ganz unbewusst das Gefühl, dass nur Gutes und Reines in ihm enthalten ist und seine positive Kraft entfaltet. Was übrigens auf alle unsere Produkte tatsächlich zutrifft. *The Power of White* –

in der Kosmetikindustrie natürlich seit jeher das wichtigste Erfolgsrezept.«

»Also sozusagen eine uralte *Weiß-heit*«, sagte ich. Etwas Intelligenteres wusste ich nicht beizutragen zu diesem Thema, das mir mindestens so fremd war wie die Mechanik von Rasenmähern.

Altenburg lächelte. »*Weiß-heit* ist gut. Das ist sogar sehr gut. Fast genial. Wieso fällt meiner Werbeagentur so was nie ein?« Er dachte nach. »*Mit Weiß-heit zu Schön-heit.* Daraus ließe sich vielleicht etwas machen. Schenken Sie mir das?«

»Aber gern«, sagte ich. »Ist mir eine Ehre.« Es freute mich tatsächlich, dass mein Wortspiel offenbar gar nicht so blöd gewesen war, wie ich geglaubt hatte.

»Herzlichen Dank«, sagte Altenburg und sah mich an, aber irgendwie so, als würde er durch mich hindurchblicken und mit seinen Gedanken ganz woanders sein. Plötzlich sprang er auf. »Mein Gott, was bin ich bloß für ein schlechter Gastgeber! Ich habe Ihnen überhaupt nichts zu trinken angeboten! Warten Sie, ich habe da was für Sie, das müssen Sie unbedingt probieren.«

Wieder verschwand er aus dem Salon, und ich saß da und versuchte in Gedanken, den Raum knallbunt umzufärben. Grüner Boden, violetter Teppich, rote Sitzlandschaft, pinkfarbene Beistelltischchen, gelbe Wände, blaue Vorhänge. Lustig, aber scheußlich. Fröhliche Streifenmuster. Die psychedelischen Sixties ließen grüßen. Sanfte Pastelltöne. Die pure Langeweile.

Hatte ich mich so schnell an das Weiß gewöhnt? Oder lag es an den Bildern, die hinter mir an der Wand hingen? Ich spürte geradezu, wie sich der Blick Isabella Altenburgs in meinen Hinterkopf bohrte. »Verzeihung«, sagte ich leise, »ich wollte Ihre perfekte Harmonie nicht stören. Seien Sie mir bitte nicht böse.«

»Ich komme gleich«, rief Altenburg.

Ach, lassen Sie sich ruhig Zeit, dachte ich. Ich bin gern mit Ihrer Frau allein. Wir verstehen uns ausgezeichnet. Ich glaube, sie hat mir soeben meinen fürchterlich schlechten Geschmack verziehen.

»So, bitte sehr.« Altenburg stellte ein Plexiglastablett mit einer gläsernen Teekanne und zwei Teegläsern auf einem der Glaswürfel ab, die als Beistelltische dienten. Auch die Flüssigkeit in der Kanne war glasklar und dampfte ein wenig, als er sie in die Gläser goss. »Probieren Sie bitte. Ich bin gespannt, was Sie dazu sagen.«

Ich hielt das Glas unter meine Nase, schnupperte, roch aber überhaupt nichts. Dann nahm ich vorsichtig einen kleinen Schluck, behielt ihn im Mund, schloss die Augen und konzentrierte mich auf den Geschmack. Auch nichts. Konnte es sein, dass mir Altenburg nur heißes Wasser angeboten hatte?

Er sah mich erwartungsvoll an. »Nun, was sagen Sie?«

»Tja, ich weiß nicht …« Ich nahm noch einen Schluck und schmeckte noch immer nichts. »Was soll ich dazu sagen?«

»Wie finden Sie den Geschmack?«

Aha, es musste also einen Geschmack geben, den ich bloß noch nicht bemerkt hatte. Ich nippte wieder. Ohne Erfolg.

»Ein Anflug von Süße, nicht wahr?« sagte Altenburg.

Nächster Versuch. Nun ja, irgendwie hatte Altenburg recht. »Durchaus«, stimmte ich zu. »Schmeckt tatsächlich ein bisschen süß. Aber wirklich nur ein bisschen.«

»Oder doch eher herb? Nach Kräutern und so?«

Fünfter Schluck. »Ja … ein ganz zarter Kräutergeschmack. Also, wenn man so will.«

Altenburg strahlte mich an. »Damit haben Sie jetzt genau das Richtige gesagt: Wenn man so will. Nur darauf kommt es an. In Wahrheit schmeckt dieser Tee nämlich nach absolut nichts. Sein Geschmack – und damit seine Wirkung – entstehen ausschließlich in Ihrem Kopf. Immer ganz genau so, wie man es Ihnen verspricht, oder wie Sie es sich von ihm erwarten. Ohne durch irgendeinen Eigengeschmack davon abzulenken. Und auch nicht durch eine Farbe.«

Ich sagte nichts und machte vermutlich wieder einmal ein ziemlich dummes Gesicht.

Altenburg goss mir noch ein Teeglas voll. »Diesen Tee werde ich demnächst auf den Markt bringen. Ist die ideale Erweiterung meines Angebotes. Wie sich in meinen weißen Schönheitscremen nichts als die ganze Kraft der Natur entfaltet, so geschieht es auch hier. Die Leute in meinem Labor haben monatelang daran gearbeitet, eine Tee-Essenz herzustellen, die von sämtlichen Farb- und Geschmacksstoffen befreit ist. Übrig geblieben ist ein Konzentrat von allem, was Tee bewirken kann: Erfrischung, Entspannung, Kraft, Heilung – was immer man will. Nichts als pure Wirkung nach Wunsch! Die Farbe Weiß ist die Seele der Schönheit, die Klarheit von reinem Regenwasser die Seele dieses Tees. Für eine Schönheit, die von innen kommt, verstehen Sie?«

Ich hätte gern wenigstens mit einer Wortschöpfung geantwortet, aber mir fiel keine ein, also nickte ich nur.

Altenburg blickte über mich hinweg zu den Bildern seiner Frau. »Isa wird stolz auf mich sein. Bis jetzt weiß sie noch nichts von meinem ›Soul of Tea‹. Und eigentlich hätte ja sie die Erste sein sollen, die ihn probieren darf. Also, wenn Sie Isa demnächst kennenlernen, erzählen Sie ihr bitte nichts davon, dass Sie ihr zuvorgekommen sind. Aber ich war einfach zu neugierig auf Ihre Reaktion.«

»Ich werde schweigen wie ein Grab«, sagte ich und hob die Hand zum Schwur. »Ich überlasse Ihrer Frau sehr, sehr gern das Vergnügen und die Ehre des *Jungfernschlucks*. Das ist doch selbstverständlich.« Ich wandte mich zu den Porträts um. »Schönheit, wem Schönheit gebührt.«

»Wie war das, bitte?« Altenburg kicherte. »Jungfernschluck? Herrlich! Wie machen Sie das bloß? Isa wird von Ihnen begeistert sein. Ihr gefallen Menschen, die anders denken als alle anderen.«

Wie schön, dachte ich. Da ist sie aber eine seltene Ausnahme, weil üblicherweise können Frauen mit meiner Art nicht viel anfangen, auf die Dauer gehe ich ihnen damit sogar auf die Nerven. Laura zum Beispiel. Aber vielleicht hatte Robert ja doch recht, als er sagte, es gäbe Frauen, für die ich durchaus interessant sein würde. Trotzdem: Eine Frau wie Isabella würde für mich natürlich immer unerreichbar sein.

Ich stand auf und betrachtete die Bilder noch einmal von ganz nah. Für diese Frau würde ich auch alles tun, dachte ich. Und ich verstand Altenburg nur allzu gut, und gleichzeitig beneidete ich ihn. Hirn einschalten und sachlich bleiben, sagte ich mir und wies auf die Signaturen, die ich rechts unten am Rand der Bilder entdeckt hatte. »Das war der Fotograf, nehme ich an. Richtig?«

Altenburg kam zu mir. »David Hamilton«, sagte er, »ein ziemlich berühmter Fotokünstler. Zuerst wollte ich ja Helmut Newton engagieren, aber der war mir mit seiner Sichtweise dann doch zu direkt. Viel zu hart, wie er Frauen fotografiert, fast brutal. Hamilton ist da ganz anders. Feiner, gefühlvoller. Also, ich sehe das wenigstens so.«

Mir sagten die Namen überhaupt nichts, obwohl es durchaus möglich war, dass ich mir von beiden schon Bildbände angesehen hatte. Im Antiquariat gab es ein ganzes Regal voll Bücher mit Bildern berühmter Künstler, von Malern ebenso wie von Fotografen. Aber die hatten mich nie besonders interessiert, und wenn doch, dann eher die Bilder und nicht die Leute, die sie gemacht hatten. »Schön, aber auch schön teuer, stimmt's?« sagte ich mit betonter Lässigkeit.

»Lauter Originale«, sagte Altenburg. »Es existieren nur diese Exemplare, die Negative sind von Hamilton sofort vernichtet worden, nachdem er die Abzüge gemacht hat. Na ja, das kostet klarerweise ein bisschen was. Aber was bedeutet schon Geld, wenn man dafür solche Bilder bekommt? Sehen Sie nur, wie unnachahmlich sensibel und liebevoll Hamilton Isa fotografiert hat. Wie vollendet er ihren Zauber eingefangen hat, als hätte er sie mit seinem Blick durchs Kameraobjektiv zärtlich gestreichelt. Kann man das so sagen? Egal, jedenfalls ist es ihm wirklich gelungen, ihr Innerstes zu erfassen und die Seele ihrer Schönheit sichtbar zu machen. Das sind mehr als nur Fotos, das sind Bilder, die atmen und leben, verstehen Sie?« Und wieder führte er seine Handflächen über die Porträts, als würde er Isabellas Gesicht berühren und die Wärme ihrer Haut spüren.

Hände weg, dachte ich. Und ich empfand ein leichtes Brennen in der Magengegend. Was war das denn, bitte? Ein erstes Anzeichen von Eifersucht? Ich musste irgendetwas sagen, um Altenburg – und vor allem mich – von Isabella abzulenken. »Wie heißt der Fotograf? Hamilton? Gibt's von dem auch noch andere Bilder?«

Das war eine absolut blöde Frage. Zum einen, weil es ja wohl völlig klar war, dass ein berühmter Fotograf Hunderte andere Bilder geschossen hatte, und zum anderen, weil Altenburg meine Frage nicht als grundsätzliches Interesse an Hamiltons Arbeit verstand, sondern auf Isabella bezog.

»Ja«, sagte er nach kurzem Nachdenken, »die gibt es. Doch das sind Fotografien von Isa, die nicht für aller Leute Augen bestimmt sind, wenn Sie verstehen, was ich meine. Die Bilder sind Teil meiner ganz persönlichen Privatsammlung. Erotische Kunst, wissen Sie? Meine andere große Leidenschaft. Wobei ich das Wort *erotisch* ausdrücklich betone, nicht dass Sie denken, ich hätte ein Faible für Pornografie. Wirkliche Erotik unterscheidet sich nämlich von plattem Sex wie ein Gemälde von Modigliani von den anzüglichen Kritzeleien auf einer öffentlichen Toilette, aber das verstehen heute leider nur noch die wenigsten Menschen. Nun ja, vielleicht zeige ich Ihnen irgendwann einmal das eine oder andere aus meiner Sammlung, aber sicher nicht die Bilder von Isa. Zumindest nicht ohne ihre ausdrückliche Erlaubnis. Erotik ist Intimität, und Intimität lebt vom Geheimnis, und ein Geheimnis muss man bewahren, sonst verliert es seinen Zauber, das verstehen Sie doch, oder?«

Na, und ob ich das verstand! Vor allem verstand ich, dass es intime Fotografien von Isabella gab. Und Altenburg konnte über Erotik philosophieren, soviel er wollte, bei mir löste seine Antwort genau das Gegenteil von dem aus, was ich mit meiner

Frage erreichen wollte: Meine Eifersucht wurde noch ein bisschen größer, und ich fand das ausgesprochen idiotisch von mir.

Ich sollte diesen Besuch schleunigst beenden, bevor ich mich hoffnungslos in etwas verrenne, dachte ich und suchte nach einer Ausrede, die meinen plötzlichen Aufbruch nicht als Unhöflichkeit erscheinen oder gar wie eine überstürzte Flucht aussehen lassen würde. »Tja«, sagte ich und schaute auf meine Armbanduhr, »also …«

Altenberg rettete mich aus meiner Verlegenheit. »Weil wir gerade über Leidenschaft geredet haben – ich würde jetzt wahnsinnig gern eine rauchen. Aber Isa hasst es, wenn ich herinnen rauche. Gehen Sie mit mir vors Haus?«

»Gern«, sagte ich. »Es wird ohnehin höchste Zeit für mich, dass ich heimkomme.«

Draußen war es für eine Sommernacht überraschend kalt geworden. Altenburg blickte nach ein paar gierigen Zügen nachdenklich und ein bisschen fröstelnd auf die Glut seiner Zigarette. »Schade, dass sich Liebe und Laster nicht genauso gut miteinander vertragen wie Liebe und Leidenschaft«, seufzte er.

Mein Mitleid hielt sich in Grenzen. Dass Altenburg für Isabella ein Stück Freiheit aufgeben musste und gezwungen war, zum Rauchen ins Freie zu gehen, empfand ich nämlich als durchaus angemessen: Das war wenigstens ein Hauch von ausgleichender Gerechtigkeit!

Auf dem Heimweg kam mir Sebastian mit seinem Hund entgegen. Ich wollte ihn schon fragen, ob er sich Ärger mit seinem Vater eingehandelt habe, nachdem er in der vergangenen Nacht das Licht in der Küche brennen lassen hatte. Doch damit hätte ich verraten, dass ich als heimlicher Beobachter vor ihrem Haus gestanden war, also besann ich mich und sagte nur: »Na, Bastian, so spät noch unterwegs? Alles in Ordnung bei euch zuhause? Wie geht's deiner Mutter?«

Sebastian antwortete nicht. Er hielt Tasso straff an der kurzen Leine und lief mit gesenktem Kopf an mir vorbei. Na gut, dann eben nicht, dachte ich. Entweder hat er noch immer Angst vor mir, oder sein Vater hat ihm verboten, mit mir zu sprechen. Mir soll's recht sein, heute habe ich ohnehin keine Lust mehr, mich mit den Problemen der Familie Zirkowski zu beschäftigen.

Vorm Gartentor trat ich dann prompt in frischen Hundekot. Aha, so also war das: Bastian hatte Tasso wohl wieder eine halbe Ewigkeit wie verrückt bellen lassen, um mich zu ärgern, und vermutlich hatte gleichzeitig das Telefon geläutet, aber weil ich auf beides nicht reagiert hatte und auch nicht aus dem Haus gerannt gekommen war, hatten sie mir einfach einen Haufen Hundedreck mitten vors Tor gelegt. Verflucht noch einmal!

Willkommen zurück in der Wirklichkeit. Von Isabellas berückender Schönheit, von ihrem wunderbaren Weiß, von der regenwasserklaren Seele des Tees und den luftig leichten, schöngeistigen Altenburg'schen Höhenflügen mitten hinein in die Scheiße. Aber nicht mit mir! Es gab noch etwas anderes als die quälende Sorge um das Schicksal einer geschlagenen Frau, es gab schönere Gedanken, leichtere, hellere, faszinierendere. Und auch wenn sie sinnlos waren, hatte ich nicht die Absicht, sie mir kaputtmachen zu lassen. Schon gar nicht durch den Dreck, der jetzt an meinen Schuhen klebte.

Ich ließ die Schuhe vor der Eingangstür stehen, der Hundegeruch im Haus war schon lästig genug. Obwohl ich mich in den vergangenen Tagen bereits einigermaßen an ihn gewöhnt hatte, aber nach der nahezu geruchlosen Atmosphäre in Altenburgs Salon fiel er mir jetzt wieder auf.

Und noch etwas anderes wurde mir erst jetzt bewusst: In Roberts Haus roch es überhaupt nicht nach abgestandenem Zigarettenrauch. Hatte Robert sich die Glimmstängel abgewöhnt? Ich überlegte. Tatsächlich, bei allen unseren Treffen in den vergangenen Wochen und auch zuletzt bei meinem Geburtstagsessen im Ristorante »Milano« hatte er nicht geraucht! Ich war offenbar so sehr mit meinen Problemen beschäftigt gewesen, da war es mir völlig entgangen, dass er Nichtraucher geworden war. Starke Leistung von meinem alten Freund. Obwohl – um ehrlich zu sein – hätte ich zwischen Zigarettenmief und Hundegestank in seinem Bungalow wählen können, wäre meine Wahl sicher auf den Zigarettenmief gefallen. Noch viel lieber wäre mir natürlich gar kein Geruch gewesen. Was das betraf, war ich mit Isabella absolut einer Meinung.

Isabella, Isabella, Isabella! Immer wieder Isabella! Ich kannte doch nur drei Bilder von ihr. War sie überhaupt real? War denn irgendetwas real, oder bildete ich mir alles bloß ein, stellte ich es mir nur vor wie den Geschmack des Tees? Plötzlich wusste ich es nicht mehr. Die Salamifaser zwischen meinen Backenzähnen war jedenfalls verschwunden. Spurlos. Als hätte es sie nie gegeben.

7

Ich hatte es geahnt, mehr noch, ich hatte es befürchtet: Mein erster Gedanke nach dem Aufwachen galt Isabella. Ob sie mir schon durch meine Träume gegeistert war, daran konnte ich mich nicht erinnern. Vermutlich schon, denn wie sonst wäre es möglich gewesen, dass ich sofort ihr Bild vor mir sah? Wie gesagt, ihr Bild, ganz konkret das dritte, auf dem sie mir direkt in die Augen zu blicken schien.

»Guten Morgen, Isa«, sagte ich, doch dann korrigierte ich mich und sagte »Guten Morgen, Isabella«, denn »Isa« sollte sie meinetwegen Peter Altenburg nennen, ich hingegen fand ihren Namen viel zu schön, um ihn abzukürzen. Nein, »Isa« war absolut unpassend. Respektlos wie jede Art von Veränderung eines Vornamens. Keine Koseform, sondern eine Anmaßung, die nur Besitzerstolz ausdrückt, als würde einem die Person gehören, deren Namen man nach Gutdünken verbiegt oder verstümmelt, was sich grundsätzlich nicht gehört, wie ich finde. Wer einen Menschen achtet oder sogar liebt, sollte das auch mit seinem Namen tun. Das ist wohl das Mindeste, was der andere an Aufmerksamkeit und Zuwendung von einem erwarten kann. »Guten Morgen, Isabella«, wiederholte ich.

Guten Morgen, David, sagte Isabella, und ich überlegte, ob sie Lauras Stimme hatte oder die meiner Mutter. Doch weil keine der beiden Synchronstimmen zu ihr passte, schaltete ich den Ton gleich wieder aus. Dann wollte ich das Bild ebenfalls ausschalten, aber so sehr ich mich auch bemühte, es gelang mir nicht.

Im Gegenteil, auf einmal wollte ich mich nicht nur mit diesem einen Bild begnügen, das ich von Isabella in meinem Kopf hatte, ich wollte noch andere, wollte mehr, aber vor allem wollte ich sie jederzeit sehen können, ohne dafür Altenburg besuchen zu müssen. Und als wäre das nicht schon unsinnig genug gewesen, zog ich gleich nach einer ungeduldig hinuntergestürzten Tasse Kaffee los, um mich vollends zum Idioten zu machen.

Der nette Briefträger hatte mir ja erzählt, dass Isabella Fotomodell für »MagicAltenburg« gewesen war. Ich konnte mir also entweder ein Dutzend Frauenzeitschriften kaufen und nach Inseraten mit Isabellas Gesicht durchforsten oder in einem Kosmetikgeschäft um Prospekte bitten, was mir nach kurzer Überlegung zielführender zu sein schien.

Jedoch im ersten Geschäft, einem Discounter, in dem ich schon ein paar Mal mein Deo gekauft hatte, führte man die Marke »MagicAltenburg« überhaupt nicht und verwies mich aufs »Beauty Paradise«, eine der exklusivsten und teuersten Kosmetikboutiquen unserer Stadt.

Da betrat ich dann eine fremde Welt. Deckenspots verströmten goldfarbenes Licht, das mich sofort an goldene Kreditkarten denken ließ, auf gläsernen Regalen wurden Produkte in edlen Verpackungen präsentiert wie kostbare chinesische Vasen, über allem schwebte ein hauchzarter Frühlingsduft, dazu war leise, sanfte Musik zu hören, Klavier und Streicher, irgendwas Klassisches – und die junge Dame, die mich mit einem aufgesetzt freundlichen Lächeln empfing, schien nicht aus Fleisch und Blut zu bestehen, sondern aus Milch und Honig. Ich fühlte mich auf Anhieb fehl am Platz.

»Einen wunderschönen guten Tag! Darf ich Ihnen helfen? Suchen Sie etwas Bestimmtes?« Die Stimme passte perfekt zum Aussehen der Honigmilchlady: Sie war zuckersüß.

»›MagicAltenburg‹«, sagte ich. »Darüber hätte ich gern ein paar Informationen. Wäre das möglich?«

»Aber gern«, sagte die Honigmilchlady. »Für Ihre Frau, nehme ich an?«

»Ja«, log ich. »Sie hat demnächst Geburtstag, wissen Sie.«

»Ah, ein Geschenk! Das ist aber schön. Etwas Spezielles? Eher gegen trockene Haut oder zur vorbeugenden Elastizitätsunterstützung?«

»Ich weiß nicht … vielleicht irgendetwas Allgemeines?«

»Sie meinen Basispflege? Für den Tag oder für die Nacht? Oder eher die Linie Fresh Care?«

Mein Gott, war das kompliziert. Ich spürte, wie mir der Schweiß ausbrach, zuerst unter den Achseln, dann auf den Nasenflügeln. »Ja, wie gesagt, ich weiß nicht so genau …«

»Überhaupt kein Problem. Wir finden schon das Richtige für Ihre Frau. Kommen Sie, ich zeige Ihnen was.« Die Honigmilchlady führte mich zum »MagicAltenburg«-Regal. »Hier bitte, sehen Sie, das ist das klassische Basic-Programm von ›MagicAltenburg‹: Young Beauty, Young Beauty Plus und Rich Beauty Forever. Darf man fragen, den wievielten Geburtstag Ihre Frau feiert?«

Irgendwie musste ich aus dieser Falle raus. »Ach, wissen Sie, ich glaube, am besten wäre es wohl, wenn sich meine Frau selber das Richtige aussuchen würde, auch wenn es dann leider keine Geburtstagsüberraschung mehr ist. Haben Sie vielleicht ein paar Prospekte, die Sie mir für sie mitgeben könnten?«

»Prospekte?« Die Stimme war jetzt nicht mehr ganz so süß.

»Ja, einfach Prospekte. So ganz allgemein über alles, was es von ›MagicAltenburg‹ gibt.«

»Wenn Ihre Frau zu uns kommt, kann ich sie persönlich beraten, das wäre doch viel besser, finden Sie nicht?«

»Das kann sie dann ja immer noch machen. Aber fürs Erste lieber ein paar Prospekte, wenn das möglich wäre.«

»Selbstverständlich. Einen Moment, bitte …« Die Honigmilchlady verschwand kurz in einem Nebenraum und kam dann mit ein paar Broschüren zurück. »Hier, bitteschön. Das ist alles, was wir über ›MagicAltenburg‹ haben.«

»Das ist aber sehr nett von Ihnen. Vielen Dank. Meine Frau wird sich freuen.«

Ich blätterte die dünnen Broschüren rasch durch – erwartungsvoll und mit Herzklopfen – und wurde tief enttäuscht: Auf keinem einzigen Foto war Isabella zu sehen, weder auf den Titelbildern noch auf den Innenseiten. Altenburgs Kosmetikfirma warb mittlerweile offenbar mit einem neuen, frischen Gesicht, dem eines durchaus hübschen, sommersprossigen und natürlich wirkenden, jungen Mädchens, aber nicht mehr mit dem von Isabella.

»Entschuldigung«, sagte ich, »haben Sie vielleicht noch andere Prospekte?«

Die Honigmilchlady schüttelte den Kopf. »Ich habe Ihnen doch schon gesagt, dass das alles ist, was es aktuell von ›Magic-Altenburg‹ gibt.«

»Ich habe gemeint: ältere.«

»Ältere?«

»Ja, ältere Prospekte. Von vor zwei, drei Jahren oder so.«

»Und wozu brauchen Sie die, bitte?« Wieder hatte die Stimme ein Quäntchen Süße verloren.

»Nur so zum Vergleich«, begann ich zu faseln. »Ob sich die Produkte irgendwie verändert haben, oder ob sie im Grunde gleich geblieben sind, ihre Zusammensetzung und so, wissen Sie, das interessiert uns ganz einfach, meine Frau und mich.«

»Was meinen Sie mit verändert?«

»Na, verändert eben. Anders als früher. Andere Grundstoffe, andere Wirkungen. Es wird ja alles anders im Lauf der Zeit, nicht wahr? Das Gesicht in den Prospekten ist ja auch nicht mehr dasselbe wie früher, das hat doch was zu bedeuten, oder?«

»Wirklich? Ist mir noch gar nicht aufgefallen.«

»Aber mir! Sofort habe ich das bemerkt. Hier, bitte: ein völlig anderes Gesicht!« Ich zeigte der Honigmilchlady die Titelseite eines Prospekts. »Ein ganz neues Fotomodell!«

»Ja … ist doch wunderschön. Oder stört Sie was daran?«

»Nein, nein. Nur dass es eben nicht mehr das Fotomodell von früher ist.«

Die Honigmilchlady blickte mich scharf an, und in ihrer Stimme lag plötzlich Essigsäure. »Sagen Sie, wofür interessieren Sie sich eigentlich wirklich? Für die Produkte oder für die Bilder von dem Fotomodell?«

»Wie bitte? Was soll diese Frage? Wollen Sie mir irgendwas unterstellen?«

Die Honigmilchlady sah mich nur schweigend an. Dann rief sie in Richtung Nebenraum: »Frau Sonja, könnten Sie bitte zu uns kommen?«

Ich erschrak, als ich Sonja sah. Denn sie war niemand anderes als die Rottweilerfrau. Bloß nicht in Jogginghosen, Sweatshirt und Tennisschuhen, sondern in einem eleganten, hellblauen Kostüm und mit hochhackigen Stöckelschuhen.

»Ach, Sie schon wieder«, sagte sie. »Gibt es ein Problem? Kann ich helfen?«

Raus hier, war mein einziger Gedanke. Ganz schnell raus hier! »Danke, nein«, sagte ich. »Nur ein kleines Missverständnis. Ich komme schon klar. Auf Wiedersehen und einen schönen Tag noch, die Damen!« Ich verbeugte mich und ging schnell zum Ausgang.

»Was war denn das für einer?«, hörte ich die Honigmilchlady fragen, als ich schon halb in der Tür war.

»Ein Spinner«, sagte die Rottweilerfrau. »Ruf mich besser gleich, wenn er noch einmal hier auftaucht.«

Aber nein, ich hatte nicht die Absicht, hier noch einmal aufzutauchen. Mein Auftritt war schon peinlich genug gewesen, und ich konnte nur hoffen, der Rottweilerfrau nicht so bald über den Weg zu laufen. Sicher erzählte ihr die Honigmilchlady gerade brühwarm, dass ich anscheinend einer sei, der auf Bilder von Fotomodellen scharf ist, so ein verklemmter Typ, ein kleiner Perverser, der sich an Fotos von Frauen aufgeilt. Mein Gott, das hatte ich wieder nötig gehabt!

Ich warf die Prospekte in den nächsten Abfallkorb und schlich mich durch Nebenstraßen zur Busstation. Ab nachhause! Dort würde ich mich verkriechen, mich einigeln und den Bungalow in den nächsten Tagen nur verlassen, wenn ich mir etwas zu essen kaufen musste. Verflucht noch einmal, in was für eine blöde Lage hatte ich mich da hineinmanövriert! Und alles nur wegen Isabella.

Im Bus waren ein fünfzehn-, sechzehnjähriges Mädchen, ein alter Mann und ich die einzigen Fahrgäste. Das Mädchen schlief oder tat so, als würde es schlafen, ihm gegenüber auf der anderen Seite des Busses saß der Alte und starrte es unentwegt an. Es war leicht mir vorzustellen, was ihm dabei durch den Kopf ging, und ich fand es abstoßend. Dirty Old Man, dachte ich und sah vor mir, wie er das Mädchen in seiner Fantasie auszog und an ihm herumfingerte. Oder tat ich ihm unrecht? Vielleicht hatte er eine Tochter gehabt, die viel zu früh an einer heimtückischen Krankheit gestorben war, und dieses Mädchen erinnerte ihn an sie. Oder es war seine Enkelin, und bevor ich in den Bus gestiegen war, hatten die beiden über irgendwas gestritten, und die junge Dame war jetzt beleidigt, und er überlegte verzweifelt, wie er wieder Frieden mit ihr machen könnte. So viele Geschichten, so viele Unterstellungen, so viele Möglichkeiten, und jede konnte ebenso richtig wie falsch sein. Nein, ich durfte der Honigmilchlady keinen Vorwurf machen, wenn sie nur Schlechtes über mich dachte. Und der Rottweilerfrau auch nicht. Im Grunde hatten sie sogar recht mit ihren Vermutungen. Und dass ich jetzt über mich selber den Kopf schüttelte, konnten sie ja nicht wissen.

Unfassbar! Isabellas Bild hatte mich tatsächlich dazu gebracht, mich zu verhalten wie ein verwirrter Pubertierender, der seine ersten »Erfahrungen« mit dem anderen Geschlecht anhand schmutziger Fotos macht. Wie damals, als mir Robert dieses Heftchen mit den nackten Frauen gezeigt hat. Nichts Pornografisches, nur harmlose Nacktaufnahmen, aber für mich trotzdem unglaublich aufregend, weil ich so etwas davor noch nie gesehen hatte.

Erinnerst du dich, Robert? Es ist die Zeit, als du deine Frisur gerade von James Dean auf Paul McCartney geändert hast. Wieder einmal stehe ich vorm Meldezimmer Schmiere, während du unserem Wachhund aus seinem Schreibtisch eine Schachtel Zigaretten klaust, und als du rauskommst, hältst du irgendwas unter deinem Pullover verborgen und grinst triumphierend, als hättest du die geheimen Prüfungsfragen für unseren nächsten Mathetest gefunden. Komm mit, sagst du, und wir gehen in den Stink-und-Piss-und-Brausestall, und du drängst mich in eine WC-Kabine und verriegelst die Tür, und ich frage dich, ob du spinnst und was das bitte werden soll, und du legst den Finger auf den Mund, Maul halten, und dann greifst du unter deinen Pullover und ziehst das Heftchen heraus. War in der Schublade hinter einer Stange Zigaretten versteckt, flüsterst du, aber ich verstehe gar nicht, was daran so besonders und geheimnisvoll sein soll, weil auf der Titelseite nur das Gesicht einer Frau abgebildet ist wie bei unzähligen anderen Illustrierten auch, doch dann schlägst du das Heft auf, blätterst es langsam durch, Seite für Seite, und was ich jetzt sehe, lässt das Blut in meinen Kopf schießen, und ich kriege feuchte Hände und einen trockenen Mund. Bilder von nackten Frauen! Brüste, Schamhaare, zum ersten Mal in meinem vierzehneinhalbjährigen Leben bekomme ich so etwas zu Gesicht, und was ich dabei empfinde, bringt mich völlig durcheinander. Ich tue etwas Verbotenes, denke ich, doch es ist schön und es macht Lust, es zu tun, und je länger ich die Bilder betrachte, desto größer wird meine Lust, auch noch etwas anderes zu tun, das ebenso verboten ist, und du grinst wieder und gibst mir plötzlich das Heft. Du zuerst, sagst du und verdrückst dich aus der Kabine und lässt mich allein mit den nackten Frauen, die jetzt für mich lebendig werden und mir ihre Körper anbieten.

Das Heft und sein Versteck unter der Matratze deines Betts wird unser gemeinsames Geheimnis. Ein paar Wochen lang, bis du mich eines Tages fragst, ob ich denn noch nie in Wirklichkeit eine nackte Frau gesehen hätte, meine Mutter zum Beispiel, so ganz zufällig im Bad oder mit meinem Vater im Schlafzimmer, wo sie miteinander genau das gemacht hätten, was ich gerne mit den Frauen in dem Heft tun würde. Nein, sage ich, nein! Das hat sie nicht getan. Nicht meine Mutter! Nicht mit meinem Vater! Nicht, seit er angefangen hat, sie zu schlagen. Nicht mit dem Mann, der sie umgebracht hat. Nein. Ganz sicher nicht. Und dass du nie wieder so über meine Mutter reden darfst, sage ich, nie, nie, nie wieder! Und dass du nicht mehr mein Freund bist, wenn es noch einmal passiert. Gut, sagst du, war nicht bös gemeint, wollte nur wissen, ob das Feuer noch brennt. Arschloch, sage ich. Ja, sagst du. Und dann nehme ich das Heft, und wir gehen hinunter auf den Sportplatz, und in der Raucherecke hinter dem Geräteschuppen zünde ich das Heftchen an, aber dann tut es doch weh, all die Frauen verschwinden zu sehen, die mich in meinen ersten Liebestaumel versetzt haben. Ein paar von ihnen habe ich bis heute nicht vergessen. Bilder, Robert. Bilder!

Der alte Mann hielt seinen Blick nach wie vor starr auf das Mädchen gerichtet. In der Zwischenzeit waren an fünf Busstationen Leute ein- und ausgestiegen, einmal überholte uns ganz langsam ein Reisebus, die Touristen winkten uns zu und ihre Kinder schnitten komische Grimassen, doch der Alte ließ sich von nichts ablenken, und da war ich schließlich doch davon überzeugt, dass es nur schmutzige Gedanken sein konnten, die ihn wie gebannt die Schlafende anglotzen ließen. Und obwohl er durch sein greisenhaftes Aussehen so wirkte, als ginge von ihm keine reale Gefahr für das Mädchen aus, beschloss ich, den beiden zu folgen, falls sie an derselben Station aussteigen würden.

Ein paar Minuten später war es so weit: Die Lautsprecherstimme kündigte die nächste Haltestelle an. Der Alte stand mühsam auf und hantelte sich vorsichtig an den Haltestangen entlang in Richtung Tür. Einmal griff er daneben und wäre in dem schwankenden Bus beinahe gestürzt, aber im letzten Augenblick bekam er die Stange doch noch zu fassen und hielt sich erschrocken einen Moment lang fest, ehe er seinen Weg mit kleinen, unsicheren Schritten fortsetzte. Erst jetzt bemerkte ich den dünnen, weißen Stab in seiner Rechten, mit dessen Spitze er den Boden nach Hindernissen abtastete. Der alte Mann war blind.

Ich schämte mich, wie ich mich noch nie in meinem Leben geschämt hatte. Ja, der Alte war blind, aber ich war offenbar noch weit mehr mit Blindheit geschlagen gewesen, weil mir meine schwarzen Gedanken den Blick auf die Wirklichkeit verstellt hatten. Was bin ich doch für ein verdammter Idiot, dachte ich. Bitte um Verzeihung, bitte, bitte tausendmal um Verzeihung.

Als ich zwei Stationen danach ausstieg, schlief das Mädchen immer noch.

Vorm Gartentor erwartete mich die nächste böse Überraschung. Ein Haufen Hundescheiße lag neben dem anderen, bei fünfzehn hörte ich zu zählen auf. Es war offensichtlich, dass man sie mir extra dorthin gelegt hatte, und hätte ich nicht zufällig auf den Boden geschaut, wäre ich unweigerlich in die Exkremente hineingetreten.

Ich holte eine Schaufel aus der Gartenhütte und schob den Dreck einfach nur zur Seite. Denn wer auch immer mir diesen netten Gruß hinterlassen hatte, dem wollte ich nicht auch noch die Freude machen, dass ich mich ausgiebiger damit beschäftigte. Vielleicht nur ein dummer Lausbubenstreich, dachte ich, nicht wert, mich darüber großmächtig aufzuregen, dafür war mir heute schon zu viel passiert, das ich als weitaus unangenehmer empfunden hatte.

Doch dann fand ich im Briefkasten ein zusammengefaltetes Blatt Papier mit noch einer Botschaft, und die war unmissverständlich.

An den neuen Bewohner des Hauses Birkenweg 5! Hören Sie gefälligst sofort auf, die Menschen in unserem Viertel zu belästigen und in der Gegend herumzuspionieren! Wenn Sie dem Kind mit dem Hund noch ein einziges Mal Angst machen, passiert Ihnen was! Ein Hundefeind wie Sie ist hier bei uns unerwünscht! Das ist eine Warnung und kein Spaß!

Nein, diese mit rotem Kugelschreiber in Druckbuchstaben geschriebenen Sätze waren wirklich kein Spaß. Obwohl die Warnung von jemandem kam, der zu feig gewesen war, zu unterschreiben und sich damit zu erkennen zu geben, empfand ich sie als verdammt ernst gemeinte Drohung. Denn nichts ist gefährlicher, als nicht zu wissen, wer einen bedroht. Natürlich dachte ich sofort, dass Sebastians Vater dahinterstecken könnte, aber ebenso gut konnten es die beiden Hundefrauen sein. Oder, noch schlimmer, sie hatten mit ihren Nachbarn über mich geredet, und die hatten es wieder anderen erzählt, und schließlich waren alle miteinander zu dem Entschluss gekommen, etwas gegen mich zu unternehmen. War ich jetzt in dieser idyllischen Villengegend von Feinden umzingelt, von Partisanen, die überall auf mich lauerten? Eine Vorstellung, die mich völlig verunsicherte und meinen Wunsch nur noch verstärkte, mich in den Bungalow zurückzuziehen wie eine Schildkröte in ihren Panzer.

Es gab nur eine einzige Person, bei der ich mir sicher war, dass sie sich an diesem Komplott gegen mich nicht beteiligte: Peter Altenburg. So wie ich ihn kannte, würde es einfach nicht zu ihm passen, wenn ihn etwas an mir störte, hätte er es mir ins Gesicht gesagt, und an böswilligem Geschwätz und irgendwelchen Verdächtigungen war er offensichtlich ebenso wenig interessiert wie an Hunden. Also würde ich mich ab sofort auf Altenburg konzentrieren und auf unsere Freundschaft, die es sicher wert war, vertieft zu werden. Und allen anderen Leuten hier würde ich tunlichst aus dem Weg gehen. Zum Teufel mit ihnen, ich wünschte doch nur, in Ruhe gelassen zu werden!

Zum Teufel auch mit dem Telefon, das jetzt klingelte! Zum Teufel mit Frau Zirkowski, denn nur sie konnte es sein, die schon wieder anrief! Wozu sollte ich abheben und mir ihr Weinen und Wehklagen anhören, wenn ich ihr ja doch nicht helfen konnte, weil sie mich garantiert wie bisher im Unklaren darüber lassen würde, ob sie tatsächlich Maria Zirkowski ist? Nein, ich werde nicht zu Ihrem Haus rennen, tut mir leid, gute Frau, Menschen wie ich sind hier nämlich unerwünscht, falls Sie das noch nicht wissen sollten!

Und dann hob ich doch ab, und ein Mann war dran, der mir mit sanfter Stimme erklärte, ich sollte nicht glauben, dass ich so einfach davonkommen würde, die Angelegenheit sei nämlich für mich noch längst nicht erledigt, und dass ich nur noch wenig Zeit hätte, die Sache ins Reine zu bringen, andernfalls würde man zu härteren Maßnahmen greifen, und womit ich dann zu rechnen hätte, könne ich mir ja wohl vorstellen, und dass die Uhr ticken würde, und zwar unbarmherzig. Ganz ruhig und freundlich sagte er das, doch dahinter war mühsam gezügelte Wut zu vernehmen, ein unterdrücktes Brüllen, als hätte sich der Mann mit aller Gewalt beherrschen müssen, wie einer, der mit Vollgas und gleichzeitig angezogener Handbremse fährt. Ich war wie vor den Kopf gestoßen und überlegte fieberhaft, ob ich besser mit »Falsch verbunden« oder »Sind Sie sicher, dass Sie mich meinen?« antworten sollte, aber dazu kam ich gar nicht mehr, denn der Mann sagte nur noch, ich solle mich vorsehen, mit einem wie mir würde man kurzen Prozess machen, und dann legte er auf.

Meine Hand zitterte, als auch ich den Hörer auf die Gabel legte. Danach dauerte es eine Ewigkeit, bis ich wieder wenigstens halbwegs klar denken konnte. Entweder bin ich das Opfer einer Verwechslung, überlegte ich, oder die Leute hier haben tatsächlich beschlossen, mich fertig zu machen, weil ihnen meine Anwesenheit nicht passt. Beides machte mir Angst, denn ich wusste ja nicht, was auf mich zukommen würde und wie ich mich dagegen wehren könnte. Mich im Haus zu verbarrikadieren, war auch keine Lösung. Ich sah schon vor mir, wie eine Horde wütender Menschen samt ihren kläffenden Hunden draußen vorm Gartentor steht, mir mit Steinen die Fenster einschmeißt und schreit, dass ich endlich verschwinden soll. Lächerlich, dachte ich im nächsten Moment, Paranoia lässt grüßen. Aber wirklich beruhigen konnte mich das auch nicht.

Ich sollte unbedingt mit jemandem reden, bevor ich mich noch selber völlig verrückt machen würde. Altenburg anrufen! Jetzt sofort! Bloß wie? Ich wusste seine Telefonnummer nicht, und nachschlagen konnte ich sie auch nirgends. Zu blöd, dass ich neulich nicht das ganze Telefonbuch mitgenommen hatte, sondern nur die Seite mit den Thalheim-Brüdern. Mein Gott, die wollte ich ja auch schon längst anrufen. Gut, dann eben jetzt. Hauptsache, irgendwas tun, um auf andere Gedanken zu kommen. Die Telefonbuchseite steckte noch in meiner Hosentasche. Ich suchte die Nummer von Anton Thalheim heraus, wollte nach dem Hörer greifen – und zuckte im letzten Moment zurück, erschrocken, als hätte ich um ein Haar eine glühende Herdplatte angefasst. Dieses verfluchte Telefon! Bis jetzt hatte es mir nur Unglück gebracht. Seit ich hier wohnte, war alles Schlechte von ihm ausgegangen. Nein, nicht telefonieren. Besser einen Brief schreiben. Am besten drei gleichlautende Briefe an alle drei Brüder. In aller Ruhe und wohlüberlegt formuliert. Gleich in den nächsten Tagen. Aber nicht anrufen. Schon gar nicht mit diesem Scheißtelefon.

Und noch etwas nahm ich mir vor: Auf gar keinen Fall würde ich mich aus dem Haus vertreiben lassen. Meinetwegen konnten sie damit fortfahren, mir Angst einzujagen, ich würde lernen, damit zu leben. Man kann sich auch zu Tode fürchten, wer aufgibt, hat schon verloren, und Hunde, die bellen, beißen nicht, versuchte ich mir einzureden. Ein Versuch, der gründlich danebenging, weil Angst stärker ist als schlaue Sprüche.

Um ihr etwas entgegenzusetzen, blieb mir nur noch Isabellas Gesicht, doch selbst das war von den Drohungen übertüncht worden, ich konnte es mir nicht mehr richtig vorstellen, und jetzt schmerzte es mich besonders, dass ich kein Foto von Isabella besaß.

Ich starrte das Telefon an wie der Blinde das schlafende Mädchen, und sehnte mich nach Isabellas Bild. Später, irgendwann in der Nacht, läutete das Telefon wieder, aber ich hob nicht ab, und es plärrte und plärrte schier endlos, bis es schließlich aufgab. Wie mir schien, mit einem Seufzer der Enttäuschung.

8

Das Toastbrot musste ich wegwerfen, weil es zu schimmeln angefangen hatte, jedoch die Vorräte im Kühlschrank reichten noch für mindestens drei Tage, darum wäre es absolut nicht notwendig gewesen, das Haus zu verlassen. Die Suche nach einem Lebensmittelgeschäft in der näheren Umgebung war also nur ein Vorwand, um mir selber nicht den wahren Grund eingestehen zu müssen, weshalb ich schon am frühen Morgen kreuz und quer durch das Viertel spazierte, in dem man sich gegen mich verschworen hatte. Es war nämlich nichts anderes als grimmiger Trotz, in den sich meine Angst über Nacht verwandelt hatte. Die Leute konnten mir schließlich nicht verbieten, einkaufen zu gehen, auch wenn es ihnen nicht passte. Falls ich jemandem begegnete, würde ich freundlich grüßen und so tun, als wüsste ich von nichts. Ich war schon gespannt auf die Reaktion, ganz sicher getraute sich kein Einziger, mir offen seine Feindschaft zu zeigen, mutig waren sie nur anonym und im Schutz ihrer Gruppe.

Aber außer mir war niemand auf der Straße, kein Mensch eilte zur Arbeit, keiner drehte noch rasch eine Runde mit seinem Hund, die Gegend war wie ausgestorben. Das irritierte mich, denn immerhin war es kurz vor acht. Erst als ich nach einer halben Stunde einen kleinen Supermarkt entdeckte und feststellen musste, dass er geschlossen hatte, erkannte ich die Ursache dieser ungewohnten Ruhe: Es war Sonntag.

Trotzdem kehrte ich nicht auf dem kürzesten Weg nachhause zurück, sondern setzte meinen Spaziergang fort. Mit provokanter Gemütlichkeit. Jetzt erst recht! Irgendwann müssen sie aus ihren Häusern kommen, dachte ich, und dann werden wir ja sehen, ob sie den Mumm haben, mich zum Teufel zu jagen, weil ich mit meiner Anwesenheit jetzt auch noch ihre Sonntagsruhe störe. Und mit jedem Weg, jeder Straße, die ich entlangging, wuchsen meine Verachtung und mein Zorn, und ich hielt meine Rechte in der Hosentasche zur Faust geballt. Doch nichts passierte – keine Beschimpfungen, keine Drohungen, keine Hunde, die auf mich gehetzt wurden – bis ich nach einiger Zeit nicht mehr wusste, was größer war, meine Wut, meine Enttäuschung oder meine Erleichterung, und da gab ich, müde geworden, meinen Marsch durchs Feindgebiet auf und machte mich auf den Heimweg.

Sekunden später erschreckte mich das Aufjaulen eines Folgetonhorns. Also doch, dachte ich. Jetzt haben sie die Polizei gerufen, die feinen Herrschaften. Stehen schon ungeduldig hinter ihren Fenstern und ziehen die Gardinen zur Seite, um durch halb geöffnete Jalousien heimlich und mit diebischer Freude beobachten zu können, wie ich von Polizisten in den Streifenwagen gezerrt werde. Ab zum Verhör! Dir werden wir's zeigen, Freundchen, du wirst hier nicht mehr die Gegend unsicher machen! Wir haben dich gewarnt, aber nun ist unsere Geduld zu Ende!

Das Sirenengeheul kam immer näher, und, so zynisch es sich auch anhören mag, mir fiel ein Stein vom Herzen und ich war verdammt froh, als ich sah, dass es kein Polizeiwagen war, sondern ein Rettungsfahrzeug, das mit Blaulicht an mir vorbeiraste und mit quietschenden Reifen in die nächste Straße einbog. Das war also noch einmal gut gegangen.

Gut gegangen? Nichts war gut gegangen! Im Gegenteil, das Schlimmste war geschehen! Kaum hatte auch ich endlich die Abzweigung erreicht, an der das Einsatzfahrzeug abgebogen war, stockte mir der Atem: Es war nicht irgendeine Straße, es war der Bachweg! Und es war nicht irgendein Haus unten am Ende des Weges, es war das Haus der Familie Zirkowski, vor dem das Rettungsauto stand!

Immer noch Blaulicht. Geöffnete Hecktür. Ich bin unfähig

weiterzugehen, unfähig, meinen Blick abzuwenden, obwohl ich das alles nicht sehen will. Zwei Männer, die eine Trage vorsichtig in den Wagen schieben. Auf der Trage eine Person mit einem Verband um die Stirn oder einem weißen Kopftuch. Eine Frau? Frau Zirkowski, wer sonst. Halb verdeckt von einem dritten Mann, der sich über sie beugt und ihren Arm hält, während er in die Rettungskabine steigt. Vermutlich der Notarzt, in der hochgestreckten linken Hand hält er eine Infusionsflasche, aus der ein langer, dünner Schlauch in den nackten, weißen Arm von Frau Zirkowski führt. Jetzt Herr Zirkowski. Kommt mit einer Reisetasche aus dem Haus gerannt, gleich nach ihm Sebastian. Die zwei Rettungsmänner springen wieder hinten aus dem Wagen, Herr Zirkowski klettert hinein. Die Männer schließen die Hecktür, der eine fasst Sebastian am Arm, nimmt ihn mit nach vorn, lässt ihn in die Fahrerkabine einsteigen, während der andere schon den Motor startet. Das Folgetonhorn stößt ein paar krächzende Laute aus, als würde es husten, dann zerreißt es wieder die Stille. Und während sie davonrasen, schreckt das Heulen der Sirene alle Hunde in der Umgebung auf, und ihr Jaulen ist wie das Geschrei von Klageweibern an einer Totenbahre.

Mutti stirbt, schreit es in meinem Kopf, Mutti stirbt, du hast sie nicht beschützt, hast ihr nicht geholfen, bist nicht bei ihr gewesen, als sie dich gebraucht hat, hast sie nicht gerettet vor deinem Vater, hast nicht eingegriffen, hast nicht verhindert, dass er sie schlägt und die Treppe hinunterstößt, bist zu spät gekommen, hast nichts getan, hast versagt, und jetzt stirbt sie, und das Stiegenhaus ist voll Blut, überall Blut, auf den Stufen, auf dem Boden im Vorhaus, und der einzige Hund, der jetzt nicht bellt, ist Tasso, er steckt seine Pfote in das Blut und schnüffelt daran und leckt es auf, Muttis Blut, und das Blut trieft von seiner Schnauze, und Mutti stirbt, weil dein Vater ein Mörder ist, aber du bist genauso schuld wie er, Mutti stirbt, immer wieder stirbt sie, immer und immer wieder, solange du lebst!

»Sie sehen ja aus, als wäre Ihnen Satan höchstpersönlich begegnet«, sagte Altenburg und schenkte mir eine Tasse seines farblosen »Soul of Tea« ein. »Jetzt trinken Sie erst einmal einen Schluck, das beruhigt.«

Aber ich wollte mich gar nicht beruhigen. Ich wollte mein Entsetzen vor Altenburg ausbreiten, wollte, dass er mir zuhört, wollte, dass er genauso entsetzt ist wie ich. Doch dafür hätte ich ihm wohl meine ganze Geschichte erzählen müssen und nicht nur von den verzweifelten Anrufen in den vergangenen Tagen und meinen nicht einmal halbherzigen Versuchen, Frau Zirkowski vor den Übergriffen ihres Mannes zu bewahren, und von meinem letztendlich kompletten Versagen und seinen schrecklichen Konsequenzen, deren Augenzeuge ich soeben geworden war.

»Noch gestern Abend hat sie bei mir angerufen«, sagte ich, »und ich Idiot hab nicht abgehoben. Hab sie einfach im Stich gelassen. Und jetzt hat sie ihr Scheißmann tatsächlich krankenhausreif geprügelt oder die Treppe runtergeschmissen oder was weiß ich was. Jedenfalls bin ich ebenso schuld dran wie er, wenn sie stirbt.«

»Wieso«, sagte Altenburg. »Waren Sie denn dabei?«

»Wo dabei?«

»Na, als er sie geschlagen hat.«

»Natürlich nicht.«

»Und woher wollen Sie dann wissen, was passiert ist?«

»Ich bitte Sie, das ist doch wohl klar nach all den Anrufen.«

»Ach ja, die Anrufe. Verstehe. Und gestern hat Sie diese Frau wieder angerufen, sagen Sie?«

»Ja. Und wahrscheinlich ist das ihr letzter Anruf gewesen. Ihr letzter verzweifelter Hilfeschrei.«

»Und Sie haben nicht abgehoben.«

»Ich sag ja, ich bin schuld.«

»Und was, wenn es gar nicht diese Frau gewesen ist, die Sie angerufen hat?«

»Sie war es. Ganz sicher.«

»Das wissen Sie, obwohl Sie nicht abgehoben haben? Interessant. Sind Sie Hellseher oder was?«

Es war hoffnungslos. Aus Altenburgs Sicht war meine Geschichte natürlich völlig unlogisch. Aber was ich wusste, hatte ja auch nichts mit Logik zu tun. Doch um das zu verstehen, musste man vermutlich dasselbe erlebt haben wie ich.

»Ich weiß es ganz einfach«, sagte ich. »Ich spüre es. Und deshalb bin ich sicher, dass ich recht habe.«

»Sehen Sie«, sagte Altenburg, »das ist der springende Punkt: Sie wissen es nicht, sondern Sie spüren es. Weil Sie nämlich wollen, dass es so ist, wie Sie denken, dass es ist. Das nennt man Glauben. Oder auch Einbildung. Das ist genau das gleiche Prinzip wie bei diesem Tee. Der schmeckt und wirkt auch so, wie Sie glauben, dass er schmeckt und wirkt. Das haben Sie ja beim letzten Mal selber erlebt, nicht wahr? Alles nur in Ihrem Kopf, mein Lieber. Und das halten Sie dann für die Wirklichkeit, auch wenn die Realität vielleicht ganz anders ausschaut.«

»Aha. Das heißt also, ich habe mir nur eingebildet, dass Frau Zirkowski mit der Rettung ins Krankenhaus gebracht werden musste, richtig? Die Infusion, das Blaulicht, die Sirene, alles nur Einbildung, und in Wahrheit sitzt die ganze Familie gerade gemütlich daheim beim Mittagessen und lässt sich den Sonntagsbraten schmecken, ist doch so, oder?« Ich war sauer. Nein, heute konnte ich mit Altenburgs philosophischen Spitzfindigkeiten absolut nichts anfangen. Auch wenn sie gut gemeint waren und mich von dem ablenken sollten, was mich quälte.

»Nein, das natürlich nicht«, sagte Altenburg, »aber wissen Sie, alles andere …«

Ich schüttelte den Kopf. »Lassen Sie's, bitte. Ich fürchte, es bringt nichts. Heute ist wohl nicht mein Tag.«

»Entschuldigung«, sagte Altenburg leise, und er wirkte ehrlich betroffen. »Ich wollte doch nur –«

Ich hob abwehrend die Hände. »Ich weiß. Ist schon in Ordnung. Alles bestens.« Ich war ihm wirklich nicht böse. Warum sollte ich auch? Schließlich war doch alles, was er gesagt hatte, schön und gut gewesen und in gewisser Weise vermutlich sogar richtig, und dass es nicht das war, was ich mir gewünscht hatte, lag nicht an ihm, sondern ganz allein an mir. Jeder geht von sich aus, dachte ich, und Altenburgs Mutter ist eben nicht von seinem Vater erschlagen worden, aber dafür kann er ja nichts. Ein böser, zynischer Gedanke, für den ich mich auch sofort genierte.

Das verlegene Schweigen, das auf einmal eingetreten war, erreichte rasch den Grad an Peinlichkeit, an dem ich gerne Zucker in meinen Tee gelöffelt und möglichst scheppernd umgerührt hätte, um das Ende der Stille einzuläuten, was aber mangels Zucker und Teelöffel leider nicht möglich war; ein komisches Wortspiel wollte mir auch nicht einfallen; Altenburg ausgerechnet jetzt von meiner Kindheit zu berichten, passte mir irgendwie nicht, und außerdem hatte er ja schon einmal abwehrend darauf reagiert; dass sich die Leute in diesem Viertel offenbar gegen mich verschworen hatten und mich loswerden wollten, war auch kein angenehmes Gesprächsthema und überdies eine Geschichte, die Altenburg bestimmt als reines Hirngespinst abtun würde – und so hob ich schließlich mein Teeglas und sagte nur: »Also dann, auf die eingebildete Wirklichkeit!«

Altenburg lächelte etwas mühsam, griff sich an die Stirn, als wäre ihm plötzlich etwas in den Sinn gekommen, und stand auf. »Tja, ich fürchte, ich muss jetzt …«

»Klar«, sagte ich und stand ebenfalls auf. »Entschuldigen Sie, dass ich Sie einfach so überfallen habe, noch dazu am Sonntag.«

»Kein Problem. Aber Isa wird mich gleich anrufen, und das Telefon kann man hier nicht hören, weil es drüben in meinem Arbeitszimmer steht. Wenn Sie möchten, können Sie selbstverständlich bleiben, und wir reden nachher weiter.«

Isabella! Mein Gott, Isabella! Fast hätte ich sie vergessen.

»Danke«, sagte ich. »Gern. Ist Ihre Frau immer noch in Südfrankreich?« Ich staunte darüber, dass ich mir ausgerechnet Isabellas Urlaubsort gemerkt hatte, eine Nebensächlichkeit im Vergleich zu ihrem Gesicht, dessen Konturen immer weiter zu verschwimmen drohten.

Altenburg nickte. »Herrliches Segelwetter da unten. Isa möchte es noch ein bisschen genießen. Aber zwei Mal am Tag ruft sie an, mittags und abends, das haben wir so ausgemacht.«

»Grüßen Sie sie bitte von mir. Unbekannterweise, wie man so schön sagt.«

»Mach ich. Dann also bis später.« Altenburg verschwand durch die Tür zum weißen Salon.

Als ich vom Bachweg direkt hierhergelaufen war, um mit Altenburg zu reden, war ich derart verstört gewesen, dass ich mich keine Sekunde gefragt hatte, warum wir diesmal nicht im Salon, sondern im Vestibül Platz genommen hatten. Mir war alles recht gewesen, meinetwegen hätten wir auch draußen auf der Wiese sitzen können. Doch jetzt fühlte ich mich auf einmal so, als würde mir Altenburg etwas vorenthalten. Wollte er nicht, dass ich Isabellas Bild sehe? Ahnte er etwa, was es in mir ausgelöst hatte? Ach was, Unsinn! Dass wir hier saßen, war nichts als Zufall.

Ich überlegte, ob Altenburg etwas dagegen haben könnte, wenn ich in den Salon ginge. Damit bewiese ich zwar ziemlich schlechtes Benehmen, denn man schleicht nicht heimlich in einem Haus herum, in dem man zu Gast ist, aber notfalls würde ich einfach irgendwas über die faszinierende Kunst des Fotografen sagen, die mich unwiderstehlich angezogen hätte, und das würde Altenburg bestimmt schmeicheln.

Weiß, weiß, weiß. Sauber, klar, geruchlos. Alles wie vor zwei Tagen. Sogar Johnny Walker Blue Label stand noch immer auf seinem gläsernen Podest vor den drei Porträts.

Es war aufregend, Isabella wiederzusehen. Es war wunderbar, ihr in die Augen zu schauen. Es tat gut, mich in ihrem Gesicht zu verlieren, das mir jetzt noch weitaus schöner erschien als bei unserer ersten Begegnung vor zwei Tagen. Und dass ich mit Isabella nun ganz allein war, verlieh diesem Augenblick eine Intimität, die alles andere in den Hintergrund drängte und bedeutungslos machte.

Ich sog Isabellas Gesicht förmlich in mich hinein, gierig und zugleich voll Angst, Altenburg könnte mich dabei überraschen, ich brannte mir ihre Züge ins Gedächtnis ein, denn sie sollten nie wieder verblassen, nie mehr verloren gehen, egal, was auch passieren würde.

Danach schlich ich aus dem Salon, leise, vorsichtig und glücklich wie ein Dieb mit seiner Beute, und setzte mich wieder ins Vestibül. Gerade rechtzeitig, keine Minute später kam auch Altenburg zurück.

Er sah besorgt aus.

»Was ist los«, sagte ich, »gibt's Probleme?«

»Ja und nein«, sagte Altenburg. »Isa geht's gut. Sie lässt Sie übrigens grüßen. Sagt, sie freut sich drauf, Sie bald kennenzulernen. Es ist nur so –«

»Was?« sagte ich erschrocken. »Ist sie krank?«

»Nein, nein. Ich hab doch gesagt, Isa geht's gut. Sie ist nur so … wie soll ich sagen … so schrecklich unvernünftig. Ich kann ihr einfach nicht ausreden, mit dem Segelboot allein rauszufahren. Das macht sie ständig, dabei ist sie eine grottenschlechte Seglerin. Okay, bis jetzt ist es noch immer gut gegangen, und deshalb lacht sie nur, wenn ich sage, dass es gefährlich ist, was sie da macht, und dass ich Angst um sie habe. Das Meer ist kein Abenteuerspielplatz für Übermütige, wissen Sie. Wind und Wellen sind heimtückisch.«

»Sie fürchten, Ihre Frau könnte ertrinken?«

Altenburg zuckte kraftlos mit den Schultern. »Am liebsten würde ich zu ihr runterfahren.«

»Und warum tun Sie's nicht?«

»Geht nicht. Das Geschäft braucht mich. In den nächsten Tagen müssen wichtige Entscheidungen getroffen werden. Wir planen einen Produktrelaunch, damit kann ich meine Leute unmöglich allein lassen.«

»Sie planen was?«

»Einen Produktrelaunch. Die ersten Schritte zu einer absolut innovativen und nachhaltigen Neupositionierung unserer Marke auf dem Schönheitsmarkt, verstehen Sie?«

Nein, verstand ich nicht. Nicht Altenburgs Fachchinesisch, und vor allem nicht, wie ihm sein Unternehmen wichtiger sein konnte als das Leben Isabellas.

Plötzlich lächelte er. »Ich glaube, ich mache soeben denselben Fehler wie Sie. Ich fürchte, Isa könnte in Gefahr sein, ich male es mir aus, und schon bin ich sicher, dass die Gefahr tatsächlich existiert. Alles nur in meinem Kopf, alles bloß Einbildung, was meinen Sie?«

Ich hatte diese Theorien so satt. »Ja«, log ich, »ganz bestimmt. Alles Einbildung.«

Altenburg seufzte erleichtert. Warum hätte ich also mit ihm über etwas streiten sollen, das ihn glücklich machte? Ihn vom Gegenteil überzeugen zu wollen, hätte überdies vermutlich nur unsere Freundschaft im Keim erstickt, doch die war mir wichtig, allen Meinungsverschiedenheiten zum Trotz. Und außerdem wollte ich natürlich, dass Altenburg dieses eine Mal – ausnahmsweise – recht behalten sollte, denn allein schon der Gedanke, dass Isabella wirklich etwas zustoßen könnte, war für mich unerträglich.

»Sagen Sie, gibt es bei den Seglern eigentlich auch einen besonderen Spruch, mit dem sie sich alles Gute wünschen? So etwas wie Petri Heil bei den Anglern?«

»Natürlich«, sagte Altenburg. »Mast- und Schotbruch.«

Was für ein blöder Spruch, dachte ich. Man redet das größtmögliche Unglück herbei, um Glück zu haben. Wünscht sich das Schlimmste, damit es nicht eintritt. Wenn das nicht idiotisch ist.

»Na, dann«, sagte ich und prostete Altenburg mit meinem leeren Teeglas zu. »Mast- und Schotbruch! Alles wird gut, je schlimmer, desto besser!«

Altenburg grinste und klemmte sich eine Zigarette zwischen die Lippen. Und für eine Sekunde hätte ich schwören können, dass ihm Robert aus den Augen schaute.

Die frische Hundescheiße vorm Gartentor ist jedenfalls keine Einbildung. Die ist so wirklich wie die Menschen, die mich in dieser Nacht heimsuchen.

Leichenblasse Gesichter. Vor Entsetzen aufgerissene Augen und Münder: stumme Hilfeschreie. Eine Armvene, in die ein dünner, langer Infusionsschlauch führt, durch den eine farblose Flüssigkeit rinnt, und als ich mich über den Arm beuge, wird die Flüssigkeit auf einmal rot, blutrot, und ich sehe, dass sie jetzt in die umgekehrte Richtung fließt, aus der Vene in den Schlauch, stoßweise herausgepumpt aus dem Körper einer Frau mit einem Gesicht, das ich nicht kenne, immer mehr Blut rinnt aus ihr heraus, und ich kann nichts dagegen tun, kann es nicht aufhalten, und ich schaue der Frau wieder ins Gesicht, und jetzt ist es das Gesicht meiner Mutter, aber das Haar ist nicht das Haar meiner Mutter, es ist blond, rötlich blond und lang, weit ausgebreitet liegt es auf einer Wasseroberfläche, schwimmt und schaukelt im Wellenschlag, und jetzt ist es auch nicht mehr das Gesicht meiner Mutter, es ist das Gesicht von Isabella, und ich strecke meine Hand danach aus, doch eine mächtige Woge überflutet Isabellas Gesicht und drückt es unter Wasser, und ihr Gesicht versinkt, und ihr Haar versinkt, tiefer und tiefer, und das Wasser ist plötzlich rot, dunkelrot, ein einziges, endloses Meer von Blut.

Manches lässt sich eben nicht so einfach ignorieren oder aus dem Weg räumen wie Hundescheiße. Ob man will oder nicht, man muss damit leben.

9

Dass mir ein Pitbull seine hässliche Schnauze ins Gesicht stieß, war kein Albtraum, der Hund stand tatsächlich an meinem Bett. Genauso wie der Mann, der das riesige, zähnefletschende Vieh an der Leine hielt, »Chef, ich hab ihn!« rief und mich triumphierend angrinste, als hätte er eine angeschossene Jagdbeute aufgespürt, die sich im Unterholz verkrochen hatte.

Jetzt bin ich verrückt geworden, dachte ich. Habe über Nacht den Verstand verloren, halte etwas für real, das gar nicht sein kann, bin in einer Welt aufgewacht, die nur in meinen Ängsten existiert. Doch als dann plötzlich noch zwei Männer ins Zimmer kamen und einer erklärte, er habe mich gewarnt, aber die Zeit sei nun abgelaufen und seine Geduld am Ende, und er sähe sich wohl oder übel dazu gezwungen, zu härteren Mitteln zu greifen, denn er lasse sich von mir nicht für dumm verkaufen, und ich seine sanfte Stimme als die des Mannes wiedererkannte, der mich zwei Tage zuvor am Telefon bedroht hatte, und als er sich über mich beugte, mir irritiert ins Gesicht blickte und »Scheiße, das ist ja gar nicht Lehmann« sagte, da wusste ich, dass ich es nicht mit Ausgeburten meiner Einbildung zu tun hatte, sondern mit der Wirklichkeit aus Fleisch und Blut: mit zwei in Jeans und braune Kunstlederblousons gezwängten, kahlgeschorenen Riesen mit Gorillavisagen, mit einem gefährlich freundlich lächelnden, kleinen, dicken Mann, der mit seinem dunkelbraunen Nadelstreifanzug und dem übertrieben lässig schief aufgesetzten Borsalino die bemühte Kopie eines Mafiosos abgab, so eine Art Don Corleone-Al Capone-Verschnitt, und der einen unangenehm scharfen Geruchscocktail von billigem Rasierwasser und kaltem Zigarrenrauch verbreitete, und mit dem widerlichen Köter, der nur darauf zu warten schien, endlich zubeißen zu dürfen.

Falls die Männer mit ihrem Auftritt beabsichtigt hatten, mich das Fürchten zu lehren, dann war es ihnen gelungen. Wenn auch nur zum Teil. Denn nach den ersten Schrecksekunden war ich nicht nur darüber erleichtert, doch nicht verrückt geworden zu sein, ich fand auch, dass diese Typen eigentlich ziemliche Witzfiguren waren – zwei Mitglieder der Panzerknackerbande und eine Mafiapaten-Karikatur – die mich absolut nicht einschüchtern konnten.

Angst hatte ich nur vor dem Hund. Ganz gewaltige Angst sogar. Nach allem, was ich über Pitbulls gehört hatte, war das eine ausgesprochen gefährliche Rasse bösartiger, unberechenbarer Kampfhunde, blutrünstig und eigens dafür abgerichtet, über Menschen herzufallen und sie im schlimmsten Fall sogar in Stücke zu reißen. Dazu ihr abstoßendes Aussehen: Muskelpakete unter schmutzigweißem Kurzhaarfell und ein eierförmiger Echsenschädel, das scheußliche Resultat einer Kreuzung von Hund und Reptil, das ebenso viel Ekel wie Furcht in mir auslöste.

Das Tier starrte mich an, und ich starrte das Tier an, während ich vorsichtig die Bettdecke bis unter mein Kinn hochzog, als könnte ich mich damit vor einem Angriff schützen. Verschwinde, du Scheißbestie, dachte ich. Hau ab. Lös' dich in Luft auf. Der Hund rührte sich nicht von der Stelle und fixierte mich weiter mit seinem Schlangenblick.

»Wo ist Lehmann«, fragte die Capone-Witzfigur.

Mit einem Komiker wie dir rede ich doch überhaupt nicht, dachte ich und schwieg. Aber als ich sah, dass der Hund kurz die Lefzen hochzog und sein Gebiss entblößte, sagte ich: »Robert ist nicht hier ... tut mir leid ... aber ... er ist wirklich nicht hier.«

»Dass er nicht hier ist, das sehe ich selber«, sagte Capone. »Ich will wissen, *wo* er ist.«

Der Pitbull begann leise zu knurren.

»Ich weiß es nicht«, sagte ich zu dem Hund, und das Knurren wurde lauter. »Ganz ehrlich, glauben Sie mir. Ich würde es sagen, wenn ich es wüsste.«

»Und das soll ich Ihnen abnehmen?« Capones Stimme war jetzt ein bisschen weniger sanft. »Sie wissen offensichtlich nicht, mit wem Sie es zu tun haben. Also noch einmal: Wo ist der Scheißkerl, wo ist Lehmann?«

Ein Zittern lief durch den Körper des Hundes, er reckte den Kopf in die Höhe und spannte die Muskeln an.

Es war wohl besser, ich sagte, was ich wusste. »Robert ist in einem Kloster … keine Ahnung, wo genau … in Indien oder Tibet … mehr hat er mir nicht verraten.«

»Halten Sie mich für einen Trottel?«

Der Pitbull fletschte wieder die Zähne.

»Um Gottes willen, nein«, flüsterte ich. »Robert ist wirklich vor einer Woche abgeflogen. Ich passe nur auf sein Haus auf, bis er wieder zurückkommt.«

»Und wann ist das?«

»In einem Jahr vermutlich. Vielleicht auch später. Aber ich weiß es nicht.«

»Sagen Sie, gibt es überhaupt irgendwas, das Sie wissen?« Capones Stimme hörte sich nun fast mitleidig an.

»Ich weiß nicht«, sagte ich.

Der Hund schien bereit zum Sprung. Im nächsten Augenblick wird er mich mit seinem Raubtiergebiss an der Kehle packen, dachte ich, und kalter Angstschweiß trat mir aus allen Poren und rann mir übers Gesicht.

»Na gut«, sagte Capone. »Ich glaube Ihnen zwar kein einziges Wort, aber ich sehe schon, dass wir so nicht weiterkommen.« Dann wandte er sich an den Gorilla, der den Pitbull an der Leine hielt. »Aus dem Schwachkopf kriegen wir nichts heraus, der macht bloß gleich vor Angst ins Bett. Also nimm den Hund weg.«

»Plan B?«, fragte der andere Gorilla.

»Ja«, sagte Capone. »Plan B.«

Macht, was ihr wollt, dachte ich, Hauptsache, die Scheißbestie geht mir nicht an die Gurgel.

»Womit sollen wir anfangen?« Gorilla Nummer eins reichte Capone die Hundeleine und ging zur Tür.

»Wie besprochen«, sagte Capone.

»Okay, Chef.«

Und auf einmal waren sie alle weg. Ebenso schlagartig verschwunden, wie sie aufgetaucht waren. Lange Zeit war nichts zu hören, keine Stimmen, keine Schritte, kein Bellen, und ich fragte mich, ob ich mir das alles möglicherweise doch nur eingebildet hatte, bis ich bemerkte, dass es in meinem Zimmer noch immer ganz erbärmlich nach Rasierwasser und abgestandenem Zigarrenrauch stank. Und vor allem nach Hund.

Und dann gab es plötzlich Geräusche, die ich mir beim besten Willen nicht erklären konnte. Zuerst ein an- und abschwellendes Brummen, danach ein Rumpeln und so etwas wie das Aufjaulen eines Motors, und schließlich hörte ich, dass die Tür zur Terrasse aufgeschoben wurde. Also nichts wie raus aus dem Bett, raus aus meinem schweißnassen Schlafanzug, rein in Jeans und T-Shirt, raus aus dem Zimmer und nachschauen, was diese Komikertruppe mit Plan B gemeint hatte.

Ich war entsetzt. Nicht so sehr darüber, dass auf der Wiese vor der Terrasse ein wie eine Riesenwespe gelb-schwarz gestreifter Pickup stand und die beiden Gorillas gerade dabei waren, Roberts Hi-Fi-Anlage und seinen Fernsehapparat auf die Ladefläche zu hieven, sondern über das, was der Pitbull tat. Das Tier stand mit gekrümmtem Rücken und eingeknickten Hinterbeinen mitten im Wohnzimmer und schiss auf den Teppichboden! Und Capone stand daneben und schaute seelenruhig zu.

»Bitte, was soll das«, rief ich, »was machen Sie da?«

»Na, was wohl«, sagte Capone. »Ich hole mir eine kleine Anzahlung auf das, was mir Lehmann schuldig ist. Außer diesem Elektrozeug gibt es in diesem Haus ja offensichtlich nichts einigermaßen Wertvolles, das man zu Geld machen kann.«

»Davon rede ich nicht, ich meine das da.« Ich zeigte auf die Hundescheiße.

»Ach … das.« Capone lächelte. »Das ist bloß ein Zeichen. Das verstehen Sie nicht, ich weiß. Aber Lehmann wird es ganz sicher verstehen.«

»Was verstehen?«

»Dass ich auf seine faulen Ausreden scheiße. Und dass sein Haus eigentlich schon so gut wie mir gehört. Und dass ich in meinem Haus auch meinen Hund hinscheißen lassen kann, wo ich will.«

»Hä? Das soll wohl ein Witz sein?« Ich wurde richtig sauer. Wovon redete dieser Clown? Am liebsten hätte ich ihn gepackt und sein Gesicht in den Scheißhaufen gedrückt. Aber der Hund starrte mich schon wieder an, und sein Knurren wirkte auf mich wie das Rasseln einer Klapperschlange.

»Wenn Sie das für einen Witz halten«, sagte Capone, »warum lachen Sie dann nicht?« Der Hund sträubte die Nackenhaare, und bei mir stellte sich der nächste Schweißausbruch ein. »Sie haben keine Ahnung, was Ihr Freund Robert so treibt, stimmt's?«

Richtig, hatte ich nicht. Und ich hatte auch keine Gelegenheit, Capone zu ersuchen, meine Ahnungslosigkeit zu beenden, denn in diesem Augenblick kamen die Gorillas zurück und fragten, was sie sonst noch mitnehmen sollten, und Capone ging mit ihnen zur Hausbar, nahm eine Flasche nach der anderen heraus und begutachtete sie mit Kennerblick, bevor er sie an seine Gorillas weiterreichte, die sie dann hinaus zum Pickup trugen. Nach einer Viertelstunde war die Bar leer. Bis auf ein paar Flaschen, für die Capone nur den Kommentar »Billiggesöff« übrig gehabt hatte. Und während der ganzen Zeit hatte mich der Pitbull in Schach gehalten, und ich war nur stumm dagestanden, angeekelt von dem grässlichen Tier und dem Geruch, der von seiner Scheiße hochstieg.

»Das wär's«, sagte Capone und blickte sich im Wohnzimmer um. »Tresor gibt's offensichtlich keinen, und alles andere ist Müll. Gut, Männer: Abfahrt!« Dann besann er sich. »Nein. Halt. Die Garage. Fast hätte ich auf die Garage vergessen.« Er sah mich an. »Steht da ein Auto drin?«

Ich wusste es nicht. Robert hatte mir vor seiner Abreise nichts davon gesagt, und weil mich Autos noch nie besonders interessierten, hatte ich auch nicht nachgesehen. Und wo der Schlüssel fürs Garagentor war, wusste ich auch nicht.

»Das habe ich mir fast gedacht«, murmelte Capone. »Der Schwachkopf weiß wirklich überhaupt nichts.«

»Kein Problem, Chef«, sagte Gorilla Nummer zwei. »Ich mach das schon.«

»Gut«, sagte Capone, »dann also Abmarsch. Und nehmt den Hund mit.«

Was hatten die Komiker jetzt schon wieder vor? Mit einem Vorschlaghammer das Garagentor aufbrechen? Ich ging ihnen nach, und als ich sah, wie der Gorilla mit einem Dietrich im Handumdrehen das Schloss knackte, war mir auch klar, wie sie es geschafft hatten, ohne Probleme und völlig geräuschlos ins Haus einzudringen, obwohl ich am Abend zuvor das Gartentor und die Haustüre zugesperrt hatte.

»Bitteschön, Chef, treten Sie ein«, sagte der Gorilla und öffnete theatralisch das Garagentor.

»Ach, was haben wir denn da Schönes?« Capone schien hocherfreut zu sein. »Das ist ja ein echtes Prachtstück!«

Ich muss zugeben, jetzt wurde auch ich neugierig. Donnerwetter, dachte ich dann, als ich den roten Ford Mustang sah, das »absolute Wahnsinns-zweihundert-PS-Cabrio«, von dem mir Robert mit siebzehn, achtzehn ständig vorgeschwärmt hatte und in das er vernarrt, ja geradezu verliebt gewesen war, wie viele von uns jüngeren Klassenkameraden damals, Mitte der Sechzigerjahre, in Sophia Loren oder die Bardot. Aber während es bei uns natürlich für nicht mehr gereicht hatte als für ein paar feuchte Träume, hatte sich Robert ganz ernsthaft in den Kopf gesetzt, sein Traumauto eines Tages tatsächlich zu besitzen. Und jetzt stand es da in seiner Garage, chromglänzend, schnittig und bullig zugleich, genau so, wie er es mir hunderte Mal auf Bildern in irgendwelchen Automobilzeitschriften gezeigt hatte. Nun ja, eigentlich hätte mich das nicht überraschen dürfen, schließlich hatte Robert schon immer erklärt, im Leben gehe es darum zu bekommen, was man haben will, und nur Versager würden klein beigeben. Mich irritierte bloß, dass er jetzt offenbar ein Geheimnis daraus gemacht und mir nie etwas von seinem Mustang erzählt hatte. Trotzdem: alle Achtung, mein Freund!

»Autoschlüssel?« Capone streckte mir die offene Hand entgegen und ließ sie gleich wieder sinken. »Klar. Haben Sie natürlich auch nicht.«

Gorilla Nummer zwei deutete aufs Armaturenbrett. »Ich kann die Zündung kurzschließen, Chef. Soll ich?«

»Untersteh dich«, schnauzte ihn Capone an. »Finger weg. An dem Schlitten ist alles original, soviel ich sehe. Da wird nichts herausgerissen und kurzgeschlossen, verstanden?« Er ging langsam um den Mustang herum und betrachtete ihn, als würde er ein Kunstwerk bewundern. »Ausgezeichnet ... Baujahr sechsundsechzig, würde ich sagen ... ein Dreißigtausend-Dollar-Baby ... Minimum ... großartig, einfach großartig.«

Capone strahlte übers ganze Gesicht – bis er seine Umrundung beendet hatte und den Hund sah: Der Pitbull stand mit erhobenem Hinterbein vorm Kühlergrill und pisste gezielt auf das Emblem, die große, stilisierte Chromfigur eines galoppierenden Mustangs!

»Verfluchter Pisser! Aus! Weg da!« Capone packte den Hund am Halsband und riss ihn von Auto weg. »Passt gefälligst auf, ihr Idioten«, brüllte er die Gorillas an. »Wofür bezahle ich euch eigentlich?«

Der Hund begann wütend zu bellen, der erste Gorilla zerrte ihn mit einem verlegenen Grinsen aus der Garage, und der zweite bückte sich diensteifrig und versuchte, mit dem Ärmel seiner Kunstlederjacke die Hundepisse von der Kühlerfigur abzuwischen, was ihm natürlich nicht gelang, also nahm er schließlich sein Taschentuch und wischte und wischte und hauchte das silberfarbene Emblem an, gerade, dass er es nicht ableckte, und dann polierte er es und polierte und polierte, bis Capone sagte: »Es reicht. Fahr jetzt lieber den Pickup raus. Um den hier kümmern wir uns später.« Er überlegte kurz. »Zuerst bringt ihr die Flaschen in mein Haus, danach den Elektrokrempel in die Lagerhalle, und dann schaut ihr, dass ihr ein Abschleppfahrzeug organisiert, so eins mit einem Kran hinten drauf. Alles kapiert?«

Die Gorillas nickten. Und der Pitbull riss an der Leine und gab jetzt Laute von sich, die nichts mehr mit einem normalen Bellen zu tun hatten, sondern eher mit einem urzeitlichen Brüllen, herausgestoßen aus der Tiefe seines Echsenrachens, rau, heiser und bedrohlich, und ich zog mich sicherheitshalber vorsichtig ein paar Schritte auf die Wiese zurück. Doch dann begriff ich, dass dieses hasserfüllte Kriegsgeheul der Killerbestie gar nicht mir galt, es war gegen den gerichtet, der sie gewaltsam beim Pissen gestört hatte. Ja, dachte ich, reiß dich los, spring ihm an die Kehle, beiß ihn tot, diesen Mafiaclown, und seine beiden Gorillas gleich dazu. Mach schon, zeig, was du kannst, liefere den Beweis, dass so etwas wie du überhaupt eine Existenzberechtigung hat.

Was ich dachte, interessierte den Hund natürlich nicht, aber genaugenommen konnte ich ja auch nur heilfroh darüber sein, dass ich ihm jetzt offensichtlich überhaupt völlig egal war. Genauso wie den drei Typen, die mich ebenfalls keines Blickes mehr würdigten, mich einfach ignorierten, und als der zweite Gorilla wenig später mit dem Pickup im großen Bogen rückwärts über die Wiese Richtung Gartentor pflügte, fuhr er mich sogar beinahe über den Haufen, und nur durch einen Sprung hinter einen Strauch konnte ich mich im allerletzten Moment retten.

Kurz darauf waren sie fort. Davongerast mit Vollgas und quietschenden Reifen. Capone in einem silbergrauen Mercedes, den er auf der Straße geparkt hatte, gefolgt vom Pickup mit den Gorillas und dem kläffenden Hundsvieh.

Und wieder fragte ich mich, ob sich das alles soeben wirklich abgespielt hatte. Dafür war es doch viel zu abstrus gewesen, völlig unglaublich, komplett hirnrissig, oder nicht? Ein Blick auf den vom Pickup durchfurchten Rasen genügte, und ich hatte die richtige Antwort. Falsch war nur, wie ich darauf reagierte. Ich hätte abhauen sollen, um meine Haut zu retten. Aber damals wusste ich das noch nicht.

Eigentlich hatte ich mir für diesen Tag vorgenommen, sämtliche Krankenhäuser in der Stadt abzuklappern und nach Frau Zirkowski zu fragen, denn wenn ich schon dabei versagt hatte, sie vor den brutalen Übergriffen ihres Mannes zu bewahren, wollte ich doch wenigstens wissen, wie es ihr geht. Vielleicht würde ich ja erfahren, dass »der Unfall« Gott sei Dank nicht so schlimm gewesen sei und sich Frau Zirkowski schon wieder auf dem Wege der Besserung befinde. Ich wünschte es ihr jedenfalls. Und mir wünschte ich es auch, denn es hätte mein Gewissen ein bisschen beruhigt. Aber dieses Vorhaben hatte mir die Komikertruppe nun gründlich vermasselt, weil ich mich jetzt erst einmal darum kümmern musste, das Chaos, das sie hinterlassen hatte, zumindest einigermaßen zu beseitigen, und damit würde ich wohl eine Zeit lang beschäftigt sein. Saubande, elende!

Den zweiten Flügel des Gartentors hatten die verdammten Idioten einfach aus den Angeln gehoben und an den Zaun gelehnt, um mit ihrem überbreiten Pickup aufs Grundstück fahren zu können, und es gelang mir nur unter Aufbietung all meiner spärlichen Kraft und Geschicklichkeit, den schweren Eisenrahmen mit dem Drahtgitter wieder in die richtige Position zu bringen und einzuhängen. Aber nun klemmte das Schloss, und ich konnte nicht zusperren. Das allein war schon ärgerlich, doch als ich daraufhin auch das Schloss an der Haustür überprüfte und feststellen musste, dass es ebenfalls kaputt war, fuhr mir der Schreck in die Knochen.

Scheiße, dachte ich, jeder, der will, kann da jetzt rein! Von Capone und seinen Gorillas wusste ich ja schon, sie würden demnächst mit einem Abschleppwagen wiederkommen, doch die hatten es bloß auf Roberts Mustang abgesehen und nicht auf mich. Aber was war mit diesen Leute, die mir in ihrem anonymen Brief unmissverständlich mitgeteilt hatten, dass ich hier unerwünscht sei? Wenn die wirklich Ernst machen und mich vertreiben wollten, würde ich mich nun nicht mehr im Haus verschanzen können. Eine Reparatur der Schlösser war sinnlos, ich hatte schließlich erlebt, wie problemlos sie aufzubrechen waren, und den Einbau einer Sicherheitsanlage konnte ich mir nicht leisten. Ich sollte mir also möglichst rasch etwas anderes einfallen lassen, womit ich mich schützen und notfalls wehren konnte.

Darüber nachzudenken war jedenfalls wichtiger, als mich damit abzuplagen, die tiefen Reifenspuren in der Wiese verschwinden zu lassen, denn es war ohnehin vernünftiger, wenn ich darauf vertraute, dass mit der Zeit buchstäblich Gras über die Sache wachsen würde. Nur etwas war noch wichtiger: Ich musste unbedingt etwas gegen den beißenden Gestank unternehmen, der mir entgegenschlug, als ich das Wohnzimmer betrat.

Doch dieser Gestank war hartnäckig. Nachdem ich die feucht schimmernde Hundescheiße vorsichtig mit der Kehrichtschaufel aufgenommen und draußen in die Mülltonne geschmissen hatte, waberte der ekelhafte Geruch immer noch durch den Raum. Jetzt auch den kackbraunen Fleck mit irgendeinem Reinigungsmittel aus dem Teppichboden zu entfernen, das versuchte ich erst gar nicht, nach den Erfahrungen, die ich mit dem verschütteten Cognac gemacht hatte. Ich musste das versaute Stück Teppich herausschneiden, das war die einzige wirkungsvolle Möglichkeit, die ich sah.

Mit einem Stanleymesser wäre das sicher ganz leicht gegangen, vier kräftige Schnitte und fertig. Aber das schärfste Werkzeug, das ich fand, war ein Käsemesser, und so kniete ich fast eine halbe Stunde auf dem Boden und ritzte mühsam und verbissen mit den beiden Klingenspitzen ein Rechteck in das zähe Gewebe, immer wieder und immer tiefer – und bei jeder Wiederholung immer zorniger darüber, dass ich zu dieser beschissenen, stupiden Tätigkeit gezwungen war – bis ich endlich das mit Hundekot vollgesogene, stinkende Stück Spannteppich herauslösen und zum Müll werfen konnte.

Das Resultat: schmerzende Hände, verkrampfte Schultern und mitten im Wohnzimmer ein Loch im Boden. Doch der Gestank war trotzdem noch da. Als würde er sagen: »Jetzt erst recht!« Vielleicht bilde ich ihn mir bloß ein, dachte ich. Aber das machte die Sache nur noch schlimmer, denn wie sollte ich etwas bekämpfen, das ich roch, obwohl es möglicherweise gar nicht mehr vorhanden war?

Im Badezimmer stand eine große Spraydose. Fichtennadelduft. Sollte ich es damit versuchen? Kam überhaupt nicht infrage. Noch heute schnürt es mir die Kehle zu, wenn mir irgendwo dieser künstliche Duft in die Nase steigt. Dann sehe ich Vater vor mir, wie er mit der Spraydose durchs Haus marschiert, um den »Zigarettenmief« zu vertreiben, den Mutter »eingeschleppt« hat. Wie er »für frische Luft sorgt«, dabei ist er es, der die Atmosphäre vergiftet und Mutter die Luft zum Atmen nimmt. Und wie es ihm zuletzt sogar gelingt, die nach unbeherrschter Gewalt stinkende, blutige Wahrheit verschwinden zu lassen hinter dem verlogenen Geruch des schönen Scheins, der ihm über alles geht. Nein, keinen Raumspray. Ich würde daran ersticken.

Doch was dann? Mir blieb wohl nichts anderes übrig, als das Wohnzimmer so lang zu meiden, bis sich der Scheißgestank ganz von selber verflüchtigt haben würde. Der schäbig möblierte Raum sah jetzt ohnehin noch weniger einladend aus. Mit der fast leer geräumten Bar und der nackten Wand, vor der die Hi-Fi-Anlage und der Fernseher gestanden waren, wirkte das Zimmer desolat, kalt und fremd. Seelenlos. Als hätte man es seines Lebensnervs beraubt. Und wenn ich es mir recht überlegte, war das ja auch so. Denn die Dinge, die von Capone und seinen Gorillas mitgenommen worden waren, hatten in Roberts Leben wohl eine unglaublich wichtige Rolle gespielt, sonst hätte er auf sie nicht mehr Wert gelegt und dafür mehr Geld ausgegeben, als für alles andere in seinem Bungalow. Und ihr Verschwinden bedeutete jetzt für mich, dass mit ihnen auch ein Stück von Robert aus diesem Haus verschwunden war.

Das machte mich traurig. Und zugleich zornig. Vor allem auf mich selbst. Weil ich schon wieder versagt hatte. Meine Mutter hatte ich nicht beschützt, Frau Zirkowski hatte ich im Stich gelassen, und jetzt war ich nicht einmal dazu fähig gewesen, Roberts Eigentum zu verteidigen. Hatte mich vor einem Hund fast zu Tode gefürchtet, mein Gott, wie erbärmlich. Die Komikertruppe lachte sich garantiert gerade schief über mich. Schon Laura hatte ja immer nur ein mildes Lächeln für mich übrig gehabt, wenn ich es vorzog, einen großen Bogen um einen Hund zu machen, und was Isabella über mich denken würde, hätte sie gesehen, wie ich mir vor dem Pitbull beinahe in die Hose gemacht hatte, das wollte ich mir lieber gar nicht vorstellen.

Nein, so konnte es nicht weitergehen. Aus, Schluss, Ende! Nie mehr sollte mir jemand Angst einjagen können! Ab sofort war Widerstand angesagt, ich würde mich wehren, würde es allen zeigen! Ja, alle, die meinten, mit mir umspringen zu dürfen, wie es ihnen passt, sollten sich besser schon einmal warm anziehen. David Bauer, der lächerliche Feigling, der jämmerliche Versager? Nie wieder, schwor ich mir. Nie, nie wieder. Ich würde kämpfen.

Womit? Mit dem kümmerlichen Käsemesser, das ich noch immer in meiner Hand hielt?

Wenn es eine göttliche Eingebung gibt, dann hatte der alte Herr in diesem Augenblick seine Finger im Spiel. Oder sein höllischer Kompagnon. Oder alle beide. Egal, jedenfalls fielen mir plötzlich die Eisenrohre ein, die ich in der Gartenhütte gesehen hatte.

Es sind, vermute ich, ausrangierte Wasserleitungs- oder Heizungsrohre, unterschiedlich lang, dunkelgrau und an manchen Stellen mit kleinen, braunen Rostflecken bedeckt. Ich suche mir das Rohr heraus, das mir am besten geeignet zu sein scheint, um mit ihm kräftig zuschlagen zu können. Was das Gewicht betrifft, liege ich richtig: Mit seinen gut eineinhalb Metern Länge ist es zwar schwer, aber nicht zu schwer. Als ich draußen vor der Hütte mit dem Eisenrohr ein paar Mal weit aushole – beidhändig, wie mit einem Baseballschläger – und die Luft zersäble, staune ich, wie leicht mir das fällt. Mich stört nur, dass das Rohr nicht gut in der Hand liegt, weil es kaum dicker ist als ein Gartenschlauch.

Und wieder staune ich: Wie einfallsreich ich doch auf einmal bin. Not scheint tatsächlich erfinderisch zu machen: Ich löse mein Problem mit einer großen Rolle Leukoplast aus dem Medizinschrank im Badezimmer. Sorgfältig wickle ich das hautfarbene Klebeband um das untere Drittel des Eisenrohrs, lege mehrere Schichten übereinander, bis sie einen Griff bilden, den ich sicher und fest umfassen kann. Es fühlt sich gut an, als ich jetzt mit beiden Händen meine Waffe packe und mit einem schwungvollen Hieb auf einen Eckpfosten der Gartenhütte krachen lasse. Ein Schlag genügt, und Holz splittert von der Kante ab, aber das Eisenrohr bleibt in Form. Sehr gut. Genau das, was ich brauche.

Ich muss mich zurückhalten, weiter auf die Hütte einzuschlagen, weil ich an ihr nicht noch mehr Schaden anrichten will. Außerdem ist es sinnlos, ich brauche etwas, das dem ähnlich ist, wogegen ich mich wehren muss. Man drischt ja nicht einfach mir nichts, dir nichts auf Köpfe ein, so etwas muss man trainieren, damit man es im Ernstfall ganz automatisch tut, ohne nachzudenken und völlig hemmungslos. Ob ich dazu jemals wirklich in der Lage sein werde, bezweifle ich zwar, aber ich sollte es wenigstens versuchen.

Danke, Robert, für den ganzen Krempel, den du in deiner Gartenhütte angehäuft hast. Dass nicht nur die alten Eisenrohre, sondern auch die drei kaputten Barhocker und der Korb voll Zierkürbisse eines Tages doch noch zu etwas gut sein würden, hättest du dir nicht gedacht, wie? Und deshalb hast du hoffentlich nichts dagegen, dass ich jetzt den vollen, schweren Korb auf die Wiese schleppe, dann die Hocker vor der Hütte in einer Reihe aufstelle und auf jede Sitzfläche einen Kürbis lege – dass ich sie also zu Opfern mache, besser gesagt, zu Eindringlingen, zu Angreifern, zu Feinden, denen ich die Schädel einschlagen werde – damit bist du doch einverstanden? Immerhin geht es darum, dein Haus zu verteidigen, dein Eigentum, und nichts anderes habe ich vor. Dafür sind Freunde schließlich da, und nur Versager geben klein bei. Deine Worte, Robert, deine Worte!

Und dann lege ich noch einen Kürbis neben die Barhocker auf den Boden und nehme meinen Totschläger in beide Hände und hole weit aus.

Du wirst mir keine Angst mehr einjagen, du hässliches Vieh! Und mitten ins Wohnzimmer scheißen wirst du mir auch nie wieder! Mit einem einzigen Schlag spalte ich dem Pitbull den Schädel, ein graugelber, feuchter Brei spritzt auf die Wiese. Erledigt. Die verdammte Bestie ist tot.

Was bin ich, Capone? Wie hast du mich genannt? Einen Schwachkopf? Ich werd dir zeigen, wer hier wirklich der Schwachkopf ist! Und den Mustang kannst du dir abschminken! Jetzt gibt's nämlich eins auf deinen lächerlichen Hut, du Clown! Der erste Hieb geht fast daneben, nur eine kleine, dünne Scheibe fliegt von der Seite weg, sorry, das war wohl das Ohr, also noch einmal. Mit dem zweiten Schlag treffe ich mein Ziel genau. Adieu, Arschloch.

Na, ihr blöden Gorillas? Hat's Spaß gemacht, alle Schlösser zu knacken und das Haus auszuräumen? War's ein Vergnügen, den frisch gemähten Rasen in eine Kraterlandschaft zu verwandeln? Aber jetzt ist Schluss mit lustig, ihr Idioten! Es hat sich ausgegrinst! Zwei Hiebe, und schon liegen die Glatzköpfe aufgeplatzt im Gras.

Ich muss sagen, es fühlt sich verdammt gut an, ja, richtig geil ist das jedes Mal, wenn mein Eisenrohr eine Schädeldecke sprengt. Zuerst das dumpfe, trockene Krachen und gleich darauf dieses satte, schmatzende Geräusch, mit dem das Metall in die weiche Masse eindringt und in alle Richtungen spritzen lässt. Was für ein lustvolles, triumphierendes Gefühl! Bei jedem Schlag läuft ein Prickeln durch meinen ganzen Körper, so ein befriedigendes Schaudern, wie ich es bisher noch nie erlebt habe. Das erschreckt mich – und zugleich will ich mehr davon.

Also her mit den nächsten Köpfen. O ja, ihr drei kommt mir gerade recht. Wie gerufen.

Nein, ich diskutiere nicht mit Leuten, die mich von hier verjagen wollen! Das hättest du dir vorher überlegen sollen, jetzt ist es zu spät, jetzt kriegst du, was du verdienst! Ich schlage zu, präzise und ohne Vorwarnung. Da schau her, wie die anderen entsetzt und feig davonrennen, als sie sehen, wie das Gehirn aus dem Schädel ihres Rädelsführers austritt.

Und nun zu dir, Zirkowski! Du hast deine Frau lang genug gequält! Hast du gedacht, dass du so einfach davonkommst und weitermachen kannst wie bisher, wenn deine Frau aus dem Krankenhaus entlassen wird? Eigentlich sollte ich dich ganz langsam zu Tode foltern, damit du am eigenen Leib erlebst, wie sich Schmerzen, Angst und Verzweiflung anfühlen, aber du bist diese Mühe nicht wert! Ich schlage zu, einmal und noch einmal, und dann ist Frau Zirkowski für immer von diesem brutalen Schwein erlöst.

Bleibt nur noch einer, doch irgendwas hält mich zurück, und ich lasse das Eisenrohr sinken. Was ist plötzlich los mit mir, Herrgott noch einmal? Habe ich denn nicht mein Leben lang auf diesen Augenblick gewartet? Kann ich nicht zuschlagen, nur weil er mein Vater ist? Oder weil er im Rollstuhl sitzt, von der Taille abwärts gelähmt, seit er mit seinem Auto gegen einen Brückenpfeiler gerast ist, sieben Jahre nach Mutters Tod? Wenn er sich wenigstens hätte umbringen wollen in einem Anfall von schlechtem Gewissen, aber nein, er hat einfach nur auf der Autobahn mit hundertfünfzig Sachen die Kontrolle über seinen Wagen verloren, war zwei Monate im Koma und seither ist er ein Krüppel, der von Franziska umsorgt werden muss wie ein Kind. Bis heute. Vermute ich jedenfalls, denn kurz nachdem ich im »Buchgewölbe« zu arbeiten begonnen habe, bin ich in meine eigene kleine Mietwohnung gezogen, fluchtartig, nicht nur, weil ich vergeblich gehofft hatte, mein Vater würde vielleicht doch noch sterben, sondern vor allem wegen seines Selbstmitleids, das für mich unerträglich geworden war. Seit damals vermeide ich jeden Kontakt mit ihm, ich weiß nur, dass er immer noch lebt.

Du verfluchter alter Mann! Glaubst du, ein Leben im Rollstuhl ist Strafe genug für das, was du Mutter angetan hast? Soll ich dich deshalb verschonen und dir jetzt nicht den Schädel einschlagen? Setzt du schon wieder deinen Willen durch und triumphierst über mich?

Ich bin so wütend. Maßlos wütend auf mich und meine Skrupel. Und ich hebe das Eisenrohr, hole aus und schlage zu. Ich muss einfach zuschlagen, ich kann nicht anders, ich würde sonst an meinem aufgestauten Hass ersticken. Nur dass ich jetzt nicht auf meinen Vater einschlage, sondern auf all die anderen, die so sind wie er: auf Lauras prügelnden Ehemann, auf den gewalttätigen Kerl in meiner Nachbarwohnung, einfach auf sämtliche miesen Schweine, die ihre Frauen misshandeln – immer und immer wieder schlage ich zu, besinnungslos, wie in einem Rausch, einem Blutrausch womöglich, minutenlang, bis nur mehr eine breiige Masse übrig ist. Totale Vernichtung, völlige Auslöschung, als wäre tot noch nicht tot genug. Übertötung nennt man das, habe ich irgendwo gelesen. Danach ringe ich vornübergebeugt nach Luft, meine Schultergelenke und Arme tun mir höllisch weh, ich bin erschöpft, aber trotzdem fühle ich mich erleichtert. Freu dich nicht zu früh, Vater, denke ich, für heute ist es genug, doch wir beide sind noch lang nicht miteinander fertig. Und am Ende werde ich gewinnen, du wirst schon sehen.

Nein, fürs Erste gibt es wirklich keinen Grund, unzufrieden zu sein. Immerhin habe ich mein vordringlichstes Ziel erreicht. Ich habe unglaublich schnell gelernt, mit dem Eisenrohr gezielt zuzuschlagen, in meinen Händen ist es jetzt eine gefährliche, ja, tödliche Waffe. Das beweist das Schlachtfeld, das ich hinterlassen habe. Dieses mit den geborstenen, zerstückelten, versprengten und zermatschten Überresten meiner Gegner übersäte *killing field* und die klaffenden Wunden in den zerfetzten, roten Sitzbezügen der Barhocker bieten einen derart fürchterlichen Anblick, dass ich beschließe, alles so liegen und stehen zu lassen, denn eine deutlichere Warnung und wirkungsvollere Abschreckung kann es gar nicht geben: Bleibt mir vom Leib, sonst geht es euch wie denen da!

Ab sofort ist mit dem Bewohner von Birkenweg fünf nicht zu spaßen! Der Mann ist zum Widerstand bereit und für den Kampf gerüstet! Diese Nachricht wird in der Gegend bestimmt bald die Runde machen, dafür werden schon die zwei netten Damen im Haus gegenüber sorgen, die mir seit geraumer Zeit aus dem Fenster im ersten Stock zusehen. Heimlich und unbemerkt, wie sie bis jetzt wohl geglaubt haben, denn als ich ihnen freundlich zuwinke, weichen sie blitzartig zurück und ziehen die Vorhänge zu. Das ist mir ein bisschen peinlich, denn es ist nicht meine Absicht gewesen, ausgerechnet diese Frauen zu erschrecken. Jetzt sind sie vermutlich die ersten Menschen, die Angst vor mir haben. Aber gut, umso lauter werden sie die Buschtrommel schlagen, und die Warnung davor, sich mit mir anzulegen, wird sich wie ein Lauffeuer verbreiten.

Etwas irritiert mich trotzdem: Auch nachdem die beiden Damen abgetaucht sind, habe ich das Gefühl, dass ich beobachtet werde. Ich blicke mich suchend um und kann niemanden sehen. Unsinn, denke ich, sicher alles bloß Einbildung. Vermutlich spielen meine Nerven verrückt.

Der Geruch der Pitbullscheiße war mittlerweile vom Wohnzimmer aus in alle anderen Räume vorgedrungen und okkupierte den ganzen Bungalow. Wenn es doch möglich wäre, Gestank mit einer Eisenstange zu erschlagen! Ich sah nur zwei Alternativen: Entweder würde ich heute draußen auf der Terrasse schlafen müssen, oder ich musste lernen, den üblen Geruch zu ignorieren und so zu tun, als würde ich nichts riechen, indem ich Altenburgs Theorie folgte, Geruch sei nichts als Einbildung. Aber Altenburg hatte leicht reden, er war schließlich nur auf angenehme Düfte spezialisiert. Nun gut, ich hatte ja noch ein paar Stunden Zeit, um mich zu entscheiden, und bis dahin würde mir vielleicht sogar eine ganz andere, bessere Lösung einfallen.

Aber nach dem Kräfte raubenden Massaker vor der Gartenhütte fiel mir überhaupt nichts mehr ein, keine andere Lösung und eine bessere schon gar nicht. Und trotzdem war sie wenig später auf einmal da, völlig überraschend und im Grunde so ungewöhnlich, nein, so verrückt, wie ich sie mir niemals hätte ausdenken können.

Diese Lösung war nämlich bloß die Folge eines dummen Missgeschicks. Denn hätte ich nicht plötzlich absolut keine Lust mehr darauf gehabt, nach Roberts Schlafzimmer auch noch sein Büro aufzuräumen und den Saustall zu beseitigen, der von Capone und seinen Gorillas angerichtet worden war, als sie die Räume nach einem versteckten Tresor, nach Bargeld, irgendwelchen Dokumenten oder was weiß ich was durchwühlt hatten, und hätte ich wenigstens die Zeitschriften und Aktenordner vom Boden aufgelesen und wieder auf den Schreibtisch gestapelt und mir dabei ein paar Gedanken darüber gemacht, in was für eine üble Geschichte Robert offenbar hineingeraten war, hätte ich also irgendetwas Vernünftiges getan, statt mich im Bürosessel zusammengesackt der Vorstellung zu überlassen, wie ich demnächst ein paar Leute mit meinem Totschläger in Angst und Schrecken versetzen würde, dann wäre ich nicht eingedöst und erst aufgewacht, als mir ein neuer Gestank in die Nase stieg.

Es roch nach Verbranntem. Ich Idiot hatte völlig auf die Pizza vergessen, die ich ins Backrohr geschoben hatte! Und jetzt war von ihr nicht mehr übrig als ein rußschwarzer Teigfladen mit verkohlten Artischocken und versengten Salamischeiben inmitten einer braunen, harten, rauchenden Glasur, die einmal der Pizzakäse gewesen war.

Unter normalen Umständen wäre ich todunglücklich gewesen und hätte mich wegen meiner Unachtsamkeit verflucht, doch jetzt musste ich einfach nur lachen. Fantastisch! Das war sie, die geniale Lösung meines Geruchsproblems!

Der beißende Gestank der verbrannten Pizza war nämlich weitaus stärker als der verdammte Mief nach Hundescheiße, er übertrumpfte ihn und verbreitete sich im ganzen Haus. Aber vor allem: Es war ein Geruch, den *ich* verursacht hatte! Und das machte ihn für mich nicht bloß erträglich, ich mochte ihn, weil er mir das stolze Gefühl gab, den Bungalow zurückerobert zu haben.

Da war es für mich sogar nebensächlich, dass es die letzte Pizza aus dem Kühlschrank gewesen war, die ich verbrennen lassen hatte. Lieber mit leerem Magen ins Bett gehen, als die Nacht im Pitbullscheißgestank verbringen. Manchmal hat eben auch das Schlechte sein Gutes, dachte ich. Alles nur eine Frage, wie man es betrachtet.

Als ich an diesem Abend unter der Steppdecke zusammengerollt auf Schlaf wartete, lag das Eisenrohr griffbereit neben dem Bett. Irgendwann hörte ich einen Hund bellen, und sofort tastete ich nach meiner Waffe, um mich zu vergewissern, dass sie noch da war. Dabei fiel mir das Holzschwert ein, mit dem ich als Kind gespielt hatte. Mein Ritterschwert mit der blau lackierten Klinge und dem roten Griff, das auch immer in der Nacht neben meinem Bett liegen musste. Das Schwert, das aus dem kleinen David einen großen Helden gemacht hatte, der seine Burg gegen Räuberhorden verteidigte, mit übermächtigen Riesen kämpfte und Märchenprinzessinnen aus den Klauen feuerspeiender Drachen befreite. David, der Furchtlose. Stark, mutig und unbesiegbar.

10

Guten Morgen, Herr Lehmann!«

Der Briefträger winkte mir übers Gartentor zu, als ich mit meinem großen Becher Frühstückskaffee auf der Terrasse stand. Dann begann er, einen dicken Packen Werbeprospekte umständlich Stück für Stück in den Briefkasten zu stopfen.

»Warten Sie«, rief ich, »ich hab was für Sie!« Ich holte den an Frau Zirkowski adressierten Brief aus meinem Zimmer, und während ich auf dem Weg zum Gartentor war, überlegte ich kurz, ob ich noch einmal darauf hinweisen sollte, dass ich nicht Robert Lehmann sei, sondern David Bauer, doch dann ließ ich es bleiben, der gute Mann würde es vermutlich ohnehin nie lernen.

»Ein Irrläufer«, erklärte ich und gab dem Briefträger das Kuvert, das ich unbedingt loswerden wollte, weil mir plötzlich eine dunkle Ahnung gesagt hatte, ich würde den Brief nun doch nicht mehr brauchen. »Wenn Sie bitte so freundlich wären, ihn an die richtige Adresse zuzustellen.«

Der Briefträger las dic Anschrift und schüttelte traurig den Kopf. »Mein Gott, Frau Zirkowski.« Er ließ den Brief sinken. »Zu spät. Die arme Frau.«

»Wieso«, fragte ich. »Was ist mit ihr?«

»Tot«, sagte er. »Sonntagnacht gestorben.«

Eigentlich hätte ich betroffen sein müssen. Erschrocken, entsetzt, fassungslos. War ich aber nicht. Die Nachricht löste keine Reaktion in mir aus. Kein Abgrund tat sich unter meinen Füßen auf, keine Schockwelle überflutete mich, und die plötzliche, leichte Übelkeit konnte ebenso gut vom Kaffee kommen, den ich auf nüchternen Magen getrunken hatte. Ich war vollkommen ruhig. Aber anders als damals, als etwas in mir den Tod meiner Mutter für kurze Zeit einfach ausgeblendet hatte, um mich zu schützen. Ich hab's ja geahnt, dachte ich jetzt. Und ich habe recht gehabt. Es hat so kommen müssen. Zirkowski hat einmal zu oft zugeschlagen. Das brutale Schwein hat seine Frau umgebracht. Trotzdem tat ich so, als wüsste ich von nichts. »Was ist passiert? Ein Unfall?«

»Nein«, sagte der Briefträger. »Die arme Frau hat monatelang gelitten. Es war ganz furchtbar.«

Plötzlich war es vorbei mit meiner Ruhe, Empörung stieg in mir hoch. »Was sagen Sie da«, rief ich, »Sie haben davon gewusst? Warum –« Warum haben Sie nichts dagegen unternommen, wollte ich sagen, doch der Mann hatte mein »Warum« offensichtlich missverstanden und fiel mir ins Wort.

»Warum ich das gewusst habe?« Er hörte sich beleidigt und verärgert an. »Warum? Weil ich mich eben für die netten Leute hier interessiere und ihnen nicht nur ihre Post in die Briefkästen werfe! Das ist doch wohl nicht verboten, oder? Ich rede mit den Menschen, verstehen Sie? Da gibt es nämlich Geschichten, die sind spannender als jeder Roman! Echte Schicksale sind das, Herr Lehmann, manchmal richtige Tragödien!«

»Okay«, sagte ich, »ist ja schön, dass Sie sich für die Leute interessieren. Aber im Fall von Frau Zirkowski hätten Sie doch eingreifen müssen, nicht bloß reden und zuschauen!«

»Eingreifen?«

»Ja. Eingreifen! Frau Zirkowski helfen! Irgendwie!«

»Helfen? Wie hätte ich ihr helfen sollen? Ich bin Briefträger und kein Arzt. Sie hat einen Gehirntumor gehabt.«

»Was hat sie gehabt?«

»Einen Gehirntumor. Seit einem halben Jahr.«

»Einen Gehirntumor … aha.« Einen Moment lang war ich verunsichert. »Wirklich einen Gehirntumor, nichts anderes? Und das wissen Sie genau?«

»Ja, ihr Mann hat es mir erzählt.«

»Ihr Mann? Nicht Frau Zirkowski selber?«

»Nein, mit ihr habe ich nie geredet, sie hat ja das Haus nicht mehr verlassen können. Und in den letzten Tagen auch nicht mehr das Bett, hat ihr Mann gesagt.«

Nur von ihrem Mann hatte er also die Tumorgeschichte. Nun, dann war ja wohl alles klar. Raffiniert gemacht von Zirkowski, auf diese Weise die Wahrheit vor neugierigen Leuten zu vertuschen.

Und während der Briefträger mir erzählte, was Zirkowski ihm erzählt hatte – über den schleichenden Beginn der Krankheit mit Kopfschmerzen, Verwirrung und Bewegungsstörungen, über die Verzweiflung, als es nach der Operation geheißen hatte, man könne den Tumor nicht entfernen, über das langsame Sterben der Frau, die zuletzt auf nichts mehr reagiert hatte außer auf das schrille Lachen in diesen verrückten amerikanischen Fernsehserien, über die Versuche Zirkowskis, seinem kleinen Sohn diese bedrückende Situation ein bisschen leichter zu machen und ihm die Freude am Leben zu erhalten, zum Beispiel mit dem Hund, den er erst neulich von irgendeinem netten Menschen als Spielkameraden für Sebastian geschenkt bekommen hatte – während er mir all das erzählte, dachte ich nur: Du kannst mir erzählen, was du willst, ich weiß es besser.

Und dass es diesem Mörder nicht gelingen darf, sich wie mein Vater aus der Affäre zu ziehen, dachte ich, sondern dass nun endlich alles ans Licht kommen muss, was Zirkowski seiner Frau angetan hat. Und dass er bestimmt schon von einem der Ärzte angezeigt worden ist und demnächst vor Gericht stehen wird, weil so eine Anzeige wohl nicht wie die eines Zwölfjährigen von der Polizei einfach vom Tisch gewischt werden kann. Und dass, als Ausgleich für mein klägliches Versagen, doch bitte wenigstens dieses eine Mal die Gerechtigkeit siegen muss. Ja, wenigstens das, verflucht noch einmal, wenigstens das.

»Herr Lehmann? Hallo, Herr Lehmann!« Der Briefträger hielt mir übers Gartentor ein Stück Papier und einen Kugelschreiber entgegen. »Hier … bitte …«

Ich war so sehr mit meinen Gedanken beschäftigt gewesen und hatte ihm gar nicht mehr zugehört, so dass ich jetzt nicht verstand, was er von mir wollte. »Ja? … Was denn?«

»Wenn Sie freundlicherweise auch unterschreiben würden, Herr Lehmann.«

»Was? … Was soll ich unterschreiben?«

Der Briefträger erklärte mir – offenbar zum zweiten Mal und mit hörbarer Ungeduld – dass er ein Kondolenzbillett gekauft habe und nun alle Leute im Viertel um ihre Unterschrift ersuche, und dass er das Beileidsschreiben noch heute eigenhändig Herrn Zirkowski übergeben wolle.

»Aber ich kenne Herrn Zirkowski doch gar nicht«, sagte ich. »Zumindest nicht wirklich. Wieso soll ich dann –«

»Wäre trotzdem nett von Ihnen. Wissen Sie, es tut einfach gut, wenn einem nach solch einem Verlust möglichst viele Menschen ihr Mitgefühl ausdrücken. Das ist dann irgendwie doch ein gewisser Trost.«

Dieser Mörder hat es überhaupt nicht verdient, dass man ihn jetzt auch noch tröstet, dachte ich. Der Unmensch soll leiden, je mehr, desto besser. Krepieren soll er an seinem Schmerz, falls er überhaupt dazu imstande ist, so etwas zu fühlen. Unterschreiben? Ausgerechnet ich? Sicher nicht!

Aber der Briefträger ließ nicht locker. »Die meisten Leute haben schon unterschrieben, sogar die beiden netten Damen von gegenüber. Ich bitte Sie, Herr Lehmann … ist doch nur eine Unterschrift.«

Der Mann ging mir auf die Nerven. »Also gut, wenn's Ihnen so wichtig ist«, sagte ich und unterschrieb mit einem unleserlichen Krakel, der weder als »Robert Lehmann« noch als »David Bauer« zu entziffern war.

»Danke, Herr Lehmann, vielen, vielen Dank, wirklich nett von Ihnen«, sagte der Briefträger. »Jetzt brauche ich nur noch die Unterschriften von Herrn und Frau Altenburg.«

Er warf einen neugierigen Blick auf die tiefen Reifenspuren

in der Wiese und das Kürbisschlachtfeld vor der Holzhütte, murmelte »originelle Gartengestaltung« und schwang sich auf sein Fahrrad.

»Und was ist mit der Scheiße?«, fragte ich.

Er sah mich entgeistert an.

Ich deutete auf seine Schuhe. Er musterte sie und schüttelte den Kopf, die Schuhe waren sauber. Ungläubig sah ich mir den Platz vorm Gartentor an. Tatsächlich kein frischer Hundekot. Und den alten hatte der Pickup plattgefahren.

Der Briefträger nickte mir erleichtert zu, und dann radelte er davon, dieser sonderbare Heilige und Menschenfreund, der sich so sehr für das Schicksal all der netten Leute in diesem Viertel interessierte, wie er behauptete, aber selber nicht einmal so nett war, sich wenigstens meinen richtigen Namen zu merken. Gut, dass ich unterschrieben hatte, dachte ich, wer weiß, welche Geschichten er sonst über mich erzählen würde, was für Schauermärchen und zusammengereimtes Zeug, das dann die netten Leute nur noch mehr gegen mich aufbrächte und sie darin bestärkte, mich unbedingt von hier vertreiben zu müssen.

Ach, da schau her, würden sie sagen, der Kerl ist also der Einzige, der nicht unterschrieben hat. Ist sich wohl zu gut dafür, unserem armen Herrn Zirkowski und seinem Sohn zu kondolieren. Hält sich für was Besseres und will mit uns nichts zu tun haben. Dass er Hunde verscheucht und Kinder verängstigt, genügt ihm anscheinend noch nicht, jetzt brüskiert er uns alle, indem er zeigt, dass ihm unsere Trauer um Frau Zirkowski am Arsch vorbeigeht. Behauptet sogar, unser netter Briefträger sei schuld an ihrem Tod. Spielt den wilden Mann und führt sich in seinem Garten wie ein Verrückter auf. Also, jetzt reicht's uns wirklich! Was zu viel ist, ist zu viel! Der Kerl muss weg, und zwar sofort!

Himmel, war ich froh über meine Unterschrift. Nicht, dass ich plötzlich mutlos geworden wäre, nein, ich war mir immer noch sicher, dass ich mich mit meinem Totschläger gegen einen

Angriff wehren konnte – aber ich hatte einfach keine Lust zu kämpfen. Schon am Morgen nach dem Aufwachen war sie mir vergangen. Der große Held fühlte sich nämlich wie ein geprügelter Hund. Hände, Arme, Schultern, Rücken, alles schmerzte: die Rache der Muskeln und Gelenke für die ungewohnten Trainingsschläge, die ich ihnen am Vortag zugemutet hatte. Und auch mein Kopf war böse auf mich. Das bist doch nicht du, sagte er. Du verabscheust Gewalt, du schlägst nicht drauflos, also was soll das? Dazu kam, dass sich der Gestank über Nacht beinahe völlig aus dem Haus verflüchtigt hatte, und da dachte ich, für den Anfang sei das ja schon einmal nicht schlecht, und alle anderen Probleme würden sich bestimmt auch bald lösen. Irgendwie. Jedenfalls friedlich und mit Vernunft und Ruhe. Was man sich halt so wünscht, wenn einem jede Bewegung weh tut.

Obwohl es zynisch klingen mag, muss ich gestehen, dass mir da auch die Nachricht vom Tod Frau Zirkowskis im Grunde gerade recht kam. So leid mir die Frau tat, so empörend ich das Verbrechen fand, dem sie zum Opfer gefallen war, und so sehr ich mich für mein Versagen schämte, so erleichtert war ich darüber, dass ich nun nichts mehr damit zu tun haben würde. Keine nächtlichen Anrufe mehr, kein verzweifeltes Flehen um Hilfe, keine Hintergrundgeräusche am Telefon, die mich zum hilflosen Zeugen von Grausamkeit und Gewalt machen. Frau Zirkowski war von ihrem Peiniger erlöst. Dieser Schrecken war vorbei, anders, als ich es erhofft hatte, aber eben doch zu Ende.

Ich atmete auf. Herrgott, ich wollte doch nur in Ruhe gelassen werden. Das war ja wohl nicht zu viel verlangt!

Und das Problem mit dem Mustang? Würde das auch wie durch Zauberhand verschwinden? Ich öffnete das Garagentor, leise, als befürchtete ich, eine schlafende Schönheit zu wecken, und ging langsam um das Cabrio herum. Wirklich ein toller Wagen! Sogar einer wie ich, der von Autos nicht die geringste Ahnung hatte, verstand, dass dieser Schlitten Glücksgefühle hervorrufen konnte.

Und plötzlich hatte ich Lust, mich hinters Volant zu setzen. Ich kletterte in den Wagen, legte meine Hände aufs Lenkrad und drückte mich tief in den Fahrersitz. Jetzt damit unterwegs sein, dachte ich, irgendwo im Süden auf einer Küstenstraße, links von mir das Meer, rechts neben mir auf dem Beifahrersitz eine schöne Frau … Laura … nein, nicht Laura … Isabella … Isabella mit im Fahrtwind wehendem Haar … ich bin ja so froh, dass du mit dem Segeln aufgehört hast, sage ich, und Isabella lächelt mich verliebt an … ein Hauch vergilbter Hollywoodromantik … Grace Kelly und Cary Grant … wunderbar … traumhaft!

Ob Robert auch solche Träume mit diesem Wagen verband? Waren sie vielleicht sogar schon Wirklichkeit geworden für ihn, den *schönen Robby*? Oder war er bloß immer noch in diesen Mustang verliebt, ging es ihm ausschließlich darum, ihn zu besitzen, war das alles, was er wollte, war er nichts als ein Autonarr? Egal, jedenfalls durfte den Mustang niemand anderer in die Finger bekommen. Niemand, und Capone schon gar nicht. Dieser Zigarre paffende Clown mit seinem blöden Borsalino in Roberts Traumwagen, und dann vielleicht auch noch der hässliche Köter, der auf der Rückbank die Lederpolster vollscheißt – schon diese Vorstellung war für mich unerträglich. Blieb mir also wirklich nichts anderes übrig, als mich mit dem Eisenrohr bewaffnet auf die Lauer zu legen und womöglich tagelang darauf zu warten, dass die Arschlöcher mit dem Abschleppfahrzeug anrücken? Es musste doch noch eine andere Möglichkeit geben.

Was, wenn bei Capone und seinen Gorillas genau in diesem Augenblick die Handschellen klickten, weil jemand die Polizei gerufen hatte, während die Mafiatruppe gerade wieder dabei gewesen war, ein Haus auszuräumen? Zwanzig Einsatzfahrzeuge mit Blaulicht, ein Polizist mit einem Megafon: »Das Haus ist umstellt, kommen Sie mit erhobenen Händen heraus!«, kurz darauf ein Schuss aus einer Dienstpistole, der wütend heranstürmende Pitbull jault kurz auf, überschlägt sich ein paar Mal und bleibt dann tot liegen, die Mafiapaten-Karikatur und seine

Halbaffen wandern ins Gefängnis und dürfen für die nächsten zehn Jahre Zirkowski Gesellschaft leisten – das war doch denkbar, oder?

Ja, vielleicht war heute wirklich mein Glückstag, sozusagen als ausgleichende Gerechtigkeit für das Chaos von gestern. In meinem Leben hatten sich die bösen und die angenehmen Überraschungen bisher eigentlich fast immer die Waage gehalten, da konnte ich doch wohl auch jetzt darauf vertrauen. Ich wollte es so, also hatte es einfach so zu sein.

Auf dem Packtisch im Supermarkt hatte jemand die Zeitung von heute liegen gelassen, und als ich sie mehr oder weniger gedankenlos durchblätterte, stieß ich auf die schwarz umrandete Todesanzeige.

In tiefer Trauer geben wir bekannt, dass Frau Maria Zirkowski im Alter von 39 Jahren ihren Kampf gegen ihr heimtückisches Leiden verloren hat. Das Begräbnis findet in aller Stille statt. Es wird gebeten, von Beileidsbekundungen Abstand zu nehmen. Paul, Gatte. Sebastian, Sohn.

Da hat es einer aber verdammt eilig gehabt, dachte ich. Sonntagnacht war Frau Zirkowski gestorben, und am Dienstag stand die Parte bereits in der Zeitung. Als hätte es Zirkowski gar nicht erwarten können, irgendwelchen unangenehmen Fragen zuvorzukommen. Heimtückisches Leiden – was für eine doppelzüngige Umschreibung der Tatsachen! In aller Stille. Keine Beileidsbekundungen. Nun ja, ich kannte den wahren Grund dafür. Und unser netter Briefträger konnte sich sein Trauerbillett mit all den schönen Unterschriften sonst wohin stecken.

Ich faltete die Zeitung klein zusammen, stopfte sie in den Plastiksack zwischen meine Einkäufe und machte mich auf den Heimweg.

Ich hatte Essensvorrat für eine ganze Woche eingekauft und unvorsichtigerweise alles in einen einzigen Sack gepackt. Nach ein paar hundert Metern riss einer der beiden Tragegriffe ab. Jetzt war ich gezwungen, den schweren Sack mit beiden Armen an meine Brust gedrückt nachhause zu schleppen, was nicht nur blöd aussah, sondern auch schwierig war, weil das Zeug, das ganz oben lag, ständig herauszufallen drohte, so dass ich es mit dem Kinn festhalten musste.

Neben frischem Toastbrot, einer Stange Dauerwurst und ein paar Äpfeln bestand mein Einkauf hauptsächlich aus Konserven, denn von Tiefkühlpizza hatte ich nach dem gestrigen Abend buchstäblich die Nase voll. Meine Kochkünste waren schon immer aufs Aufwärmen vorgefertigter Nahrung beschränkt gewesen, und so hatte ich mich mit ein paar Dosen Ravioli in Tomatensoße, Linsen mit Speck, Reisfleisch und Bohnensuppe eingedeckt. Genug, um in den nächsten Tagen das Haus nicht mehr verlassen zu müssen und jede Begegnung mit den Leuten in diesem Viertel zu vermeiden. Endlich würde ich das tun können, was ich von Anfang an vorgehabt hatte: nachdenken, zur Ruhe finden und mein Leben neu ordnen.

Gut, das Chaos im Garten musste noch beseitigt werden, und um die demolierten Türschlösser sollte ich mich kümmern, aber irgendwie würde ich das schon schaffen. Auch an das halb ausgeräumte Wohnzimmer würde ich mich gewöhnen. Und falls mir einmal die Decke auf den Kopf fiele, konnte ich immer noch Altenburg besuchen. Und vielleicht endlich Isabella kennenlernen. Ach ja, mit den Söhnen von Herrn Thalheim sollte ich auch Kontakt aufnehmen, höchste Zeit, die Sache mit dem »Buchgewölbe« zu bereden. Es war also eine ganze Menge, was ich vorhatte, und ich freute mich darauf, es in Angriff zu nehmen, jetzt, wo man mich hoffentlich in Frieden lassen würde.

Ich freute mich wirklich, den ganzen langen Weg nachhause, auf dem mir Gott sei Dank weder Mensch noch Hund begegnete, freute ich mich, obwohl mir die Sommerhitze den Schweiß aus sämtlichen Poren trieb und sich die Muskeln meiner Arme ein paar Mal so verkrampften, dass ich den schweren Einkaufssack abstellen und eine Pause einlegen musste. Ja, ich freute mich – bis ich beim Gartentor angelangt war und die Garage sah.

Die Tür stand weit offen. Und die Garage war leer. Capone hatte sich den Mustang geholt.

Verfluchte Scheiße! Das durfte doch wohl nicht wahr sein! Ich stieß das Gartentor mit der Schuhspitze auf, presste meine Einkäufe an mich, während ich zur Garage rannte, und kaum war ich drinnen, platzte der Plastiksack. Wo noch vor zwei Stunden das rote Cabrio gestanden war, rollten jetzt Äpfel und Konservendosen und eine Stange Dauerwurst über den Betonboden, und die Packung Toastbrot und die Zeitung mit der Todesanzeige lagen vor meinen Füßen genau an jener Stelle, an der gestern der Pitbull den Kühlergrill angepisst hatte. Scheiße, Scheiße und noch einmal Scheiße!

Von wegen Polizei und Handschellen und erschossener Hund! Illusionen. Geplatzt wie mein Einkaufssack. Capone und seine Gorillas hatten fröhlich weitergemacht. Waren seelenruhig mit dem Abschleppwagen aufs Grundstück bis vor die Garage gefahren, hatten den Mustang an den Kran gehängt und vorsichtig angehoben, dass er nur noch auf seinen Hinterrädern stand, und so hatten sie ihn dann hinausgezogen und waren mit ihrer Beute abgehauen. Kein Mensch hatte sie dabei gestört, und die beiden Frauen von gegenüber waren wahrscheinlich wieder am Fenster gestanden und hatten neugierig zugeschaut. So etwas kriegt man ja auch nicht alle Tage zu sehen, nicht wahr? Geschieht ihm schon recht, diesem Verrückten, der im Garten mit einer Eisenstange Kürbisse zu Brei schlägt. Okay, das war jetzt Unsinn! Wie hätten die Frauen denn wissen sollen, dass der Wagen gegen meinen Willen abgeschleppt wurde? Statt mich über sie aufzuregen, sollte ich mir besser Gedanken darüber machen, was als Nächstes passieren würde.

Denn eins war ja wohl klar: Die Wirklichkeit scherte sich einen Dreck um das, was ich mir gewünscht oder vorgestellt hatte. Ich musste mit allem rechnen. So, wie sich Capone ungehindert den Mustang geholt hatte, genauso würden irgendwann auch die Leute aufmarschieren, die mich von hier vertreiben wollten. Dieses Problem hatte sich keineswegs einfach in Luft aufgelöst, bloß weil mein Krakel auf dem Beileidsbillett stand. Die Gefahr drohte immer noch, und jeden Tag konnte es so weit sein. Ich musste mich vorsehen, ob es mir nun passte oder nicht. Sie wollten Krieg? Gut, sie konnten ihn haben.

Ich klaubte meine Einkäufe zusammen und trug sie ins Haus. Zuerst die Dosen, dann die Äpfel, zuletzt die Wurst und die Zeitung. Das Toastbrot warf ich zusammen mit dem zerrissenen Plastiksack in die Mülltonne, die Tatsache, dass die Packung auf der Hundepisse gelandet war, hatte genügt, um unüberwindbaren Ekel in mir hervorzurufen. Obwohl der Fleck längst verschwunden war. Aber muss man etwas unbedingt sehen, um zu wissen, dass es da ist?

Es lag nicht am Vollmond, dass ich in dieser Nacht keinen Schlaf fand. In meinem Bauch rumorte eine wüste Ravioli-Dauerwurst-Apfel-Mischung, und mein Kopf würgte an den unverdaulichen Brocken des Tages.

Irgendwann hielt ich es nicht mehr aus. Ich stand auf, nahm meinen Totschläger und ging in den Garten. Tu was, sagte ich zu mir. Schlag dich müde, und wenn dir deine Arme noch so weh tun. Es wird dir helfen.

Ich weiß nicht, ob mir die zwei alten Damen wieder von ihrem Fenster aus zusahen. Aber wenn, dann muss es für sie ein gespenstischer Anblick gewesen sein, als ich im Mondlicht vor der Gartenhütte stand und mit dem Eisenrohr auf die Kürbisköpfe einschlug.

Vielleicht würden meine Feinde ja im Schutz der Nacht angreifen, also musste ich mich im nächtlichen Kampf üben. Und wieder traf jeder Schlag. Wieder erlebte ich, wie sich Schale in Schädelknochen und Fruchtfleisch in Hirnmasse verwandelten. Und wieder fühlte es sich verdammt gut an.

11

Mittwoch, drei Uhr früh. Immer noch kein Schlaf. Die Euphorie zusammengeschrumpft wie ein müder Luftballon. Eine Stunde später: der große Katzenjammer. Alles noch trüber und grauer als das Licht, das durchs Fenster in mein Zimmer fällt. Morgengrauen. Grauen vor dem Morgen. Wie wird es sein, das Morgen? Was wird es bringen, was wird es nehmen? Wovon wird es der Anfang sein, wovon das Ende?

Hoffentlich nicht das Ende unserer Freundschaft, Robert, wenn ich dir in einem Jahr berichten muss, was alles geschehen ist, während du dich hinter Klostermauern zurückgezogen hast. Die Zirkowski tot, der Mustang weg, der Bungalow ausgeraubt – wirst du das dann mit buddhistischer Gelassenheit hinnehmen? Oder wirst du mich hassen, weil ich nichts davon verhindert habe?

Ja, gut, zugegeben, ich habe versagt. Aber was hätte ich denn machen sollen? Und so ganz schuldlos bist du übrigens auch nicht. Wenigstens warnen hättest du mich nämlich können. Also, das würde ich zum Beispiel schon gern wissen, was das für Geschichten sind, in die du verwickelt bist. Ist dir da was über den Kopf gewachsen, hast du dich deshalb verdrückt? Ein bisschen nach dem Sinn des Lebens suchen, während hier alles drunter und drüber geht, meditieren und abwarten, bis deine Probleme hoffentlich vorbei und vergessen sind, war das dein Plan?

Eigentlich weiß ich ja so gut wie nichts von dir. Was du treibst, wie du lebst, womit du dein Geld verdienst, darüber hast du nie etwas erzählt bei unseren sporadischen Treffen in den vergangenen Jahren. Ein bisschen die gemeinsame Zeit im Internat aufwärmen, das war alles. Jeder lebt sein Leben und will den anderen nicht mit seinen Sorgen belasten, wozu auch, bringt doch nichts außer schlechte Laune. Ich habe ja auch erst bis zum Hals in der Scheiße sitzen müssen, bis ich auf die Idee gekommen bin, mit dir darüber zu reden. Und als du mir dann dein Haus zum Wohnen angeboten hast, habe ich geglaubt, dass bei dir alles ganz prima läuft. Ja, irgendwas hast du von Stress und von Grenzen der Belastbarkeit gesagt, soweit ich mich erinnere, aber darüber jammern schließlich alle, das hab ich nicht ernst genommen. Okay, meine Schuld. Hätte halt fragen sollen.

Für mich bist du eben immer noch der lässige Kerl mit der geklauten Zigarette im Mundwinkel, der schlaue Fuchs, der weiß, wie man kriegt, was man will, der Robert James Dean Lehmann, der mir sofort seine Freundschaft geschenkt hat, damals, ein Jahr nach dem Tod meiner Mutter. Verbündete gegen sämtliche Scheißtypen dieser Welt, erinnerst du dich? Nein? Und die Unmengen Schwarzwälder Kirschtorte und unser Höllenfeuer hinterm Geräteschuppen, die Flammen, vor denen ich geschworen habe, es meinem Vater irgendwann heimzuzahlen, hast du das auch vergessen? Aus irgendeinem Grund plötzlich rausgeschmissen aus deinem Gedächtnis? Muss wohl so sein, denn sonst hättest du mich jetzt nicht derart brutal auflaufen lassen. Dafür sind Freunde schließlich da, hast du gesagt, als du mir den Schlüssel für den Bungalow gegeben hast. Nein, Robert, dafür sind Freunde nicht da, glaub mir, dafür ganz sicher nicht. Oder habe ich irgendwas falsch verstanden?

Bla-bla-bla-bla. Was soll die idiotische Fragerei? Sinnloses Herumsinnieren. Wie spät ist es eigentlich? Was, noch nicht einmal halb fünf? Selbstgespräche in der Dämmerung, etwas Blöderes gibt's ja wohl nicht. Unglaublich, jetzt gehe ich mir sogar schon selber auf die Nerven. Viel mehr nerven mich allerdings die Amseln vor meinem Fenster. Können die nicht woanders ihre morgendlichen Gesänge von sich geben? Ständig die gleichen Tonfolgen, eine stupider als die andere. Immer wieder von vorn, wie bei einer kaputten Schallplatte. Scheißduett. Tirili-Tirila-Delirium. Soll das Liebesgezwitscher sein, oder was? Kein Wunder, dass ich nicht schlafen kann bei diesem Krach. Haltet endlich den Schnabel, sonst drehe ich noch völlig durch!

Ich hatte mir eine neue Packung Toastbrot gekauft, und als ich vom Supermarkt nachhause ging und in den Birkenweg einbog, sah ich Peter Altenburg, der gerade seine Post aus dem Briefkasten neben dem Einfahrtstor nahm.

»Guten Morgen, Herr Altenburg!«

»Äh … ja … guten Morgen.« Altenburg blickte kurz auf und konzentrierte sich dann gleich wieder auf den Packen Papier, den er missmutig durchblätterte. »Müll … nichts als Müll …«

»Stopft Ihnen unser Briefträger auch immer nur haufenweise Reklame in den Briefkasten?«

»Ja. Schade um das Papier«, sagte Altenburg und ließ das Bündel bunter Drucksorten sinken. »Man sollte schlecht gemachte Werbung verbieten. Oder wenigstens der Post untersagen, den Mist auch noch zu verteilen.«

»Ach ja«, sagte ich, »wo sind die Zeiten, in denen einem der Briefträger nur gute Nachrichten gebracht hat.«

Altenburg sah mich nachdenklich an. »Übrigens … unser Briefträger … hat der Sie auch mit diesem sonderbaren Kondolenzbillett belästigt?«

»Ja«, sagte ich. »Gestern Vormittag. Und? Haben Sie unterschrieben?«

Altenburg nickte. »Ist mir ja nichts anderes übriggeblieben. Dabei kenne ich den Mann überhaupt nicht, dem da die Frau weggestorben ist. Irgendwas mit Zir… Ziri…«

»Zirkowski«, sagte ich.

»Zirkowski, richtig … Ist das nicht der, von dem Sie mir neulich gesagt haben, dass er seine Frau schlägt? Wäre eigentlich noch ein Grund gewesen, um nicht zu unterschreiben, stimmt's? Aber der Briefträger war derart hartnäckig, dass ich schließlich nachgegeben habe. Alle haben unterschrieben, hat er gesagt, sogar Herr Lehmann, obwohl der sich zuerst ziemlich lang dagegen gesträubt hat. Na gut, habe ich mir gedacht, bevor Lehmann irgendwelche dummen Sachen über mich verbreitet, unterschreibe ich lieber. Dieser Lehmann ist nämlich ein ziemlich unangenehmer Zeitgenosse, müssen Sie wissen.«

Was Altenburg mir da erzählt hatte, musste ich erst einmal sortieren. Der Briefträger hielt mich also nach wie vor für Robert Lehmann. Gut, das konnte mir egal sein, schön langsam amüsierte es mich sogar. Altenburg hatte nur widerwillig unterschrieben, um seine Ruhe zu haben. Genau wie ich. Sehr sympathisch. Blieb noch das Wichtigste: Nachdem mir Robert zwar auf seinem Zettel in der Gartenhütte empfohlen hatte, Altenburg um Hilfe zu bitten, wenn ich mit dem Rasenmäher Probleme haben sollte, aber Altenburg mich dann nie nach Robert gefragt hatte, war ich der Meinung gewesen, ihre Bekanntschaft sei nicht mehr als ein einigermaßen vernünftiges nachbarliches Verhältnis. Doch das hatte sich jetzt ganz anders angehört. Altenburg schien mit Robert näher bekannt zu sein und von ihm keine besonders gute Meinung zu haben. Und darüber war ich nun doch ziemlich überrascht.

»Zwischen Ihnen und Robert Lehmann – gibt's da irgendwelche Probleme?«

»Wieso fragen Sie? Kennen Sie ihn?«

Komische Frage, dachte ich. »Natürlich kenne ich Robert. Ich wohne in seinem Bungalow.«

»Wirklich? Das Haus gehört Lehmann? Ach, das ist mir jetzt aber neu. Wissen Sie, bis gestern habe ich ja nicht einmal gewusst, dass Lehmann auch hier in der Gegend wohnt. Das habe ich erst von unserem Briefträger erfahren.«

»Aha ...« Die Geschichte wurde immer sonderbarer. Ich war irritiert. »Und woher kennen Sie ihn dann?«

»Isa hat ihn angeschleppt, so vor einem halben Jahr. Die beiden kennen sich aus dem Tennisclub. Netter Mensch, habe ich am Anfang gedacht, aber nach einiger Zeit ist er leider ziemlich unangenehm geworden.«

»Was ist passiert?«

»Er hat den großen Finanzexperten gespielt und mir irgendwelche Kapitalanlagen verkaufen wollen. Sie wissen schon, so angeblich geniale Gewinnpläne mit null Risiko und dreihundert Prozent Rendite. Die wunderbare Geldvermehrung, aus einem Tausender werden drei, und ab hunderttausend bist du dabei. Ich habe ihm gesagt, er soll mich mit dem Schwachsinn in Ruhe lassen, aber jedes Mal hat er wieder damit angefangen. Irgendwann habe ich ihn dann rausgeschmissen und Isa gebeten, ihn nicht mehr mitzubringen.«

Ich war verblüfft. »Na so was …«, sagte ich. Jetzt wusste ich wenigstens, womit Robert sein Geld verdiente, seit seine Zukunft als Brotfabrikerbe schon vor einigen Jahren im Zuge der überraschenden Pleite des Familienunternehmens den Bach hinuntergegangen war. »… Finanzberater – also darauf wäre ich nie gekommen.«

»Wie bitte? Sie wohnen in Lehmanns Haus und wissen nicht, was er macht?«

»Bis jetzt nicht. Hat mich, ehrlich gesagt, nie interessiert.«

»Versteh ich nicht.«

»Na ja, wissen Sie, wir sind alte Freunde. Da redet man über alles Mögliche, nur nicht über die Arbeit.«

»Alte Freunde. Aha. Und wie lange schon?«

»Seit unserer Schulzeit. Wir waren gemeinsam im Internat. In der Schleiferkaserne, falls Ihnen das was sagt.«

»Was? In der Schleiferkaserne? Das gibt's nicht! Da war ich auch!« Altenburg sperrte das Einfahrtstor auf. »Kommen Sie, darüber müssen Sie mir mehr erzählen. Sie haben doch ein bisschen Zeit, oder?«

»Klar«, sagte ich. »Gern, sehr, sehr gern.« Ich hoffte, er würde mich ins Haus führen, vielleicht in den weißen Salon, wo ich wieder Isabellas Bild sehen könnte, oder sogar endlich sie selber, denn möglicherweise war sie ja schon aus Südfrankreich zurückgekommen – doch nach wenigen Schritten setzte sich Altenburg auf die Wiese und lud mich ein, neben ihm Platz zu nehmen.

»Mein Gott, die Schleiferkaserne.« In Altenburgs Stimme lag plötzlich etwas Leidendes, Gebrochenes. »Ein schrecklicher Ort, nicht wahr? Ich habe Jahre gebraucht, um darüber hinweg zu kommen.«

»Wirklich? Also ich hab's eigentlich gar nicht so schlimm gefunden«, sagte ich.

»Nein? Uns hat man gequält bis aufs Blut. Jeden Tag neue Schikanen und sinnlose Vorschriften. Und wenn man nicht pariert hat, wurde man sofort bestraft. Da hat's drei Grade von Bestrafung gegeben. Bei leichtem Ungehorsam fünfzig Liegestütze oder Toiletten reinigen, bei mittelschwerem Essensentzug, und bei schwerem Ungehorsam wurde man am Sonntag in den Karzer eingesperrt, so eine dunkle, muffige Kammer mit einer Holzpritsche. Das waren die Methoden, mit denen man uns Zucht und Ordnung beibringen wollte. Und jeder ist drangekommen. Es hat ja genügt, dass du zehn Minuten nach dem Aufstehen dein Bett noch nicht korrekt gemacht hast, schon hast du den halben Nachmittag damit verbracht, dreißig Klomuscheln zu putzen.«

»Das hat es bei uns alles nicht gegeben«, sagte ich. »Aber ich hab davon gehört.«

Altenburg sah mich von der Seite an. »Nun ja, ich war auch lange vor Ihnen in der Schleiferkaserne. Zehn Jahre früher, schätze ich. In der Zwischenzeit hat sich wohl einiges verändert. Zum Glück für Sie. Zu meiner Zeit war das halt noch eine so genannte Besserungsanstalt für schwer erziehbare Jugendliche.«

»Und warum sind Sie dort gewesen«, fragte ich erstaunt. »Waren Sie denn so schwer erziehbar?«

»Eigentlich nein. Nur mit vierzehn bin ich auf einmal in eine ziemlich problematische Phase gekommen. Habe gegen alles rebelliert, was meine Eltern von mir wollten. Aber zeigen Sie mir bitte den Vierzehnjährigen, der von Eltern begeistert ist, die er fast nie zu Gesicht bekommt, weil sie die meiste Zeit mit dem Herstellen und Verkaufen von irgendwelchen komischen Salben und Wässerchen zubringen, und die ihm dann auch noch erklären, sie würden das nur für ihn machen, und dass er das Geschäft später einmal übernehmen müsse. Also mir hat diese Zukunftsaussicht jedenfalls gewaltig gestunken. Ich habe die Schule geschwänzt, war nur noch auf der Straße und bin mit ein paar älteren Burschen herumgezogen, die mir unglaublich imponiert haben. Halbstarke hat man die damals genannt. Mit denen habe ich Leute angepöbelt und habe geraucht und gesoffen, bis mir schlecht geworden ist. Bin einfach bei allem dabei gewesen, Hauptsache, es war verboten und hat meinen Eltern nicht gepasst. Als meine Freunde dann einmal davon fantasiert haben, einem Mädchen aufzulauern und es zu vergewaltigen, habe ich sogar das ganz toll gefunden. Keine Ahnung, ob sie es wirklich getan haben. Hoffentlich nicht. Manchmal frage ich mich allerdings, ob ich mitgemacht hätte. Möglich, so wie ich damals drauf gewesen bin. Aber da hat mein Vater schon die Notbremse gezogen, und ich bin in der Schleiferkaserne gelandet. Gott sei Dank, muss ich heute sagen, trotz der fürchterlichen Zeit, die ich dann durchgemacht habe.«

»Ich kann mir gar nicht vorstellen, dass Sie so ein schrecklicher Mensch gewesen sind.«

»Ich auch nicht. Wenn ich mich jetzt daran erinnere, ist es so, als würde ich über eine ganz andere Person sprechen. Irgendwie war ich völlig neben der Spur. Und ich bin alles andere als stolz darauf.«

»Schämen Sie sich dafür?«

»Schämen ist das falsche Wort. Ich verstehe es bloß nicht, es ist mir unerklärlich, wie ich so extrem abrutschen konnte. Aber bitte, wie gesagt, ich war vierzehn. In dem Alter bricht in vielen das Chaos aus. Wichtig ist doch, dass man es hinter sich lässt.«

Leichter gesagt, als getan, dachte ich. Es gibt auch ein Chaos, das verfolgt einen sein Leben lang.

»Gratuliere, dass Sie es geschafft haben.«

»Darüber bin ich auch heilfroh, das dürfen Sie mir glauben. Ich bin allerdings davon überzeugt, es hätte sicher auch noch andere Wege gegeben, um mich zur Vernunft zu bringen. Dass mich meine Eltern deshalb gleich vier Jahre lang in der Schleiferkaserne brutal durch die Mangel drehen lassen haben, war wirklich übertrieben. Das habe ich ihnen lang nicht verzeihen können, besonders meinem Vater nicht. Wissen Sie, was ich als Erstes gemacht habe, nachdem mir der alte Herr das Geschäft vor mehr als zwanzig Jahren offiziell übergeben hat? Ich habe sofort den Firmennamen geändert. Aus der stolzen Bezeichnung ›Doktor Konrad Altenburgs Schönheitsapotheke‹ ist schlicht und einfach ›Altenburg-Kosmetik‹ geworden. Das hat meinen Vater tief getroffen. Dass sein Name verschwunden ist, hat ihn mehr geschmerzt als alles andere, womit ich das Unternehmen umgekrempelt habe. Aber das war eben meine Art, mich zu rächen, und danach habe ich mich auch gleich besser gefühlt. Können Sie das verstehen?«

Was sollte ich antworten? So einfach würde ich mich auch gern an meinem Vater rächen können, dachte ich und schwieg, denn sonst hätte ich Altenburg meine Geschichte erzählen müssen, was ihm schon einmal ganz offensichtlich äußerst unangenehm gewesen war. Themenwechsel, hatte er damals gesagt, also wollte ich jetzt nicht schon wieder damit anfangen.

Altenburg deutete mein Schweigen anders. »Entschuldigung«, sagte er, »natürlich können Sie das nicht verstehen. Für Sie war es im Internat ja auch nicht so schlimm wie für mich.«

»Scheint so …« Ich dachte nach. »Sagen Sie …«

»Ja?«

Ich zögerte. Durfte ich ihn fragen, ob es zu seiner Zeit sexuelle Übergriffe gegeben hatte, oder war dieses Thema tabu für ihn? Doch dann hätte er mir ja wohl nicht ganz offenherzig von der Geschichte mit der geplanten Vergewaltigung erzählt. Also gut. »Sagen Sie … die anderen Sachen, von denen man immer wieder hört, dass sie in Internaten passieren … Sie wissen schon … sind die damals in der Schleiferkaserne auch vorgekommen?«

Altenburg sah mich von der Seite an. »Sie meinen Schwulitäten? Warme Brüder? Klar hat's die gegeben. Besonders einer unserer Erzieher war bekannt dafür. Hat sich immer wieder einen von den Zöglingen ins Bett geholt. War zwar nicht lustig, hat aber irgendwie dazugehört. Mich hat er sich allerdings nur ein einziges Mal ausgesucht, ich war ihm wohl nicht hübsch genug.«

»Und es hat sie nicht angeekelt?«

»Möglich. Aber daran erinnere ich mich nicht mehr. Komplett ausgeblendet. Instinktiv in meinem Hirn gelöscht. Vielleicht hätte ich mich sonst auch Jahre später umgebracht, wie einer meiner Mitschüler. Oder wäre irgendwie pervers geworden. Keine Ahnung.«

»Kann man so etwas wirklich aus dem Bewusstsein löschen?«

»Tja, das Bewusstsein, das ist so eine Sache … Die Grenzen zwischen Einbildung und Wirklichkeit sind durchlässig … da lässt sich viel verschieben, wenn man will. Es kommt drauf an, was man draus macht. Sie wissen, was ich meine?«

Ja, ich wusste. Altenburg war wieder bei seiner Lieblingstheorie angelangt. »Aber zwischen dem Löschen eines sexuellen Gewalterlebnisses und der Einbildung von nicht vorhandenem Teegeschmack ist doch wohl ein Unterschied!«

»Überhaupt nicht. Immer dasselbe Prinzip. Wie war das eigentlich bei Ihnen?«

»Was?«

»Keine Missbrauchsgeschichten?«

»Nicht, dass ich wüsste.«

»Wirklich?«

»Wirklich. Es ist mir zumindest nie etwas aufgefallen.« So war es tatsächlich gewesen. Was aber möglicherweise an der Freundschaft zwischen Robert und mir gelegen hatte, die wie ein Bollwerk gewesen war, hinter dem wir uns im Internat gegen alle anderen verschanzt hatten.

»Da haben Sie aber Glück gehabt. In den zehn Jahren hat sich offenbar doch einiges geändert.«

»Honiglecken war's trotzdem keines«, sagte ich. »Besonders am Anfang war ich schon ziemlich verzweifelt. Aber Robert und ich sind schnell Freunde geworden, und miteinander haben wir uns dann halt durchgeschlagen, so gut es ging. Unsere Lehrer und Erzieher sind im Grund auch ganz in Ordnung gewesen. Nach einiger Zeit war ich dann sogar lieber in der Schleiferkaserne als zuhause. In den letzten drei Jahren habe ich freiwillig die Ferien im Internat verbracht, nur um von meinem Vater verschont zu bleiben.«

»Und was haben Sie da gemacht?«

»Nichts. Ich wollte nur meine Ruhe haben von der ganzen verlogenen Familienscheiße.« Halt dich zurück, dachte ich, wenn Altenburg dich jetzt fragt, was du mit Familienscheiße meinst, musst du erst recht mit allem herausrücken. Doch er fragte nicht. Und so erzählte ich ihm – einfach, um seine Vatergeschichte zu übertrumpfen – dass ich manchmal viele Stunden, ja Tage, damit zugebracht hatte, mir für meinen Vater verschiedene, möglichst grausame Todesarten auszudenken und dann in allen Einzelheiten vorzustellen, wie ich ihn umbringen und langsam und qualvoll sterben lassen würde.

Altenburg schien mich nicht ernst zu nehmen. »Na, na, na! Ihren Vater gleich umbringen, nur weil er Sie ins Internat gesteckt hat?«

»Nein. Für das, was er meiner Mutter angetan hat.«

»Ach ja ... das haben Sie schon einmal erwähnt ... tja ... aber jetzt was ganz anderes ...« – Na, bitte: Themenwechsel! Wie erwartet. – » ... zu meiner Zeit hat es in der Schleiferkaserne einen Portier gegeben, mir fällt im Moment bloß nicht ein, wie er geheißen hat ...«

»Freisinger.«

»Genau! Freisinger! Den haben Sie also auch noch gekannt! Da muss er aber schon steinalt gewesen sein.«

»Weiß nicht. Seinem Bulldoggengesicht hat man das Alter ja nicht ansehen können.«

Altenburg lächelte versonnen. »Der Herr Freisinger … der Herr Stinkebein …«

»Wie? Stinkebein?«

»Ja, so haben wir ihn genannt. Weil er gehinkt und immer nach Zigaretten gestunken hat. Hinkebein … Stinkebein …«

»Stinkebein ist gut.«

»Nicht wahr? Hätte glatt von Ihnen sein können.«

»Danke für das Kompliment. Ich habe einmal *Protheseus* vorgeschlagen, hat sich aber nicht durchgesetzt. Bei uns war er einfach ›der Wachhund‹. Wegen seinem Hundegesicht.«

»Auch nicht schlecht. Ein gutmütiger Wachhund, genau das war er. Der einzige nette Mensch in der Schleiferkaserne, damals jedenfalls.«

»Stimmt. Er hat böser dreingeschaut, als er in Wirklichkeit gewesen ist. Robert hat ihm regelmäßig Zigaretten aus dem Wachzimmer geklaut, und ich bin Schmiere gestanden.«

»Wirklich? Und Stinkebein hat davon nichts bemerkt?«

»Jedenfalls hat er nie etwas gesagt. Aber vielleicht hat er auch nur mitgespielt, weil er uns nicht in Schwierigkeiten bringen wollte.«

»Ja, das passt zu ihm. Raue Schale, weicher Kern, wie man so schön sagt.«

»Ein Jahr vor unserem Abschluss ist er leider ganz plötzlich gestorben.«

»Ach! … Na ja, wie gesagt: steinalt.«

»Möglich. Aber vielleicht hat er sich auch nur zu Tode geraucht. Robert hat das jedenfalls ganz schön getroffen. Da war's dann nämlich vorbei mit den Gratiszigaretten.«

»Weil Sie gerade davon reden …« Altenburg nahm sein Zigarettenetui aus seiner Jackentasche und zündete sich eine an. »Das ist auch so eine Sache, die mich an Ihrem Freund Robert Lehmann ganz gewaltig gestört hat. Er hat mir nicht nur irgendwelche windigen Geldgeschäfte einreden wollen, er wollte mich auch unbedingt davon überzeugen, mit dem Rauchen Schluss zu machen. Hat immer wieder damit angegeben, wie leicht es ihm gefallen ist, damit aufzuhören. Alles nur eine Frage der Willenskraft, hat er gesagt. Isa war davon hellauf begeistert. Das hat mir natürlich überhaupt nicht gefallen, wie Sie sich denken können.«

»Schade, dass Robert so einen schlechten Eindruck auf Sie gemacht hat. So kenne ich ihn gar nicht. Wäre schön, wenn Sie es noch einmal miteinander versuchen würden, wenn er wieder zurück ist.«

»Wohl eher nicht, um ehrlich zu sein. Das eine Mal hat mir genügt. Aber was heißt, wenn er wieder zurück ist? Wo ist er denn jetzt?«

»Irgendwo in einem Kloster. Einem buddhistischen, glaube ich. Da will er ein Jahr lang meditieren.«

»Aha … na so was … hätte ich ihm gar nicht zugetraut …«

Ich auch nicht, dachte ich. Aber gut, dass er nicht hier ist, denn sonst hätte ich wohl kaum Altenburgs Bekanntschaft gemacht und vor allem nie Isabellas Bild gesehen. Isabella! Mein Gott, Isabella! »Wo ist eigentlich Ihre Frau«, sagte ich. »Nach wie vor in Südfrankreich?«

»Ja.« Altenburg nahm einen tiefen Zug aus seiner Zigarette und seufzte. »Noch ganze zwei Wochen.«

»Machen Sie sich Sorgen?«

»Wieso?«

»Dass ihr beim Segeln etwas zustoßen könnte?«

»Ach so. Nein. Kein Segelwetter. Isa ist jetzt unterwegs in der Camargue. Ganz allein mit Jeep und Schlafsack. Das macht sie jedes Jahr um diese Zeit. Sie braucht das, da holt sie sich ihre Dosis Einsamkeit und wilde Natur. Nichts als Sümpfe, blauviolette Lavendelfelder, weiße Pferde und rosa Flamingos, danach ist sie regelrecht süchtig.«

»Kann ich gut verstehen. Ich habe einmal Bilder davon gesehen. Muss traumhaft sein.«

»Ja, traumhaft … trotzdem nichts für mich. Eine Milliarde Stechmücken. Aber Isa macht das nichts aus.«

»Starke Frau.«

»Stark und schön, weiß Gott! So etwas wie Isa gibt es kein zweites Mal. Was glauben Sie, warum ich sie so liebe. Ein echtes Wunder, diese Frau.«

Ich hielt es für klüger, nichts zu sagen, legte meinen Kopf in den Nacken und blickte in den Himmel. Ein kaum spürbarer, warmer Sommerwind streifte über mein Gesicht. Vielleicht kommt dieses sanfte Lüftchen geradewegs aus der Camargue, dachte ich. Hat vor einem Tag zärtlich Isabellas Haut gestreichelt und ihr Haar umweht, und ist dann weiter gezogen direkt zu mir. Ich atmete tief ein, und der Duft des Sommers war für mich jetzt der Duft von Isabella … Doch schon der nächste Atemzug warf mich abrupt zurück in die Wirklichkeit: Zigarettenrauch stieg mir in die Nase – als ob Altenburg ihn mir absichtlich ins Gesicht geblasen hätte.

Nach mehr als dreißig Stunden ohne Schlaf hatte mein Denkvermögen nachzulassen begonnen. Das war mir schon aufgefallen, als Altenburg unser Gespräch wieder auf die Schleiferkaserne gebracht hatte, und mir zu dem erbärmlichen Kohleintopf, den die Zöglinge offenbar nicht nur zu meiner Zeit dreimal pro Woche hinunterwürgen mussten, bloß das schwache Wortspiel »Cholera-Eintopf« eingefallen war. Den aus der Tschechoslowakei stammenden Jesuitenpater, der uns in Religion unterrichtet hatte, als »böhmisch-katholisch« zu bezeichnen, war ebenfalls nicht sehr originell gewesen, ja irgendwie hatte ich überhaupt das Gefühl, dass meine Wortschöpfungen neuerdings immer schwächer wurden, und so hatte ich mich schließlich unter dem Vorwand, mähditieren zu wollen, von Altenburg verabschiedet.

Im Zuge meiner fortschreitenden geistigen Ermüdung war ich außerdem immer sanftmütiger geworden, weshalb ich mich dann auch überhaupt nicht darüber aufgeregt hatte, dass Sebastian vorm Gartentor gestanden war, ebenso verzweifelt wie vergeblich nach Tasso rufend, der sich offensichtlich losgerissen und das Tor mit einem kräftigen Sprung aufgedrückt hatte, um auf der Wiese wie verrückt im Kreis zu rennen, zwischendurch an den gespaltenen, zerstückelten Kürbisköpfen zu schnuppern und sie anzupissen und dabei glücklich zu japsen, als wäre er hier zuhause. »Keine Sorge«, hatte ich gesagt, »das haben wir gleich.« Und ich war ins Haus gegangen, hatte in der Küche von der Dauerwurst ein paar Scheiben abgeschnitten, sie danach auf dem Weg bis zum Gartentor nacheinander auf den Boden fallen lassen und so den Hund auf die Straße gelockt, wo ihn Sebastian endlich wieder an der Leine fassen konnte. »Übrigens, Bastian, dass deine Mutter gestorben ist, tut mir sehr, sehr leid. Wenn ich irgendwas für dich tun kann, egal was, lass es mich wissen«, hatte ich dann noch gesagt und es auch wirklich ehrlich gemeint. Aber er war nur wortlos davongeschlichen, verbissen den Hund hinter sich herzerrend und mit Tränen in den Augen. Armer kleiner Kerl.

Die Müdigkeit hatte sich wie Watte schützend um mein Gehirn gelegt, wohltuend weich und leicht. Ich ging ins Wohnzimmer und streckte mich auf dem Sofa aus. War eigentlich gar nicht so übel hier. Der Gestank verflogen, und das geklaute Zeug ging mir nicht ab. Alles wird gut, dachte ich. Niemand wird mich vertreiben wollen, denn der Briefträger hat bestimmt schon überall herumerzählt, dass der Bewohner vom Birkenweg fünf ein netter Mensch sei und das Beileidsbillett unterschrieben habe, und auch Sebastian weiß jetzt, dass er sich vor mir nicht fürchten muss. Für Capone und seine Gorillas gibt es im Haus nichts mehr zu holen, was sich zu Geld machen lässt, also werden sie mich ebenfalls in Ruhe lassen. Und Robert wird mir keinen Vorwurf machen können, ich bin schließlich nicht schuld daran, dass mit seinen Finanzgeschäften irgendwas schiefgelaufen ist.

Die nächste wohlig weiche Watteschicht breitete sich hinter meiner Stirn aus. Gedanken kamen und gingen und kamen wieder, versickerten, lösten sich auf. Robert, alter Tibeter, du und ich und Altenburg in der Schleiferkaserne, ja, was sagt man denn dazu? Wie klein die Welt doch ist. Die Geschichte mit den Stones habe ich ihm übrigens nicht erzählt. Du weißt schon, als wir in unserer Schnarchbude heimlich auf deinem Kofferplattenspieler »Satisfaction« gespielt haben, statt wie alle anderen im Studiersaal Mathe und Latein zu büffeln. Und wie du gesagt hast, die Platte würde mir gehören, als uns der Direktor entdeckt und die Scheibe vor unseren Augen in Stücke zerbrochen hat, obwohl du es warst, der sie hereingeschmuggelt hatte. Und wie ich sofort drauf eingestiegen bin, weil ich gewusst habe, dass sich mein Vater grün und blau ärgern wird wegen der Schande, die ich ihm damit mache. Für Leute wie ihn ist Mick Jagger damals ja so etwas wie der Teufel höchstpersönlich gewesen. Die Beatles waren schon eine Kulturschande, aber die Stones waren nach dem verlorenen Krieg der endgültige Untergang des Abendlandes. Herrlich, endlich habe ich meinem Vater eins auswischen können. Ich hätte nur allzu gern sein betretenes Gesicht gesehen, als ihn der Direktor über die Schandtat seines Sohnes in Kenntnis gesetzt hat. Dass ich dann zur Strafe in den Sommerferien die ersten drei Wochen im Internat bleiben und danach zuhause Franziska bei der Gartenarbeit helfen musste, und mein Vater wochenlang kein Wort mit mir geredet hat, ist mir nur recht gewesen, Hauptsache, ich habe mit dem Arschloch nichts zu tun gehabt. Danke, Robert, habe ich mir jeden Tag gedacht, danke, dass du mir die Schuld zugeschoben hast, ich habe die Verzweiflung und Ratlosigkeit des hochgeachteten Herrn Sparkassenfilialdirektors und Kameradschaftsbundobmannes über die Schmach, die ihm sein missratener Sohn zugefügt hat, wirklich genossen. Gut, du hast ja auch was von deiner schlauen Lüge gehabt, weil aus den vier Wochen Urlaub mit deinen Eltern in Caorle wäre sonst wohl nichts geworden, nicht wahr? Und damit auch nichts aus deinem ersten sexuellen Abenteuer mit dem italienischen Zimmermädchen in eurem Hotel.

Weißt du, beneidet habe ich dich schon, als du mir davon erzählt hast. Und bewundert. Aber du warst ja auch schon erwachsen, du siebzehn, ich fünfzehn, und ich war ziemlich stolz darauf, dass wir trotzdem immer noch Freunde waren. Du hilfst mir und ich helfe dir, Verbündete gegen sämtliche Scheißtypen dieser Welt, daran haben wir eisern festgehalten. Altenburg kann sich das leider überhaupt nicht vorstellen, deshalb habe ich ihm die Geschichte auch nicht erzählt. Er kann dich nicht leiden, irgendwie hast du's dir mit ihm komplett versaut. Schade. Aber vielleicht kannst du das zurechtbiegen, wenn du wieder zurück bist. Nebenbei gesagt, dass du mit dem Rauchen aufgehört hast, finde ich großartig. Isabella auch, falls dich das interessiert. Übrigens toll, dass ihr miteinander bekannt seid. Da habe ich wenigstens gleich ein Gesprächsthema, wenn ich sie endlich kennenlerne. Smalltalk liegt mir nicht, und wahrscheinlich werde ich am Anfang schrecklich verlegen sein. Gut, dir kann ich es ja sagen: Ich glaube, ich habe mich in Isabella verliebt. Verrückt, das weiß ich selber. Also lach nicht. Dass ich Laura so schnell abhaken würde, hast du mir nicht zugetraut, was? Ich auch nicht, wenn ich ehrlich bin. Aber Isabella … wie soll ich es beschreiben … ich krieg sie einfach nicht mehr aus dem Kopf …

Watte, Watte, Watte.
Weiße, weiche Wattewolken
in einem blauen Himmel über blauen Blütenfeldern.
Weiße Wolken im warmen Sommerwind.
Flockig leichte Gespinste,
die sich zu traumhaften Gestalten zusammenballen,
dahinfliegen, wieder auseinanderstieben,
sich verwandeln,
neue fantastische Wesen bilden.
Wilde, weiße Pferde mit wehenden Mähnen.
Und auf einem von ihnen Isabella,
ihr Haar im Sommerwind.

Und Isabella reitet auf mich zu,
lachend, glücklich,
kommt näher und näher
und streckt mir ihre Arme entgegen.
Und sie ist weiß und weich
und duftet nach Sommerwind,
und sie umarmt, umschlingt, umhüllt mich,
wir fließen ineinander und lösen uns auf,
und alles ist wattig und weiß und weich,
und alles ist gut.

Diese verfluchte Stechmücke mit ihrem gnadenlosen, bohrenden Surren! Aufgeschreckt fuhr ich hoch und schlug nach dem Tier, schlug mir mit der flachen Hand ins Gesicht, zwei, drei Mal, aber das Surren hörte nicht auf. Auch sehen konnte ich den lästigen Blutsauger nicht, denn bis auf einen schmalen Lichtstreifen, der von der Straßenlaterne ins Wohnzimmer fiel, herrschte völlige Dunkelheit. Es war Nacht geworden, ich musste viele Stunden geschlafen haben, trotzdem hatte ich noch immer Watte im Kopf. Und so dauerte es einige Zeit, bis ich erkannte, dass der penetrante, ständig wiederkehrende Ton überhaupt nichts mit einem Insekt zu tun hatte. Aber ich schwöre, noch heute wäre es mir lieber, zehn Milliarden Stechmücken aus den Sümpfen der Camargue hätten mich geweckt, und nicht dieses Geräusch, das ich mittlerweile ebenso fürchtete wie hasste, weil es bis jetzt immer nur Unheil bedeutet hatte: das Läuten des Telefons.

Etwas sagte mir, dass ich abheben sollte, sonst würde es ewig klingeln. Also stolperte ich schlaftrunken ins Arbeitszimmer und wühlte mich durch das Chaos aus Aktenordnern, Papieren und Zeitschriften, das Capone und seine Affen hinterlassen hatten, bis ich endlich den Telefonapparat fand.

Und dann hockte ich auf dem Boden, meinen Rücken an den Schreibtisch gelehnt und die Augen vor Müdigkeit halb geschlossen, und presste den Telefonhörer mit beiden Händen ans Ohr. »Ja, bitte?« Die Stimme versagte mir, also noch einmal: »Ja, bitte? Hier bei Lehmann.«

Nein, dachte ich, als ich die leise und atemlos hervorgestoßenen Worte hörte. Nein, unmöglich. Nicht schon wieder dieses angsterfüllte Weinen und Klagen, diese stockend geflüsterten Halbsätze über Bedrohung und Schläge und brutale Gewalt und Todesfurcht, dieses Schluchzen und Flehen, dieser verzweifelte Hilferuf. Nein, das kann nicht sein.

»Frau Zirkowski«, flüsterte ich, räusperte mich und wiederholte dann mit fester Stimme, »Frau Zirkowski? Sind Sie das, Frau Zirkowski?« Eine unsinnige Frage, denn Frau Zirkowski war tot, das wusste ich, und wenn ich jemals daran gezweifelt hatte, dann waren es zuletzt Sebastians Tränen gewesen, die diese Zweifel ausgeräumt und mich endgültig überzeugt hatten. »Wer sind Sie?«, fragte ich. »Um Gottes willen, sagen Sie mir, wer Sie sind.«

Ich erhielt keine Antwort. Hörte nur noch ein dumpfes Krachen und einen unterdrückten Aufschrei.

Dann brach die Verbindung ab.

12

Alles zurück auf Anfang. Das war mein erster Gedanke nach dem Aufwachen. Der zweite: Ich kann mich nicht mehr daran erinnern, wo das Grab meiner Mutter liegt. Auf dem Stadtfriedhof, das weiß ich noch, aber wo genau? Seit ihrem Begräbnis bin ich nicht mehr dort gewesen, das ist fast dreißig Jahre her, und der Friedhof ist groß. Mein dritter Gedanke: Ich möchte nicht, dass mein Vater einmal neben meiner Mutter begraben wird. Nein, auf gar keinen Fall. Das Schwein soll man verbrennen und seine Asche in den Abflusskanal schütten. Dreck zu Dreck. Scheiße zu Scheiße. Und mein vierter Gedanke: Ich muss dem Wahnsinn endlich ein Ende machen, sonst wird er nie aufhören, mich zu verfolgen. Immer wieder wird er mich heimsuchen mit nächtlichen Anrufen und verzweifelten Hilferufen. Wird mich daran erinnern, dass ich ein Versager bin, wird mich quälen und mein Leben vergiften.

Gestern hatte ich noch geglaubt, alles sei gut. Bis zu diesem Anruf. Danach war ich unfähig gewesen, darüber nachzudenken, hatte mich wieder aufs Sofa gelegt und war sofort eingeschlafen. Aber über Nacht hatte sich die Watte aufgelöst, und nun war ich so klar im Kopf wie schon lang nicht mehr. Nichts war gut. Und der Einzige, der daran etwas ändern konnte, war ich. Ob mir es nun passte oder nicht, ich hatte etwas zu erledigen. Immer noch. Auch wenn ich nicht verstand, warum ich ausgerechnet hier und jetzt derart massiv daran erinnert wurde. Denn dass der Anruf eigentlich Robert gegolten hatte, davon konnte ich inzwischen wohl nicht mehr ausgehen. Also alles zurück auf Anfang.

Ich wollte im Büro neben dem Haupteingang des Friedhofs nach dem Grab meiner Mutter fragen, doch an der Tür klebte ein Zettel mit dem Hinweis FRIEDHOFSVERWALTUNG WEGEN TODESFALL GESCHLOSSEN. Die komischsten Geschichten schreibt der Tod, dachte ich, trotzdem war mir nicht zum Lachen zumute. Ich zog aufs Geratewohl los und stellte mich darauf ein, stundenlang an endlosen Reihen von Grabstätten entlang zu gehen, in der Hoffnung, zufällig Mutters Grab zu entdecken. Ich wusste ja nicht einmal, wie es aussah und wonach ich Ausschau halten musste. Nach einem schlichten Grabstein aus Granit, einem schmiedeeisernen Kreuz, einer Gruft aus schwarzem Marmor?

Nach einer halben Stunde vergeblichen Suchens fiel mir die riesige, helle Gestalt ein, die ich beim Begräbnis meiner Mutter gesehen hatte: Eine Frau in einem langen, fließenden Gewand, die sich mit entblößten Armen auf eine abgebrochene Säule stützte, den Kopf nach vorn geneigt, so dass ihr Gesicht im Schatten lag, und an beiden Seiten ihres Körpers etwas, das aussah wie die kraftlos herabhängenden Flügel eines Schwans – ein weißer Engel, traurig, müde und zu schwach, um sich in die Lüfte zu erheben.

Und auf einmal sah ich mich wieder zwischen Vater und Franziska am offenen Grab stehen, tränenlos, wie betäubt, und meinen Blick unentwegt starr auf den Engel gerichtet, der in zehn, fünfzehn Metern Entfernung dastand, für alle anderen Menschen unsichtbar, weil er ganz allein mir erschienen war, nicht dem Pfarrer, nicht den Verwandten, Freunden und Nachbarn, und schon gar nicht meinem Vater. Danke, Engel, dachte ich. Danke, dass du mich an dich erinnerst. Jetzt weiß ich wenigstens, wonach ich suchen muss. Hoffentlich hast du es in der Zwischenzeit nicht doch noch geschafft, davonzufliegen.

Der Engel war noch da. Bloß viel kleiner, als ich ihn in Erinnerung hatte, und nicht strahlend weiß, sondern grau, verwittert und übersäht mit Taubendreck und Flecken gelbgrüner Flechten. Ein alter, vergessener Himmelsbote, der denen immer ähnlicher wurde, über die er hier wachte.

Der Anblick des sterbenden Engels machte mich traurig. Das Grab meiner Mutter, das ich wenig später tatsächlich ganz in der Nähe entdeckte, löste hingegen etwas völlig anderes in mir aus: ein Gefühl von Fremdheit.

Nein, dachte ich, in diesem kleinen, exakt rechteckigen, mit weißem Kies bedeckten Stück Erde liegt meine Mutter nicht begraben. Auch wenn ihr Name in goldenen Lettern auf dem Grabstein steht und ihre Lieblingsblumen, dunkelrote Rosen, auf dem kleinen Strauch in der marmornen Schale blühen, nein, hier kann sie unmöglich sein. Gut, vielleicht Reste ihres Körpers, aber bestimmt nicht ihre Seele. Sonst würde ich sie spüren.

Ich ging in die Hocke und ließ eine Hand voll Kies durch meine Finger rieseln. Dieses penibel gepflegte Grab hatte viel mehr mit meinem Vater zu tun als mit Mutter. Mit seiner verfluchten Scheinheiligkeit und Pedanterie. Sauberkeit und Ordnung noch über den Tod hinaus, stimmt's, Vater? Würde mich nicht wundern, wenn du regelmäßig in deinem Rollstuhl angefahren kämst, um Fichtennadelduft auf das Grab zu sprühen. Hast du damit Mutters Seele vertrieben? Kann ich sie deshalb nicht spüren?

Bitterkeit und Wut stiegen in mir hoch, und ich konnte nicht anders, als abermals ein gequältes Nein hervorzustoßen. Nein, nein und noch einmal nein! Und dann schrieb ich dieses Nein mit großen Buchstaben in den Kies, stand auf, wandte mich ab und ging. Flüchtete mit gesenktem Kopf. Nur schnell weg von hier, denn sonst hätte ich in meinem Zorn auf Vater vermutlich die Beherrschung verloren und den Rosenstrauch ausgerissen.

Warum ich nicht direkt zum Ausgang lief, sondern nach ein paar Minuten wieder – wie ferngesteuert – in einem großen Bogen zu *meinem* Engel zurückkehrte, weiß ich heute nicht mehr. Dass es mich auf einmal brennend interessiert hatte, wer in dem Grab mit der Statue liegt, war sicher nur ein Vorwand gewesen, und die Namen auf dem von Moos und Efeu überwucherten Grabstein konnte ich dann ohnehin nicht entziffern.

Das ist es also, worauf das Leben hinausläuft, dachte ich. Entweder zweieinhalb Quadratmeter Erde, auf denen die Erinnerung zu Tode gepflegt wird, oder ein vergessenes, namenloses Grab mit einem sterbenden Engel. Ziemlich hoffnungslose Aussichten, die mich trotz der Sommerhitze frösteln ließen. Noch mehr, als mein Blick plötzlich auf ein frisch geöffnetes Grab in der nächsten Reihe fiel. Aber statt mich wenigstens jetzt schleunigst davonzumachen, zwängte ich mich, getrieben von einer dunklen Vorahnung, zwischen dem halbtoten Engel und dem Granitblock an der Kopfseite des offenen Grabes hindurch und stieg über den mit ein paar Bahnen Kunstrasen notdürftig zugedeckten Erdhaufen, um zu sehen, für wen der Totengräber im Grab hinter dem Engel das Loch ausgeschaufelt hatte.

Wieder jagte es mir einen kalten Schauer über den Rücken. Auf dem Grabstein stand FAMILIE ZIRKOWSKI. Darunter ein paar Namen und Jahreszahlen, die bis weit ins neunzehnte Jahrhundert zurückreichten. Und nun würde also Maria Zirkowski dazukommen: ein Name auf einem Stein, ein gequälter Körper in dunkler, feuchter Erde, und alles, was geschehen war, vergessen. Ausgerechnet hier, keine dreißig Schritte vom Grab meiner Mutter entfernt und im Schatten meines Engels. Noch so eine irre, beschissene Geschichte, wie sie nur der Tod schreiben konnte.

Vom Friedhof zu meinem Elternhaus benötigt man normalerweise zu Fuß ein bisschen mehr als eine halbe Stunde, ich brauchte nur fünfzehn Minuten. Wild entschlossen, meinen Vater endlich für den Mord an meiner Mutter büßen zu lassen, war ich die ganze Strecke gerannt, doch als ich dann vorm Gartentor stand, außer Atem und verschwitzt, wurde mir bewusst, dass ich zwar jede Menge Wut im Bauch hatte, aber überhaupt keinen Plan im Kopf.

Ich wollte ja nicht nur einfach ins Haus marschieren und meinen Vater mit dem nächstbesten Gegenstand erschlagen, denn damit hätte ich nichts erreicht. Mein Ziel war etwas anderes als bloß primitive Rache. Vater sollte seine Schuld eingestehen, seine Tat zugeben, Reue zeigen und um Vergebung bitten, jammern und winseln sollte er, die gleiche Todesangst und Verzweiflung spüren, die er verursacht hatte, wirklich begreifen sollte er, dass er nichts als ein brutales, selbstherrliches Scheusal ist, einer, der unendliches Unglück über seine Familie gebracht hat, sich und sein erbärmliches Leben verfluchen sollte er, bevor ich ihn zur Hölle schicken würde. Aber wie sollte ich das erreichen, womit könnte ich ihn dazu bringen, ihn zwingen, der Wahrheit nicht mehr mit tausend Ausreden und Lügen auszuweichen, wie mir – und meiner Mutter – nach so vielen Jahren die Genugtuung verschaffen, den Mörder endlich zur Verantwortung gezogen zu haben? Ich wusste es nicht.

Auch der Anblick des Hauses verunsicherte mich. Die ehemals strahlend weiße Fassade war schmutziggrau, an manchen Stellen bröckelte der Verputz ab, zwei Fensterläden hingen schief in den Angeln, und eine schräge Auffahrtsrampe aus langen, dicken Brettern führte über die paar Stufen vom Garten zur Eingangstür. Ein altersschwaches, krankes Haus, das gemeinsam mit seinen Bewohnern nur noch dem Ende entgegendämmerte. Als wollte mir der Tod sagen: Hier gibt es für dich nichts mehr zu tun, ich habe deine Arbeit schon längst übernommen.

Und wie zur Bestätigung wurde in diesem Moment die Eingangstür geöffnet und Franziska karrte meinen Vater im Rollstuhl rückwärts über die Rampe herunter, mühsam und mit gekrümmtem Rücken, und ich erschrak, als ich die beiden sah, konnte kaum glauben, wie alt und gebrechlich sie geworden waren, und vor allem – das musste ich feststellen, während sie sich dann langsam dem Gartentor näherten – wie unfassbar hässlich. Bleiche, fleckige Dörrpflaumenhaut, Spinnwebenhaar, blutgeränderte, wässrige Augen.

»Was wollen Sie hier?« Franziska blickte mich über Vaters Kopf hinweg misstrauisch an. »Sind Sie der Stromableser? Sie sind aber einen Tag zu früh dran.«

»Ich bin's: David.«

»Wer?«

»David.« Ich trat ganz nahe ans Gartentor. »Erkennst du mich nicht mehr?«

»Mein Gott«, sagte sie. »Mein Gott!« Sie heftete ihren Blick auf mein Gesicht und trippelte, den Rollstuhl vor sich herschiebend, rasch auf mich zu, bis Vater mit den Knien die Gitterstäbe rammte, was er aber überhaupt nicht zu spüren schien. »Mein Gott.« Und noch einmal: »Mein Gott.«

Vater gab Laute von sich, die ich nicht verstand.

Franziska beugte sich zu ihm hinunter. »Es ist David. Hörst du? David ist hier.«

Wieder kam etwas aus Vaters Mund, das sich anhörte, als versuchte jemand zu sprechen, dem man die Zunge herausgeschnitten hat.

»David«, sagte Franziska. »Verstehst du? David. Du weißt doch noch, wer David ist?«

Vater schwieg, hob langsam den Kopf und wandte mir sein Gesicht zu.

»Vater?« Ich konnte nicht erkennen, ob er mich wirklich ansah, oder ob sein Blick an den Gitterstäben hängen geblieben war. »Vater?«

»Du musst ihm Zeit lassen«, sagte Franziska.

Vater starrte in meine Richtung, und ich sah ihn an. Und ich dachte mir, dass ich jetzt vielleicht doch so etwas wie Mitleid haben sollte mit dem, was von diesem großen, selbstherrlichen Mann übriggeblieben war: ein jämmerlicher, zusammengeschrumpfter Greis in einem alten, grauen, viel zu weiten Trainingsanzug mit eingetrockneten Speiseresten auf der Bluse, an der – mit einer Sicherheitsnadelnadel befestigt und als Krönung trauriger Lächerlichkeit – das Eiserne Kreuz am Ordensband baumelte, und mit einem dunklen Urinfleck auf der Hose, ein schlecht rasierter, schiefmäuliger Gnom, an dessen Mundwinkeln dünne Speichelfäden hingen, ein Wrack von einem Menschen, den ich nur deshalb als meinen Vater erkannte, weil ich wusste, dass er es war. Und dann bemerkte ich auch noch den ekelhaften, muffig-säuerlichen Geruch, der von ihm ausging, und sofort fiel mir wieder der Fichtennadelspray ein, und ich fand, dass das Schicksal verdammt ironisch sein kann.

»Was ist mit ihm«, fragte ich.

»Ein Schlaganfall«, sagte Franziska. »Vor zwei Jahren.«

Da ist mir also wirklich jemand zuvorgekommen, dachte ich. Hat getan, was ich tun wollte. Hat zugeschlagen. Vielleicht sollte ich es damit gut sein lassen. Es war ein tödlicher Schlag in Zeitlupe, an dem Vater krepierte. Sein Gehirn war außer Gefecht gesetzt, und nichts würde ihn dazu bringen, sich daran zu erinnern, geschweige denn, es auch noch zu bereuen, was er Mutter angetan hatte. Sie war ebenso aus seinem Gedächtnis gelöscht wie ich. Unbefriedigend für mich, aber so war es nun einmal. Alles weg, nur noch schwarze Löcher. Davon war ich überzeugt, als ich seine leeren Augen sah. Und daran änderte sich auch nichts, als er plötzlich etwas von sich gab, das dem Winseln eines Hundes glich.

Franziska legte ihm besorgt eine Hand auf die Schulter. »Ist dir nicht gut, Josef? Brauchst du was?«

Vater winselte weiter. Er zitterte, klammerte sich an den Armlehnen fest und verzog sein Gesicht wie in einem spastischen Anfall. Und er sabberte.

»Er regt sich immer gleich so auf, wenn ihm etwas fremd ist«, sagte Franziska. »Ruhig, Josef. Ganz ruhig.« Sie griff in die Tasche ihres Schürzenkleides, zog die Hand wieder leer heraus und versuchte mit bloßen Fingern, Vater den Speichel vom Kinn abzuwischen.

»Warte«, sagte ich, holte ein Papiertaschentuch aus meinem Hosensack und hielt es ihr übers Gartentor entgegen. »Nimm das hier.«

Im selben Moment – als wollte er in einem Reflex einen Angriff abwehren – ließ Vater blitzartig seine Hand nach oben schnellen, packte meinen Unterarm, hielt ihn fest und grub seine kalten, knochigen Finger so tief in mein Fleisch, dass es richtig weh tat.

»He, was soll das! Lass los! Ich tu dir doch nichts!«

Aber er ließ nicht los. Er hatte zu winseln aufgehört, atmete schwer und starrte meine Armbanduhr an, die ich nach wie vor innen am Handgelenk trug. Und dann machte er plötzlich seinen Mund weit auf und wieder zu und wieder auf und wieder zu, lautlos wie ein Fisch, immer wieder auf und zu, auf und zu, als suchte er verzweifelt nach einem Wort, und schließlich stieß er es heraus: »Aaa-ffig … aa-ffig … aa-ffig!«

»Ich versteh ihn nicht«, sagte Franziska erschrocken. »Was sagt er?«

»Nichts«, sagte ich. »Absolut nichts. Jetzt nimm schon das Taschentuch.«

»Aaa-ffig … aa-ffig«, schrie, nein, jaulte Vater. »Aa-ffig … a-ffig … a-ffig … a-ffig!«

Franziska nahm das Taschentuch, und ich langte mit meiner Linken übers Tor, griff nach der Hand meines Vaters und musste jeden Finger einzeln gewaltsam nach oben biegen, um mich aus der Umklammerung zu befreien.

»A-ffig! A-ffig! A-ffig!«

Arsch-loch … Arsch-loch … Arsch-loch, hätte ich am liebsten zurückgekläfft. Du findest es also immer noch affig, wie ich meine Uhr trage? Das regt dich auf? Das schreist du mir ins Gesicht? Und sonst hast du mir nichts zu sagen? Nein? Tust so, als hättest du von nichts mehr auch nur die geringste Ahnung, machst auf halb hirntot, versteckst dich in deinem kaputten Körper und deiner Scheißkriegsvergangenheit. Klar, das ist ja auch viel bequemer, als sich für irgendwas rechtfertigen zu müssen. Aber jetzt hast du dich selber entlarvt mit deinem »affig«. Ja, Vater, du hast dich nicht geändert. Bist nach wie vor genau das gleiche Arschloch, das du schon dein ganzes Leben gewesen bist. Überheblich, starrsinnig, zynisch und durch und durch böse. Ein verlogener Krüppel, der kein bisschen Mitleid verdient, weil er in Wirklichkeit immer noch glaubt, dass er über alle anderen erhaben ist, und auf allen herumtrampelt, wie es ihm passt, und der in seinem Kopf wahrscheinlich auch Franziska schon hundert Mal umgebracht hat, eine hinterhältige Bestie, das und nichts anderes bist du! Und wenn ich dir jetzt nicht auf der Stelle deinen Schädel einschlage, dann nur deshalb, weil ich leider meinen Totschläger zuhause vergessen habe. Glück gehabt, Arschloch. Hinrichtung aufgeschoben. Arsch-loch … Arsch-loch … Arsch-loch!

»A-ffig! A-ffig! A-ffig!«

Ich hielt es nicht mehr aus. Angewidert und zornig zugleich beugte ich mich übers Gartentor und sagte nur ein einziges Wort: »Mörderschwein!«

Und dann spuckte ich meinem Vater ins Gesicht.

Er verstummte, und seine Züge erstarrten zu einer steinernen Fratze.

»Mein Gott«, schrie Franziska. »David! Was …?«

Ich sagte nichts. Drehte mich um und ging. Was hätte ich auch sagen sollen? Es war alles gesagt.

Ich war stundenlang ziellos durch die Stadt gelaufen, einerseits, um die Blicke abzuschütteln, die irgendein unsichtbares Phantom schon seit geraumer Zeit in meinen Rücken gebohrt hatte, das aber wohl nur so etwas wie mein personifiziertes schlechtes Gewissen gewesen war, und zum anderen, um Dampf abzulassen und mich zu beruhigen. Vergeblich, denn meine Enttäuschung und meine Scham über mein erneutes Versagen hatte ich damit nicht abreagieren können, im Gegenteil, sie waren nur noch größer geworden und hatten schließlich zu einer ohnmächtigen Wut geführt: Ich selber war das Arschloch, der Feigling, der die Gelegenheit nicht genützt hatte, seinen Vater zu töten! Es wäre doch ein Leichtes gewesen, Franziska abzulenken, sie zum Beispiel um ein Glas Wasser zu bitten, und wenn sie daraufhin ins Haus gegangen wäre, hätte ich übers Gartentor klettern und Vater umbringen können, irgendwas wäre mir schon in die Hände gefallen, um ihn damit zu erschlagen, und wenn nicht, Herrgott noch einmal, dann hätte ich ihn eben mit bloßen Händen erwürgt oder in seinem Rollstuhl auf die Rampe geschoben und runtergestoßen! Danach wäre mir leichter gewesen und die Konsequenzen meiner Tat hätte ich gern in Kauf genommen. Aber nein, ich war unverrichteter Dinge abgezogen, ich Arschloch! Und daran konnte ich jetzt auch nichts mehr ändern, auch wenn ich gern vor mir selber davongelaufen wäre.

Trotzdem hätte ich weiter durch die Straßen rennen sollen, um vielleicht doch noch auf andere Gedanken zu kommen, aber irgendwann begannen meine Füße zu schmerzen, und ich wollte nur noch so schnell wie möglich nachhause, wollte mich im Bungalow verkriechen, in meinem neuen Mäuseloch, um alles zu vergessen, wenn es sein musste, mit Hilfe irgendeines billigen Gesöffs, das Capone und seine Gorillas in der Hausbar stehen lassen hatten. Mein nächster Fehler, denn wäre ich bloß ein bisschen länger durch die Gegend gelaufen, hätte ich wenigstens die Begegnung mit den beiden Hundefrauen vermeiden können, die mir im Birkenweg entgegenkamen.

»Da sind Sie ja«, sagte die Rottweilerfrau. »Wir haben schon ein paar Mal bei Ihnen geläutet.«

Die Dalmatinerfrau streckte mir ein Kuvert voller Geldscheine entgegen. »Wir sammeln für einen Kranz. Sie geben doch sicher auch etwas?«

»Ich? Wieso? Was für ein Kranz?«

»Na, für die Zirkowski. Übermorgen ist ihr Begräbnis.«

»Aha. Und woher wissen Sie das?«

»So was weiß man eben. Ein Anruf bei der städtischen Bestattung genügt.«

»Ich hab gedacht, Frau Zirkowski wird in aller Stille beerdigt. So steht es zumindest in der Todesanzeige.«

»Ja, aber trotzdem wollen wir wenigstens einen Kranz auf ihr Grab legen lassen. Alle Leute in unserem Viertel haben schon dafür gespendet.«

»Finden Sie das nicht ein bisschen aufdringlich? Herr Zirkowski hat doch ausdrücklich darum gebeten, von Beileidsbekundungen Abstand zu nehmen.«

Die Dalmatinerfrau schüttelte den Kopf. »Ein Kranz gehört sich einfach, das meinen alle.«

»Wirklich? Alle meinen das? Obwohl Sie mir doch erst neulich erklärt haben, dass sich hier keiner um den anderen kümmert?« Die Hunde schnüffelten an meinen Beinen, ich trat vorsichtig einen Schritt zurück, doch die Hunde machten weiter. »Entschuldigung, würden Sie mir bitte Ihre Scheißköter vom Leib halten?«

Das hätte ich nicht sagen sollen. Die Rottweilerfrau blickte mich giftig an. »Was? Wie war das? Hab ich richtig gehört? Scheißköter? Haben Sie Scheißköter gesagt?«

»Tut mir leid, das ist mir so rausgerutscht.«

»Niemand sagt Scheißköter zu meinem Hund, verstehen Sie? Niemand!«

»Ja. Noch einmal: Tut mir leid.«

»Mein Hund ist kein Scheißköter!«

»Herrgott, wie oft soll ich Ihnen denn noch sagen, dass es mir leidtut? Aber ich hab's einfach nicht so mit Hunden.«

»Das ist noch lange kein Grund, Scheißköter zu sagen.«

»Richtig. Aber wenn Sie jetzt trotzdem bitte …« Endlich zogen sie ihre Hunde zurück. »Danke.«

»Ich versteh das nicht«, sagte die Dalmatinerfrau. »Unsere zwei sind doch so lieb. Wollen nur spielen. Oder haben Sie Angst vor Hunden?«

Genau die gleiche Frage hatte mir schon Sebastian vor ein paar Tagen gestellt. Wieso glauben alle, man hätte Angst vor Hunden, bloß weil man sie nicht mag, dachte ich. Sind denn Hundenarren unfähig sich vorzustellen, dass auch noch andere Ursachen dahinterstecken können, wenn man ihre Lieblinge zum Kotzen findet?

»Nein«, sagte ich, »ich habe keine Angst, ich bin nur kein besonders großer Hundefreund. Um ganz ehrlich zu sein, ich kann mit Hunden nichts anfangen.« Das war nun doch wirklich äußerst vorsichtig und rücksichtsvoll formuliert, denn ich wollte nicht noch zusätzlich Öl ins Feuer gießen.

»Bitte, da hörst du's«, sagte die Rottweilerfrau. »Er hasst Hunde.«

»Überhaupt nicht«, sagte ich. »Ich gehe ihnen nur lieber aus dem Weg.«

»Wer Scheißköter sagt, ist ein Hundehasser.«

»Tja, wenn Sie meinen …« Ich hob entnervt die Schultern. »Dann gibt es wohl nichts mehr zu sagen. Meine Damen, ich wünsche Ihnen noch einen schönen Tag.«

»Moment«, sagte die Dalmatinerfrau. »Was ist mit Ihrer Spende für den Kranz?«

»Lass es«, sagte die Rottweilerfrau. »Von einem Hundehasser nehmen wir nichts. Da würde sich die Zirkowski ja im Grab umdrehen, wenn sie wüsste, dass so einer wie der etwas zu ihrem Kranz dazugezahlt hat.« Sie zog die Hundeleine straff. »Komm, wir gehen. Mit solchen Leuten wollen wir nichts zu tun haben.« Dann warf sie mir einen eisigen Blick zu. »Mit Ihrer Einstellung werden Sie es noch sehr schwer haben. Hundehasser sind bei uns nicht erwünscht, nur damit Sie's wissen!«

Auch diese Worte waren mir nicht neu, sie standen schon in dem anonymen Drohbrief, in dem man mich aufgefordert hatte, von hier zu verschwinden. Verflucht noch einmal, das konnte doch kein Zufall sein. Und als hätte das noch nicht genügt, in meinem Kopf wieder alle Alarmsirenen schrillen zu lassen, drehte sich die Rottweilerfrau nach ein paar Schritten zu mir um und rief: »Und übrigens, wenn Sie auch nur noch ein einziges Mal im ›Beauty Paradise‹ auftauchen und meine Mitarbeiterin belästigen, hole ich die Polizei, Sie perverser Bilderfetischist!«

Scheiße, Scheiße, Scheiße! Dass ich mich bei meiner Suche nach einem Bild von Isabella ziemlich idiotisch angestellt hatte, konnte ich beim besten Willen nicht leugnen. Begraben und vergessen, hatte ich gehofft. Aber natürlich nicht bei dieser Frau. Die hatte die Geschichte inzwischen sicher schon überall herumerzählt und damit den Leuten einen Grund mehr geliefert, mich verjagen zu wollen.

Was hatte ich also noch zu verlieren? »Hauen Sie bloß ab«, schrie ich. »Machen Sie, dass Sie wegkommen mit Ihren verfluchten Hunden, Sie …«, ich überlegte kurz, aber jetzt war ohnehin schon alles egal, »Sie Scheißköterfetischistinnen!«

Das saß. Und wie! Ich konnte ihnen ansehen, dass sie am liebsten ihre Hunde auf mich gehetzt hätten. Doch dann zogen sie es vor, mich mit schweigender Verachtung zu strafen und hoch erhobenen Hauptes abzurauschen.

In Wahrheit hatte die Rottweilerfrau natürlich völlig recht. Ja, ich hasste Hunde! Und ganz besonders hasste ich sie an diesem Tag, der mir alles, was mich seit meiner Kindheit quälte, auf einen Schlag ins Gesicht spie. Dazu gehörten nun einmal auch die Hunde: Jeder von ihnen war *Tasso*, jeder hatte die Schnauze voll Blut! Dagegen war das bisschen frische Hundescheiße, das ich jetzt vorm Gartentor fand, geradezu lächerlich. Und dass im Haus genau jetzt auch noch das Telefon zu läuten begann, hatte ich beinahe erwartet.

Zugleich mit dem Hilferuf der unbekannten Frau – denn nur darum konnte es sich handeln – geschah aber etwas, das mir den Atem verschlug und im nächsten Augenblick meinen Adrenalinspiegel in die Höhe schießen ließ.

Als ich mich zufällig umblickte, sah ich am Anfang des Birkenwegs ein paar Männer auftauchen. Fünf, vielleicht auch sechs, einer mit einem riesigen Hund an der kurzen Leine, und einer mit etwas, das aussah wie ein Spazierstock oder ein zusammengerollter Regenschirm. Nach wenigen Schritten, ungefähr auf der Höhe des Einfahrtstors zu Altenburgs Anwesen, blieben sie stehen, redeten miteinander, sahen auffällig interessiert in meine Richtung, ließen einen Flachmann kreisen, schauten immer wieder ungeduldig auf ihre Uhren und schienen auf jemanden zu warten. Kurz darauf stießen noch zwei Männer mit Hunden zu ihnen, doch sonst tat sich nichts. Noch nicht.

Jetzt ist es also so weit, dachte ich, und mein Puls raste. Jetzt kommen sie, um mich zu verjagen. Warten nur noch auf die anderen, rotten sich zu einer Schlägertruppe zusammen, saufen sich Mut an, und dann werden sie anmarschieren und das Gartentor eintreten und ihre Scheißköter auf mich hetzen und mit Stöcken und Fäusten auf mich einschlagen, werden mir höhnisch grinsend erklären, dass ich an allem ganz allein selber schuld sei, weil ich ihre Aufforderung zu verschwinden ignoriert hätte, und Gewalt offenbar die einzige Sprache sei, die ich verstünde, ja, genau das werden sie machen – aber nicht mit mir, verflucht noch einmal, nicht mit mir!

Ich rannte ins Haus, rief dem unbeirrt schrillenden Telefon »Nein, nicht jetzt!« zu, holte das Schlagrohr aus meinem Zimmer, rannte wieder raus und verschanzte mich hinter der Gartenhütte, breitbeinig, leicht nach vorn gebeugt und angespannt wie ein Baseballspieler, meine Waffe in beiden Fäusten vor der Brust, hochkonzentriert und bereit, jederzeit aus meiner Deckung zu springen und zuzuschlagen.

Los! Kommt, ihr verdammten Schweine! Ihr werdet euch darüber wundern, was euch hier erwartet! Eine blutige Überraschung, das verspreche ich euch! Ein Gemetzel! Ich schlage euch eure Schädel ein, einem nach dem anderen! Ihr werdet euch noch wünschen, dass ihr nie hierhergekommen wärt, Saubande, elende!

Das Telefon hörte zu läuten auf. Endlich.

Alles war still, unheimlich still, sogar die Vögel schienen den Atem anzuhalten, das Einzige, was ich hörte, war mein rasend hämmernder Pulsschlag, das Adrenalin in meinen Adern leistete ganze Arbeit, und ich hob meinen Totschläger und ließ ihn durch die Luft sausen, einmal und noch einmal, um sicher zu sein, dass meine Muskeln und Gelenke funktionierten und ich noch zuschlagen konnte, wie ich es trainiert hatte, und ich fühlte mich wieder gut dabei, kraftvoll und unbesiegbar.

Was ist los? Wo bleibt ihr denn? Auf was wartet ihr? Habt ihr euch noch nicht genügend Mut angesoffen? Oder müsst ihr die halbe Stadt zusammentrommeln, damit ihr stark genug seid, um mich fertig zu machen? Aber das wird euch nichts nützen, ihr feigen Arschlöcher! Also kommt endlich! Bringen wir's hinter uns!

Jetzt begann das Telefon wieder zu läuten. Und läutete und läutete und läutete.

Herrgott, was sollte ich denn machen? Da war eine verzweifelte Frau, die mich um Hilfe rief, aber ich konnte doch jetzt nicht ans Telefon gehen, durfte meinen Posten nicht verlassen, musste meine eigene Haut retten. Ich saß in der Falle. Hier eine Horde wild gewordener Männer, die mich bedrohten, und irgendwo da draußen ein Kerl, der seine Frau blutig schlagen würde, wenn ich nichts dagegen unternahm.

Irgendwer sollte mir helfen, sollte entscheiden, was richtig ist und was falsch, sollte den Schiedsrichter spielen und mir die Verantwortung abnehmen und mich nicht so verflucht allein lassen mit meiner Unsicherheit, irgendwer sollte mir sagen, wie es jetzt weitergeht, weil ich sie nämlich nicht mehr lange aushalte, diese Zweifel und das Telefonläuten und das Warten, irgendwer, Robert James Dean oder der Herr Freisinger oder mein trauriger Engel, irgendwer sollte eingreifen und dafür sorgen, dass endlich etwas geschieht, egal was.

Das Telefon verstummte.

Doch je länger die Stille um mich herum andauerte, desto lauter wurden die Fragen in meinem Kopf. Wieso kommen sie nicht? Können sie sich nicht über ihren Angriffsplan einigen? Oder hecken sie irgendeine andere Gemeinheit aus? Eine neue Ungeheuerlichkeit? Was hält sie zurück?

Nichts geschah. Einmal bellten die Hunde, aber nur ganz kurz. Und ich stand da und wartete und wartete und lauerte auf einen Feind, der nicht auftauchte, horchte in die Stille, voll Angst, das Telefon könnte wieder zu läuten anfangen, und fieberte gleichzeitig dem Kampf entgegen, starrte auf das Schlagrohr in meinen Fäusten und die geborstenen Kürbisschädel auf der Wiese … und auf die Schatten, die in der Abendsonne immer länger wurden, und schließlich ertrug ich das Warten nicht mehr.

Angriff ist die beste Verteidigung, dachte ich und stürmte zum Gartentor. Vielleicht schlichen sich die miesen Schweine ja genau in diesem Augenblick an, tief geduckt und im Schutz der Hecke und angestachelt von den beiden Frauen mit ihren Scheißkötern. Doch da draußen war niemand. Kein Mensch war zu sehen, keine Schlägertruppe, keine beißwütigen Hunde, und an der Stelle, an der sie sich zusammengerottet hatten, saß jetzt friedlich eine Katze.

Was für ein Scheißspiel war das denn nun wieder? Wollten sie mich dazu bringen, eine Katze zu erschlagen, als sichtbaren Beweis, dass ich nicht nur Hunde, sondern überhaupt alle Tiere hasste? Standen sie hinter der Straßenecke, um mir dabei zuzusehen? »Ihr spinnt doch«, schrie ich, »komplett irrsinnig seid ihr, ihr Vollidioten!« Und die Katze sprang auf und lief davon.

Da stand ich nun mit meinem Totschläger und meinem Überschuss an Adrenalin und fragte mich, ob ich nicht gerade eine ziemlich lächerliche Figur abgab, deren wütende Energie ins Leere lief und sinnlos verpuffte. Schon zum zweiten Mal an diesem Tag. Zuerst, als ich bei meinem Vater versagt hatte, und jetzt, weil ich offenbar irgendwie ausgetrickst worden war. Es hätte mich auch überhaupt nicht gewundert, wenn auf einmal schallendes Gelächter zu hören gewesen wäre und jemand »affig, affig, affig!« gerufen hätte. Genau das war ich in diesem Augenblick nämlich tatsächlich: Einer, der den wilden Affen spielte, doch in Wirklichkeit bloß eine harmlose Lachnummer war. Ich fühlte mich regelrecht vorgeführt. Denn obwohl ich keinen einzigen Menschen sehen konnte, weder auf der Straße noch hinter den Fenstern im Haus gegenüber, merkte ich plötzlich, dass ich nicht allein war. Schon wieder gab es da jemanden, der sich ganz in meiner Nähe versteckt hatte und mich beobachtete. Nein, das war nicht bloß eine Einbildung, ich konnte die Blicke spüren, die mich ständig verfolgten. Als würde mich jemand überwachen und alles kontrollieren, was ich tat.

»Na gut, dann wollen wir *Big Brother* doch auch etwas bieten«, sagte ich zu meinem Schlagrohr. »Jetzt aber eine Vorstellung, für die ich mich nicht schämen muss.«

Wie viele Schädel ich in den nächsten Minuten spaltete und zu Brei schlug, weiß ich nicht, das Mitzählen überließ ich meinem Zuschauer. Doch bestimmt musste mindestens die Hälfte der männlichen Vorstadtbewohner daran glauben, außerdem unzählige Hunde, und auch Capone erschlug ich wieder, und das gleich ein paar Mal hintereinander. Ich hielt den Atem an, presste die Zähne zusammen und schlug und schlug und hörte erst auf, als mein Adrenalin aufgebraucht war, der letzte Kürbis zerschmettert in die Wiese fiel und gleichzeitig einer der drei Barhocker zusammenbrach.

»Und? Zufrieden?« Ich rang nach Luft, ließ das Eisenrohr fallen und schüttelte meine schmerzenden Hände. »Das wolltest du doch sehen, oder?« Ich blickte zum Himmel. Nicht, weil ich dachte, irgendein Gott würde mich beobachten, sondern weil ich einfach nicht wusste, wohin sonst ich mich wenden sollte, wenn ich mit dem unsichtbaren Kerl redete, der mir zuschaute wie einer Laborratte bei einem Experiment. »Nun, was ist? Ein bisschen Beifall wäre jetzt ja wohl angebracht. Also sag was!«

Natürlich bekam ich keine Antwort. Ich hätte sie mir selber geben müssen und schwankte zwischen »Großartig! Wenn

Robert sehen könnte, welche Kräfte du auf einmal entwickelst, würde er staunen!« und »Drehst du jetzt schon völlig durch und führst Selbstgespräche?«, aber bevor ich mich entscheiden konnte, läutete wieder das Telefon. »Entschuldigung«, rief ich mit einem neuerlichen Blick zum Himmel und lief ins Haus. »Ich glaube, das ist jetzt wichtiger!«

Ich war froh, dass die Frau anrief. Ein gutes Zeichen, dachte ich. Das Schlimmste ist noch nicht passiert. Sie lebt.

Ich hob ab und sagte sofort »Hallo, hier David Bauer. Bitte nennen Sie mir Ihren Namen und Ihre Adresse, damit ich Ihnen helfen kann«, denn ich wollte keine Zeit damit vergeuden, mir die verzweifelten Hilferufe und das Weinen der Frau anzuhören, Zeit, in der ihr Mann die Tür eintreten und die Telefonverbindung unterbrechen konnte.

»Hallo? Wie bitte? Was soll ich?«

Ein Mann war am Apparat. Ich erschrak und überlegte fieberhaft, woher ich seine Stimme kannte. Capone? Aber den hatte ich doch eben ... Nein, Capone hörte sich anders an.

»Wer sind Sie?«

»Altenburg. Peter Altenburg.«

»Oh ... Verzeihung ... ich habe geglaubt ...«

Altenburg lachte. »Na, Sie sind mir ja einer. Ich hab schon zig Mal angerufen und hab's ewig klingeln lassen ...«

»Ach, Sie waren das!«

»Aha, Sie haben's also gehört. Und wieso haben Sie nicht abgehoben? Und was sollte jetzt diese komische Ansage?«

»Nichts ... ich war nur ... irgendwie ...« Mir fiel keine plausible Ausrede ein, und die Wahrheit wäre bei Altenburg wohl auf wenig Interesse gestoßen.

»Schon gut. Ich wollte Ihnen ohnehin nur sagen, dass Sie gestern Ihr Toastbrot bei mir vergessen haben.«

»Wirklich? Ist mir noch gar nicht aufgefallen.«

»Nein? Okay, jetzt wissen Sie, wo es ist. Sie können sich's jederzeit holen.«

»Danke, wirklich nett von Ihnen. Aber heute nicht mehr, lieber morgen, wenn's Ihnen recht ist.«

»In Ordnung. Am Vormittag bin ich kurz in der Firma, aber danach wieder zuhause, so ungefähr ab elf, würde ich sagen. Also dann bis morgen.«

»Ja, bis morgen. Elf Uhr. Ich werde pünktlich sein. Und danke noch einmal.«

Dass der Tag mit so einer angenehmen Überraschung zu Ende gehen würde, hatte ich nicht erwartet. Wirklich ausgesprochen freundlich von Altenburg, mich wegen des Toastbrotes extra anzurufen. Woher hatte er eigentlich die Telefonnummer? Ach so, ich hatte ihm ja erst am Tag zuvor erzählt, dass ich im Haus von Robert wohnte, und die Nummer stand sicher im Telefonbuch. Was für ein Glück, denn sonst wäre Altenburg vielleicht auf die Idee gekommen, mir das Brot zu bringen, und dann hätte er mich in voller Aktion erlebt, und was er dann über mich gedacht hätte, wäre vermutlich alles andere als schmeichelhaft gewesen.

Mein verbissener, stummer Kampf musste jedem normalen Menschen, gelinde gesagt, höchst erklärungsbedürftig vorkommen, dessen war ich mir völlig bewusst. Doch ich wollte mich nicht für etwas rechtfertigen, wollte nicht erklären, was ohnehin niemand verstanden hätte, und Altenburg schon gar nicht. Also besser, wenn er davon nichts mitbekam.

Schlimm genug, dass ich mich vor den Blicken der beiden alten Damen und meines unsichtbaren Beobachters nicht schützen kann, dachte ich, aber wenn ich jetzt auch noch bei Altenburg Argwohn hervorgerufen hätte, wäre das eine glatte Katastrophe, denn bestimmt würde er die Geschichte bei nächster Gelegenheit Isabella erzählen.

Stell dir vor, Isa, würde er sagen, stell dir vor, unser neuer Nachbar, dieser David Bauer, das ist ein Wahnsinniger. Ich habe zuerst gedacht, er ist ein angenehmer, liebenswürdiger Mensch, mit dem man sich gut unterhalten kann, aber dann habe ich ihn zufällig in seinem Garten gesehen, und weißt du, was er da macht? Er drischt mit einer Eisenstange wie verrückt auf Kürbisse ein. Zerhackt und zermatscht sie vollkommen sinnlos. Richtig unheimlich schaut das aus, beinahe so, als würde er irgendwelchen Leuten die Schädel einschlagen. Ich fürchte, der Mann ist wirklich gefährlich, mit dem sollten wir besser nichts zu tun haben. Also Vorsicht, Isa, falls er dir einmal über den Weg laufen sollte, wer weiß, wozu dieser Irre fähig ist!

Ja, irgend so etwas würde er ihr erzählen, und dann könnte ich mir meine schönen Träume sonst wohin stecken. Aus, vorbei, adieu, Isabella!

Aber ich hatte ja Glück gehabt. Altenburg wusste von nichts. Und am Ende eines Tages, an dem sonst alles schiefgelaufen war, durfte ich weiter träumen. Bis bald, Isabella. Hoffentlich bis sehr bald.

Im Grunde hatte sich für mich überhaupt nichts verändert, und ich hätte diesen Tag auch ohne Weiteres aus meinem Leben streichen können. Trotz aller Aufregung war ich keinen Schritt weitergekommen.

Nichts war gelöst. Nichts war vorbei.

Immer noch hieß es: Alles zurück auf Anfang.

Das Telefon gab in dieser Nacht Ruhe, kein Hilferuf riss mich aus dem Schlaf und auch kein Hundekläffen. Trotzdem schreckte ich irgendwann auf. Etwas beunruhigte mich, und ich brauchte einige Zeit, bis ich erkannte, was es war. Dann schlich ich in den Garten und suchte in der Dunkelheit nach meinem Schlagrohr, das ich in der Wiese vergessen hatte.

»Nur falls dich das interessiert, *Glotzauge*«, sagte ich, ohne nach oben zu sehen, »ich fühle mich einfach sicherer, wenn der Totschläger griffbereit neben meinem Bett liegt.«

13

Es war elf Uhr dreißig, ich stand seit einer halben Stunde vorm Einfahrtstor und wartete auf Altenburg. Nachdem ich ein paar Mal vergeblich angeläutet und dazwischen gehofft hatte, er würde im nächsten Moment mit seinem Wagen um die Ecke biegen, wurde ich langsam ungeduldig. Hatte Altenburg auf mich vergessen? Elf Uhr war vereinbart, rechnete er nicht damit, dass ich pünktlich sein würde? Natürlich hätte ich nachhause gehen und in einer Stunde wiederkommen können, doch das widerstrebte mir, denn ich wollte ihm nicht die Möglichkeit geben zu behaupten, nicht er sei zu spät gekommen, sondern ich.

Glotzauge wird sich schon fragen, wo ich so lange bleibe, dachte ich. »Bin gleich wieder zurück, ich hole mir nur mein Toastbrot«, hatte ich ihm zugerufen. Einfach zum Spaß, aber auch, weil ich doch nicht ganz sicher war, dass ich mir meinen Überwacher bloß genauso einbildete wie den Geschmack von Altenburgs Tee.

Einbildung oder nicht, ich würde mich daran gewöhnen müssen, doch ich hatte dafür einen Namen gefunden, und das machte es leichter: Wenn da wirklich etwas existierte, dann kein unheimliches Phantom, keine unerklärliche Macht, sondern eben nur ein lächerliches, blödes *Glotzauge*. Und damit konnte ich leben. Oder anders gesagt, es war das Geringste meiner Probleme. *Glotzauge* konnte mir ja nicht einmal erklären, wieso Altenburg nicht aufkreuzte, also warum sollte ich es dann ernst nehmen? Aber um es ganz einfach ignorieren zu können, dafür ging es mir dann doch wieder etwas zu sehr auf die Nerven. Irgendwie biss sich da der Hund in den Schwanz.

Apropos Hund. Wenn Altenburg mich schon warten ließ, wollte ich die Zeit wenigstens sinnvoll nutzen und den Weg nach Spuren absuchen, die der reizende Schlägerverein gestern hinterlassen hatte. Irgendwelche Beweise musste es ja geben, weggeworfene Schnapsflaschen, Zigarettenstummel, Holzprügel oder zumindest niedergetrampeltes Gras am Wegrand. Ich wurde enttäuscht, außer den üblichen Hundehaufen konnte ich nichts entdecken. Die Männer hatten offenbar alle Indizien sorgfältig beseitigt, ehe sie abgezogen waren, und die Hundescheiße allein bewies gar nichts.

Altenburg zu fragen, ob er die Schlägertruppe gesehen oder gehört hatte, würde ich mir sparen können, seine Luxushütte stand viel zu weit weg von der Straße. Die Einzigen, die etwas hätten bemerken können, wären die Bewohner von Haus Birkenweg Nummer zwei gewesen, das junge Architektenpaar, doch die beiden waren ja gerade in Südafrika. Das hatte mir jedenfalls der Briefträger erzählt, und der musste es schließlich wissen. Oder etwa doch nicht?

Auf einmal kamen mir Zweifel. Etwas stimmte da nicht: Aus Altenburgs Briefkasten quollen schon wieder die Reklamesendungen, der Briefkasten des Architektenpärchens hingegen war leer, obwohl sich eigentlich bereits seit Wochen die Post packenweise angehäuft haben musste. Das bedeutete doch, dass sie jemand herausgenommen hatte. Waren die beiden in Wirklichkeit zuhause? Hatten sie aus irgendeinem Grund gelogen, als sie ankündigten, sie würden verreisen? Gaben sie nur vor, längere Zeit im Ausland zu sein, weil sie nicht gestört werden wollten? Beide, oder vielmehr nur einer von ihnen?

Verflucht noch einmal, was, wenn das hier das Haus war, in dem – ich wollte den Gedanken abwürgen, so sehr erschreckte er mich, aber es war schon zu spät dafür, alles lag viel zu klar auf der Hand, alles war so logisch: die vorgetäuschte Abwesenheit, die dazu passende Geschichte, die dem allzu neugierigen Briefträger aufgetischt worden war, die immer geschlossenen

Jalousien … es war die perfekt inszenierte Tarnung. Niemand wäre jemals auf die Idee gekommen, dass sich in diesem Haus eine Tragödie abspielt. Und hätte der Mann nicht den Fehler begangen, den Briefkasten zu leeren, dann hätte auch ich nie Verdacht geschöpft und wäre noch hundert Mal völlig ahnungslos an dem Haus vorbeigegangen, ohne es zu beachten. Aber jetzt – ja, nichts da! – ausgerechnet jetzt, als hätte der Teufel seine Hände im Spiel gehabt, genau jetzt kam Altenburg angefahren. Besser gesagt, er kam angetuckert.

Also hieß es wieder einmal Themenwechsel.

»Tut mir leid, dass Sie warten mussten. Tut mir ehrlich leid.« Altenburg ließ den Motor laufen und stieg aus seinem VW-Käfer. »Mein Wagen hat den Geist aufgegeben, und der Pannendienst hat eine halbe Ewigkeit gebraucht, um ihn wieder in Gang zu bringen.« Er öffnete das Tor und danach die Beifahrertür. »Kommen Sie, steigen Sie ein. Die hundertfünfzig Meter bis zur Garage wird er hoffentlich auch noch schaffen.«

Wir fuhren langsam auf dem sanft ansteigenden Kiesweg zum Haus und dann weiter aufs Nebengebäude zu, doch ein paar Meter vorm Garagentor starb der Motor ab und ließ sich nicht mehr starten.

»Na gut, das war's dann wohl«, sagte Altenburg achselzuckend. »Ich ruf später die Werkstatt an. Sollen die sich darum kümmern.«

Ich war erstaunt, wie gelassen er es hinnahm. Noch mehr wunderte mich allerdings, dass er überhaupt solch ein altes Auto fuhr. In meinen Augen passte es so gar nicht zu einem erfolgreichen Unternehmer, für den Geld offenbar keine Rolle spielte.

»Ein Zweitwagen, oder?« Ich stieg aus. »Und was für einen fahren Sie normalerweise?«

Altenburg schüttelte den Kopf und warf die Tür zu. »Nein. Das ist mein einziger.«

»Kein anderes Auto?«

»Wozu? Eines reicht doch. Das hier hat immer funktioniert. Mehr oder weniger. Bis jetzt jedenfalls«, er tätschelte das Stoffdach und überlegte kurz, »seit fast zwanzig Jahren … immerhin.«

»Aber ein Mann wie Sie …«

Altenburg lächelte. »Verstehe. Lehmann wollte mir auch einreden, dass ich einen anderen Wagen fahren soll, mindestens einen Mercedes, hat er gemeint. Aber wissen Sie, ich brauche kein Auto als Statussymbol. Hauptsache, es bringt mich von A nach B. Ich gebe mein Geld lieber für Dinge aus, die mir wichtiger sind.«

Wenn ich ihn jetzt frage, was ihm denn wichtiger sei, erzählt er mir bestimmt wieder bloß etwas über seine Produktentwicklungen, dachte ich, während wir zum Haus gingen, und hält mir einen Vortrag über irgendwelche sensationellen Schönheitscremen oder den allerallerneuesten, grandiosen Tee ohne Geschmack, lauter Dinge, die mich einen Furz interessieren. Also fragte ich lieber nicht und antwortete mit dem Gemeinplatz: »Was wirklich wichtig ist, bekommt man ohnehin nicht für Geld.«

Es wäre klüger gewesen, wenn ich geschwiegen hätte, denn Altenburg hakte sofort ein: »Schön, dass Sie das sagen. Ihr Freund Robert ist da ja ganz anderer Meinung. Dem geht es nämlich nur um Geld. Nur um haben, haben, haben.«

Nein, nicht das schon wieder, dachte ich. Altenburg schien Robert regelrecht zu hassen, doch ich wollte ihn mir nicht schlecht reden lassen von einem, der ihn nur nach seinen Geschäften beurteilte, aber sonst nichts von ihm wusste.

»Unsinn«, sagte ich. »Was reden Sie denn da? Robert ist doch nicht –«

Altenburg fiel mir ins Wort. »Besitzt er eigentlich noch immer dieses fürchterliche Angeberauto? Diesen … diesen idiotischen Amischlitten … diesen …«

»Sie meinen den Mustang?«

»Genau! Den Mustang! Diese sinnlose, überteuerte Blechschüssel, die für nichts anderes gut ist als zum Protzen. Sehen Sie, das ist genau das, wovon ich rede: Wer so ein Auto braucht, um damit zu imponieren und allen zu zeigen, was er sich leisten kann, sollte eigentlich ganz dringend zum Psychiater, damit der ihm sein Ego aufpäppelt! – Und? Hat er den Mustang noch?«

Ich verstand nicht, warum er sich derart in Rage redete, Roberts Mustang-Verrücktheit war die Aufregung und Beschimpfungen doch gar nicht wert. Oder machte Altenburg auf diesem Umweg nur seinem Ärger über sein kaputtes Auto Luft? Oder darüber, dass ich das alte Cabrio für seinen Zweitwagen gehalten hatte? Was auch immer, jedenfalls war es mir unangenehm. Und außerdem hatte mir Altenburg, ohne es zu wissen, schon allein mit der Frage nach dem Mustang Salz in eine offene Wunde gestreut.

»Nein«, sagte ich, »den Wagen hat Robert schon lang nicht mehr. War für ihn ja auch nur so etwas wie ein Hobby. Er hat ihn vor Jahren einem Autoverschrotter für einen Pappenstiel abgekauft und dann mühsam eigenhändig instand gesetzt. Jedes Wochenende hat er an dem Unfallauto herumgeschraubt und gehämmert und lackiert, das hat gedauert, sage ich Ihnen, bis der Mustang endlich wieder fahrtüchtig und im alten Glanz dagestanden ist. Dass Robert dann ziemlich stolz auf ihn war, ist doch wohl verständlich. Aber weil der Wagen gelaufen ist wie eine Eins, war er für Robert keine Herausforderung mehr. Weißt du, hat er zu mir gesagt, ich wollte mir nur einmal im Leben beweisen, dass ich das hinkriege. Und ein paar Tage danach hat er den Mustang verkauft. Weit unter seinem Wert, wie ich Robert kenne.«

Ich hielt die Geschichte, die ich mir da zu Roberts Verteidigung aus dem Stehgreif zusammengelogen hatte, für so brillant und überzeugend, dass ich sie beinahe selber glaubte, und jetzt war ich natürlich gespannt, wie Altenburg darauf reagieren würde.

Sein skeptischer Blick verhieß nichts Gutes. »Nur ein Hobby? Na, ich weiß nicht …«

Also setzte ich rasch noch ein Wortspiel drauf, um seine Laune vielleicht doch noch zu heben. »Doch, der *Mustang* war sozusagen Roberts *Steckenpferd*, sonst nichts.« Leider wieder nur ein schwacher Gag, der Altenburg nicht einmal ein müdes Lächeln entlockte.

»Und er hat das Auto tatsächlich verkauft? Da sind Sie ganz sicher?«

»Natürlich. Hat er mir selber gesagt.«

»Und Sie glauben ihm?«

»Selbstverständlich. Wieso sollte ich nicht?«

»Ich weiß nicht. Mir hat er jedenfalls einmal erzählt, dass er seinen Mustang für kein Geld der Welt hergeben würde. So ein Wagen ist wie eine Frau, in die man unsterblich verliebt ist, hat er gesagt, und wer das nicht versteht, der hat auch keine Ahnung von Frauen, und von wahrer Liebe schon überhaupt nicht.«

»Das hat er gesagt?«

»Hat er. Ihr Freund ist nämlich ein – entschuldigen Sie das Wort, aber mir fällt beim besten Willen kein anderer Ausdruck für ihn ein – Ihr Freund ist ein absolut arroganter Arsch, ein Schwätzer, der sich für den Allergrößten hält.«

»Ist er nicht. Und ich kenne ihn ja wohl besser als Sie!«

»Nur weil Sie ihn *länger* kennen, müssen Sie ihn nicht automatisch auch *besser* kennen.«

»Was soll das denn nun schon wieder heißen?«

»Lange Freundschaft macht zwar nicht blind, aber nachsichtig. Und deshalb sehen Sie Ihren Freund nicht so, wie er wirklich ist, sondern wie Sie ihn sich wünschen. Oder wie er vielleicht früher einmal gewesen ist.«

»Quatsch! Ihre Theorie, dass alles nur Einbildung ist, wird schön langsam langweilig.«

»An Ihrer Stelle würde ich trotzdem darüber nachdenken. Im nettesten Kerl kann der fieseste Hund stecken. Wissen Sie, ich glaube, Ihr Freund ist ein Wolf im Schafspelz, der nur auf seinen Vorteil aus ist. Das hat mir mein Gefühl schon beim ersten Mal gesagt, als er im Schlepptau von Isa hier aufgekreuzt ist. Beweisen kann ich es natürlich nicht, und ich will mich auch überhaupt nicht in Ihre Freundschaft einmischen, die geht mich schließlich nichts an. War nur als guter Rat gemeint.«

Ihren guten Rat können Sie sich in den Hintern schieben, wollte ich sagen – doch in diesem Moment betraten wir den weißen Salon, und ich sah Isabella, dreimal Isabella, und blickte ihr in die Augen und dachte, dass es wohl das Allerletzte wäre, diesen hässlichen Streit fortzusetzen, während sie mich ansieht. Nein, nicht vor Isabella, nicht vor ihren Augen. Und um auch Altenburg davon abzulenken, fragte ich ihn nun doch, was konkret er damit gemeint habe, als er gesagt hatte, er würde sein Geld lieber für Dinge ausgeben, die ihm wichtiger seien.

»Sie stehen direkt davor.« Er deutete mit dem Kinn auf die Bilder.

Was? Isabella? War Isabella für ihn eines der *Dinge*?

Altenburg schien meine Gedanken lesen zu können. »Wissen Sie, das Wichtigste in meinem Leben ist Isa. Gleich danach kommt die Kunst. Und am schönsten ist es, wenn Isa und die Kunst ineinanderfließen und eins werden.« Er trat nah ans mittlere Bild heran und breitete die Arme aus, als wollte er es umarmen. »Die perfekte Symbiose von Leidenschaft und Geist. Dafür gebe ich alles.«

Es verblüffte mich, wie sich Altenburg von einer Sekunde auf die andere verwandelt hatte: Aus dem zornigen Mann, der soeben noch über Robert Gift und Galle gespuckt hatte, war ein hoffnungslos romantischer Schwärmer geworden – aber auch einer, dem man die Befriedigung darüber anmerkte, dass diese Frau ihm gehörte. Und ja, ich beneidete ihn. Nur mit viel Mühe gelang es mir, meine Eifersucht nicht zu zeigen. Jetzt wäre es mir tausendmal lieber gewesen, wenn Altenburg über seine neuen Produkte philosophiert hätte. »Und wie läuft's in der Firma«, fragte ich ihn, »was macht der ... der ...«, ich kramte in meinem Gedächtnis nach dem richtigen Wort, » ... der Produktrelaunch ... oder wie auch immer das heißt, was Sie gerade machen?«

Altenburg löste sich von Isabellas Bild und sah mich erstaunt an. »Wieso fragen Sie?«

»Na ja, ich habe geglaubt, zurzeit wäre es das, was für Sie am wichtigsten ist.«

»Bitte? Wie kommen Sie denn darauf?«

»Entschuldigung, aber erst vor ein paar Tagen haben Sie mir doch selber erzählt, dass Sie wegen diesem ... also, dass Sie deshalb nicht nach Südfrankreich zu Ihrer Frau fliegen können. Und das, obwohl Sie schreckliche Angst gehabt haben, es könnte ihr beim Segeln etwas zustoßen.«

»Wollen Sie mir jetzt ein schlechtes Gewissen einreden? Sozusagen als Revanche für das, was ich über Ihren Freund Robert gesagt habe?«

»Nein, wirklich nicht! Aber wenn es bei Ihnen so angekommen ist ...«

»Ist es. Zufrieden?«

Mit » ... dann tut es mir leid« hatte ich meinen Satz eigentlich fortsetzen wollen, aber nun sagte ich lieber nichts.

»Aha. Vielsagendes Schweigen.«

Die Situation war gründlich verfahren. Ehe ich mir auch noch mit Altenburg Ärger einhandle, sollte ich die Notbremse ziehen, dachte ich. Bloß wie?

»Ich fürchte, heute ist nicht mein Tag«, sagte ich.

»Ja. Meiner wohl auch nicht«, sagte Altenburg. Er zeigte auf die Flasche Johnny Walker, die nach wie vor auf dem Glaspodest stand. »Wie wär's mit einem Schluck? Vielleicht wird der Tag dann besser, und zwar bevor er geht.«

»Nett von Ihnen, aber –«

»Aber? Nicht um diese Uhrzeit?«

»Nein … aber die Flasche wollten Sie sich doch für einen ganz besonderen Anlass aufheben.«

Altenburg sah mich verdutzt an. »Das wissen Sie also auch noch! Unglaublich. Sie haben ja ein Gedächtnis wie ein Elefant. Bei Ihnen muss man sich wohl besser dreimal überlegen, was man sagt.«

»Zum Beispiel?«

»Über Ihren Freund.«

»Schon vergessen«, log ich.

»Wunderbar«, sagte Altenburg. »Möchten Sie vielleicht einen Tee?«

»Gern«, log ich wieder. »Und den Johnny Walker genießen Sie mit Ihrer Frau, wenn sie wieder zurück ist.«

»Sie haben recht.« Altenburg lächelte versonnen. »Das ist dann wirklich ein ganz besonderer Anlass.«

Gerade noch gut gegangen, dachte ich. Mein Gott, wenn man doch alle Probleme mit ein paar Lügen aus der Welt schaffen könnte!

Altenburg war in der Küche und hatte mich mit Isabella allein gelassen, und wenn mich nicht alles täuschte, huschte ein kaum merkbares Lächeln über ihre Lippen.

Endlich, sagte sie, isch glaube, viel länger 'ätte isch euer dummes Gerede nicht mehr ausge'alten. Und ich mochte, wie sie sprach, mochte ihre sanfte, melodiöse Stimme und ihren, so meinte ich, leichten französischen Akzent. Es passte perfekt zu ihrem Gesicht, alles andere wäre für mich unvorstellbar gewesen.

Entschuldige, sagte ich, aber Männer sind eben manchmal richtige Idioten.

Oui, mon cher, sagte sie, isch weiß. Und sie lächelte wieder, doch zugleich – und das hatte ich bis jetzt an Isabella noch nie bemerkt – lag etwas zutiefst Trauriges in ihren Augen. So wie damals bei Laura, als ich sie auf dem Bücherflohmarkt kennengelernt und mich sofort in sie verliebt hatte. Und genau wie damals dachte ich, dass ich alles dafür tun würde, damit diese Traurigkeit aus Isabellas Augen verschwindet.

Sag, was ist los, Isabella? Was macht dich so unglücklich? Nur der lächerliche Streit zwischen deinem Mann und mir? Oder dieser kleine rote Fleck auf dem schönen weißen Teppich, der deine geliebte Harmonie in Weiß stört? Woher kommt der Fleck eigentlich? Geht mich nichts an, entschuldige. Es dreht sich um etwas anderes, nicht wahr? Warum sagst du nichts? Ich spüre doch, dass dir irgendetwas Kummer bereitet. Lass mich raten. Du wünschst dir ein Kind, aber dein Mann ist dagegen? Nein, das wohl nicht. Du würdest gern für immer in Südfrankreich leben, weil du dich hier überhaupt nicht wohl fühlst? Oh ja, das kann ich gut verstehen, sehr gut sogar. Nichts wie weg von hier, das wäre schön, nicht wahr? Ganz weit weg von diesen Leuten mit ihren Hunden und ihrer Bösartigkeit und all den Ungeheuerlichkeiten, die sie hinter geschlossenen Jalousien ausleben. Ist es das, Isabella? Kann es sein, dass du längst ahnst, was sich in dem Haus an der Straßenecke bei dem Architektenpaar abspielt, hast du davon vielleicht sogar etwas mitbekommen, aber du behältst es für dich, weil nicht sein kann, was nicht sein darf, oder weil du weißt, dass es dein Mann ohnehin nur für Hirngespinste halten würde? Ich kenne das, Isabella, mit mir will er über solche Dinge auch nicht reden. Themenwechsel, sagt er dann immer nur, Themenwechsel. Doch ich werde etwas tun, ich werde eingreifen, vertrau mir, Isabella. Versprochen. Und jetzt sei bitte wieder glücklich.

»Kommt Ihre Frau eigentlich aus Frankreich«, fragte ich, als Altenburg den Tee brachte.

»Morgen, übermorgen, in einer Woche … ehrlich gesagt, ich weiß es nicht.«

»Ach so … nein … ich habe gemeint: *Stammt* sie aus Frankreich? Ist sie Französin?«

»Isa? Nein. Wie kommen sie auf die Idee?«

»Ich finde … sie wirkt irgendwie so … auf den Bildern …«

»Wirklich? Finden Sie?« Altenburg stellte das Tablett auf einem Beistelltisch ab und goss Tee aus der gläsernen Kanne in die Teegläser. Dann betrachtete er nachdenklich die Bilder. »Interessant ... so habe ich das noch gar nicht gesehen ... aber wenn Sie das sagen ... doch, doch, sie hat schon was von einem französischen Filmstar ...« Er lächelte und reichte mir ein Teeglas. »Wird Isa gefallen, wenn ich ihr erzähle, dass Sie sie für eine Französin halten.«

Keine Französin. Schade. Ich nahm einen Schluck. Und auch da musste ich enttäuscht feststellen, dass es wieder nur Altenburgs »Soul of Tea« war, also bloß heißes Wasser ohne Geschmack.

»Und? Wonach schmeckt er heute?« Altenburg sah mich neugierig an. *»Herbes de Provence?«*

Nein, die Freude wollte ich ihm nicht machen. Ich schüttelte den Kopf. »Kein bisschen.« Und nach einem weiteren Schluck fügte ich hinzu: »Schmeckt nach überhaupt nichts. Nicht einmal nach Johnny Walker.«

»Na gut, dann eben nicht.« Altenburgs Lächeln wirkte jetzt ein bisschen gezwungen. »Aber um auf Isa zurückzukommen, für die Sie sich ja brennend zu interessieren scheinen: Sie kommt aus der Steiermark, dem Ausseerland. Um genau zu sein, aus einem Dorf in der Nähe des Toplitzsees. Wunderschöne Gegend.«

»Ja, ich weiß«, sagte ich. »Als Kind bin ich da einmal mit meinen Eltern gewesen. Aber nicht wegen der Landschaft, sondern weil sich mein Vater für das Nazi-Gold interessiert hat, das angeblich kurz vorm Ende des Weltkriegs in diesem See versenkt worden ist. Mehr als ein paar Kisten mit gefälschten Pfundnoten hat man allerdings nicht gefunden.«

»Ich erinnere mich. Manche Leute pilgern ja heute noch nur deswegen an den Toplitzsee. Aber Gott sei Dank ...«, auf einmal grinste er breit, »... Gott sei Dank hat das Ausseerland auch noch andere Sehenswürdigkeiten zu bieten!« Altenburg wies wie ein Fremdenführer auf die drei Bilder und erhob seine Stimme. »Meine Damen und Herren, ich präsentiere Ihnen ein wahres Wunder der Natur, das absolut Schönste, Bezauberndste, Hinreißendste, was es gibt: Maria Isabella Johanna aus dem Ausseerland – kurz, meine Isa!«

Obwohl mich dieses *meine* gewaltig störte, musste ich lachen. Ich stellte mein Teeglas ab und applaudierte.

Altenburg bedankte sich mit einer gespielt überschwänglichen Verbeugung und fuhr fort: »Maria Isabella Johanna, eine Bilderbuchschönheit mit einer Bilderbuchkarriere: Schon mit siebzehn beim berühmten Ausseer Narzissenfest zur Narzissenkönigin gekürt und sofort nicht nur bei den Touristen als Fotomotiv begehrt. Nach dem Schulabschluss Sport- und Geografiestudium an der Universität Wien, das sie sich durch Gelegenheitsjobs als Fotomodell für Werbung und Modekataloge finanziert, nach drei Semestern Abbruch des Studiums, weil sie ein Angebot einer internationalen Modellagentur erhält, ein halbes Jahr Mailand, dann ein Jahr Paris und schließlich vier Jahre New York, acht Mal auf der Titelseite der Vogue, zwei Mal Face of the Year, unzählige Fernsehspots, parallel dazu intensive Zusammenarbeit mit einem Underground-Fotografen abseits des eitlen und oberflächlichen Glamours, der sie zunehmend langweilt, experimentelle, künstlerische Body-and-Pain-Fotosessions, durch die auch ich auf sie aufmerksam werde, dann, nach zugegebenermaßen anfangs zäher Überzeugungsarbeit, lange Zeit das Gesicht von ›Altenburg-Kosmetik‹ – und seit ein paar Jahren meine Frau.« Er hielt inne, brach die Pose des Fremdenführers ab und seufzte. »Manchmal glaube ich noch immer, ich träume. Aber es ist wahr: Isa … diese absolute *Wonderwoman* … Isa ist tatsächlich *meine* Frau.« Und nach einer kurzen Nachdenkpause fügte er trocken hinzu: »So, und jetzt fragen Sie mich bitte nicht mehr jedes Mal nach Isa, das nervt nämlich gewaltig.«

Ich wusste nicht, was ich sagen sollte. Schon während Altenburgs Vortrag war ich kleiner und kleiner geworden, und Isabella größer und größer. Ein Wesen aus der Welt der Reichen und Schönen, unerreichbar für einen Zwerg wie mich. Verdammt noch einmal, ich sollte wirklich aufhören herumzuspinnen und mich um Dinge kümmern, die wichtiger waren als meine aussichtslose Verliebtheit! Das Beste wäre, Isabella möglichst schnell zu vergessen. Aus, vorbei, mach's gut, meine Schöne! Aber dafür hätte ich den Kontakt zu Altenburg aufgeben müssen, und das wollte ich nun auch nicht, denn schließlich war er der einzige Nachbar, der sich nicht gegen mich gestellt hatte. Außerdem gab es da etwas, das mich ebenso irritierte, wie es meine Neugier weckte.

»Sagen Sie, *Body-and-Pain-Fotosessions*, was ist das?«

Altenburg machte den Eindruck, als würde ihm meine Frage unangenehm sein, und er fertigte mich mit einer vagen Antwort ab. »Nun, ja, das ist eine avantgardistische Kunstrichtung. Da macht man Bilderserien, die nichts mehr mit der konventionellen Vorstellung von Schönheit zu tun haben. Sozusagen als konsequente künstlerische Weiterentwicklung von dem, was der amerikanische Fotograf Irving Klaw in den Fünfzigerjahren gemacht hat. ›Bettie Page – The Dark Angel‹, wenn Ihnen das was sagt.«

Es sagte mir nichts. Doch ich wollte mich nicht blamieren. »Aha«, sagte ich. »Interessant.«

»Ja«, sagte Altenburg. »Das ist eine der vielen Leidenschaften, die Isa und ich gemeinsam haben. Faszinierend ... aber es muss ja nicht jeder davon wissen ... Es gibt Dinge, die bleiben am besten an zwei sicheren Orten: im Kopf und im Safe.« Sein Blick verdüsterte sich. »Der Letzte, dem ich ein paar der Bilder gezeigt habe, war übrigens Robert Lehmann. Ganz am Anfang unserer Bekanntschaft, als ihn Isa das zweite oder dritte Mal angeschleppt hat. Völlig unüberlegt von mir. Ich wollte einfach wissen, ob wir irgendwelche gemeinsamen Interessen haben, Kunst zum Beispiel. Aber das Einzige, was ihn interessiert hat, war, wie viel das perverse Zeug – ja, so hat er die Fotografien genannt und dabei anzüglich gegrinst, dieser Kunstbanause – wie viel das perverse Zeug wert ist und ob es denn einen Markt dafür gibt. Da habe ich schon gewusst, dass er und ich wohl nie Freunde werden.«

»Okay«, sagte ich, und ausnahmsweise war ich nicht überrascht. »Robert und Kunst, das kann ich mir eigentlich auch nicht vorstellen. Damit hat er noch nie was am Hut gehabt.«

»Und Sie?«

»Wenn ich ehrlich bin, auch nicht.«

»Na bitte. Warum sollte ich Ihnen die Bilder dann zeigen?«

Ganz bestimmt nicht wegen der Kunst, dachte ich und beneidete Robert um sein Glück, diese Fotos von Isabella zu Gesicht bekommen zu haben. Aber den wahren Grund, aus dem ich sie ebenfalls liebend gern gesehen hätte, konnte ich Altenburg natürlich nicht verraten.

Auf einmal schien er es ohnehin eilig zu haben und sah auf die Uhr. »O Gott, schon so spät! Entschuldigen Sie, aber ich muss jetzt dringend ein paar Telefonate erledigen.«

»Selbstverständlich«, sagte ich und warf ebenfalls einen Blick auf meine Armbanduhr. »Ich muss auch …«

Altenburg lächelte. »Sagen Sie … Ihre Uhr … wieso tragen Sie die eigentlich verkehrt herum? Genauso wie Ihr Freund Robert. Hat er das von Ihnen abgeschaut oder Sie von ihm?«

»Warum fragen Sie? Stört Sie was dran?«

»Aber nein … ich find's nur irgendwie …«

»Ja? Was?« Ich spürte, wie mir die Galle hochkam. »Sagen Sie schon!«

»Na ja … ich möchte Sie ja nicht beleidigen … wie soll ich sagen …«

»Affig? Wollen Sie das sagen? Affig? Ja?«

Er wand sich verlegen. »Also, um ehrlich zu sein … ja … doch … affig ist das passende Wort. Nichts für ungut.«

»Schon in Ordnung«, sagte ich. »Jeder von uns hat eben seine Spinnereien, die andere Leute nicht verstehen oder die ihnen nicht gefallen. Aber vor allem: die sie einen Scheißdreck angehen! Hab ich recht?«

Altenburg sagte nichts. War auch besser so.

Auf halbem Weg zum Bungalow machte ich kehrt und lief zurück. Ich hatte mein Toastbrot wieder nicht mitgenommen. Doch als ich dann vor Altenburgs Einfahrtstor stand, verspürte ich absolut keine Lust, ihn noch einmal zu sehen. Und noch etwas irritierte mich: Mir war, als würde in seinem Haus ein Hund bellen. Nur ganz kurz. Schon nach zwanzig, dreißig Sekunden hörte das Kläffen abrupt auf.

Sonderbar, dachte ich, seit wann hat Altenburg einen Hund, und wieso macht er mir gegenüber ganz offensichtlich ein Geheimnis draus? Wenn ich ihn das nächste Mal darauf anspreche, wird er mir sicher weismachen wollen, ich hätte mir das Bellen nur eingebildet.

Zugegeben, so ganz sicher war ich mir ja auch nicht, aber wenn sich tatsächlich ein Hund im Haus befand, was sollte ich davon halten? Also, irgendetwas stimmte da nicht, nein, etwas stimmte ganz und gar nicht.

Ich war noch keine fünf Minuten zuhause, da läutete auch schon das Telefon.

Ach, lass mich doch in Ruhe, Altenburg, dachte ich. Dass ich mein Toastbrot bei dir vergessen habe, weiß ich selber. Mach damit, was du willst, schmeiß es weg oder tunk es in deinen affigen Tee oder verfüttere es an deinen Hund, es interessiert mich nicht mehr. Und falls du dich für deine affigen Beleidigungen bei mir entschuldigen willst, vergiss es, ich hab nämlich keine Lust, mit dir darüber zu reden, kommt ja doch nichts Vernünftiges dabei heraus, ist eben nicht unser Tag, also scheiß drauf. Warten wir, bis Gras über die Geschichte gewachsen ist, und dann schauen wir weiter. Kapiert? Na, endlich.

Das Läuten hörte auf.

Ich schüttete Bohnensuppe aus der Konserve in einen Topf und stellte ihn auf den Herd. Dosenfutter. Darüber wärst du sicher entsetzt, nicht wahr, Isabella? Eine Luxusfrau wie du ist anderes gewöhnt. Sorry, da kann ich nicht mithalten. Und von Kunst habe ich leider auch keine Ahnung, schon gar nicht von irgendwelchen avantgardistischen Fotoexperimenten. Ich fürchte, wir leben in verschiedenen Welten. Das tut weh, aber ich kann es nicht ändern. Und deshalb lassen wir besser alles, wie es ist, einverstanden, Frau Altenburg?

Während ich dann die aufgewärmte und ein bisschen seifig schmeckende Bohnensuppe gleich aus dem Kochtopf in mich hineinlöffelte, überlegte ich, was ich wegen des Architektenpaares unternehmen sollte.

Bereits auf dem Heimweg hatte ich die Zeit gestoppt, die ich für die Strecke zwischen ihrem Haus und dem Bungalow benötigte, wenn ich die knapp zweihundert Meter schnellen Schrittes zurücklegte. Es war nicht einmal eine Minute. Im Ernstfall könnte ich also schon wenige Augenblicke nach dem Hilferuf der Frau zur Stelle sein, um rechtzeitig einzugreifen und das Schlimmste zu verhindern oder den Mann vielleicht sogar davon abzuhalten, seine Frau zu verprügeln.

Das waren schon einmal ganz hervorragende Voraussetzungen, jetzt durfte ich nur nichts dem Zufall überlassen. Vor allem sollte ich unbedingt im Schlagtraining bleiben, denn ich konnte ja nicht wissen, wann mich die Frau wieder anrufen würde, schon in der kommenden Nacht oder erst in einer Woche, ich musste jederzeit darauf gefasst sein, Gewalttäter waren unberechenbar. Täglich ein paar Trainingsschläge waren also durchaus sinnvoll. Dabei sollte ich üben, die Wucht meiner Schläge zu dosieren, von einem leichten Stoß zur Warnung und Abschreckung, womit ich den Mann vielleicht zur Vernunft bringen könnte, über einen gezielten Betäubungshieb bis zum tödlichen Schlag, je nachdem, was nötig sein würde. Nein, ich hatte nicht vor, bloß sinnlos zuzuschlagen, ich wollte helfen und nicht morden.

Was mich so nüchtern denken ließ, weiß ich heute nicht mehr, möglicherweise war es die Folge meiner Ernüchterung in Bezug auf Isabella, es könnte aber auch nur der Seifengeschmack der Bohnensuppe gewesen sein, der mir in diesem Moment jegliche Leidenschaft vergällte.

Und so stand ich wenig später mit meinem Totschläger in der Gartenhütte und schaute mich – emotionslos, nüchtern und sachlich – nach geeigneten Übungsobjekten um, denn die Kürbisköpfe hatte ich ja bereits alle hingemetzelt. Ich wurde rasch fündig: Der Stapel Blumentöpfe aus rotbraunem Ton passt hervorragend, dachte ich, und wenn ich sie sparsam verwende, also nicht mehr als fünf pro Tag, komme ich damit lang über die Runden.

Doch dann gab es ein ganz anderes Problem. An das neue Geräusch – ein hässliches, kreischenden Gellen beim Aufprall der Eisenstange auf den harten, gebrannten Ton und ein Klirren, das sich wie ein kurzer, entsetzter Schmerzensschrei anhörte, wenn der Topf in tausend Scherben zerbarst – an dieses unangenehme Geräusch hatte ich mich schnell gewöhnt, doch schon nach dem dritten Schlag war mein Totschläger beschädigt. Auf der Metalloberfläche waren Scharten und Dellen zu sehen, und weitere Schläge hätten das Rohr vermutlich völlig verbogen und unbrauchbar gemacht.

Mein Training aufzugeben, Kam nicht infrage. Und so blieb mir nichts anderes übrig, als mir in der Hütte aus den alten, abgeschnittenen Installationsrohren noch ein paar passende auszusuchen und in Reservetotschläger zu verwandeln, indem ich wieder sorgfältig die unteren Drittel der Rohre mit Leukoplast umwickelte, bis ich sie fest und sicher mit beiden Händen umfassen und probeweise mit weit ausholenden Schwüngen durch die Luft sausen lassen konnte. Mit dieser Arbeit verbrachte ich den Rest des Nachmittags.

Und während der ganzen Zeit hatte ich natürlich wieder Gesellschaft. *Glotzauge* konnte sich offenbar nicht sattsehen an dem, was ich tat. Idiot, affiger.

Neun Uhr am Abend ist zu früh, viel zu früh. Um diese Zeit hat die Frau noch nie angerufen. Also ist es sicher nur wieder Altenburg, der einfach nicht aufgibt, obwohl er doch eigentlich merken müsste, dass ich nicht ans Telefon gehen kann oder will. Nach zehn Minuten wird mir das Dauerklingeln zu bunt und ich hebe ab.

»Herrgott noch einmal, Altenburg! Sie stören!!«

Doch es ist nicht Altenburg.

Es ist die Frau.

Jemand verpasst mir eine Dopingspritze. Wieder Adrenalin? Ich habe keine Zeit, darüber nachzudenken.

Und auch keine Zeit, mir das Schluchzen und Flehen anzuhören. Ich lege den Hörer vorsichtig neben das Telefon, greife nach meinem Totschläger und renne los. Und ich bin sicher, dass mich die Frau noch immer um Hilfe ruft und ihr Mann vor dem versperrten Zimmer tobt und gegen die Tür tritt und sie aufzubrechen droht, als ich bereits vor ihrem Haus stehe und es mit angehaltenem Atem anstarre.

Doch da ist alles ruhig und friedlich.

Ja, zum Teufel, irgendwas muss doch zu bemerken sein, muss nach außen dringen von dem, was sich da drin abspielt, Schreie, Schläge, Krachen von berstendem Holz – aber da ist nichts, kein Geräusch, kein Laut, absolut nichts ist zu hören, und zu sehen auch nicht, das ganze Haus ist dunkel, nur bei einem einzigen Fenster im Erdgeschoß fällt Licht in schmalen Streifen durch die Jalousie.

Ich drücke den Klingelknopf. Einmal, zweimal. Keine Reaktion. Ich läute Sturm, mindestens zwei Minuten lang. Nichts. Nur das Licht erlischt. Kurz darauf geht es hinter einem anderen Fenster an, oben im ersten Stockwerk. Verflucht noch einmal, was ist da drin los? Was soll ich machen? Übers Gartentor klettern, mit meinen Fäusten an die Haustüre hämmern, »Sofort aufmachen, hier ist die Polizei!« brüllen? Es wird nichts bringen. Und was dann? Die Tür eintreten, ein Fenster einschlagen?

Ich starre das Haus an, umklammere meinen Totschläger, denke fieberhaft nach – und beinahe hätte ich die beiden Hundefrauen nicht bemerkt, die mit ihren Scheißkötern an der Straßenecke auftauchen. Als wären meine Probleme noch nicht groß genug.

Für Bruchteile einer Sekunde spiele ich *Glotzauge*, betrachte die Situation sozusagen von außen, und sofort wird mir bewusst, dass ich einen ziemlich verdächtigen Eindruck mache. Es gelingt mir gerade noch, das Eisenrohr unauffällig in den Grasstreifen vorm Gartenzaun fallen zu lassen, bevor mich die zwölfbeinige Wachpatrouille umzingelt.

»Sie können es wohl nicht lassen«, sagt die Rottweilerfrau. »Dieses Herumspionieren ist anscheinend eine Sucht von Ihnen, was?«

»Ich spioniere nicht«, sage ich.

»Nein? Und warum treiben Sie sich dann vor diesem Haus herum?«

»Das geht Sie überhaupt nichts an. Ich frage Sie ja auch nicht, was Sie mit Ihren Hunden um diese Zeit hier machen. Man könnte meinen, Sie verfolgen mich.« Eine ausgesprochen dumme Antwort, das ist mir klar, aber zum Glück habe ich wenigstens nicht das Wort »Scheißköter« verwendet, obwohl das lästige Viehzeug schon wieder an meinen Hosenbeinen schnüffelt.

»Wissen Sie, was ich glaube?«

»Nein. Interessiert mich auch nicht.«

»Ich glaube, Sie sind so einer, der nachts heimlich Frauen durch Fenster beobachtet und sich dabei einen runterholt. Ein mieser, kleiner Spanner sind Sie!«

Scheiße, das war echt unter der Gürtellinie, doch ich muss zugeben, es könnte tatsächlich so ausschauen, als wäre ich ein Voyeur. Wie soll ich reagieren? Mit Empörung? Erschütterung? Ignoranz? Oder damit, dass ich den Frauen erzähle, aus welchem Grund ich wirklich hier bin? Würden sie mir glauben? Ich weiß es einfach nicht.

Die Rottweilerfrau interpretiert sogar meine Sprachlosigkeit als Eingeständnis. »Ich finde, wir sollten das Ihrer Frau erzählen. Die hat sicher keine Ahnung davon, was Sie hinter ihrem Rücken so treiben.«

»Wie bitte«, sagt die Dalmatinerfrau, »*seiner* Frau? *Der* da hat eine Frau?«

»Das hat er zumindest behauptet, als er neulich bei mir im Geschäft war.«

»Der und eine Frau – das kann ich mir überhaupt nicht vorstellen.«

»Wir werden es ja gleich sehen. Wenn Sie zuhause ist, wissen wir's.« Die Rottweilerfrau blickt mich an, als würde sie mich verhören. »Sie ist doch zuhause, oder?«

»Nein«, sage ich, »ist sie nicht.«

»Aha. Und wo …«

»Verreist … ins Ausland … Südfrankreich … Camargue … und ich weiß auch gar nicht, wann sie zurückkommt …« Was rede ich bloß für einen Mist, denke ich, aber irgendwie muss ich mich unbedingt aus dieser Situation retten. »Und außerdem, wenn Sie's genau wissen wollen, bin ich nur hier, weil mich die Bewohnerin dieses Haus vor ein paar Minuten um Hilfe gerufen hat!«

»Um Hilfe gerufen … nein, sowas! Und das sollen wir Ihnen glauben«, sagt die Rottweilerfrau.

»Weißt du was«, pflichtet ihr die Dalmatinerfrau bei, »ich rufe jetzt auch um Hilfe. Und zwar die Polizei. Soll er doch der seine Märchen erzählen!«

»Ja, bitte, machen Sie das! Damit dieser ganze unerträgliche Irrsinn hier ein für alle Mal ein Ende hat«, sage ich. Und ich meine wirklich den ganzen Irrsinn, von den Unterstellungen und Anfeindungen bis zu den Prügelattacken. Ich weiß ohnehin nicht mehr weiter, da kann ich nur hoffen, dass die Polizei wenigstens dieses Mal das tut, wofür sie da ist.

Die Dalmatinerfrau holt aus ihrer Umhängetasche etwas, das aussieht wie der Oberschenkelknochen eines Hundes und sich als Mobiltelefon entpuppt, übrigens das erste, das ich zu Gesicht bekomme. Im Schein der Straßenlaterne tippt sie auf die Tasten, hält den Knochen ans Ohr, schüttelt den Kopf, tippt erneut auf die Tasten, wirft der Rottweilerfrau einen hilfesuchenden Blick zu, und während die Frauen offenbar mit den Tücken der Technik kämpfen und ihre Scheißköter von einer Katze auf der anderen Straßenseite abgelenkt werden und an ihren Leinen zerren, schiebe ich mit dem Fuß vorsichtig meinen Totschläger ein Stück weiter weg zwischen ein paar Brennnesselstauden, um zu verhindern, dass die Polizisten das verräterische Eisenrohr entdecken.

Eine Viertelstunde später.

Flash, Flash, Flash!

Hell, dunkel, hell, dunkel, hell, dunkel.

Ja, ich weiß schon, dass da kein Rettungswagen steht, sondern nur ein Polizeifahrzeug – trotzdem: Ich hasse dieses hektische Blaulicht, das auf die Hausfassade knallt und sie in der Nachtschwärze aufflackern und verschwinden lässt. Es ist das Licht, in dem zu Tode geprügelte Frauen aus Häusern getragen werden. Das Licht, das mir »Zu spät, für jede Hilfe zu spät!« entgegenbrüllt.

Lieber Gott, bitte nicht schon wieder!

Wieso stellt man nicht dieses verfluchte Blaulicht ab? Dann würden nämlich auch die Scheißhunde aufhören zu jaulen. Und warum schenken die zwei Polizisten dem Gequatsche der Frauen ihre ganze Aufmerksamkeit und nicht dem, was ich zu sagen habe? Es darf doch wohl nicht wahr sein, dass die idiotischen Anschuldigungen gegen mich wichtiger sind als die Verhinderung eines Verbrechens!

»In diesem Haus schlägt ein Mann seine Frau«, schreie ich. »Vielleicht ist sie schon tot!« Und dann schreie ich einfach weiter, schreie alles heraus über die verzweifelten Hilferufe und den leeren Briefkasten und das verdächtige Licht hinter den Jalousien, obwohl die Bewohner doch angeblich verreist sind, über mein vergebliches Klingeln und meine schlimmsten Befürchtungen und meine Gewissheit, dass dies das Haus ist, in dem sich seit Wochen eine Tragödie abspielt, mit meinem Schreien zwinge ich die Polizisten, mir endlich zuzuhören, und zu guter Letzt erkläre ich ihnen, wenn sie nicht sofort etwas unternähmen, wären sie mit schuld am Tod dieser Frau.

Das bringt mir zwar die Androhung einer vorläufigen Festnahme ein, falls ich nicht augenblicklich damit aufhören würde, hier herumzubrüllen und mit wirren Behauptungen eine Amtshandlung zu behindern, aber trotzdem habe ich erreicht, was ich wollte: Die Polizisten sind verunsichert.

Sie beraten sich kurz, und danach geht der jüngere Beamte zum Auto und stellt das Blaulicht ab, und der ältere mustert das Haus von oben bis unten und sagt dann zu den beiden Frauen, dass man durch geschlossene Jalousien wohl kaum jemanden heimlich beobachten könne, und mir erklärt er, das Licht im ersten Stock sei überhaupt kein Beweis für die Anwesenheit der Bewohner, vermutlich hätten sie nur vergessen, es auszumachen, und dabei hört er sich an, als wollte er hinzufügen »Und jetzt lasst mich gefälligst in Ruhe mit euren Kindereien, ich habe seit fünf Minuten Dienstschluss«, und deshalb kann ich mir die Bemerkung »Aha, dann gibt es wohl Gespenster« nicht verkneifen, als wir beide sehen, dass genau in diesem Moment das Licht erlischt und kurz darauf im Erdgeschoß wieder angeht.

»Halten Sie den Mund«, schnauzt mich der Polizist an, aber ich merke, dass ihm die Geschichte nun auch nicht mehr ganz geheuer ist.

Sein Kollege packt mich am Arm, führt mich zum Polizeiauto und holt ein Klemmbrett mit Formularen aus dem Wagen. »Ich nehme jetzt erst einmal Ihre Personalien auf.«

Ich fasse es nicht! Haben meine Personalien jetzt Vorrang vor dem Leben einer Frau? Und wozu soll es gut sein, dass der ältere Polizist genau das macht, was ohnehin schon ich getan habe? Er kann seinen Daumen auf den Klingelknopf drücken, so oft und so lang er will, es wird nichts bringen, das habe ich doch bereits gesagt! Wie viel wertvolle Zeit muss denn noch sinnlos verstreichen?

Endlich!

»Wir gehen rein«, ruft der Polizist und hantiert am Schloss des Gartentors. »Gefahr in Verzug!«

Der Jüngere wirft das Klemmbrett in den Wagen, drängt mich und die Hundefrauen an den Straßenrand neben der Einfahrt zu Altenburgs Anwesen, gibt uns dann im Befehlston die Anweisung »Sie rühren sich nicht von der Stelle, verstanden?« und läuft zu seinem Kollegen.

Du hast mir überhaupt nichts zu befehlen, junger Freund, nur damit das klar ist! Aber in Ordnung, ich bleibe hier stehen. Ich muss nämlich gar nicht in das Haus gehen, ich weiß auch so, was ihr da drin finden werdet. Ich sehe es, ganz deutlich sehe ich es.

Blut sehe ich. Überall Blut. Auf der Treppe. Auf dem Küchenboden. Im Badezimmer. Blutspritzer. Blutspuren. Blutlachen. Und eine Frau. Am Fuß der Treppe. Oder auf dem Boden neben der Badewanne. Eine blutüberströmte Frau. Leblos. Ohnmächtig. Oder schon tot? Mit einer tiefen Wunde auf der Stirn, aus der immer noch Blut rinnt. Und einen Mann, der mit leerem Blick in der Küche sitzt. Oder mit einem Lappen das Blut aufwischt. Und von einem Unfall redet, einem bösen Unglück. Und ein Telefon, das Kabel aus der Wand gerissen. Und noch mehr Blut. Und einen Hund, der seine Schnauze in das Blut steckt. Nein, doch nicht. Keinen Hund. Dieses Mal keinen Hund. Aber einen Türstock, an dem Blut klebt.

Ja, das alles sehe ich, während es hinter einer Jalousie nach der anderen hell wird. Und gleich werden die Polizisten den Mann in Handschellen aus dem Haus führen und ziemlich unsanft auf die Rückbank ihres Wagens drücken, wobei sich der Mistkerl »unglücklicherweise« seinen Schädel am Türrahmen blutig stoßen wird, der jüngere Polizist wird mich kumpelhaft angrinsen und der ältere wird mir zurufen, dank meiner Aufmerksamkeit sei alles gerade noch gut gegangen, die Frau sei am Leben und die Rettung bereits unterwegs, die Hundefrauen werden sich verlegen bei mir entschuldigen, die Feindseligkeiten werden aufhören, und ich werde erleichtert aufatmen können. Ruhe, endlich Ruhe.

Jetzt allerdings pocht mir das Herz bis zum Hals, weil im Haus plötzlich alle Lichter wieder ausgehen, bis auf das eine hinter der Jalousie im Parterre. Nun ist es also so weit, denke ich und fange zu zittern an, vor lauter Aufregung verschlucke ich mich, ersticke fast an meiner eigenen Spucke und kriege einen Hustenanfall, dass mir Hören und Sehen vergeht. Und als ich wieder zu Atem komme, stehen die Polizisten vor mir, aber es dauert eine ganze Weile, bis ich verstehe, was sie sagen. Und noch länger, bis ich es auch begreife.

Was ist mit der Frau? Und wo ist der Mann? Wie bitte? Kein Mensch im Haus? Auch nicht die geringste Spur einer Gewalttat? Dafür eindeutige Hinweise auf eine gut vorbereitete, lange Abwesenheit der Bewohner, mit Tüchern zugedeckte Möbel, abgeschaltetes Telefon, ausgesteckte Elektrogeräte, nur das Licht zur Abschreckung von Einbrechern über eine Zeitschaltuhr gesteuert?

Na, hervorragend. Jetzt stehe ich da wie der letzte Trottel. Dabei sollte ich doch eigentlich froh darüber sein, dass man keine misshandelte oder gar tote Frau gefunden hat. Aber ich fühle mich betrogen, um nicht zu sagen verarscht. Und was soll das heißen, die Hilferufe am Telefon – falls es sie überhaupt wirklich gegeben habe – könne ich unter der Kategorie »geschmacklose Scherze« ablegen, und die ganze Angelegenheit würde ein Nachspiel für mich haben, möglicherweise eine Anzeige, aber ganz sicher Schadensersatzforderungen für die Reparatur der Türschlösser? Und dass mich die Polizei in nächster Zeit im Auge behalten werde?

Damit nicht genug. Assistiert von ihrer Freundin quatscht die Dalmatinerfrau soeben irgendwas über »diesen perversen Spinner« in ihr Mobiltelefon, statt auf ihren Hund aufzupassen – und jetzt kommt der Scheißköter von der anderen Straßenseite angerannt, hält den Totschläger zwischen seinen Zähnen und lässt ihn prompt vor meine Füßen fallen, als hätten wir damit Apportieren gespielt.

»Gehört das Ihnen?«, fragen beide Polizisten gleichzeitig.

»Was?«

»Dieses Ding da.«

Ich könnte jetzt natürlich von den Männern erzählen, die sich gestern hier zusammengerottet haben, um mich zu überfallen, und dass »dieses Ding da« sicher eine ihrer Waffen sei, aber das würden die Polizisten bestimmt nur als nächste verrückte Behauptung von mir abtun, und das Risiko, von ihnen für geistesgestört gehalten zu werden, ist mir zu hoch. Also sage ich: »Das? Nein, das Ding gehört mir nicht. Was ist das überhaupt?«

Der jüngere Polizist hebt das *Ding* vom Boden auf. Ob der Dalmatiner es als seine Beute verteidigen oder bloß wieder mit ihm spielen will, weiß ich nicht, jedenfalls springt er mit einem mächtigen Satz hoch, um nach dem Rohr zu schnappen, in einem Abwehrreflex schlägt der Polizist damit zu, genauso reflexartig fällt ihm sein Kollege in den Arm, und so streift der Totschläger nur den Schädel des Hundes, statt ihn mit voller Wucht zu treffen. Der Dalmatiner zieht sich winselnd zurück, der Rottweiler beginnt wütend zu bellen, aber die Hundefrauen haben von allem offenbar nichts mitbekommen und widmen sich weiter ungerührt ihrem Telefongequatsche.

Der jüngere Polizist starrt mit betretener Miene das Eisenrohr an. »Nein ...das hätte mir jetzt nicht passieren dürfen ... ich versteh überhaupt nicht ...«

»Ach was! Gib das Scheißding her«, sagt der ältere und schmeißt es kurz entschlossen über die Gartenmauer auf Altenburgs Grundstück. Dann schaut er mich an, als wollte er mich hypnotisieren, und tippt mir mit dem Zeigefinger auf die Brust. »Und Sie ... Sie haben nichts gesehen! Haben Sie verstanden? Absolut nichts!«

»Ja«, sage ich. »Verstanden.«

»Kann ich mich drauf verlassen?«

»Selbstverständlich! Nichts ... nichts habe ich gesehen ...«

»Gut, dann schlage ich vor, dass wir dafür auch die Sache mit dem falschen Alarm vergessen.«

»Ich habe nichts gesehen«, wiederhole ich. »Es ist ja auch gar nichts vorgefallen, was ich hätte sehen können, oder?«

»Danke«, sagt der junge Polizist leise.

»Gern geschehen«, sage ich. Und in Gedanken füge ich hinzu: Schade, dass du den Scheißköter nicht erschlagen hast, oder noch besser gleich alle beide. Schade, wirklich jammerschade!

Zuerst die Ernüchterung, was Isabella betraf, dann das gemeine »affig«, mit dem Altenburg mich beleidigt hatte, gefolgt von der Überraschung, dass er einen Hund besitzt und es aus irgendeinem Grund vor mir verheimlicht, und zuletzt die Erkenntnis, dass ich mich in Bezug auf das Architektenpaar gründlich geirrt und mit meiner Rettungsaktion nichts anderes erreicht hatte, als plötzlich im Visier die Polizei zu sein – nein, dieser Tag war wirklich nicht mein Tag. Insofern unterschied er sich aber eigentlich kaum von all den anderen Tagen, seit Laura mich verlassen hatte und Herr Thalheim gestorben war. Und schon gar nicht, seit ich meinen Fuß das erste Mal in Roberts Bungalow gesetzt hatte. Letzten Endes waren es lauter beschissene Tage gewesen, und ich hatte es satt, so verdammt satt.

Ab sofort wird alles anders, schwor ich mir, während ich kurz vor Mitternacht vorm Badezimmerspiegel stand und die letzten paar Millimeter der zwölf Tage alten Blutkruste von meiner Stirn kratzte, als könnte ich so wenigstens diese Zeit ungeschehen machen. Ab jetzt kümmere ich mich nur noch um mich, der Rest der Welt interessiert mich nicht mehr. Sucht euch einen anderen Trottel für eure Spielchen. Alle, ausnahmslos alle. Ja, auch die Frau. Und du, *Glotzauge*, du ebenfalls. Es gibt nichts mehr zu sehen. Weil ihr mich nämlich alle am Arsch lecken könnt!

Was man halt so denkt, wenn einem der Lauf der Dinge genauso gegen den Strich geht wie die eigene Unfähigkeit, daran etwas zu ändern.

14

Dem älteren Polizisten war es offensichtlich wirklich ernst damit gewesen, als er mir am Abend hinterhergerufen hatte »Aber im Auge werden wir Sie trotzdem behalten«, denn während ich auf der Terrasse meinen Morgenkaffee trank, sah ich den Streifenwagen langsam am Gartentor vorbeifahren, und zwanzig Sekunden später tauchte er noch einmal auf, gemächlich und im Rückwärtsgang.

Großartig, dachte ich in einem Anflug von Ironie, damit habe ich ein Problem weniger. Wenn die Polizei jetzt regelmäßig im Birkenweg Streife fährt, um mich zu überwachen, schreckt sie nämlich gleichzeitig meine Feinde ab. Die werden sich hüten, sich zusammenzurotten und mich anzugreifen, schließlich können sie ja nie wissen, ob nicht genau in diesem Moment das Polizeiauto um die Ecke kommt. Danke, meine Herren, sehr freundlich von Ihnen, dass Sie mich beschützen!

Meine Totschläger würde ich also nicht mehr benötigen, jedenfalls nicht für meine Verteidigung. Das war das eine Resultat des vergangenen Abends, und ich fand es ausgesprochen erfreulich. Das andere Resultat hingegen verunsicherte mich zusehends: Wer, zum Teufel, war die Frau, und was sollte ich wegen ihr unternehmen? Nur weil ich mich nun schon zum zweiten Mal geirrt hatte, konnte ich sie doch nicht ignorieren, auch wenn ich mir das gestern Nacht noch fest vorgenommen hatte. Seit ihrem letzten Anruf schwieg das Telefon, und das machte mir Sorgen. Obwohl mich die Frau bisher noch nie schon am Vormittag angerufen hatte, befürchtete ich plötzlich das Schlimmste: Hatte sie ihr Mann totgeschlagen, während ich – vielleicht nur ein paar hundert Meter von ihr entfernt – vor dem falschen Haus gestanden war? Eine sinnlose Überlegung, die zu nichts anderem führte, als zur stumpfsinnigen Wiederholung meiner Selbstvorwürfe.

Ich war prompt wieder rückfällig geworden. Doch damit musste jetzt Schluss sein, ein für alle Mal! Wenn ich mich verrückt machte, war niemandem geholfen, und einer toten Frau schon gar nicht! Ziemlich grimmige Logik, zu der ich Zuflucht nahm. Aber sie half. Zumindest im Augenblick.

Mit einer schwungvollen Bewegung schüttete ich den restlichen Kaffee im großen Bogen auf die Wiese, straffte meine Schultern und atmete tief durch. Dieser Tag sollte nun wirklich *mein* Tag werden, er sollte mir gehören, mir ganz allein. Was nicht hieß, dass ich ihn vertrödeln würde. Nein, ich musste mich endlich um meine eigenen Angelegenheiten kümmern, und da gab es viel zu erledigen. Meinen restlichen Kram aus der alten Wohnung in den Bungalow bringen zum Beispiel. Und mich aufraffen, den Brief an die Söhne von Herrn Thalheim zu schreiben. Zuallererst wollte ich mir aber ein paar Bücher aus dem »Buchgewölbe« holen.

Seit Wochen hatte ich kein Buch mehr in der Hand gehabt, doch wegen all der Aufregung, dem Ärger und dem Wahnsinn der letzten Tage war mir gar nicht bewusst geworden, wie sehr mir die Bücher fehlten. Jetzt überfiel mich die Sehnsucht danach fast wie eine Entzugserscheinung. Ich brauchte Bücher! Brauchte ihren Geruch, brauchte das lustvolle Gefühl, hunderte Seiten durch meine Finger gleiten zu lassen, brauchte den wundervollen, magischen Augenblick, in dem ich von einer Geschichte gefangen genommen und in sie hineingezogen werde, in neue Gedanken und andere Welten, unbedingt brauchte ich das, wenn ich jetzt endlich wieder in ruhigeres Fahrwasser kommen wollte. Ich brauchte Bücher, stapelweise brauchte ich sie, und zwar sofort!

Ein Gefühl unbändiger Vorfreude überfiel mich, als ich mir vorstellte, wie ich meine Reisetasche voll Bücher aus dem »Buchgewölbe« in den Bungalow schleppen würde, und das nicht nur ein Mal, nein, zwei, drei, vier Mal, und am nächsten Tag wieder. Ich besaß noch den Schlüssel, wer wollte mich also daran hindern? Und außerdem hatte ich ja nicht vor, die Bücher zu stehlen, ich würde sie mir nur ausleihen, würde für sie im Wohnzimmer ein Regal bauen an der Stelle, wo bis vor Kurzem die Musikanlage und der Fernseher gestanden waren, würde mit den Büchern leben, mit ihnen Zwiesprache halten und sie pflegen und auf sie aufpassen, würde sie als alte Freunde bei mir aufnehmen, während sie sonst doch nur dazu verurteilt wären, wie die restlichen Bücher im geschlossenen Antiquariat unbeachtet zu verstauben – und in einem Jahr, nachdem sich Robert und seine Cousins über die Fortführung des Geschäfts geeinigt hätten, würden die Bücher natürlich wieder ins »Buchgewölbe« zurückkehren. Und mit ihnen auch ich.

Herrn Thalheims Bücher waren vor zwanzig Jahren schon einmal meine Rettung gewesen, und jetzt würden sie mich wieder retten. Ich holte meine Reistasche, rief »Ciao, *Glotzauge*!« und marschierte los.

Jemand packte meinen Magen und presste ihn zusammen, als ich den gelb-schwarz gestreiften Pickup sah, der vor dem Antiquariat stand. Wenn sich Capone jetzt auch noch meine Bücher unter den Nagel reißen will, dachte ich, schlage ich ihm wirklich den Schädel ein. Ich wusste bloß nicht, womit. Vielleicht mit dem schmiedeeisernen Schirmständer hinter der Eingangstür. Der war zwar ziemlich schwer und nicht so handlich wie meine Totschläger, doch irgendwie würde es schon gehen. Ich müsste nur schnell genug sein und zuschlagen, bevor die beiden Gorillas etwas bemerkten. Das viel größere Problem würde der Pitbull sein. Allein schon die Vorstellung, wie die Killerbestie sich mit einem mächtigen Satz auf mich stürzt und in meine Kehle verbeißt, machte mir eine Heidenangst.

Deshalb war ich zuerst unglaublich erleichtert, als ich feststellte, dass der Pickup überhaupt nichts mit Capone zu tun hatte, sondern laut der Aufschrift auf der Fahrertür einer Firma »AUGIAS – Entrümpelungen & Entsorgungen« gehörte. Damit wurde mir allerdings auch bewusst, was hier vorging, mit meiner Erleichterung war es augenblicklich vorbei, und erneut presste mir eine Faust den Magen zusammen.

»Um Gottes willen, was machen Sie denn da«, rief ich durch die offene Tür ins Gewölbe. »Das darf ja wohl nicht wahr sein, oder?« Eine sinnlose Frage, geboren aus der vagen Hoffnung, der Anblick, den das Gewölbe bot, könnte möglicherweise doch nur Einbildung sein. Aber Altenburgs Theorie versagte schon wieder.

Die Bücher waren verschwunden, zwei junge Männer in gelben Overalls nahmen die Regale auseinander, auf dem Boden stapelten sich die Bretter, und nur noch die deckenhohen, fest im Mauerwerk verankerten Seitenteile standen aufrecht wie letzte Relikte nach einem Erdbeben.

»Was wird das hier«, fragte ich noch einmal.

Die Männer deuteten gleichzeitig mit einer Kopfbewegung auf das Plakat, das mit Klebstreifen auf der Scheibe des kleinen Schaufensters befestigt war.

Ich ging wieder auf die Straße und las den ebenso lapidaren wie für mich erschreckenden Text, der in großen, goldfarbenen Buchstaben auf blauem, mit Sternen übersäten Hintergrund stand: »Automaten-Casino LAS VEGAS! Eröffnung am 7. August«. Am unteren Rand des Plakates gab es noch die kleingedruckte Information: »Ein Unternehmen der internationalen Fun&Win-Corporation«. Und dazu eine Telefonnummer, die mit ihrer elendslangen Vorwahl auf einen Firmensitz irgendwo im fernen Ausland hinwies.

Das war's also. Wieder einmal hatte ich zu lang gewartet. Ich war so sicher gewesen, Robert würde in einem Jahr das »Buchgewölbe« für mich kaufen, dass ich sinnlos Zeit verstreichen lassen hatte, statt mit den Söhnen von Herrn Thalheim Kontakt aufzunehmen. Und jetzt hatten sie das Gewölbe an einen Glücksspielkonzern verscherbelt, und ich Idiot konnte meinen Traum von einer Zukunft im Antiquariat gleich zusammen mit den Resten der Einrichtung entsorgen lassen. Scheiße, verdammte!

Einer der Männer schleppte ein paar Regalbretter aus dem Gewölbe und schmiss sie auf die Ladefläche des Pickups. Dann lehnte er sich an die Bordwand und zündete sich eine Zigarette an.

»Wohin bringen Sie das Zeug«, fragte ich ihn.

»Das Altholz? In die Müllverbrennungsanlage«, sagte er.

»Und die Bücher? Wo sind die?«

»Keine Ahnung. Die haben andere geholt.«

»Alle?«

»Ja, alle. Bloß ganz hinten neben dem Büro, da stehen noch ein paar. Die haben sie wohl vergessen.«

»Kann ich die haben?«

Er zuckte die Schultern. »Klar, von mir aus. Kommen sonst ohnehin auch nur zum Müll.«

Peng-peng-peng!

Der andere Mann drosch beidhändig mit einem schweren Hammer auf einen Regalsteher ein und schien mich überhaupt nicht zu bemerken, als ich mir zwischen den Bretterstapeln einen Weg zum Büro bahnte.

Peng-peng-peng!

Bei jedem Schlag zuckte ich zusammen. Das Hämmern trieb dem Gewölbe endgültig seine Seele aus: die hochkonzentrierte, beinahe heilige Stille, die es jahrzehntelang zu einem so besonderen Ort gemacht hatte, an dem die Welt und die Zeit den Atem anhielten. Ohne diese Stille war das Gewölbe nicht mehr mein Versteck, meine Höhle der Ruhe und Geborgenheit, mein *Mäuseloch*, sondern nur noch fremdes, kaltes, altes, totes Gemäuer. Und das schmerzte mich. Nicht stärker, aber anders als das Platzen meines Traumes und der Verlust der Bücher. Ich hatte das

Gefühl, jeder Hammerschlag ließe Herrn Thalheim noch einmal sterben. Und jeder Hammerschlag zertrümmerte die besten Jahre meines Lebens, hartnäckig und unbarmherzig, bis nichts mehr davon übrigbliebe.

Peng-peng-peng!

Dann stand ich vor den paar Büchern, die auf dem Boden neben der Bürotür aufgestapelt waren, und mir war gleichzeitig zum Lachen und zum Weinen, als ich sah, um welche Bücher es sich handelte. Es waren die wertlosen, zerlesenen Paperbacks, die ich Laura auf einem Flohmarkt abgekauft hatte, und die der Anlass für unser erstes Gespräch gewesen waren, damals an jenem eiskalten Novemberabend. Mit diesen Taschenbüchern hatte unsere Beziehung angefangen, und jetzt waren sie alles, was davon übrig geblieben war. Gerührt nahm ich jedes Buch einzeln in die Hand, wischte – fast zärtlich – den Staub davon ab und legte es in meine Reisetasche. Ach, Laura!

Peng-peng-krach! Der Regalsteher hatte sich endlich aus seiner Verankerung gelöst, fiel um und landete mit einem dumpfen Knall auf dem Boden.

He! War ich verrückt geworden? Die beschissenen, jahrelang in einer Ecke des Antiquariats vor sich hin staubenden Schmöker hatten doch nicht das Geringste mit Laura zu tun! Es waren die Bücher ihres prügelnden Ex-Mannes gewesen. Laura hatte sie gehasst, und dass ich sie jetzt als Erinnerungstücke mitnehmen wollte, grenzte ja wohl an Idiotie! Ich drehte meine Tasche um und kippte den Mist wieder auf den Boden. Weg damit ins Höllenfeuer der Müllverbrennungsanlage! Ich war so zornig. Auf diese Bücher, die doch nichts als schweigende Zeugen von Lauras Unglück gewesen waren, auf mich, weil ich das in meiner Sentimentalität beinahe vergessen hatte, und über den Zynismus, dass mich ausgerechnet ein Haufen erbärmlicher Schundromane an meine Unfähigkeit erinnerte, auf das aufzupassen, was mir wertvoll war, egal, ob Bücher oder Menschen.

Peng-peng-peng!

Der nächste Regalsteher erzitterte unter wuchtigen Hammerschlägen. Ich flüchtete ins Büro und schloss die Tür. Auch das »Kontor« – so hatte Herr Thalheim sein Allerheiligstes genannt – war leer geräumt, nur der niedrige, graue Metallschrank stand noch in seiner Ecke, über ihn gebreitet der kleine, falsche Perserteppich, als wollte man den Schrank darunter verstecken. Jemand glaubte wohl, hinter der mit einem Zahlenschloss gesicherten Tür würden sich irgendwelche wertvollen Dinge befinden, teure Handschriften, vielleicht sogar Bargeld, war aber bis jetzt noch nicht an die erhofften Schätze herangekommen, denn Herr Thalheim hatte den Zahlencode mit ins Grab genommen. Nur ich kannte ihn, ich war der Einzige, dem er die Ziffernkombination einmal verraten hatte – 301085, das Geburtsdatum seines Lieblingsdichters Ezra Pound, dessen gerahmtes Porträtfoto jahrzehntelang über dem Schrank an der Wand gehangen war – und obwohl ich wusste, dass ich weder kostbare Unikate noch Geldbündel finden würde, sondern neben einem schmalen Band mit Pounds »Cantos« nur ein paar »verbotene« Bücher, die nach Ansicht des alten Herrn nicht jeder zu Gesicht bekommen sollte, und die er deshalb in seinem »Giftschrank« eingesperrt hatte, fühlte ich so etwas wie triumphierende Schadenfreude, als ich die Ziffern der Reihe nach einstellte. Früher hatten mich diese Bücher nicht interessiert, aber jetzt sollte sie niemand anderer in die Finger kriegen, sie gehörten mir, mir ganz allein, Herr Thalheim hätte es sicher so gewollt. Und auf dem Flohmarkt verkaufen konnte ich sie ja immer noch.

Peng-peng-peng!

Nichts werdet ihr finden, absolut nichts, wenn ihr den Schrank aufbrecht! Enttäuschung wird sich auf euren Gesichtern breitmachen, und niemals werdet ihr wissen, dass es bloß Bücher gewesen sind, keine versteckten Reichtümer, nur Bücher mit erotischen Bildern, soweit ich mich erinnerte, nicht einmal harte Pornografie, sondern harmlose Schlüpfrigkeiten, für die es sich überhaupt nicht gelohnt hätte, den Schrank mühsam zu knacken, wenigstens diese Genugtuung war mir vergönnt! Mit diebischer Freude zog ich meine Reisetasche an den Schrank heran und öffnete die Tür. Na, was sagst du, Robert, die gleiche diebische Freude hast auch du jedes Mal empfunden, wenn du dem Wachhund eine Schachtel Zigaretten aus seinem Schreibtisch geklaut hast, stimmt's?

Doch der Schrank war leer. Nur das Foto von Ezra Pound lag drin, ohne Rahmen, und auf der Rückseite stand in Herrn Thalheims winzig kleiner Handschrift Pounds Geburtsdatum. Irgendein Schlauberger hatte die richtige Schlussfolgerung gezogen und war mir zuvorgekommen. Und wäre der Lärm nicht gewesen, hätte ich meine lächerliche Vorfreude zerplatzen hören können.

Peng-peng-peng! Baaam-baam-baam! Peng-peng! Baaam-baaam! Peng! Baaam! Peng! Baaam!

Beide Männer droschen jetzt gleichzeitig auf die Regalsteher ein und entfachten mit ihren Hammerschlägen ein martialisches Trommelfeuer. Nichts wie raus aus dem Gewölbe! Nur ganz schnell weg, hier hatte ich nichts mehr verloren!

Und während ich dann die Straße entlanglief, ohne mich auch nur ein einziges Mal zum »Buchgewölbe« umzudrehen, krallte sich wieder die Faust um meinen Magen und quetschte ihn zusammen und ließ nicht mehr locker und nahm mir den Atem, so dass ich an der nächsten Straßenecke Halt machen musste und vornüber gebeugt an eine Hausmauer gelehnt bloß noch nach Luft ringen und leise stöhnen konnte, statt meine Enttäuschung und Wut laut hinauszuschreien.

Eigentlich sollte dieser Tag ja *mein* Tag werden. Aber das schien ihm völlig egal zu sein: Er hatte für mich noch mehr Gemeinheiten auf Lager.

Eine Dreiviertelstunde nach dem Fiasko mit dem Antiquariat stand ich vor meiner Wohnungstür und konnte sie nicht aufsperren. Einen Moment lang dachte ich, in meiner Aufregung hätte ich mich in der Wohnung geirrt, doch alles war richtig, Stockwerk, Türnummer, und auch mein Name stand immer noch auf dem Türschild, nur der Schlüssel passte nicht. Ich konnte mit ihm am Schloss herumstochern, soviel ich wollte, er glitt nicht hinein, da halfen weder Fingerspitzengefühl noch grobe Gewalt. Wütend trat ich gegen die Tür. Was für eine Unverschämtheit vom Wohnungseigentümer, bereits zwei Wochen vor dem Ende meines Mietvertrages das Türschloss auszutauschen und mir den Zutritt zu verwehren! Mehr als um die paar Habseligkeiten, die ich mir jetzt nicht aus der Wohnung holen konnte, ging es mir ums Prinzip: Ich hatte bis Ende des Monats Miete bezahlt, also durfte man mich auch nicht einfach aussperren! Scheißkerl, verdammter! Wieder trat ich gegen die Tür. Und noch einmal und noch einmal.

Als ich aus den Augenwinkeln sah, dass die Tür der Nachbarwohnung vorsichtig einen Spalt weit geöffnet wurde, trat ich erst recht auf meine Tür ein. Ich konnte hier so viel Lärm machen, wie es mir passte! Niemand hatte das Recht, sich darüber zu beschweren, und meine beschissenen ex-jugoslawischen Nachbarn schon überhaupt nicht! Nein, nicht nach dem, was ich mir erst neulich durch die Wand von ihnen hatte anhören müssen!

»En'schuldigung?« Eine leise, schüchterne Stimme.

»Ja?«

Ein Mädchen kam zögernd aus der Tür, klein, zierlich, mit großen, dunklen, aber furchtsamen Augen in einem blassen Gesicht, eine hübsche Vierzehnjährige in grauen Leggings und einem weiten, pinkfarbenen T-Shirt. »En'schuldigung«, wiederholte sie.

»Schon in Ordnung.« Wie auf Knopfdruck startete in meinem Kopf ein Film, in dem ein verzweifeltes Kind zusehen muss, wie seine Mutter von seinem Vater verprügelt wird. »Kann ich dir irgendwie helfen«, fragte ich. »Möchtest du mir etwas erzählen?«

»Du wohnen hier«, fragte das Mädchen.

»Ja«, sagte ich, »ich wohne hier. Warum fragst du?«

»Wirklich? Ich dich noch nie gesehen. Du wirklich wohnen hier?«

Ich konnte ihn fast auf der Haut spüren, den Blick dieser traurigen Augen, die mein Gesicht abtasteten und nach einer Antwort auf die Frage suchten, ob man mir vertrauen könne. Ich lächelte und zeigte auf das Namensschild an der Tür. »Ich bin David Bauer und ich wohne wirklich hier. Willst du meinen Ausweis sehen?«

Das Mädchen schüttelte den Kopf. »En'schuldigung. Moment, bitte.« Es verschwand in der Wohnung und kam gleich darauf wieder mit einem kleinen Paket heraus. »Bitte, das für dich. Bitte.«

»Was? Ich versteh nicht. Was ist das?«

Die Kleine blieb vor ihrer Wohnungstür stehen und hielt mir das Paket mit ausgestreckten Armen entgegen. »Nicht wissen, was. Aber ist für dich, bitte. En'schuldigung.« Ihre Stimme war jetzt fast tonlos, und in ihren Augen schien mir etwas Flehendes zu liegen.

Gott, was für ein verängstigtes Kind, dachte ich, war mit wenigen Schritten bei ihm und nahm das Paket. »Vielen Dank. Das ist wirklich lieb von dir.« Doch jetzt, so ganz nah, sah ich, dass mir gar kein Mädchen gegenüberstand, sondern eine erwachsene Frau, dreißig, vielleicht fünfunddreißig Jahre alt. Ich war irritiert und blickte sie fragend an.

»Haben abgegeben bei uns«, sagte sie.

»Was?«

»Paket. Haben abgegeben bei uns. Sagen, dir geben, wenn du da sein.

»Aha«, sagte ich. »Danke.«

»Ja«, flüsterte sie. »En'schuldigung.« Und ehe ich ihr irgendeine Frage stellen konnte – von wem das Paket abgegeben worden sei, oder, noch viel wichtiger, ob sie Probleme habe und Hilfe brauche – huschte sie in ihre Wohnung, warf die Tür ins Schloss und drehte den Schlüssel um, ein Mal, und zur Sicherheit ein zweites Mal.

Die Frau hatte ganz offensichtlich Angst vor mir, und wenn ich ehrlich war, konnte ich es ihr nicht einmal verdenken, denn immerhin hatte ich mich noch vor drei Minuten wie ein Wahnsinniger aufgeführt. So einer wie ich wäre wohl der Letzte gewesen, dem sie sich anvertraut oder den sie um Hilfe gebeten hätte. Jetzt stand sie vermutlich mit angehaltenem Atem lauschend hinter ihrer Tür und hoffte, ich würde nicht wieder zu toben anfangen.

»Entschuldigung«, sagte ich leise. »Ich wollte Sie nicht erschrecken.«

Auf dem Paket standen in großen Blockbuchstaben mein Name und meine Adresse, aber kein Absender. Bestimmt bloß Werbung, dachte ich. Zwei in Styroporkügelchen gebettete, hässliche, billige Tassen und ein Prospekt, die mich unter dem Motto »Genießen Sie Ihren Frühstückskaffee mit guten Nachrichten« zu einem Zeitungsabonnement verführen sollten. Es war nicht das erste Mal, dass ich so etwas erhielt und mich darüber ärgerte. Ich legte das Paket in meine Reisetasche, ob ich es aufmachen oder ungeöffnet zum Müll werfen würde, konnte ich auch später entscheiden, das Problem mit meinem Türschloss hatte Vorrang.

Also noch einmal mit Gefühl. Ich kniete mich vor meine Tür, das Schloss in Augenhöhe, setzte die Schlüsselspitze an, vorsichtig und präzise wie ein Chirurg sein Skalpell, und … wieder nichts … der Schlüssel passte einfach nicht.

Plötzlich kam mir ein fürchterlicher Verdacht. Ich sah mir den Schlüssel genauer an: die Längsrillen, den großen und die kleinen Zacken, die eingravierte Nummer –

Himmel, war ich ein Idiot!

Dabei hatte ich doch bloß meiner Enttäuschung über das Ende des »Buchgewölbes« etwas entgegensetzen wollen, ein Zeichen, dass ich es nicht nur hinnahm, sondern in der Lage war, selber den Schlussstrich zu ziehen und mich endgültig von meinem Traum zu verabschieden, als ich auf dem Weg zur Wohnung vor einem Kanalgitter stehen geblieben war, den Schlüssel fürs Antiquariat von meinem Schlüsselring genommen und mit den Worten »Zum Teufel mit dir! Ab in den Orkus!« in den Kanal fallen lassen hatte. So etwas wie ein kleines Befreiungsritual. Danach war mir leichter gewesen, ja, ich war sogar ein bisschen stolz auf mich.

Doch jetzt sah ich die Bescherung: Ich Idiot hatte nicht aufgepasst und statt des Gewölbeschlüssels meinen Wohnungsschlüssel im Kanal versenkt!

Menschenskind, wie kann man nur so blöd sein, dachte ich. Und dann musste ich lachen, kippte von meinen Knien auf den Hintern, saß auf dem Boden und lachte, lachte, lachte. Ich konnte nicht anders, ich kicherte, japste, quietschte, wieherte vor Lachen; keine Ahnung, wie lang ich so dasaß und über mich und meine Dummheit lachte, schallend und mit Tränen in den Augen, obwohl sie eigentlich überhaupt nicht zum Lachen waren, die Schwierigkeiten, die ich mir todsicher mit meinem Vermieter eingehandelt hatte, und diese Witzfigur eines Versagers, die ich schon wieder einmal abgab, und irgendwann lachte ich auch einfach nur noch aus Trotz – und hörte erst damit auf, als ich erneut den Blick der Frau auf mir spürte.

Bestimmt dachte sie, nun sei ich völlig verrückt geworden, ein unberechenbarer, gefährlicher Irrer, vor dem man sich in Acht nehmen müsse, und wenn ihr Mann daheim gewesen wäre, würde sie ihn jetzt um Hilfe rufen und ihn bitten, sie vor mir zu beschützen und mich aus dem Haus zu jagen. Ja, genau das dachte sie, ich sah es in ihren angsterfüllten Augen, die mich weiter beharrlich durch den Türspalt anstarrten und besorgt jede meiner Bewegungen verfolgten, während ich mich mühsam aufrappelte, an ihr vorbei Richtung Treppenhaus schlich, wieder umdrehte und zurückkam, um meine Reisetasche zu holen, die ich vergessen hatte, und mich dann endlich aus dem Staub machte. Wortlos und mit gesenktem Kopf, ein verlegenes, blödes Grinsen im Gesicht, weil ich mich schämte, nichts als schämte.

Auch auf der Straße hielt ich den Kopf gesenkt, doch jetzt nicht aus Scham, sondern weil ich das Kanalgitter suchte, durch das ich meinen Schlüssel fallen lassen hatte. Vielleicht war das Loch gar nicht so tief, dann würde ich versuchen, das Gitter hochzuheben und, wenn es sein musste, auf dem Bauch liegend, den Schlüssel mit ausgestrecktem Arm und spitzen Fingern aus dem Dreck zu fischen. Keine Chance. Jedes Kanalgitter sah aus wie das andere, und an den genauen Ort meiner hirnlosen Aktion konnte ich mich nicht mehr erinnern. Nach einer halben Stunde gab ich auf.

Höchste Zeit, mir etwas Gutes zu tun, wenn wenigstens der Rest des Tages *mein* Tag werden sollte, dachte ich. Aber warum fiel mir ausgerechnet jetzt das kleine Kaffeehaus ein, in dem mir Laura von ihrer unglücklichen Ehe erzählt hatte? Lag es an den Augen meiner Wohnungsnachbarin, die genauso traurig gewesen waren wie Lauras Augen, damals vor drei Jahren? An diesem Abend war es mir gelungen, die Traurigkeit aus ihren Augen zu vertreiben, und damit hatte die Geschichte zwischen Laura und mir angefangen. Ein glücklicher Moment, in dem ich das wunderbare Gefühl gehabt hatte, alles würde sich zum Guten wenden. Okay, dieses Glücksgefühl, zumindest einen Hauch davon, wollte ich nun wieder heraufbeschwören, und so machte ich mich auf den Weg zum Café.

LIEBE GÄSTE! WIR RENOVIEREN FÜR SIE! stand auf einer Papptafel über dem Eingang. Ich spähte durch die mit Packpapier notdürftig verklebte Glastür: wieder eine Baustelle, eine Zwischenwand halb niedergerissen, der Boden mit Bauschutt bedeckt, mittendrin zwei Stühle und ein Kaffeehaustisch, auf dem leere Bierflaschen standen. Herrgott, hatte sich die ganze Stadt gegen mich verbündet? Wurde jetzt jeder Ort zerstört, der mir etwas bedeutete? Was für ein Scheißplan war das denn, bitte?

Heute glaube ich, nein, ich bin sicher, wäre das Kaffeehaus geöffnet gewesen, hätte mein Leben einen anderen Verlauf genommen. Eine Tasse Tee und ein paar sentimentale Erinnerungen hätten schon genügt, und meine Gedanken wären in den kommenden Tagen wieder nur um Laura gekreist und um das Schöne, das wir lange Zeit miteinander gehabt hatten. Ja, vermutlich hätte ich alles ausgeblendet, was nicht so schön gewesen war, wäre vor Selbstmitleid über meinen Verlust zerflossen, hoffnungslos gefangen im Wunsch, Laura würde zu mir zurückkommen – egal, jede noch so unsinnige Fantasie wäre ein Glück gewesen, denn mit ihr hätte sich Laura erneut in meinem Kopf und in meinen Träumen breitgemacht und Isabella endgültig verdrängt. Isabella, die Unerreichbare, deren Bild ich noch immer nicht losgeworden war, allen vernünftigen Argumenten zum Trotz.

Auch wenn es sich lächerlich anhört, wiederhole ich: Nur eine halbe Stunde in diesem Kaffeehaus hätte alles verändert, und die Geschichte wäre gut ausgegangen. So aber war die Abzweigung versperrt, meine letzte Chance, von der Straße abzubiegen, die direkt in den Abgrund führte.

Am Abend schluckte ich zwei Schlaftabletten und – nach einer quälend schlaflosen Stunde – noch zwei. Die Packung hatte ich im Badezimmer in Roberts Medizinkästchen gefunden. Ihr Verfallsdatum war bereits ein paar Jahre überschritten, aber das war mir egal. Was sollte schon Schreckliches passieren? Ich hatte einfach genug von diesem Tag, der nicht *mein* Tag sein wollte.

15

Das Bellen kam aus dem Wohnzimmer und riss mich aus dem Schlaf.

Nein, bitte nicht schon wieder! Nicht der Pitbull! Nicht die Bestie mit dem Echsenschädel! Und wo ist mein Totschläger? Wieso finde ich kein Eisenrohr neben meinem Bett? Ja, jetzt erinnere ich mich, das eine liegt drüben auf Altenburgs Grundstück, und die anderen lehnen fein säuberlich aufgereiht an der Wand der Gartenhütte, ausgerechnet jetzt, wo ich dringend eins brauchen würde, verdammte Scheiße!

Der Hund kläffte immer noch im Wohnzimmer. Und was nun? Wird das »Capone & Co., zweiter Teil«, wieder mit mir als wehrlosem Idioten in der Hauptrolle? Nein, sicher nicht. Obwohl mir die Schlaftabletten nach wie vor das Denken schwermachten, wusste ich sofort – offenbar instinktiv – was ich tun musste. Dieses Mal hatte sich die Komikertruppe verrechnet, und zwar ganz gewaltig!

Schon im nächsten Augenblick konnten sie in meinem Zimmer stehen, ich durfte also keine Zeit verlieren. Ich sperrte die Tür zu, öffnete das Fenster und kletterte hinaus, barfuß und nur in meiner kurzen Pyjamahose, so wie ich aus dem Bett gestiegen war, schlich geduckt und auf Zehenspitzen hinten ums Haus herum und dann, hinter jedem Strauch Deckung suchend, zur Gartenhütte. Wie ein Indianer auf Kriegspfad. Richtig, *Glotzauge*, es war lächerlich, wie ich mich aufführte, absolut lächerlich. Aber das wurde mir erst bewusst, als ich schon auf der Terrasse stand – ein Eisenrohr in meinen Fäusten und wild entschlossen, Capone samt seiner Saubande in den Rücken zu fallen und ihnen die Köpfe einzuschlagen, wenn es sein musste – und dann bloß Tasso sah, Sebastians Schäferhund, der inzwischen aufgehört hatte zu bellen und mitten im Wohnzimmer auf dem Boden saß, als wäre er hier zuhause.

»Bitte tun Sie ihm nichts!« Sebastian drückte sich durchs halb offene Gartentor und blickte ängstlich auf mein Schlagrohr, während er zögernd auf mich zukam. »Tasso hat sich auf einmal losgerissen und ist ins Haus gelaufen, ich kann wirklich nichts dafür. Entschuldigung.«

Ich ließ das Eisenrohr sinken. »Ist schon gut, Bastian. Alles in Ordnung.«

»Die Terrassentür war offen, und ich hab ihn einfach nicht zurückhalten können. Ich weiß auch nicht …«

»Okay. Ich sag ja, alles in Ordnung.«

Der arme Bub, dachte ich. Erst gestern ist seine Mutter begraben worden, und jetzt hat er auch noch Angst, dass ich seinen Hund erschlage. Ich sollte irgendwas sagen, das ihm zeigt, dass ich kein böser Mann bin, vor dem er sich fürchten muss. Sondern einer, der ihn versteht. Einer, der genau weiß, wie es in ihm aussieht und was er gerade durchmacht.

»Deine Mutter fehlt dir sehr, stimmt's?«

Sebastian sah mich überrascht an. »Wieso wollen Sie das wissen?« Ich sah, wie sich seine Augen mit Tränen füllten. »Ja«, flüsterte er, »ja, meine Ma fehlt mir.« Er senkte seinen Blick zu Boden und wischte sich mit dem Handrücken über die Wangen.

»Ist ganz okay, dass du weinst, Bastian. Dafür musst du dich nicht schämen.«

Er zuckte mit den Lippen, versuchte zu lächeln, doch es gelang ihm nicht. Im Gegenteil, jetzt rannen die Tränen erst recht über sein Gesicht und tropften ihm vom Kinn.

»Ja, heul ruhig. Ich weiß, wie schrecklich es ist, wenn man seine Mutter verliert. Als meine gestorben ist, war ich genauso alt wie du. Und es tut mir immer noch weh.«

Sebastian schluchzte kurz auf, und dann heulte er drauflos. Und auf einmal war Tasso da und streifte um Sebastians Beine, und der kniete sich hin und umarmte den Hund und drückte ihn fest an sich.

»Brav, Tasso«, sagte ich. »Guter Hund. Lieber Hund. Willst deinen Freund trösten, ja? Brav, Tasso, brav.«

Ein Lächeln flog über Sebastians Gesicht. Kurz, aber immerhin. Und er hörte zu weinen auf.

Ich hockte mich zu den beiden. »Weißt du, Bastian, ich bin sicher, deiner Ma geht es jetzt richtig gut. Da ist nämlich der Engel, der auf sie aufpasst.«

»Engel? Welcher Engel?«

»Na, der Engel, der hinter ihrem Grab steht.«

»Was?«

»Sag bloß, du hast den Engel nicht gesehen.«

»Nein.«

»Was, nein?«

»Da war kein Engel.«

»Doch, Bastian. Ganz sicher. Er steht schon seit vielen Jahren dort und beschützt alle Menschen in seinem Umkreis. Ich weiß das, weil meine Mutter auch ganz in der Nähe liegt.«

»Echt?«

Ich nickte.

»Glaub ich nicht.« Sebastian sah mich an wie damals, als er mich dabei ertappt hatte, wie ich in der Telefonzelle eine Seite aus dem Telefonbuch riss. Und auch der Hund wandte seinen Kopf in meine Richtung, verengte seine Augen zu schmalen Schlitzen und begann leise zu knurren.

»Doch, glaub mir, der Engel passt jetzt auf deine und meine Mutter auf. Wir müssen nicht traurig sein. Alles ist gut, Bastian. Alles ist gut.«

Ich streckte vorsichtig die Hand aus, wollte Tasso hinter den Ohren kraulen, um ihn zu beruhigen, doch er schnappte sofort nach meiner Hand, und ich konnte sie gerade noch rechtzeitig zurückziehen. Dann sprangen wir fast gleichzeitig auf, und der Hund bellte mich wütend an, und ich hielt ihn mit der Spitze meines Schlagrohrs auf Abstand, und Sebastian zog ihn mit aller Kraft an der Leine von mir weg und schrie »Aus, Tasso, aus!«, und schaffte es tatsächlich, den Hund zum Gartentor zu zerren, und als sie endlich auf der Straße waren, drehte sich Sebastian noch einmal zu mir um und rief »Du lügst! Es gibt keinen Engel! Du spinnst ja!«, und ich stand da und fühlte mich wie das letzte, das absolut allerletzte Arschloch.

Ja, David Bauer, dachte ich, es stimmt: Du spinnst wirklich. Wer am helllichten Tag – ich spähte zur Sonne hinauf – wer an einem Sonntag um die Mittagszeit halbnackt durch seinen Garten schleicht und mit einem Eisenrohr ein Kind in Angst und Schrecken versetzt, der spinnt. Wer so tut, als würde er Hunde mögen, obwohl er sie hasst, der spinnt. Und wer etwas von einem Engel daherfaselt, als würde er eine verwitterte Statue auf dem Friedhof tatsächlich für einen gütigen Himmelsboten halten, der spinnt!

Waren die vier Schlaftabletten vielleicht doch ein bisschen zu viel gewesen? War ich deshalb nicht ganz richtig im Kopf? Also schleunigst ab unter die Dusche, am besten eiskalt, dann was Vernünftiges anziehen und danach einen starken Kaffee!

Es gelang mir nur über Umwege. Nachdem ich geduscht hatte, wollte ich in mein Zimmer gehen, um in T-Shirt und Jeans zu schlüpfen, und stand schon wieder vor einer Tür, die ich nicht öffnen konnte. Der Schlüssel steckte innen – ich hatte mich selber ausgesperrt. Deshalb gab es für *Glotzauge* wieder etwas zu lachen: David Bauer, der splitternackt ums Haus rannte und durchs Fenster in sein Zimmer kletterte. Und es hätte mich nicht gewundert, wenn mir ein paar Minuten später in der Küche auch noch der Kaffeebecher vor Schreck aus der Hand gefallen wäre, als ich mir beim ersten Schluck den Mund verbrannte. Aber dann wurde ich Gott sei Dank doch nicht zum Slapstickdarsteller, sondern schön langsam wieder Herr meiner Sinne.

Besonders empfindlich reagierte mein Geruchssinn: Im Wohnzimmer roch es wieder nach Hund. Nicht nach Hundescheiße, einfach nur nach Hund. Es war genau derselbe Geruch nach nassem Fell, Sabber und Ausdünstungen, der mir schon am ersten Tag beim Betreten des Bungalows aufgefallen war. Könnte es sein, überlegte ich, dass Tasso in Wirklichkeit Robert gehört, und dass er ihn vor seiner Abreise in die Obhut der Zirkowskis gegeben hat? Das würde auch die Hundeleine erklären und den Maulkorb, die an der Eingangstür hängen, als würden sie auf jemanden warten, der sie vergessen hat. Und warum der Hund ganz offensichtlich immer wieder hierher in den Bungalow will und so aggressiv auf mich reagiert. Ein Hund ist eben keine Sache, die man wegstellen oder verleihen kann, wie es einem gerade passt. Und was ist mit Sebastian? Wird er nicht darunter leiden, wenn er Tasso in einem Jahr zurückgeben muss? Tja, Robert, daran hast du wohl nicht gedacht. Da hast du es dir ein bisschen zu leicht gemacht, auch wenn du es sicher nur gut gemeint hast. Ich fürchte, ich werde ein ernstes Wörtchen mit dir reden müssen, wenn du wieder da bist, mein Freund.

He, was für einen rührseligen Kinder-und-Köter-Bockmist fantasierte ich mir da zusammen! Hatte ich keine anderen Sorgen?

Der letzte Anruf der Frau lag schon fast zwei Tage zurück, und das war nun wirklich ein Grund, um besorgt zu sein. Warum meldete sie sich nicht, was war passiert? Abgesehen von der leider unrealistischen Annahme, der Mann habe auf einmal Vernunft angenommen oder wäre endlich von seiner Frau in Notwehr umgebracht worden, sah ich nur wenige Möglichkeiten: Die Frau hatte ihrem Peiniger entkommen können und war jetzt gezwungen, in einem Versteck auszuharren und jeden Kontakt nach außen zu vermeiden. Oder sie wurde in einem schalldichten Raum, vielleicht einem Kellerloch, gefangen gehalten. Oder sie war schwer verletzt und konnte sich nicht bewegen. Oder sie war tot. Jede Vorstellung schrecklicher als die andere. Aber möglicherweise hatte sie ja auch nur aufgegeben, mich anzurufen, weil sie glaubte, dass ich ihr nicht helfen konnte oder wollte. Dass sie sich jetzt ihrem Schicksal hoffnungslos ausgeliefert fühlen und völlig verzweifelt sein musste, daran war ich schuld, und das fand ich ebenso unerträglich.

Verflucht, ruf doch endlich an! Wir schaffen das, hörst du? Irgendwie hol ich dich da raus, versprochen. Also vertrau mir und ruf an! Bitte, ruf an! Jetzt klingel endlich, du Scheißtelefon! Wieso klingelst du nicht?

O Gott, nein! Plötzlich fiel es mir ein, krachte mir förmlich ins Hirn: Ich hatte völlig vergessen, den Telefonhörer aufzulegen! Seit ich ihn bei ihrem letzten Hilferuf nach wenigen Sekunden leise auf dem Schreibtisch abgelegt hatte, weil die Frau im Glauben, dass ich ihr zuhörte, möglichst lang weitersprechen sollte, während ich bereits zum Haus des Architektenpaares gerannt war, lag der Hörer neben dem Apparat! Und das war jetzt schon fast achtundvierzig Stunden her.

Wer weiß, wie oft die Frau seither angerufen und immer nur das Besetztzeichen gehört hatte. Jedes Mal das gleiche, kalte, mechanische Nein-Nein-Nein-Nein-Stakkato, das ihr aus dem Hörer entgegengetönt war, jedes Mal nichts als Ablehnung, Desinteresse, Ignoranz. Wie sie sich jetzt fühlen musste, mochte ich mir gar nicht vorstellen. Auch nicht, was sie über mich dachte. Den Hörer einfach neben das Telefon zu legen, war ja wohl die mieseste und feigste Art, jemandem zu erklären, dass man in Ruhe gelassen werden will. Und was die Frau inzwischen möglicherweise erlitten hatte, das wollte ich mir schon überhaupt nicht vorstellen. Nicht schon wieder! Doch die blutigen Bilder kamen, sie waren stärker als das, was ich wollte.

Ich schlug mir mit der Faust auf die Stirn. Idiot! Schwachkopf! Geistige Null! Komplettversager! Mea culpa! Mea culpa! Mea maxima culpa! Und dann ging ich in Roberts Arbeitszimmer, um endlich den Telefonhörer aufzulegen, obwohl mir irgendetwas sagte, dass es dafür jetzt zu spät sei, und die Frau nie mehr anrufen würde.

Was ich dann im Büro sah, ließ mich erneut an meinem Verstand zweifeln: Der Hörer war aufgelegt.

Ich wusste, es konnte nicht sein, aber es war so. Ich wusste, ich hatte den Hörer auf den Tisch gelegt und das Zimmer seither nicht mehr betreten, und trotzdem lag der Hörer auf dem Telefon. Ich wusste, dass ich mir nicht nur einbildete, was vor zwei Tagen geschehen war und was ich getan hatte. Es war die Realität, genauso wie das, was ich jetzt sah, doch das eine passte nicht zum anderen. Es fehlte der Mosaikstein, der aus allem ein logisches Bild gemacht hätte, und ich konnte ihn nicht finden, sosehr ich auch nachdachte. Wenn ich diese leere Stelle in meiner Erinnerung den Schlaftabletten zu verdanken hatte – und das war für mich die einzig mögliche Erklärung – dann konnte ich mich auf einiges gefasst machen. Wer weiß, welche Löcher sie noch über Nacht in mein Gedächtnis gefressen, wie viele kleine graue Zellen unwiderruflich zerstört hatten.

Ach was, Unsinn! Es war schließlich nicht das erste Mal in meinem Leben, dass ich etwas vergessen hatte. Reine Gedankenlosigkeit, so etwas kommt eben vor, also was soll's. Lächerlich, wegen eines aufgelegten Telefonhörers zu glauben, irgendwas würde nicht mit rechten Dingen zugehen.

Alles in Ordnung, besser gesagt, in Unordnung, dachte ich mit Blick auf das von Capones Leuten verursachte Durcheinander aus umgeschmissenen Zeitschriftenstapeln und auf den Boden geworfenen Aktenordnern, das ich noch immer nicht aufgeräumt hatte, weil es mir mittlerweile ziemlich gleichgültig geworden war. Alles bestens, alles wie gehabt. Alles … wirklich alles?

Was war das denn, bitte? Auf Roberts Schreibtisch lagen Bücher! Fünf, sechs Stück, fein säuberlich der Größe nach aufeinandergestapelt. Ein richtiger, schöner, kleiner Bücherstoß, den ich hier bis jetzt noch nie gesehen hatte.

Ich wollte mich schon damit abfinden, offenbar nicht nur vergesslich, sondern zeitweise auch mit Blindheit geschlagen zu sein, da erkannte ich das Buch wieder, das zuoberst auf dem Stapel lag: Ezra Pounds »Cantos«. Das Buch darunter war ein Kunstband, »Erotische Druckgraphik von Aubrey Beardsley bis Pablo Picasso«, und bei den restlichen Büchern, soweit ich das bei einem flüchtigen Blick auf die Titelseiten feststellen konnte, handelte es sich um großformatige Hochglanzbände mit freizügigen Fotos von jungen Frauen. Kein Zweifel, abgesehen von den »Cantos« waren das die »verbotenen« Bücher, die Herr Thalheim in seinem »Giftschrank« eingesperrt hatte!

Aber wenn ich das so genau wusste, wieso konnte ich mich dann nicht auch daran erinnern, dass ich die Bücher hierhergebracht hatte? Und vor allem, wann? Also gestern bestimmt nicht, denn da war der Metallschrank im »Buchgewölbe« bereits leer gewesen. Das Einzige, was ich nachhause getragen hatte, war ein sinnloses Zeitungs-Abo-Reklamepäckchen, das für mich bei meiner Wohnungsnachbarin abgegeben worden war. Um mich zu vergewissern, holte ich meine Reisetasche aus dem Flur und sah hinein.

Na, bitte, was ich gesagt habe, dieses Paket, sonst nichts! Ich bin ja nicht blöd! Warum diese Bücher jetzt hier auf dem Schreibtisch liegen, kapiere ich trotzdem nicht. Also doch: Loch im Hirn. Scheißschlaftabletten!

Außerdem konnte ich mit den Büchern überhaupt nichts anfangen. Diese Bilder interessierten mich nicht, ich war schließlich kein masturbierender Internatsschüler mehr. Ich wollte lesen. Aber nicht Pounds »Cantos«, die hatte ich nämlich noch nie wirklich verstanden, Herr Thalheim möge mir verzeihen, nein, ich sehnte mich nach richtigen Geschichten. Jetzt bereute ich es beinahe, dass ich die billigen Schundromane von Lauras Ex verschmäht hatte.

Ich schob den Bücherstapel verärgert zur Seite und legte das Paket auf den Schreibtisch. Vielleicht hatten mir die Zeitungsleute dieses Mal ausnahmsweise keine hässlichen Kaffeebecher geschickt, sondern sich etwas Originelleres als Werbegeschenk einfallen lassen. Etwas, worüber ich mich freuen konnte. Ja, wenigstens darüber – so tief hatte ich meine Ansprüche schon heruntergeschraubt.

Verfluchtes Paket! Es wäre besser gewesen, ich hätte es nicht geöffnet, sondern gleich in den Mistkübel geworfen! Schon als ich das Packpapier entfernte, stieg mir ein süßlicher Geruch in die Nase, der eine unangenehme Vorahnung auslöste. Ich zögerte, betrachtete lange und mit einem flauen Gefühl im Magen die Schachtel und hob schließlich doch den Deckel hoch, vorsichtig und mit angehaltenem Atem, als müsste ich eine tickende Zeitbombe entschärfen, die im nächsten Augenblick zu explodieren drohte. Drei … zwei … eins … null – und dann flog mir tatsächlich ein Stück meines Lebens um die Ohren:

In der Schachtel war eine Schwarzwälder Kirschtorte! Und auf der Torte lag ein Stück Papier. Genauso ein Zettel, wie ihn Franziska schon während meiner Zeit im Internat manchmal dazugelegt hatte, ein Wisch mit einem ihrer idiotischen Kalendersprüche, nur dieses Mal in Druckbuchstaben mit rotem Buntstift hingemalt: *Wenn du einen Unschuldigen des Mordes beschuldigst, machst du dich schuldig am Tod der Wahrheit!* Darunter stand in zittriger Handschrift, sichtlich mühsam mit Kugelschreiber dazugekritzelt: *Deine Dich liebende Mama.*

»Scheiße, Franziska«, schrie ich, »was soll das?« Ich schrie wirklich, ich brüllte, als stünde die alte Frau mit ihren wässrigen Augen und ihrem Spinnwebenhaar vor mir, und ich würde sie an den Schultern packen und schütteln. »Willst du mir schon wieder einreden, Vater hätte meine Mutter nicht umgebracht? Hat er dich darum gebeten, nachdem ich ihn neulich ein Mörderschwein genannt hatte? Weißt du was, du kannst ihm von mir ausrichten, dass er endlich zum Teufel gehen soll, und zwar endgültig! Ja, krepieren soll er an seiner Schuld und seinen Lügen und seiner affigen Selbstherrlichkeit! Endlich abkratzen, hörst du? Weil ich ihm sonst eigenhändig den Schädel einschlage, wenn ich ihn noch einmal lebendig sehe, sag ihm das!

Und jetzt nimm deine verdammte Torte und den Scheißzettel und stopf sie ihm ins Maul, damit er daran erstickt!«

Ich starrte die Torte an und war nahe dran, sie an die Wand zu schmeißen oder auf dem Boden zu zertrampeln, doch da war auf einmal die Stimme meiner Mutter und hielt mich zurück. Lass das, David, sagte sie, mit Essen spielt man nicht, und wegwerfen darf man es auch nicht, wenn es noch gut ist. »Ja, Mutti«, flüsterte ich, »ich weiß. Entschuldige.« Es gibt offenbar Dinge, die einem für immer in Erinnerung bleiben und durch nichts gelöscht werden können, nicht einmal durch Schlaftabletten.

Ich wünschte mir, Robert wäre jetzt hier gewesen und hätte sich mit einem breiten Grinsen über die Torte hergemacht, statt kahlrasiert und mit einer kleinen Schüssel Reis irgendwo in Hinterindien auf dem Boden zu hocken und »Hare Krishna« zu singen. Roberts Rekord im Tortenvertilgen lag im Internat bei vier Minuten zwanzig; die Schwarzwälder Kirsch hätte es also nicht lang überlebt. Doch davon, dass ich mir das wünschte, verschwand die Torte auch nicht.

Gut, wer kam anstelle von Robert infrage? Der Einzige, der mir einfiel, war Altenburg. Ja, warum nicht? Unsere paar Meinungsverschiedenheiten von neulich konnten doch wohl kein Grund sein, eine Freundschaft zu beenden, bevor sie überhaupt richtig begonnen hatte. Wir waren schließlich zwei erwachsene Männer und keine Kinder, die wegen einer Kleinigkeit beleidigt sind und nie wieder miteinander reden. Außerdem genügte es, dass mich alle anderen Leute in diesem Viertel nicht mochten, da sollte ich mir wenigstens Altenburgs Sympathie bewahren. Also würde ich den ersten Schritt machen, mit der Torte als »Versöhnungsgeschenk«. Nicht ganz aufrichtig, zugegeben. Doch Altenburg brauchte ja nicht zu wissen, dass ich die Torte bloß loswerden wollte.

Ich knüllte Franziskas Zettel und das Einwickelpapier zusammen und warf sie in den Papierkorb. Dann setzte ich den Deckel wieder vorsichtig auf die Tortenschachtel. Sollte ich damit jetzt sofort zu Altenburg gehen? Nein, am Sonntagnachmittag macht man keinen unangemeldeten Besuch, das gehört sich nicht. Aber gleich morgen Früh würde ich Altenburg die Torte bringen. Bis morgen musste ich den süßen Geruch eben aushalten.

Ich drückte den Deckel noch einmal fest und legte den dicken Grafikkunstband drauf. Es nützte nichts. Das intensive Kirscharoma drang weiter durch den Karton und breitete sich im Arbeitszimmer aus und würde bald durchs ganze Haus ziehen, so wie immer bei uns zuhause, damals, als meine Mutter mir die Torte zum Geburtstag gebacken hatte. Und es gab noch etwas, woran mich dieser Duft erinnerte, aber ich kam einfach nicht drauf, was es war. Ich merkte nur, dass es mich ziemlich verunsicherte. Als hätten mich Sebastian und der Hund und die rätselhafte Geschichte mit dem Telefonhörer und den Büchern und die Scheißlöcher in meinem Hirn nicht schon genug irritiert.

Aus einem der Fotobände ragte ein Stück Papier. Entweder war ein Blatt herausgetrennt worden, oder ein paar Blätter hatten sich aus der Bindung gelöst, es konnte aber auch nur ein vergessenes Lesezeichen sein – was auch immer, jedenfalls störte es meinen an Hunderten alten Büchern geschulten Blick. Wohl eine Berufskrankheit von Antiquaren. Ich schob die Schachtel mit der Torte an den Rand des Schreibtischs, setzte mich, nahm das Buch vom Stapel und öffnete es vorsichtig an der möglicherweise beschädigten Stelle.

Was ich dann sah, konnte ich zuerst kaum glauben. Es ließ mein Herz stolpern und danach im doppelten Tempo weiterschlagen: Isabella lächelte mich an!

Vor mir lag eine aus einer Zeitschrift herausgerissene Seite mit einem großformatigen Inserat von »MagicAltenburg«, und mehr als zwei Drittel der Anzeigenfläche nahm das Bild von Isabella ein.

Ihr Gesicht wirkte auf diesem Foto völlig anders als auf den drei Bildern in Altenburgs Salon. Natürlicher, frischer, unbeschwerter, mädchenhafter, und vielleicht gerade deshalb noch verführerischer. Aber zugleich auch unschuldig, sanft, verletzlich, geheimnisvoll … Es gab kaum ein Attribut, das mir nicht einfiel, um die Faszination zu beschreiben, die Isabellas Gesicht erneut auf mich ausübte und alle Ungereimtheiten, alles Verstörende dieses Tages augenblicklich in den Hintergrund rückte.

Hey, Isabella! Wie schön, dass du da bist.

Nun durfte auch ich das tun, was Altenburg so oft getan, und worum ich ihn jedes Mal beneidet hatte: mit den Fingerspitzen Isabellas Bild berühren und ihr Gesicht streicheln. Behutsam, zärtlich, liebevoll.

Ach, Isabella! Isabella, Isabella, Isabella. Nur du und ich. Was für ein Glück. Endlich, endlich, endlich! Endlich habe ich dich ganz für mich allein.

Ich faltete das untere Drittel der Anzeige – den Teil mit der Abbildung der Schönheitscreme, dem Werbetext und dem Schriftzug »MagicAltenburg« – scharf nach hinten, riss es ab, knüllte es zusammen und schmiss es in den Papierkorb.

Vergiss Altenburg, Isabella! Nur du und ich, ja? Nur wir beide, Isabella. Nur wir beide.

Und Isabella lächelte.

Ich versank in ihrem Lächeln. In diesem Augenblick hätten gleichzeitig das Telefon klingeln, Capone und seine Gorillas ins Arbeitszimmer trampeln und zwanzig Scheißpitbulls auf einmal kläffen können, nichts davon wäre bis in mein Bewusstsein vorgedrungen. Was mich irgendwann – nach zwei Minuten oder zwei Stunden, keine Ahnung – aus meinen Träumereien kippte, war etwas ganz anderes.

Schuld daran war meine Unersättlichkeit. Ich konnte von Isabella einfach nicht genug bekommen und verlangte nach mehr. Vielleicht gab es ja noch weitere Bilder von ihr, andere Inserate, die jemand ausgeschnitten und zwischen den Seiten dieses Fotobandes aufbewahrt hatte. Ich legte Isabellas Bild auf den Schreibtisch, zog das Buch heran, schlug es auf und erschrak. Der Kontrast zwischen der Aufnahme von Isabella und den Fotos auf den beiden Buchseiten war brutal. Hier ein Gesicht voll Schönheit und Lebensfreude, und dort der grotesk verrenkte Körper einer jungen Frau, halbnackt und mit Stricken gefesselt.

Ich blätterte weiter. Auf über zweihundert Seiten wurde immer dasselbe Motiv variiert: Immer der gleiche Frauenkörper, immer mit fingerdicken, straff über die nackte Haut und um die Gelenke gezurrten, vielfach verknoteten Stricken erbarmungslos zu entwürdigenden, unterwürfigen Haltungen gezwungen, immer zum wehrlosen Objekt gemacht.

Nicht, dass mich diese Fotografien schockiert hätten, dafür waren sie zu künstlich, zu inszeniert, zu vordergründig effektheischend und letztlich auch zu harmlos im Vergleich mit den Bildern voll Grausamkeit und Blut, die sich für alle Zeiten in meinen Kopf eingebrannt hatten, als ich ein Kind gewesen war – nein, ich fand die Fotos einfach nur gemein und abstoßend.

Nachdem ich das Buch gelangweilt und ein bisschen angeekelt im Schnellgang durchgeblättert hatte, klappte ich es zu und schaute auf den Titel. Über dem Bild des Fotomodells – hier ganz ohne Fesseln, dafür mit Strapsen und in dieser fast rührenden naiv-lasziven Pin-up-Girl-Pose, die in den Fünfzigerjahren wohl als verrucht gegolten hatte – stand in schwungvoller Schrift »Bettie Page – The Dark Angel«. Hatte ich das nicht schon einmal wo gelesen? Oder gehört?

Richtig! Altenburg hatte erst neulich davon gesprochen, als er mir den Begriff Body-and-Pain-Fotosession zu erklären versuchte. Jetzt verstand ich: Von dieser Art waren also die streng gehüteten Fotos, die Altenburg von Isabella machen ließ oder selber machte! Bilder abstruser Fetischträume, vor der Kamera nachgestellte Bondage-Fantasien, sadomasochistische Hirngespinste!

Das gefiel mir zwar überhaupt nicht, aber gut, wenn die beiden ihren Spaß daran hatten, sollte es mir recht sein. Die grausamen Szenen waren ja schließlich nur gespielt. Nichts als Imagination. Also im Grunde genommen Schwindel. Betrug. Fauler

Zauber. Und damit passte die Geschichte im Grund perfekt zu Altenburgs Behauptung, es würde genügen, sich etwas einzubilden, um es Wirklichkeit werden zu lassen. Ob Teegeschmack oder Gewalt und Schmerzen – für ihn war alles bloß Illusion. Dass ich die Realität kennengelernt hatte und es deshalb besser wusste, tat nichts zur Sache.

Eigentlich war mir Altenburgs Meinung auch egal. Isabella interessierte mich. Ich versuchte mir vorzustellen, was *sie* bei solch einer Fotosession empfand. War es das Vergnügen des Rollenwechsels von der bewunderten, makellosen Schönheit zum deformierten, gequälten Stück Fleisch? Die Lust, die eigenen Grenzen auszuloten bis hin zur Selbstaufgabe, und trotzdem nicht die Kontrolle zu verlieren? Der Genuss zu spüren, dass ihre innere Kraft stärker war als alles, was ihr Angst machen sollte, eine Erfahrung, die sie bei diesen Aufnahmen noch intensiver erleben konnte, als wenn sie sich allein den Gefahren des Meeres und der wilden Natur aussetzte? Oder ging es ihr tatsächlich um experimentelle Kunst, wie Altenburg gesagt hatte, also um etwas, wovon ich leider wirklich nichts verstand? Noch ein Grund, den gestörten Kontakt zu Altenburg wieder in Ordnung zu bringen, denn vielleicht würden sie es mir ja erklären, er und Isabella. Vor allem Isabella.

In einem war ich mir allerdings schon jetzt sicher: Auf gar keinen Fall ging es Isabella darum, irgendjemandem als Vorlage zur Befriedigung abnormer Bedürfnisse zu dienen – so wie diese peinlich eindeutigen Bettie Page-Bilder!

Deshalb hatte auch die herausgerissene Zeitschriftenseite mit Isabellas Foto eigentlich absolut nichts in diesem Buch verloren! Was für ein krankes Hirn war überhaupt auf die Idee gekommen, sie da hineinzulegen? Die Vorstellung, dass jemand Isabellas Bild missbraucht hatte, um damit seine Perversionen auszuleben, war unerträglich. Vom Bild zum Menschen ist es nur ein kleiner Schritt, dachte ich. Genauso wie vom Missbrauch zur Gewalt.

Und weiter zum Mord.

Ja, zum Mord!

Scheiße!

Wie, zum Teufel, kam ich auf Mord? Wieso fiel mir ausgerechnet jetzt mein Vater ein? Was hatte er mit diesen Bildern zu tun? Egal, als was man die Bilder sehen mochte, ob als große Kunst oder als billige Wichsvorlage, eins waren die Frauen auf den Fotos glücklicherweise sicher nicht: nämlich tot. Nicht Bettie Page, trotz ihres manchmal puppenhaft leblosen Gesichtsausdrucks, und Isabella schon gar nicht. Also warum tauchte mein beschissener Vater auf einmal auf?

Wie bitte? Begann ich tatsächlich zu verblöden?

Ist doch wohl klar, was den Mistkerl hierhertreibt.

Bettie Page, die gefällt ihm! Das ist eine Frau nach seinem Geschmack, genau so, wie sich der große Kriegsheld schon immer eine gewünscht hat, unterwürfig, willenlos, duldsam und jederzeit sklavisch ihrem Herrn und Gebieter zu Diensten. Das perfekte Opfer. Ein fleischgewordener Männertraum, geboren aus Bierschwaden von Kameradschaftsbundtreffen und hinter vorgehaltener Hand erzählten, schweinischen Witzen. Ein folgsames Weibchen, ein Püppchen, mit dem er machen kann, was er will, um ihm zu zeigen, wer der Herr im Haus ist, und das sich nicht wehrt, sogar wenn er Lust darauf hat, es ordentlich zu verprügeln, bis das Blut spritzt. Ja, das mag er, der Herr Sparkassenfilialdirektor, das hat er gern, dann kommt er sich gut vor, und nur deshalb ist er jetzt hier, der verdammte, verlogene Arsch mit seinem affigen Eisernen Kreuz.

Sprich nicht so über deinen Vater, sagt meine Mutter.

Nein? Aber wenn es doch die Wahrheit ist!

Du hast unrecht, David. Dein Vater ist ein ganz großartiger, wunderbarer Mann.

Ach, bitte, Mutti, hör doch endlich auf, ihn zu verteidigen.

Ich verteidige ihn nicht, ich sage nur, wie es ist. Und außerdem hast du mir versprochen, dass du deinen Vater immer lieb haben wirst, erinnerst du dich? Das war an dem Abend, als er mich so toll verarztet hat, nachdem ich in der Küche hingefallen bin und mich verletzt habe. Du bist später an meinem Bett gesessen und warst ganz erschrocken über das riesige Pflaster auf meiner Stirn, und dann haben wir uns gegenseitig getröstet, haben uns umarmt und unser Lied von der armen kleinen Maus und dem Mäuseloch gesungen, weißt du noch? Und da hast du's mir versprochen.

Ja, Mutti ... aber ...

Nichts aber – versprochen ist versprochen, sagt meine Mutter, und bei jedem Wort kommt ein Hauch von Kirschen aus ihrem Mund, süß und ein bisschen berauschend. Es ist der gleiche Duft wie damals vor dreißig Jahren: der Geruch von Kirschlikör.

Ach, Mutti ...

Die Duftwolke aus der offenbar mit einer kompletten Flasche Kirschlikör getränkten Torte hatte ganze Arbeit geleistet. Beinahe wäre ich auf ihre Wirkung hereingefallen und hätte meiner Mutter zuliebe klein beigegeben. Also genau das, was Franziska erreichen wollte, aber ihre Rechnung ging nicht auf. In der Zwischenzeit hatte sich nämlich auch der Geruch von Sebastians Hund aus dem Wohnzimmer bis ins Büro ausgebreitet, und was die Mischung aus klebrig süßem Kirscharoma und dem Mief von Hundeschweiß und Sabber nun in mir auslöste, war das glatte Gegenteil von Versöhnlichkeit: Abscheu, Wut, Hass, Hilflosigkeit. Und wieder die verdammten Schuldgefühle, weil ich versagt hatte, als ich meine Mutter vor Vater hätte schützen sollen.

Was hätte Robert jetzt gemacht? Ob unser altes Ritual noch wirken würde?

Ich holte die beiden Papierknäuel – Franziskas beschissenen Zettel und das Einwickelpapier – aus dem Papierkorb, fand in der Schreibtischlade eine Schachtel Streichhölzer, ging in den Garten und suchte nach dem besten Platz für mein Feueropfer. Neben der Gartenhütte, wo sonst? Auf meinem Schlachtfeld, inmitten der gespaltenen, eingeschlagenen, geborstenen Schädel.

Es dämmerte bereits, ein leichter Nieselregen hatte eingesetzt, und die Flammen erloschen immer gleich nach wenigen Augenblicken mit einem leisen Zischen, so dass ich fast alle Streichhölzer verbrauchen musste, bis das Papier endlich richtig Feuer fing.

Schade Robert, dass du mein kleines Höllenfeuer jetzt nicht sehen kannst, dachte ich. Die Einzigen, die mir zuschauen, sind die Frauen im Haus gegenüber und *Glotzauge*, und die können nicht verstehen, was es zu bedeuten hat.

Es brennt, alter Freund. Es brennt!

Trotz allem war diese Nacht dann eine Sommernacht wie tausend andere.

Das Nieseln war in Regen übergegangen.

Von irgendwoher kam aufgeregtes Bellen.

Gut möglich, dass da soeben ein durchnässtes Kind in Gummistiefeln mit seinem Hund durch die dunklen Straßen lief und sich nicht nachhause wagte, weil sein Vater ihm gesagt hatte, es dürfe erst in einer Stunde zurückkommen und keine Minute früher.

Eben eine Nacht wie tausend andere.

Nur für mich eine ganz besondere Nacht. Eine glückliche Nacht: meine Nacht mit Isabella.

Und nichts deutete darauf hin, dass dies die letzte Nacht vor der großen Katastrophe sein würde.

Der Regen wurde stärker.

Der Hund kläffte.

Und das Telefon schwieg noch immer.

Nein, keine Schlaftabletten in dieser Nacht,
keine neuen Löcher in meinem Gehirn!
Wach bleiben und die Augen offen halten,
damit sie sich an die Dunkelheit gewöhnen.
Ich sehe dich, Isabella.
Dein Bild klebt an der Wand neben meinem Bett.

Ich muss meinen Kopf nur ein bisschen nach links drehen,
dann sehe ich dein Lächeln.
Wann immer ich will, kann ich dein Gesicht berühren
und dir in die Augen schauen.
Isabella, mein schöner Engel.
Nur nicht einschlafen.
Jede Sekunde, in der ich dich nicht sehe,
wäre eine verlorene Sekunde.
Auch mein anderer Engel ist hier.
Mein großer, verwitterter Engel, der meine Mutter beschützt.
Ich weiß nicht, ob er lächelt, mein Engel der Toten.
Wo sein Gesicht sein sollte, ist nur ein Schatten.
Ich möchte dein Lächeln sehen, Isabella.
Immer nur dein Lächeln.
Bleib bei mir.
Nicht, Isabella!
Verschwinde nicht im Schatten.
Nimm nicht die Gestalt der Dunkelheit an.
Isabella?
Dunkler Engel.
Nein, ich schlafe nicht.
Ich sehe dich.
Dark Angel.

16

Ich war bereits um sechs Uhr aufgestanden, hatte ausgiebig geduscht, mich rasiert, mein letztes, frisches Hemd angezogen und schließlich noch vor dem Badezimmerspiegel ein fröhliches Gesicht eingeübt, denn ich wollte unbedingt einen angenehmen Eindruck auf Altenburg machen, wenn ich ihn schon so früh am Morgen mit meiner Torte überraschte. Er sollte es einfach für eine nette Geste halten, ein Zeichen meiner Freundschaft, das er hoffentlich erfreut annehmen würde, ohne irgendwelche Fragen zu stellen. Eine auch nur einigermaßen originell formulierte Begründung für mein Geschenk war mir nämlich nach den Ereignissen der vergangenen Tage und Nächte beim besten Willen nicht eingefallen, also blieb mir gar nichts anderes übrig, als Altenburg mit einem Übermaß an Freundlichkeit und Arglosigkeit zu überrumpeln, auch wenn sie nur gespielt waren.

Die Mühe hätte ich mir sparen können.

Als ich den Birkenweg hinunterging, sah ich Altenburg schon vor seinem Einfahrtstor stehen und winkte ihm zu, während ich mit der anderen Hand die Tortenschachtel vor meiner Brust balancierte. Aber er reagierte nicht, sondern konzentrierte sich ganz auf seine Zigarette, die er mit hastigen Bewegungen zum Mund führte. Eine halbe Zigarettenlänge später stand ich vor ihm, doch er schien mich noch immer nicht zu bemerken.

»Guten Morgen, Herr Altenburg. Na, schmeckt das Frühstückszigarettchen?«

Er nahm noch einen tiefen Zug, warf den Stummel in eine Regenpfütze, holte sein Zigarettenetui aus der Tasche seines dunkelblauen Blazers und zündete sich eine neue an.

»Ach ja, die geliebten Laster«, sagte ich. »Was wären wir ohne sie, nicht wahr?«

Altenburg warf mir einen missmutigen Blick zu. »Sie müssen's ja wissen. Sonst noch was?« Dann sah er ungeduldig auf seine Armbanduhr,

»Warten Sie auf jemanden?«

»Auf mein Taxi. Seit einer geschlagenen Viertelstunde.«

»Oh, das ist natürlich ärgerlich. Dringender Termin?«

Altenburg sog nervös an seinem Glimmstängel.

»Was ist mit Ihrem Wagen? Noch nicht repariert?«

»Nichts mehr zu machen. Befindet sich vermutlich genau jetzt in der Schrottpresse.«

War das der Grund für seine schlechte Laune? »Das tut mir aber leid. Schade drum.«

Altenburg schüttelte den Kopf. »Überhaupt nicht.«

»Wie lang sind Sie denn mit ihm gefahren?«

»Zwanzig Jahre. Mindestens.«

»Na, bitte!«

»Was vorbei ist, ist vorbei. Wenn etwas nicht mehr funktioniert, muss man sich eben davon verabschieden. Schrott zu Schrott, Müll zu Müll. Das ganze Leben besteht aus Abschiednehmen, so ist das nun einmal.« Das Geräusch eines herannahenden Fahrzeugs war zu hören, und Altenburg ließ seine halb gerauchte Zigarette in die Pfütze fallen. »Endlich. Wird auch Zeit.«

Aber statt eines Taxis bog das Polizeiauto mit meinen beiden Aufpassern um die Ecke und hielt neben uns an.

»Mist«, sagte Altenburg. »Was wollen die denn hier?«

Der ältere Polizist ließ das Seitenfenster herunter. »Gibt's Probleme? Alles in Ordnung?«

»Ja, ja, alles in Ordnung«, sagte Altenburg.

»Sicher?«

»Natürlich. Was soll denn nicht in Ordnung sein?«

»Wir fragen nur. Es könnte ja sein.«

»Ich sag doch, alles in Ordnung.«

»Na fein, wenn Sie das sagen. Dann wünschen wir Ihnen noch einen schönen Tag.« Der Polizist legte den Rückwärtsgang ein, reversierte, und ich sah, dass sich der jüngere Beamte noch einmal umwandte und uns aufmerksam musterte, bis der Wagen wieder verschwand.

»Wichtigtuer«, sagte Altenburg. »Was sollte das jetzt, bitte?« Seine Hände zitterten ein wenig, als er sich die nächste Zigarette ansteckte. »Ich mag Polizisten nicht.«

Hätte ich ihm erklären sollen, dass die ganze Aktion nur mir gegolten hatte? Besser nicht, denn dann wäre ich wohl oder übel gezwungen gewesen, ihm auch den Grund dafür zu erzählen, und wie Altenburg auf meine neue Geschichte über eine verzweifelt um Hilfe rufende, unbekannte Frau reagieren würde, wusste ich ja.

»Kann ich gut verstehen, niemand mag die Polizei«, sagte ich und setzte das breiteste Grinsen auf, das ich zustande brachte. »Ich glaube, man muss Polizist sein, um die Polizei zu mögen.« Ich fand diesen Satz ziemlich lustig, doch Altenburg sah mich bloß an, als hätte ich plötzlich Chinesisch geredet. Gut, Zeit für die Torte. Ich streckte ihm die Schachtel entgegen. »Übrigens, ich hab da was für Sie, das wird Ihnen den Tag hoffentlich versüßen.«

Altenburg wich einen Schritt zurück. »Was ist das?«

»Machen Sie's halt auf.«

Er rührte keinen Finger, also hob ich den Deckel hoch. Die Kirschlikörduftwolke war harmloser, als ich befürchtet hatte, dennoch rümpfte Altenburg die Nase.

»Selbstgemacht«, log ich. »Extra für Sie. Schwarzwälder Kirsch. Nach einem Geheimrezept meiner Großmutter.«

»Vielen Dank, aber ich esse keine Torte. Grundsätzlich nicht.« Wie um diesen Satz zu unterstreichen, rauchte er seine Zigarette mit einem einzigen, langen, gierigen Zug zu Ende, schnippte sie in die Pfütze und zündete sich sofort eine neue an.

»Und Ihre Frau?«

»Auch nicht. Isa hasst Süßes.«

»Schade. Wie geht's ihr eigentlich?«

Altenburg sah wieder auf seine Uhr. »Scheißtaxi.«

»Kommt sie bald zurück?«

»Was?«

»Ihre Frau … wissen Sie schon, wann sie wieder da ist?«

Er warf mir einen giftigen Blick zu, inhalierte tief, hustete. »Keine Ahnung. Was soll die blöde Frage?«

»Entschuldigen Sie, ich wollte nur –« Was? Was wollte ich *nur*? Nur höflich sein? Nur ein bisschen Smalltalk machen? Nur Isabella endlich sehen? Nur ihre Stimme hören, ihren Atem spüren, den Duft ihrer Haut riechen? Also, was?

Altenburg blaffte mich an. »Jetzt passen Sie einmal gut auf: Was Isa wann, wo und wie lange macht, ist ganz allein ihre Sache, da mische ich mich nicht ein, und Sie, Herr Nachbar, Sie geht das schon überhaupt nichts an! Ist das klar? Also hören Sie gefälligst auf, immer wieder nach ihr zu fragen. Damit gehen Sie mir nämlich auf die Nerven, und zwar ganz gewaltig, das habe ich Ihnen schon ein Mal gesagt, und ich wiederhole mich nur ungern! Seien Sie also bitte so freundlich und lassen Sie mich in Ruhe mit Ihrer Fragerei und Ihrer blöden Torte!«

Wäre in diesem Moment nicht endlich das Taxi gekommen, hätte mir Altenburg bestimmt noch ein paar hübsche Grobheiten an den Kopf geworfen. Doch die musste sich nun vermutlich die junge Fahrerin anhören.

Okay, dachte ich, jeder kann einmal einen schlechten Tag haben und mies drauf sein, niemand weiß das besser als ich. Irritiert war ich trotzdem. Hatte Altenburg etwas von meinen Gefühlen für Isabella bemerkt? War das der Grund, warum er sich plötzlich so abweisend, ja beinahe feindselig benahm? Möglich, denn die *blöde* Torte allein konnte wohl nicht daran schuld gewesen sein. Auf jeden Fall sollte ich mich zurückhalten und doch eine Zeit lang auf Abstand gehen, noch einen Feind konnte ich nämlich wirklich nicht brauchen, von denen hatte ich hier schon mehr als genug.

Wenn man vom Teufel spricht …

Auf einmal tauchte auf der anderen Straßenseite die Dalmatinerfrau mit ihrem Hund auf, ausnahmsweise ohne ihre Rottweilerkampfgefährtin. Obwohl sie mich gar nicht so unfreundlich ansah, wandte ich mich rasch ab, weil ich es für klüger hielt, wenn wir nichts miteinander zu tun hatten. Dem Scheißköter war das allerdings völlig egal.

Ohne Vorwarnung schoss er auf mich zu, sprang hoch und schnappte sich die Schachtel. Die Torte platschte in die Pfütze mit den Zigarettenstummeln, und begleitet von spitzen »Na-iin! Na-iiin! Na-iiiin!«-Schreien der Dalmatinerfrau, was höchstwahrscheinlich »Nein! Nein! Nein!« heißen sollte, verschlang der Hund die dunkelbraune, breiige Masse, die eben noch eine Schwarzwälder Kirschtorte gewesen war, samt den Kippen auf einen Sitz und brauchte dafür nicht einmal zwanzig Sekunden. Neue Rekordzeit, dachte ich und musste laut lachen beim Anblick der über und über mit Schokoladecreme und Tortenkrümel beschmierten Hundeschnauze: Vor mir stand Robert James Dean Lehmann aus längst vergangenen Schleiferkasernen-Tagen, wiedergeboren als Dalmatiner!

»Na«, sagte ich, »hat's geschmeckt?«

»Ich versteh das nicht, so etwas hat er noch nie gemacht.« Im Gesicht der Dalmatinerfrau stritten ungläubiges Staunen, Entsetzen und Verlegenheit um die Vorherrschaft. »Ich weiß gar nicht, was ich sagen soll.«

»Ich hab ohnehin nicht Sie gefragt, sondern Ihren Hund«, sagte ich immer noch lachend.

Sie war entweder zu aufgeregt oder zu dämlich, um den Witz zu verstehen. »Bööööser Hund, bööööser Hund«, rief sie und wischte ihm die Schnauze mit einem Taschentuch sauber. »Bööööser Hund. Jetzt muss dein Frauchen auch noch die Torte bezahlen, bööööser Hund –«

»Lassen Sie's gut sein«, unterbrach ich sie, »Ihr Hund hat mir damit sogar einen Gefallen getan.«

»Na-iiin! Na-iiin! Na-iiin! So was darf man nicht, hörst du? Bööööser Hund!«

»Ach was, dafür sind Freunde schließlich da, stimmt's?«

Der Hund bellte kurz. Im Gegensatz zu seinem Frauchen hatte er mich offenbar verstanden.

»Sagen Sie, eine Frage: Ihr Hund …«

»Ja? Was ist mit ihm?«

»Ach … nichts. Ist schon gut. Also dann: Man sieht sich.«

Auf dem Heimweg kicherte ich vor mich hin. Gut, dass ich nicht nach dem Namen des Hundes gefragt hatte, denn die Vorstellung, er würde *Robby* heißen, amüsierte mich köstlich. Na, *schöner Robby*, bist du zufrieden, dass letzten Endes doch noch du die Torte bekommen hast und nicht Altenburg? Bravo, gewonnen! Altenburg hätte sie ohnehin nicht verdient, so ekelhaft, wie er sich benommen hat. Arroganter Stinkstiefel. Macht auf Philosoph und Kunstliebhaber und bildet sich weiß Gott was ein auf seine *Wonderwoman*, aber wenn er einmal mit dem linken Fuß aufgestanden ist, wird er gleich zum Kotzbrocken. Wie Isabella das bloß aushält? Wahrscheinlich haut sie deshalb immer wieder nach Südfrankreich ab. Ja, das hat er jetzt davon: keine Isabella und keine Torte. Ätsch!

Und dann kicherte ich wieder über das dumme Gesicht, das die Dalmatinerfrau gemacht hatte, und über den Hund, der von der viel zu großen Menge Kirschlikör garantiert schon völlig besoffen dahintorkelte oder sich überhaupt nicht mehr auf seinen Beinen halten konnte, und sogar über den frischen Hundekot vor meinem Gartentor kicherte ich, weil ich wusste, dass soeben exakt das aus Franziskas Scheißtorte wurde.

»He, *Glotzauge*, das scheint ja endlich ein richtig guter Tag zu werden«, rief ich und rollte die Zeitung zusammen, die vermutlich irrtümlich in meinem Briefkasten gelandet war. Ich würde sie später lesen, vielleicht sogar erst morgen, wenn überhaupt. Jedenfalls sicher nicht jetzt. Denn ich wollte mir meine gute Laune nicht von irgendwelchen schlechten Nachrichten kaputtmachen lassen.

Ich glaubte wirklich, es würde ein guter Tag. Und als ich am Küchentisch saß, gemütlich einen Teller lauwarme Dosenravioli als spätes Frühstück auslöffelte und mir vornahm, den restlichen Tag mit genau dem zu verbringen, was mein Vater am meisten hasste und mir als Kind immer verboten hatte, nämlich mit Nichtstun, da dachte ich, der Tag würde sogar ganz wunderbar werden. Faul sein, auf der Terrasse im Liegestuhl vor mich hindösen, träumen ... wer sollte mich daran hindern? Niemand hatte das Recht dazu. Außerdem gab es nichts, was zu erledigen gewesen wäre. »Das Buchgewölbe« war endgültig verloren, aus meiner alten Wohnung hatte ich mich ausgesperrt, meine verschwitzten T-Shirts und Unterhosen konnte ich auch morgen in die Waschmaschine stecken, um Haus und Garten wieder einigermaßen in Ordnung zu bringen, hatte ich noch ein ganzes Jahr Zeit, dass das Telefon schwieg, konnte ich nicht ändern – nichts war also besser, als diesen Tag zu vertrödeln. Und von Isabella zu träumen. Altenburg hatte gesagt, seine Frau ginge mich überhaupt nichts an. Na gut, aber umgekehrt gingen ihn meine Träume ebenso wenig an. Ob es ihm passte oder nicht, ich würde diesen Tag mit Isabella verbringen, einen ganzen, langen, herrlichen Tag!

Dachte ich. Und vielleicht wäre es ja tatsächlich ein wunderbarer Tag geworden, hätte ich nicht noch eine Portion Ravioli aus dem Topf in meinen Teller geleert und dabei ein bisschen Soße auf die Zeitung gespritzt, die halb zusammengerollt auf dem Tisch lag, und hätte ich mir nicht eingebildet, die Flecken unbedingt wegwischen zu müssen, bevor sie eintrocknen würden, und wäre mein Blick dabei nicht notgedrungen auf die Titelseite gefallen, und hätte ich dann nicht auch noch diese beschissene Schlagzeile und den noch beschisseneren Artikel gelesen, die weit mehr als nur meinem Traum von einem guten Tag ein jähes Ende bereiteten.

RÄTSEL UM TOTE FRAU OHNE GESICHT stand in großen, fetten Lettern über der Nachricht, dass Kinder beim Spielen in dem als wilde Mülldeponie benutzten Auwald am Stadtrand eine in einen weißen Teppich eingerollte, nackte Frauenleiche entdeckt hatten. Laut Angaben der Polizei sei die Frau an Händen und Füßen gefesselt gewesen, und zahlreiche Hautabschürfungen und Blutergüsse würden darauf hinweisen, dass sie vor ihrer Ermordung gefoltert worden sei. Die Identität der ungefähr dreißigjährigen, schlanken, mittelgroßen und blonden Frau habe man bis jetzt nicht feststellen können, da Gesicht und Gesichtsknochen durch Schläge mit einem Gegenstand aus Metall, vermutlich einer Eisenstange, völlig zerstört worden seien, was eine Rekonstruktion äußerst schwierig, wenn nicht sogar unmöglich mache. Die Ermittlungen würden auf Hochtouren laufen, und die Polizei ersuche um sachdienliche Hinweise.

Jedes Wort traf mich wie ein Faustschlag in den Magen. Die Fessel. Der weiße Teppich. Das zerstörte Gesicht. Ich wusste, was man mit einer Eisenstange anrichten kann, die geborstenen Schädel lagen ja noch im Garten. Mit knapper Not schaffte ich es ins Badezimmer, sank vor der Kloschüssel auf die Knie und kotzte, kotzte, kotzte. Und dann hing ich über meinem Erbrochenen und starrte den formlosen Brei an, diese undefinierbare Masse, rot mit weißen Einsprengseln. Dunkelrot, blutig rot. Und tot.

Ich schloss die Augen.

Isabella! Um Gottes willen, Isabella!

Du hättest doch nur deinen Namen … am Telefon … deinen Namen, Isabella, einfach deinen Namen. Ich hab doch nicht wissen können … Mein Gott, Isabella!

Altenburg, du verdammtes Dreckschwein! Warum, Altenburg, warum? Deine Scheißfantasien! Deine sadistischen Fotospielchen. Waren sie nicht mehr genug Nervenkitzel für dich? Und tatsächlich fesseln und schlagen auch nicht? Hast du deine Dosis steigern müssen? Isabella töten. Wirklich töten. Das hast du gebraucht, ja? Das Gefühl der grenzenlosen Macht über sie! Ganz real, nicht nur als Vorstellung. Alles auslöschen. Absolut alles. Ihr Leben. Ihre Schönheit. Ihr Gesicht. Erst das hat dir endlich den richtig großen Kick verschafft, hab ich recht? Gib's doch zu, du Scheißmörder, gib's doch zu! Und erzähl mir bloß nicht, es wäre ein Unfall gewesen.

Mein Gott, Isabella! Isabella, Isabella, Isabella!

Sag, dass das alles nicht wahr ist. Sag, dass du in Frankreich bist. Sag, dass du lebst. Bitte, Isabella! Bitte!

Nein, kein zu Brei geschlagenes Gesicht. Keine Masse aus Blut und Knochensplittern. Weg, damit! Weg, weg, weg!

Ich drückte die Spülung. Vergeblich: Das Erbrochene verschwand, aber das grauenvolle Bild in meinem Kopf, das ließ sich nicht wegspülen.

Ich ging in mein Zimmer, löste vorsichtig Isabellas Foto von der Wand, legte mich aufs Bett und starrte ihr Gesicht an. So jung, so schön, so unbeschwert, so voller Leben. Bitte, Isabella! Bitte! Doch das Horrorbild war stärker.

Und auch der graue, verwitterte Engel war stärker, und mich fröstelte, als er an mein Bett trat. Versager, sagte er und hob seinen Kopf aus dem Schatten, so dass ich zum ersten Mal sein Gesicht hätte sehen können, wäre da nicht nur eine leere Fläche gewesen, die aussah, als hätte man Augen, Nase, Wangen, Mund und Kinn mit einem Hammer zertrümmert. Versager, wiederholte er. Versager.

Aber ich hab doch von allem nichts gewusst, sagte ich. Und Robert hat mich auch nicht gewarnt.

Ach so ist das, sagte Robert, jetzt soll also auf einmal ich schuld daran sein, dass du schon wieder versagt hast.

Nein, da hast du mich falsch verstanden, das habe ich nicht gemeint.

Aha, und was hast du dann gemeint?

Wie sollte ich es erklären? Wie mit voller Überzeugung über etwas sprechen, das ich selber nicht fassen konnte? Wie eingestehen, wofür ich mich schämte?

Ich drehte mich zur Wand, versteckte mein Gesicht in der Armbeuge, und dann hörte ich mir dabei zu, wie ich Robert und dem Engel von einem David Bauer erzählte, den ich nicht mochte, weil er viel zu lang nichts begriffen hatte.

Einem David Bauer, der einfach nicht auf die Idee kommt, etwas könne nicht stimmen, wenn Altenburg immer wieder beteuert, wie sehr er Isabella liebe, und gleichzeitig behauptet, er habe zu ihr seit Tagen keinen Kontakt und wisse nicht, wann genau sie wieder aus Frankreich nachhause kommt. Einem David Bauer, bei dem nicht sofort alle Alarmglocken läuten, als Altenburg einerseits jedes Mal sofort das Thema wechselt, wenn von Gewalt gegen Frauen die Rede ist, und andererseits Gewaltfantasien zur großen Kunst hochstilisiert. Einem David Bauer, der sich nichts dabei denkt, dass Altenburg sich als Vierzehnjähriger durchaus vorstellen konnte, bei der Gruppenvergewaltigung eines Mädchens mitzumachen. Einem David Bauer, der sich von Altenburgs pseudophilosophischem Gequatsche über die Wirklichkeit als Produkt von Wunsch und Einbildung das Gehirn vernebeln lässt und nichts Böses ahnt, bis ihm endlich ein Zeitungsartikel die Augen öffnet. Einem David Bauer, der erst jetzt, wo es dafür zu spät ist, die Wahrheit sieht und erkennt, wie sich alle Details nahtlos zu einem schrecklichen Bild ineinanderfügen: Der letzte Hilferuf von Isabella am Freitagabend, und seither kein Anruf mehr. Die Beschreibung des Opfers – blond, gefesselt und in einen weißen Teppich eingerollt – die zweifelsfrei beweist, dass die Tote niemand anderes als Isabella ist. Altenburgs auffällige Gereiztheit heute Morgen und seine Nervosität angesichts der Polizeistreife. Sein Auto in der Schrottpresse – um auf diese Weise alle Spuren des Leichentransports verschwinden zu lassen, was denn sonst? – und seine Bemerkung, das ganze Leben bestünde aus Abschiednehmen. Und nicht zuletzt Altenburgs schroffe Forderung, nicht mehr nach Isabella gefragt zu werden – mehr braucht es ja wohl nicht, um zu wissen, was geschehen ist! Jedenfalls nicht für David Bauer.

Hört sich logisch an, sagte Robert.

Du verstehst also, dass ich nichts dafür kann? Ich hab Isabella nicht retten können, weil ich nicht mitbekommen habe, was da abgelaufen ist. Ich bin kein Versager, Altenburg hat mich einfach getäuscht.

Ja, David. Ich hab mich in ihm wohl auch geirrt, sonst hätte ich dir nicht geschrieben, er wäre ein netter Nachbar, tut mir leid. Altenburg ein Scheißmörder … ich fasse es nicht!

Er hasst dich, weißt du das?

Wirklich? Na ja, nicht so wichtig nach allem, was passiert ist. Viel wichtiger ist, was David Bauer jetzt machen wird.

Ich setzte mich auf und betrachtete Isabellas Bild, das ich immer noch in der Hand hielt. Ich hatte nicht darauf achtgegeben, und nun war es verknittert und an zwei Stellen eingerissen, und mir war zum Heulen. Ja, sagte ich, was wird er machen, der David Bauer? Was soll er machen?

Fragst du das im Ernst?

Ja. Was soll er machen?

Das weißt du doch wohl selber am besten.

Wirklich? Weiß ich das?

Ich legte Isabellas Bild auf meinen Oberschenkel und versuchte, es mit den Handballen glattzustreichen. Aber das Papier war zu dünn und zerriss in zwei Teile. Mitten durch Isabellas Gesicht.

Versager.

Was hast du gesagt?

Ich? Ich hab überhaupt nichts gesagt. Aber weißt du's jetzt oder weißt du's nicht?

Was?

Was er machen soll.

Frag nicht so blöd. Klar weiß ich das. Noch einmal: David Bauer ist kein Versager.

Das glaube ich erst, wenn ich es sehe.

Das wirst du. Verlass dich drauf.

Worauf wartest du dann noch?

Der Engel, sagte ich. Wo ist der Engel? Gerade eben war er doch noch hier.

Engel? Welcher Engel, sagte Robert. Da war kein Engel. Engel gibt's nicht.

»Ich werde Altenburg töten. Ich werde Altenburg töten. Ich werde Altenburg töten.« Je öfter ich diesen Satz wiederholte, desto unumstößlicher wurde mein Entschluss. Nichts und niemand würde mich davon abhalten können, denn es war das Einzige, was ich noch für Isabella tun konnte. Es musste sein, obwohl sie das auch nicht wieder lebendig machen würde, ebenso wenig wie sich ihr zerrissenes, verknittertes Bild reparieren ließ, dessen Teile ich mühsam notdürftig mit Klebestreifen zusammengefügt hatte, und das nun im Arbeitszimmer auf dem Schreibtisch vor mir lag wie eine mit groben Stichen zugenähte, entstellte Leiche nach der Obduktion. »Ich werde Altenburg töten«, sagte ich noch einmal.

Mein Atem roch sauer nach Erbrochenem und vermischte sich mit dem Hundemief und dem Kirschlikörgeruch, die nach wie vor im Raum schwebten, und gleich neben Isabellas Totenbild lag das »Dark Angel«-Buch – eine ebenso deprimierende wie empörende Mischung, und wieder spürte ich, wie mein Adrenalinspiegel sprunghaft anstieg. Wäre es danach gegangen, hätte ich Altenburg am liebsten sofort mit einem meiner Eisenrohre erschlagen. Ein kräftiger Hieb, und alles wäre vorbei gewesen, ehe er es überhaupt begriffen hätte. Aber genau das wollte ich nicht.

Nein, Altenburg, einen überraschenden, schnellen Tod hast du nicht verdient. Ich will, dass du ihm ins Angesicht blickst.

Ich will, dass du es weißt, wenn du in wenigen Augenblicken sterben wirst. Und ich will, dass du Angst hast. Entsetzliche Angst. Angst vor den Schmerzen. Angst vor der Endgültigkeit. Angst vor der Wahrheit, wenn ich dir sage, warum ich dich töte. Angst vor deinen letzten Gedanken, die dann dein Strafgericht sein werden und deine persönliche Hölle, nicht bloß als Einbildung, sondern ganz real, weil du von ihnen bis in alle Ewigkeit daran erinnert wirst, dass du nichts als ein brutaler Mörder bist, ein mieses, perverses Stück Scheiße, stinkender Abschaum, so wie all die anderen Dreckskerle, die ihre Frauen verprügeln und totschlagen.

Eine Hinrichtung musste es werden, kein Mord, darauf bestand ich. Schuldspruch, Urteil, Exekution. Einfach Gerechtigkeit und vielleicht ein bisschen Genugtuung. Das war ich Isabella schuldig. Als letztes Zeichen meiner Liebe zu ihr. Ich weiß, das hört sich jetzt furchtbar pathetisch an, doch genauso dachte ich. Was allerdings nicht heißt, dass ich schon eine Vorstellung gehabt hätte, geschweige denn einen konkreten Plan, wie ich Altenburg töten würde.

Ich wusste ja nicht einmal, wo er jetzt war. Schon wieder zuhause? In seiner Firma? Oder bereits in einem Flugzeug nach Südamerika? War es das Taxi zum Flughafen gewesen, auf das er heute Früh gewartet hatte? Das würde auch seine ungewöhnliche Nervosität erklären. Und die Ungeduld, mit der er die Polizisten möglichst schnell loswerden wollte. Vielleicht hatte auch er aus der Zeitung von der Entdeckung der Leiche erfahren und sich daraufhin sofort zur Flucht entschlossen. Unauffällig und ohne Gepäck, als Millionär konnte er sich das ja leisten. Möglicherweise rechnete er aber auch damit, dass man die Identität der Toten tatsächlich nicht herausfinden würde, dafür hatte er schließlich gründlich gesorgt, und jetzt hielt er sich für besonders schlau, erzählte weiter seine Geschichte über eine in Frankreich derzeit telefonisch nicht erreichbare Isabella, und wartete in aller Ruhe ab, dass die

Ermittlung im Sand verlaufen und der Mordfall als ungeklärt zu den Akten gelegt würde. Oder, oder, oder … wie gesagt, ich wusste es nicht.

Es gab noch ein anderes Problem. Wenn ich Altenburg zur Rede stellen und zu einem Geständnis zwingen wollte, brauchte ich eine Waffe, mit der ich ihn bedrohen und einschüchtern konnte. Nichts lag näher, als eines meiner Schlagrohre zu verwenden. Damit wusste ich umzugehen und die Wirkung meiner Schläge so zu dosieren, dass ich die Schmerzen, die Altenburg erleiden sollte, langsam steigern konnte, von den ersten, Angst einflößenden Hieben auf Arme und Oberkörper bis zum tödlichen Schlag auf seinen Schädel. Außerdem wäre es nur gerecht, wenn Altenburg auf die gleiche Art sterben müsste, wie er Isabella getötet hatte. Leichter gedacht als getan. Bevor ich über Altenburg Gericht halten könnte, müsste ich es nämlich erst einmal schaffen, zu ihm vorzudringen. Völlig unmöglich, der Totschläger in meiner Faust würde natürlich sofort sein Misstrauen wecken. Und auch auf der Straße durfte ich mich damit nicht blicken lassen. Zu groß war die Gefahr einer Polizeikontrolle, und dann könnte ich nicht mehr behaupten, ich hätte keine Ahnung, was das für ein *Ding* sei, und dass es mir nicht gehören würde. Ich brauchte nicht viel Fantasie, um mir die Konsequenzen auszumalen.

Na, da haben wir ihn ja, den Frauenmörder, würden die Polizisten grinsend feststellen, und die Tatwaffe hat er auch noch in der Hand! Wie ich die Polizei einschätzte, könnte ich mir dann sämtliche Unschuldsbeteuerungen und Erklärungen sonst wohin stecken. Die Kriminalbeamten würden keine Mühe und keine Tricks scheuen, um eine lückenlose Beweiskette zu konstruieren, weil ihnen nämlich der Ruhm eines sensationellen Ermittlungserfolges wichtiger wäre als die Wahrheit, ich landete nach einem Indizienprozess als gemeingefährliche Bestie für den Rest meines Lebens hinter Schloss und Riegel, und Altenburg käme ungeschoren davon.

Die Vorstellung, dass Altenburg für seine Tat nicht büßen müsste, war schon schrecklich genug, aber bei Weitem nicht so quälend wie eine ganz andere Frage, die ich auf einmal nicht mehr aus dem Kopf bekam: Was, wenn mein Eisenrohr tatsächlich die Mordwaffe war? Nicht eines der frisch präparierten Schlagrohre, die an der Gartenhütte lehnten, sondern der Totschläger, mit dem ich am Freitagabend zum Haus des Architektenpaares ausgerückt war, das *Ding*, das dann der ältere Polizist verschwinden lassen hatte, indem er es einfach über die Gartenmauer auf Altenburgs Grundstück warf. Hatte Altenburg es zufällig gefunden? Hatte vielleicht sogar erst dieses Eisenrohr irgendetwas in ihm ausgelöst, irgendeinen Scheißimpuls, der ihn auf die Wahnsinnsidee gebracht hatte, Isabella zu erschlagen? Dann hätte ich Altenburg das Mordinstrument sozusagen in die Hand gedrückt. Und an dem Stück Eisen, mit dem ich ihr Leben hätte retten können, klebten jetzt Isabellas Blut und Hautfetzen und Knochensplitter von ihrem Gesicht. Nein! Um Gottes willen, nein! Allein schon diesen Gedanken konnte ich nicht ertragen.

Ich musste es wissen. Unbedingt. Nichts war jetzt wichtiger. Ich musste herausbekommen, ob mein Schlagrohr noch unter der Hecke hinter der Gartenmauer lag. Und ich betete darum, dass ich es dort finden würde.

Drei Minuten später stand ich vor Altenburgs Anwesen und wusste nicht weiter. Ich hatte mir vorgestellt, ich würde einfach über die Gartenmauer klettern, aber das war völlig unmöglich. Erstens konnte jederzeit die Polizei auftauchen, zweitens wusste ich nicht, ob Altenburg zuhause war und vielleicht ausgerechnet jetzt über sein Grundstück spazierte, und drittens musste ich feststellen, dass die Mauer für mich ein unüberwindbares Hindernis war, mindestens zwei Meter hoch, und die Buchenhecke dahinter noch höher.

Ja, *Glotzauge*, was nun? Irgendwelche Vorschläge? Nein?

Scheiße. Ich auch nicht. Oder doch! Ich glaube, ich hab da eine Idee.

Von Roberts Grundstück über den Zaun in den verwilderten Nachbargarten mit dem leerstehenden Haus und von dort irgendwie über die Mauer zu Altenburg – also das müsste eigentlich möglich sein. Jedenfalls kann mich dabei niemand stören, und wenn ich Glück habe, ist auf dieser Seite die Gartenmauer niedriger oder es gibt überhaupt keine.

Ich hatte tatsächlich Glück. Nur ein Lattenzaun und eine Kirschahornhecke markierten die Grenze zwischen dem wild wuchernden Gestrüpp auf dem Nachbargrund, durch das ich mich mit einiger Mühe gekämpft hatte, und Altenburgs gepflegter Parklandschaft. Das Gelände stieg jedoch schon nach wenigen Metern zu einem Hügel an, der mir die Sicht versperrte, und so konnte ich noch immer nicht überprüfen, ob Altenburg zuhause war. Ich brauchte einen höher gelegenen Aussichtspunkt, um möglichst das ganze Anwesen zu überblicken. Auf Bäume klettern war nicht gerade meine Stärke. Fliegen müsste man können, dachte ich.

Idiot! Wozu fliegen? Da stand doch das verwaiste Haus, das war hoch genug, und die Eingangstür hing wie ein schief geöffnetes Maul in ihren Angeln. Also was sollte mich daran hindern, zum Dachboden hinaufzusteigen? Vielleicht gab es da oben eine Luke, und wenn nicht, dann könnte ich ja ein paar Dachziegel entfernen, das würde den Zustand des Hauses auch nicht weiter verschlimmern.

Im Flur empfing mich der typische Leichengeruch toter Gebäude. So nannte ich jedenfalls den schauderhaften Mief, den ich kennengelernt hatte, als Herr Thalheim und ich manchmal in Verlassenschaften auf der Suche nach wertvollen Büchern gewesen waren – übrigens, meistens vergeblich. Es roch nach ungelüftetem Krankenzimmer, nach Moder und Schimmel, nach feuchten Mauern, morschem Holz, vor vielen Jahren in der Küche Angebranntem und faulem Obst. Und ein bisschen nach Kot und Verwesung, was ganz sicher an den einzigen Lebewesen lag, die hier vermutlich schon die längste Zeit neben Nachtfaltern, Spinnen und Asseln wohnten, fraßen, schissen, sich vermehrten und verreckten: den Mäusen, Ratten und möglicherweise auch Fledermäusen.

Im halbdunklen Treppenaufgang hielt ich nicht nur wegen des Geruchs den Atem an. Dauernd raschelte, knarrte, ächzte oder klopfte es irgendwo, einmal meinte ich sogar, tappende Schritte zu hören, und aus dem anfänglich flauen Gefühl in meiner Magengrube wurde ein heftiges Stechen und Brennen. Kurz gesagt, ich hatte Angst, und als ich die Tür zum Dachboden öffnete, war ich aufs Schlimmste gefasst. Umso größer war meine Überraschung über das, was ich dann sah.

Die erste Überraschung waren die beiden großen Dachfenster. Durch das eine konnte ich auf Altenburgs Anwesen sehen, wie ich es mir gewünscht hatte, und durch das Fenster gegenüber auf Roberts Bungalow, den Garten und das anschließende Stück Brachland.

Die zweite Überraschung bescherte mir etwas, was man wohl als »Aha-Erlebnis« bezeichnet: Auf dem Boden lagen eine Luftmatratze, ein Schlafsack und ein alter Lederkoffer, daneben standen ein paar Mineralwasserflaschen, ein Plastiksack mit einer angebrochenen Packung Schwarzbrotscheiben, Leberwurstdosen und einem Glas Essiggurken, und über einem Querbalken hingen T-Shirts und eine schwarze Kapuzenjacke. Großartig! Endlich wusste ich, wer *Glotzauge* war! Ganz offensichtlich ein Obdachloser, der sich heimlich unterm Dach einquartiert hatte! Ein harmloser, armer Teufel, der nichts anderes zu tun hatte, als mich manchmal durchs Dachfenster zu beobachten, und der sich jetzt vermutlich irgendwo im Haus vor mir versteckte und hoffte, dass ich möglichst bald wieder verschwinden und ihn in Ruhe lassen würde. Ich verstand ihn nur allzu gut, denn im Grund war ich genau wie er: Auch ich wollte doch nur meine Ruhe. »Keine Sorge«, rief ich, »bin gleich wieder weg!«

Aber jetzt musste erst einmal ich *Glotzauge* spielen und nach Altenburg Ausschau halten. Von hier oben wirkte die Parkanlage nicht ganz so riesig, trotzdem legte ich mir ein System zurecht, um nur ja keinen Hügel, keine Baumgruppe und keinen Strauch zu übersehen, in deren Schatten sich Altenburg aufhalten konnte. In schmalen Bahnen ließ ich meinen Blick auf und ab wandern, langsam und konzentriert, Streifen für Streifen wie beim Rasenmähen, bis ich das ganze Gelände abgegrast hatte. Doch das einzige Lebewesen, das ich entdeckte, war die Katze, die vor dem linken Gebäudeflügel unter den Fenstern des Salons in der Sonne lag.

Wenn diese Katze reden könnte, dachte ich, wer weiß, was sie zu erzählen hätte. Vielleicht hat sie gesehen, wie Altenburg den Teppich mit der Leiche Isabellas aus dem Haus geschleppt und in sein Auto verfrachtet hat. Eine herrenlose, streunende Katze als einzige Zeugin, welch ein zynischer Einfall der Gerechtigkeit! Und was ist mit dem Hund, den ich erst neulich bellen gehört habe? Hat er das getan, was alle Scheißköter tun, wenn sie Blut riechen, hat er seine Schnauze gierig in Isabellas Blut gestoßen und es aufgeleckt? Und jetzt? Ist er im Keller eingesperrt? Oder auch tot? Von Altenburg im Blutrausch erschlagen?

Wo war der Mord eigentlich geschehen? Von hier oben konnte ich durch die hauchdünnen Stores hinter den Fenstern ungehindert in den weißen Salon blicken. Wenn Isabella im Salon getötet worden war, hätte *Glotzauge* dabei zuschauen können. Hatte er das? War er zufällig genau in dem Moment am Dachfenster gestanden, so wie jetzt ich? Oder hatte er es ausgerechnet zu diesem Zeitpunkt spannender gefunden, durchs andere Fenster zu beobachten, was ich im Garten machte? Oder hatte er geschlafen? Oder gerade gemütlich ein Leberwurstbrot mit Essiggurken gegessen, während in nicht einmal sechzig Metern Entfernung Isabellas Gesicht zu einem blutigen Brei geschlagen wurde? Egal, vermutlich hätte er ohnehin nichts von der Tat sehen können, denn Altenburg hatte sie bestimmt in irgendeinem anderen, verborgenen Raum begangen, höchstwahrscheinlich in seinem alarmgesicherten Sadomaso-Fotostudio. Und überhaupt war es völlig unwichtig, ob *Glotzauge* ein Zeuge war oder nicht, bei der Polizei würde man nämlich sogar dem Raunzen einer streunenden Katze aufmerksamer zuhören und mehr Glaubwürdigkeit zumessen als der Aussage eines Obdachlosen. Oder der eines Kindes, wie ich bitter hinzufügte. Aber was soll's. Wichtig war jetzt einzig und allein, dass ich Altenburg nirgends sehen und deshalb ungestört nach meinem Schlagrohr suchen konnte.

Außerdem wollte ich nur noch weg aus diesem toten Haus mit seinem schauderhaften Leichengeruch, den ich keine Minute länger aushielt.

Ich hätte in dem beschissenen Haus bleiben sollen. Das Dachfenster öffnen, ein paar Mal tief durchatmen und meine Lungen mit frischer Luft vollpumpen und dann sämtliche Zimmer, Winkel und Ecken bis hinunter in den Keller nach *Glotzauge* absuchen, das hätte ich machen sollen! Selbst wenn ich Stunden gebraucht hätte, um den Typen in seinem Versteck aufzustöbern, wäre es das einzig Richtige gewesen. Aber das konnte ich ja nicht ahnen. Und es gab auch niemanden, der »Vorsicht!« rief oder »Stopp! Du hast auf Altenburgs Anwesen nichts zu suchen!«, keine roten Warnlichter blinkten, keine Alarmsirenen heulten, und falls doch, dann bemerkte ich sie nicht. Abgesehen davon hätten sie mich ohnehin nicht mehr aufhalten können, vor allem später nicht, als es mir einfach nicht gelingen wollte, meinen Totschläger zu finden.

Ich wusste noch genau, wo der Polizist das *Scheißding* über die Mauer geworfen hatte. Dass ich es jetzt an dieser Stelle nicht auf dem Rasen entdecken konnte, wäre normalerweise Grund genug gewesen, so schnell wie möglich von Altenburgs Grundstück zu verschwinden. Doch ich weigerte mich aufzugeben und suchte weiter. Aufgeben hätte für mich nämlich bedeutet, den ebenso ungeheuerlichen wie unerträglichen Gedanken zu akzeptieren, dass Isabella mit meinem Eisenrohr erschlagen worden war.

Nein, bestimmt hatte ich es nur übersehen. Und vielleicht war es ja gar nicht in der Wiese gelandet, sondern auf der Buchenhecke, war dann ein Stück nach unten geglitten, hatte sich in den Ästen und Zweigen verfangen und hing jetzt irgendwo da drinnen gut versteckt hinter den Blättern. Ich bog ein paar Zweige zur Seite, steckte meinen Kopf so weit es ging in die Hecke, drehte ihn in alle Richtungen, verrenkte mir fast den Hals und versuchte, im Wirrwarr des Astwerks mein Schlagrohr zu entdecken. Einmal glaubte ich es sogar gefunden zu haben, doch beim zweiten, genauen Hinschauen musste ich feststellen, dass ich mich nur von einem erstaunlich kerzengerade gewachsenen Ast täuschen lassen hatte. Ich versuchte es noch an ein paar anderen Stellen, bog Äste auseinander und tauchte bis zu den Schultern in das Dickicht aus tausend widerspenstigen Spießen, aber das Einzige, was es mir letztendlich einbrachte, waren ein paar brennende Striemen und Kratzer im Gesicht.

Weitaus unangenehmer waren jedoch die Blicke, die sich schon wieder in meinen Rücken bohrten. Ich wandte mich um und sah zum Dachfenster hinauf. Und die schemenhafte Gestalt hinter der schrägen Glasfläche, in der sich das grelle Sonnenlicht spiegelte, war ganz sicher nicht nur eine optische Täuschung.

Himmelherrgott noch einmal, der Kerl ging mir auf die Nerven! Ich ließ ihn in Ruhe, also sollte er mich gefälligst ebenfalls in Ruhe lassen! Oder sich nützlich machen und mir helfen, das verfluchte Scheißrohr zu finden! Ich hob drohend meine Faust und wollte gerade »Glotz nicht so blöd, du Idiot!« rufen – doch in genau dieser Sekunde begann in Altenburgs Haus der Hund zu bellen.

Das Bellen hörte sich sonderbar an, kraftlos hervorgestoßen, heiser, gequält. Drei, vier Mal und dann war es schon wieder vorbei. Wie abgewürgt. Erstickt. Die letzten Laute eines sterbenden Tieres, dachte ich. Nicht, dass es mein Mitleid erregt hätte, nein, das würde in diesem Leben kein Scheißköter mehr schaffen, aber ich wollte wissen, was da ablief. Mit meiner Vermutung hatte ich jedenfalls schon einmal recht gehabt: Altenburg besaß tatsächlich einen Hund und hielt es aus irgendeinem Grund geheim. Bloß wo hatte er ihn eingesperrt? Gab es in dem weitläufigen Bau irgendwo einen Hundezwinger, vielleicht einen Käfig im Keller?

Während ich mich vorsichtig dem Gebäude näherte, achtete ich angespannt darauf, ob sich drinnen etwas rührte, doch alles war ruhig. Kein Geräusch, keine Bewegung. Nicht das geringste Anzeichen von Leben. Sogar die Katze vor dem Haus war verschwunden.

Verfluchte Scheiße, was würde ich entdecken? Einen halbtoten, leise winselnden Hund, angekettet in einem Kellerloch, Boden und Wände voll eingetrocknetem Blut? Hundeblut? Menschenblut? Isabellas Blut?

Bist du dir sicher, David Bauer, dass du das sehen willst?

Was heißt wollen? Ich muss!

Du wirst jetzt also wirklich in dieses Haus gehen, obwohl du da drin absolut nichts verloren hast?

Willst du mich vielleicht daran hindern?

Nein, nein, David! Nur zu! Aber sag hinterher bloß nicht, ich hätte dich nicht gewarnt.

Das Eingangstor ist nicht zugesperrt. Ich gehe rein, lasse das Tor hinter mir einen Spalt weit offen und schaue mich im Vestibül um. Es sieht aus wie immer. Als wäre nichts geschehen, seit ich das letzte Mal hier gewesen bin. Als würde Altenburg mich gleich auf einen Tee in den weißen Salon einladen, und endlich würde Isabella dort auf mich warten. Und als hätte sich dieses Haus nicht in den Schauplatz eines bestialischen Mordes verwandelt.

Nein, etwas ist doch anders. Ein Detail, das mir unter anderen Umständen überhaupt nicht aufgefallen wäre: Die Tür zur Kellertreppe stand sonst immer offen – jetzt ist sie geschlossen.

Na gut, also dann! Vorsichtig, als würde ich einen Stromschlag befürchten, lege ich meine Hand auf die Türklinke und drücke sie langsam, ganz langsam nach unten. Irgendwas macht leise Klick. Klickklick. Ich lasse sofort los und gehe einen Schritt zurück. Zu spät. Was jetzt geschieht, kann ich nicht mehr aufhalten.

Hunde!

Zuerst einer – der Hund, dessen heiseres Bellen ich schon kenne – dann noch einer, dann ein dritter, ein vierter, schließlich eine ganze Hundemeute! Überall Hunde, von allen Seiten bedrohen sie mich. Sie knurren, bellen, kläffen! Immer wütender, immer gefährlicher, immer lauter! Aber ich kann sie nicht sehen. Nur hören. Als stünden sie hinter sämtlichen Wänden und Türen, durch die sie im nächsten Augenblick springen würden wie durch dünnes Papier, um über mich herzufallen und mir ihre Zähne ins Fleisch zu schlagen. Und ich will nur noch raus hier, doch das Eingangstor ist ins Schloss gefallen und lässt sich nicht öffnen. Ich bin gefangen in einer bellenden, kläffenden Hölle. Das heimliche Reich eines Wahnsinnigen, denke ich, und als dieser Wahnsinnige dann plötzlich aus dem Keller kommt, überrascht es mich auch nicht mehr.

Er ist überrascht und verärgert, als er mich sieht, und ruft mir etwas zu, bestimmt irgendwelche Gemeinheiten, das schließe ich aus seiner unfreundlichen Miene, denn verstehen kann ich seine Worte nicht, die gehen in dem Höllenlärm unter. Ich will sie auch gar nicht hören, mir genügt, was ich sehe: Altenburg hat etwas in seiner Hand, das man aus der Entfernung für einen Regenschirm oder eine Versandrolle halten könnte, aber mir ist natürlich sofort klar, was es wirklich ist: mein Eisenrohr, mein Totschläger! Er hat ihn also tatsächlich gefunden, hat mit ihm Isabella erschlagen, und jetzt soll ich wohl das nächste Opfer sein!

Ich starre ihn nur an und rühre mich nicht von der Stelle. Ich sollte losrennen, denke ich, losrennen und dem Mistkerl meinen Kopf in den Bauch rammen und das *Scheißding* aus der Hand reißen, bevor er damit zuschlagen kann. Doch während ich das denke, ist Altenburg schon mit drei, vier schnellen Schritten beim Salon und verschwindet hinter der Tür. Dass er jetzt die Hunde auf mich hetzen wird, und dass ich ihn davon abhalten sollte, denke ich, aber, weiß der Teufel wieso, ich bewege mich einfach nicht, und die Köter kläffen noch ein bisschen aggressiver, und jetzt endlich löse ich mich aus meiner Erstarrung, nehme all meinen Mut zusammen und gehe, nein schleiche, geduckt und mit geballten Fäusten, als könnte ich mich so allenfalls gegen die Hundemeute wehren, ebenfalls in den Salon, und Altenburg dreht sich zu mir um und schaut mich angewidert an und will mich mit ein paar arroganten, wegwerfenden Handbewegungen verscheuchen, als wäre ich nichts als ein lästiges Insekt. Was er dabei sagt, kann ich wegen des ohrenbetäubenden Gekläffs noch immer nicht verstehen, es könnte »Raus hier!« heißen oder »Verschwinden Sie gefälligst!«, jedenfalls würde das zu seinen Gesten passen.

»Du kannst mich nicht verjagen«, schreie ich. »Wenn du mich loswerden willst, musst du mich schon erschlagen! Ja, erschlagen! Das machst du doch so gern, nicht wahr?«

Er versteht dich nicht, David Bauer. Du musst ihn am Kragen packen und es ihm ins Gesicht brüllen. »Erschlagen, Altenburg, erschlagen! So wie du Isabella erschlagen hast!«

Ja, jetzt hat er dich verstanden. Schau dir seine Augen an, diesen fassungslosen Blick, das beweist doch wohl alles. Und dass er ganz erschrocken das Rohr fallen lassen und mit der Schuhspitze unters Sofa geschoben hat, und dass er »Sie sind ja völlig verrückt! Lassen Sie Isa und mich endlich in Ruhe!« schreit, weil ihm nichts anderes zu seiner Verteidigung einfällt, und dass er dich mit aller Kraft wegstößt und sich dann einfach abwendet und dich stehen lässt wie einen kleinen, dummen Schulbuben, der von nichts eine Ahnung hat und gefälligst seinen Mund halten soll. Was ist los, willst du ihn jetzt vielleicht gehen lassen? Hast du vergessen, was du zu tun hast?

Versager!

»Bleib stehen, Altenburg! Du verdammter Scheißmörder! Du ... du Mörderschwein!«

Siehst du, wie er sich sofort empört zu dir umdreht und sein Maul aufreißt wie ein Fisch im Trockenen? Verstehst du, was er sagt?

Absurd? Arschloch?

Nein. Affig, sagt er. Affig!

Affig, affig, affig!

Und ich höre die Stimme meines Vaters und das Kläffen der Scheißköter, und ich habe plötzlich wieder den elenden Geschmack von Erbrochenem im Mund, und dann sehe ich Isabella an der Wand neben Altenburg, mein Gott, Isabella, drei Mal Isabella, und die Flasche Johnny Walker Blue Label auf dem gläsernen Podest sehe ich, und wie ich die Hand nach ihr ausstrecke und sich meine Finger um den Flaschenhals schließen, und ich spüre, dass es sich gut anfühlt, vielleicht nicht ganz so gut wie bei meinem Schlagrohr ... aber doch gut ... jedenfalls gut genug, um –

Verdammt noch einmal, David Bauer, was hält dich denn jetzt schon wieder zurück? Du hast es doch trainiert, stundenlang hast du es trainiert! Worauf wartest du noch? Los, mach schon!

Los, mach schon, ruft Robert. Sei kein Feigling!

Ich bin fünfzehn und stehe im Städtischen Hallenbad auf dem Sprungturm. Ganz oben auf dem Zehnmeterbrett.

Schwimmunterricht. Zwei Stunden Brustschwimmen um die Wette und sinnlos nach bunten Metallringen tauchen, die unser Turnlehrer, Herr Doktor Hönig, ins Becken wirft. Zwei Stunden Chlorwasser schlucken, brennende Augen und verschlagene Ohren. Und kurz vorm Ende der Doppelstunde das Kommando: Antreten zur Mutprobe! Dem Alphabet nach aufstellen, einer nach dem anderen rauf aufs Zehnmeterbrett, und wer einen anständigen Hechtsprung hinlegt, bekommt eine Eins.

Vor mir Norbert Amtmann. Hat sich mit zugehaltener Nase und angezogenen Knien ins Wasser plumpsen lassen. Schwache Leistung. Versager.

Und jetzt also ich.

Zehn Meter über dem Schwimmbecken.

Mein Gott, wie tief unten dieses blaugrün gekachelte Rechteck ist. Entsetzlich tief unten. Als wären aus den zehn Metern hundert Meter geworden, während ich über die Leiter auf den Turm geklettert bin. Und dann dieses schmale, dünne, vibrierende Brett unter meinen Füßen, so feucht und glitschig, und nirgends kann man sich anhalten!

Ich kralle mich mit den Zehen an der Vorderkante fest und schaue in die Tiefe. In einen Abgrund.

Nein, ich will nicht springen. Ich kann es einfach nicht. Ich werde mich vorsichtig Schritt für Schritt zurücktasten und wieder hinunterklettern. Sollen mich die anderen doch auslachen, es ist mir egal.

Was ist los, ruft Robert, und seine Stimme klingt scheppernd, wie bei der Lautsprecherdurchsage in einer Bahnhofshalle. Spring! Worauf wartest du noch?

Meine Beine sind auf einmal aus Gummi, mir ist kalt, und meine Spucke schmeckt nach Chlor.

Spring, David, ruft Robert. Du kannst es. Jetzt spring doch endlich! Los, mach schon … mach's für deine Mutter!

In diesem Moment drückt jemand auf einen Knopf, und ich nehme alles nur noch in Zeitlupe wahr.

In extremer Zeitlupe.

Wie David Bauer auf einmal seine Arme nach oben streckt … weit ausbreitet … Luft holt … und springt.

Wie er einen Herzschlag lang das unglaublich glückliche Gefühl hat, er könne fliegen wie im Traum und hochsteigen bis zur Hallendecke, aber schon im nächsten Augenblick zu taumeln anfängt und jede Kontrolle über seinen Körper verliert und sich irgendwie dreht und im freien Fall überschlägt und dann nur mehr auf das Schwimmbecken starrt, das näher und näher kommt.

Und wie er flach auf der Wasseroberfläche aufprallt, die sich hart wie Beton anfühlt und ihm die Luft aus den Lungen schlägt, und wie er durchs Wasser bis zum Boden gedrückt wird und nicht mehr weiß, wo oben und unten ist, und verzweifelt nach Luft ringt und Wasser schluckt, nichts als gechlortes Wasser, und wie er sicher ist, dass er jetzt sterben muss, ertrinken, ersticken, und gar nicht merkt, dass er nach oben getrieben wird, bis ihn ein paar Hände packen und über den Beckenrand ziehen.

Wie er Robert sieht, der sich über ihn beugt und grinst und den Daumen nach oben streckt. Gut gemacht, David. Wirklich toll. Ganz großartig.

Und wie er daliegt und hustet und Wasser spuckt und Tränen in den Augen hat, und seine Oberschenkel, sein Bauch, seine Brust und sein Gesicht wie Feuer brennen.

Wie er sich vorzustellen versucht, was seine Mutter jetzt wohl sagen würde. Drei Mal draufgeblasen und alles ist wieder gut, würde sie sagen. Und dann würde sie ihn an sich drücken und leise hinzufügen: Ich weiß, es tut weh. Aber das Fliegen war es doch wert, stimmt's?

Und wie ihm schwarz vor Augen wird.

Als ich wieder zu mir kam, konnte ich mich nicht daran erinnern, aber trotzdem war mir sofort klar, was ich getan hatte: Ich hatte Altenburg erschlagen. Ob vor einer Minute oder vor einer Stunde, keine Ahnung. Das spielte auch überhaupt keine Rolle, Hauptsache, ich hatte es getan.

Die Hunde bellten jedenfalls immer noch, und ich saß zusammengesackt und mit der linken Schulter an die Rückseite des Sofas gelehnt auf dem Boden, meine Finger umklammerten den Hals der Whiskyflasche, auf meinem Unterarm klebte eingetrocknetes Blut, und einen Meter vor mir lag Altenburg sonderbar verrenkt auf dem Rücken. Wahrscheinlich mit weit aufgerissenen Augen, doch das konnte ich von hier aus nicht sehen. Sein Kopf lag in den Scherben des umgestürzten Glaspodests, darunter hatte sich eine große dunkle Blutlache ausgebreitet, und auch die Bilder von Isabella waren über und über mit Blut bespritzt.

Wie gesagt, ich erinnerte mich nicht, doch ich hatte Altenburg mit der Flasche wohl ein paar Mal auf die Stirn geschlagen, dann musste er im Sturz das Podest umgeworfen haben und schließlich mit dem Hinterkopf auf die Glaskante gekracht sein. Vielleicht steckte jetzt eine spitze Scherbe in seinem Nacken oder in seiner Halsschlagader.

Ich hatte es geschafft! Unfassbar! Ich hatte es tatsächlich geschafft!

Ich hob die Flasche.

Danke, Johnny Walker! Und vor allem: Danke, Robert!

Wofür?

Dafür, dass du zu mir gesagt hast, ich soll es für meine Mutter machen.

War's denn nur für sie?

Ja für sie … endlich. Aber natürlich auch für alle anderen. Für Laura und für die Zirkowski und für meine Wohnungsnachbarin … und vor allem für Isabella. Aber ohne dich hätte ich es sicher wieder nicht zusammengebracht. Also danke noch einmal.

Ach was! Dafür sind Freunde schließlich da. Und? Bist du jetzt glücklich?

Glücklich? Ich weiß nicht. Ich würde sagen: erleichtert. Vielleicht zufrieden. Ein zufriedener Richter.

Oder ein zufriedener Mörder.

Oder beides. Scheiß drauf. Jedenfalls kein Versager.

Richtig, David. Kein Versager.

Ich hob wieder die Flasche.

Auf dich, Robert!

Dass in diesem Moment auch noch alle Hunde gleichzeitig zu kläffen aufhörten, war fast schon zu viel des Guten. Ich nahm es als Zeichen: Der Irrsinn war endlich vorbei!

Altenburg lag tot vor mir. Und wenn ich die Augen schloss, war es mein Vater, den ich da liegen sah.

Nur das zählte. Ich hatte mein Versprechen eingelöst und die Welt von zwei Mistkerlen der übelsten Sorte befreit. Meine Mutter und Isabella sahen, spürten, wussten das auf irgendeine geheimnisvolle Weise, davon war ich überzeugt. Und das wog alles auf, was nun auf mich zukommen würde.

Im Gegensatz zu den beiden feigen Mördern wollte ich nämlich zu meiner Tat stehen und dafür auch ins Gefängnis gehen. Vielleicht liefe es auf Notwehr hinaus und nicht auf Mord, denn das Eisenrohr, mit dem Altenburg Isabella erschlagen und mich bedroht hatte, lag ja noch unter dem Sofa. Aber das war jetzt gar nicht so wichtig. Egal, wie viele Jahre ich eingesperrt sein würde, in meinem Kopf war ich frei. Ruhe, endlich Ruhe. Der Spuk hatte ein Ende.

Diese verfluchten Köter! Als wollten sie mich verhöhnen, begannen sie wieder zu bellen. Noch dazu in der gleichen Reihenfolge wie zuvor: Zuerst diese eigenartig heiseren, kehligen, erstickten Laute des Tiers, das offenbar als Leitwolf die Meute anführte, gefolgt vom lauten, aufgeregten Bellen des zweiten Hundes, kurz darauf das aggressive Kläffen des dritten, und dann fielen alle anderen ein, immer böser und gefährlicher, bis ich mich erneut inmitten einer knurrenden, heulenden, kläffenden Hölle befand. War es der Geruch des Blutes, der die Hunde plötzlich aufgestört hatte und jetzt unwiderstehlich anzog? Würden sie im nächsten Augenblick in den Salon stürmen und ihre Schnauzen gierig in die Blutlache stoßen? Unwillkürlich zog ich den Kopf ein und presste mich ans Sofa, als ob es mir Schutz bieten könnte – doch nach kaum einer Minute war alles wie auf einen Schlag wieder vorbei.

Ich sollte endlich aufstehen und schauen, dass ich aus diesem Haus irgendwie herauskomme, und dann die Polizei rufen, dachte ich.

Die Hunde gaben mir keine Chance. Erneut fing es mit dem

heiseren Bellen an, wieder folgten der Reihe nach die anderen Hunde, und wieder brach das Kläffen abrupt ab.

Ich verstand nicht, was hier ablief. Wirklich, ich verstand es einfach nicht. Aber ich wusste, wozu Hunde fähig sind. Und als ich verzweifelt überlegte, ob ich durch eines der Fenster ins Freie entkommen könnte, oder ob die Hunde bei der kleinsten Bewegung sofort erneut anschlagen würden, weshalb ich mich doch besser ruhig verhalten sollte, und als ich mich fragte, wie lange ich wohl neben Altenburgs Leiche ausharren müsste, bis jemand kommen würde, um nach dem Rechten zu sehen, vielleicht einer von Altenburgs Angestellten, die sich Sorgen machten, weil sie ihren Chef seit Tagen nicht erreichen konnten, und als ich mir schon vorstellte, wie man dann auch mich nur noch tot auffinden würde – genau in diesem Moment bemerkte ich etwas, von dem ich nie gedacht hätte, dass ich mich jemals so darüber freuen könnte: Ich bemerkte einen Geruch.

Einen ganz besonderen Geruch. Diesen unverkennbaren Totehäusermief: Moder, Schimmel, feuchte Mauern, morsches Holz, faules Obst, Mäusekot ... also genau den abscheulichen Geruch, der mir im Nachbarhaus in die Nase gestiegen war. Und jetzt tauchte dieser Geruch auf einmal hier im Salon auf.

Glotzauge! Mein Gott, *Glotzauge*!

Wer sonst könnte diesen Geruch in seiner Kleidung anschleppen? Kein Mensch außer *Glotzauge*! Er hat bestimmt vom Dachfenster aus beobachtet, was hier los ist, ist irgendwie an den Hunden vorbei ins Haus gekommen und holt mich jetzt raus. Danke, mein Freund. Und entschuldige bitte, dass ich dich Idiot genannt habe.

Der Geruch kommt näher. Ich blicke mich um.

Zum Geruch gehören zwei lange Beine in alten, ausgebeulten schwarzen Jeans. Dreckige schwarze Sneaker. Und die schwarze Kapuzenjacke, die ich schon auf dem Dachboden gesehen habe.

Dann ein grauer Siebentagebart. In die Stirn hängende, fettige, strähnige Haare. Und eine dunkle Sonnenbrille in einem Gesicht, das ich erst auf den zweiten Blick erkenne.

Robert?

Unmöglich! Das kann ja gar nicht …

Aber er ist es wirklich.

Robert.

Glotzauge ist Robert!

Er geht wortlos an mir vorbei zu Altenburg, kniet sich auf den blutdurchtränkten Teppich, nimmt seine Sonnenbrille ab, beugt sich tief über die Leiche, legt drei Fingerspitzen auf ihren Hals und verharrt dann in dieser Haltung.

»Und? Sag schon«, flüstert jemand hinter mir. »Ist er …«

Robert richtet sich auf. »Ja, Liebling«, sagt er und lächelt zufrieden. »Er ist tot.«

»Sicher?«

»Ganz sicher, Liebling. Wir haben's geschafft.«

Was soll das heißen? Mit wem redet Robert da? Wer ist Liebling? Ich wende mich wieder um.

Und dann ist es, als würde man mir einen Kübel Eiswasser ins Gesicht schütten.

Ich sehe eine Tote.

Ich sehe Isabella.

Isabella lebt, begreifst du das, David Bauer? Ja, schau doch hin: Die Ermordete mit dem bis zur Unkenntlichkeit zerstörten Gesicht – sie ist schön wie eh und je, nur ihre Bilder an der Wand sind voll Blut. Und sie hat nicht einmal einen Blick für dich übrig, die Frau, für die du Altenburg erschlagen hast. Sie und Robert tun so, als würdest du überhaupt nicht existieren. Sie zittert am ganzen Körper, er nimmt sie in seine Arme, streichelt sanft ihren Rücken und ihr Haar, um sie zu beruhigen, und sie schmiegt ihren Kopf an seine Brust, siehst du das, David Bauer? Und verstehst du das? Nein, nichts verstehst du. Wenn du die Flasche Johnny Walker auf einen Sitz ausgesoffen hättest, dann würdest du verstehen, was hier los ist, nicht wahr? Alles bloß Einbildung, Halluzinationen, ein bisschen Delirium, weiter nichts. Doch die Flasche ist voll, also bist du leider nüchtern, stocknüchtern, verstehst du? Ja, aber das ist auch schon das Einzige, was du verstehst. Also hör auf, nach irgendeiner Erklärung zu suchen. Gib es auf, David Bauer, gib es auf.

Die Wirklichkeit stand Kopf, nichts war so, wie ich es mir vorgestellt hatte, sogar auf die Hunde war kein Verlass.

»Nicht schon wieder«, sagte Robert, als der erste Hund zu bellen anfing. »Diese idiotische Alarmanlage macht mich noch wahnsinnig!«

»Ich kümmere mich darum«, sagte Isabella und löste sich aus der Umarmung.

»Ja, mach das, Liebling. Stell den Mist endlich ab. Wenn's nicht anders geht, reiß einfach die Kabel heraus.« Er griff in seine Jackentasche und reichte Isabella ein Mobiltelefon. »Und dann ruf bitte die Polizei an.«

»Wieso ich?«

»Ja, wer sonst? Natürlich du. Schließlich hast ja du deinen Mann hier tot aufgefunden, nicht ich. Sag einfach das, was wir besprochen haben.«

»Ja ... aber ... ich weiß nicht ...«

»Es wird schon gut gehen, Liebling, verlass dich drauf.«

Im Vorbeigehen streifte mich Isabella mit einem flüchtigen Blick. Es sollte das erste und letzte Mal sein, dass sich unsere Augen trafen, und selbst da war ich mir nicht sicher, ob sie mich wirklich sah.

Dafür hockte sich Robert auf einmal neben mich und grinste mich an, als wäre ich gerade Schmiere gestanden, während er aus dem Schreibtisch von Herrn Freisinger eine Schachtel Zigaretten gestohlen hatte. Und als dann das Kläffen abbrach, legte er mir seine Hand auf die Schulter und sagte: »Gut gemacht, David! Großartig.«

»Ich versteh das nicht«, sagte ich leise. »Ich versteh das einfach nicht.«

»Was verstehst du nicht?«

»Das hier … alles … nichts … ich weiß nicht … ich meine … du hast gesagt, dass du in Indien bist …«

»In Indien?«

»Ja, oder Nepal, was weiß ich …«

»Spinnst du? Wann soll ich das gesagt haben?«

»Und Isabella … Altenburg hat sie doch …«

»Ja? Was?«

»Wenn er sie nicht … wieso hab ich dann … das stimmt doch alles gar nicht … das ist alles nicht wahr, oder?«

Robert sah mich an und schwieg.

»Sag mir bitte nur eins«, flüsterte ich, »ganz ehrlich … bin ich …«, ich wollte »unzurechnungsfähig« sagen, aber mir fiel das Wort nicht ein, »bin ich … unberechenbar?«

Robert lachte. »Nein, alter Freund, das bist du ganz und gar nicht!« Dann betrachtete er mich mit dem Blick eines Pokerspielers und sagte – sachlich wie ein Arzt, der mir seine Diagnose mitteilte: »Ganz im Gegenteil, David. Weißt du, was du bist? Du bist berechenbar. Absolut berechenbar!«

Spätestens jetzt hätte ich vermutlich wenigstens ein bisschen was begreifen können, wäre mir mehr Zeit geblieben, um über Roberts Antwort nachzudenken. Aber die Polizisten mussten auf ihren Einsatz schon gewartet haben, so schnell waren sie zur Stelle.

»Ich hab's doch geahnt«, sagte der ältere Polizist und musterte zuerst Altenburgs Leiche und dann mich. »So sieht man sich wieder, nicht wahr? Ich hab ja gleich gewusst, dass mit Ihnen etwas nicht stimmt. Erfahrung, wissen Sie. So etwas habe ich im Urin.«

»Verstehe«, sagte ich.

Und als ich wenig später im Streifenwagen weggebracht wurde, sah ich draußen neben dem Einfahrtstor Roberts roten Mustang stehen.

»Verstehe«, sagte ich wieder.

»Was«, fragte der jüngere Polizist.

»Weiß nicht«, sagte ich. »Ist nicht so wichtig.«

17

Fünfundzwanzig Jahre, Robert! Fünfundzwanzig Jahre! Das ist verdammt viel Zeit zum Nachdenken. So lang hat es allerdings nicht gedauert, bis ich verstanden habe, wie ihr mich benutzt habt, um Altenburg loszuwerden und an sein Geld zu kommen. Ganz schön teuflisch, eure Intrige, das muss ich schon sagen. Und dass alles nur deine Idee war, ist ja wohl klar. Nur du hast gewusst, wie ich ticke, und ich Idiot habe auch prompt gespurt. Eben berechenbar, absolut berechenbar. Trotzdem war es Mord, da gibt's nichts zu entschuldigen. Aber ich habe meine Strafe abgesessen und bin vor zwei Wochen entlassen worden. Im Unterschied zu dir, weil du wirst hier ganz sicher nicht mehr lebend herauskommen.

Wachkoma, hat mir eine Ärztin erklärt. Und dass du hören kannst, was ich sage. Von Verstehen war leider nicht die Rede. Na gut, hoffentlich kommt es trotzdem noch irgendwie in deinem kaputten Hirn an, du Arschloch.

Also, einen Abgang à la James Dean hast du ja nicht hingekriegt. Erstens ist James in einem silbernen Porsche 550 Spyder ins Jenseits gerast und nicht in einem roten Ford Mustang gegen einen Baum geknallt, zweitens ist er damals nicht so ein alter, hässlicher Sack gewesen wie jetzt du, und drittens war er auf der Stelle tot. Du hingegen kannst offensichtlich nicht einmal von alleine sterben. Sogar dafür brauchst du jemanden, der endlich den Stecker zieht und die Geräte abschaltet, an denen du hängst.

Aber ohne Hilfe hast du ja noch nie etwas zustande gebracht. Vom Zigarettenklauen bis zu deinem Gastspiel in der Welt der Reichen und Schönen ist dir alles nur gelungen, indem du gutgläubige Menschen für deine Zwecke missbraucht hast. Darin bist du allerdings perfekt gewesen, das muss ich dir lassen.

Besonders die Frauen sind auf dich reingefallen. Ein paar hast du ja offensichtlich um den Finger wickeln können, stimmt's, *schöner Robby*? Und schließlich sogar Isabella. Was für ein Glück für dich, dass sie genau zu dem Zeitpunkt von ihrem alten, verschrobenen Ehemann die Nase endgültig voll gehabt hat, als es gerade mit deinen windigen Finanzberatergeschäften bergab gegangen ist und einer von denen, die du beschissen hast, gedroht hat, dir an den Hals zu gehen! Isabella war die ideale Lösung deiner Probleme, nicht wahr? Der absolute Haupttreffer! Du hast nur noch einen Trottel gebraucht, der Altenburg beseitigt. Da bin ich für dich natürlich genau der Richtige gewesen, mit all der Scheiße, die mir damals bis zum Hals gestanden ist. Den Versager packe ich an seiner schwächsten Stelle, hast du sicher gedacht, dann kann er gar nicht anders und macht, was ich will. Und als du gesehen hast, dass ich dir prompt in die Falle gegangen bin, bist du garantiert auch noch mächtig stolz gewesen auf deinen hundsgemeinen Plan. Hast dich schiefgelacht über den Schwachkopf, der jeden Köder geschluckt hat, den du ihm vorgeworfen hast.

War ja auch nicht viel nötig, um meine schlafenden Gespenster zu wecken. Ein bisschen frischer Hundemief, ein Beißkorb und eine Hundeleine in deinem Haus. Ein Zwölfjähriger, dem du deinen Schäferhund geschenkt hast, weil sie mich in die schlimmste Zeit meiner Kindheit zurückwerfen sollten. Und dann das Allerwichtigste: ein paar inszenierte, verzweifelte Hilferufe am Telefon – übrigens hervorragend von Isabella gespielt – das war's fürs Erste. Damit hast du mich schon einmal am Haken gehabt.

Die Bekanntschaft mit Altenburg hast du über den kaputten Rasenmäher eingefädelt. Und dann hast du damit kalkuliert, dass ich mich in Isabellas Bilder verlieben und Altenburg mir früher oder später von seiner großen Fotoleidenschaft erzählen würde. Den anonymen Drohbrief hast du geschrieben, um zu verhindern, dass ich Kontakt zu anderen Leuten suche, ich sollte mich ja ausschließlich auf Altenburg konzentrieren. Alles perfekt ausgedacht, gratuliere. Aber sag bloß nicht, du hättest gewusst, dass ich mir einen Totschläger anfertigen würde, um mich zu wehren. Doch in den Kram gepasst hat dir dann mein Schlagtraining bestimmt, weil du das erste Mal gesehen hast, dass ich wirklich zuschlagen kann. Mir war das übrigens auch neu.

Und dann habt ihr abgewartet, was passiert. Du auf deinem Beobachterposten – wenn du mir nicht gerade hinterhergeschlichen bist – und Isabella wahrscheinlich in irgendeinem gemieteten Zimmer, von wo sie mit dem Mobiltelefon alle paar Tage nicht nur mich angerufen hat, sondern auch Altenburg, um ihm ihre Südfrankreichmärchen aufzutischen.

Als du allerdings bemerkt hast, dass ich mich völlig verrenne, zuerst mit Frau Zirkowski und dann mit dem Architektenpaar, bist du mir auf die brutale Tour gekommen, um mich auf die richtige Fährte zu bringen. Gehirnwäsche pur: Die Bücher aus dem Giftschrank deines Onkels, die Schwarzwälder Kirschtorte mit dem gefälschten Brief von Franziska, und zuletzt die drei Wochen alte Zeitung mit dem Bericht über einen Frauenmord, der zu der Zeit schon längst aufgeklärt gewesen ist, wovon ich als notorischer Nicht-Zeitungsleser natürlich keine Ahnung gehabt habe – das war alles von dir, alles ganz genau berechnet, davon bin ich überzeugt, obwohl ich es natürlich nicht beweisen kann.

Du bist tatsächlich vor nichts zurückgeschreckt, du verfluchtes Arschloch! Bist auf diesem verstunkenen Dachboden gesessen und hast zugeschaut, wie ich nach deiner Pfeife tanze. Und wie ich selber für alle Indizien gesorgt habe, die dann vor Gericht als Beweise dafür angeführt worden sind, dass ich ›den heimtückischen Raubmord an Altenburg von langer Hand geplant und vorbereitet habe‹. Angefangen beim nächtlichen ›Ausspionieren‹ von Häusern in der Umgebung, über meinen offen gezeigten Hass auf Wachhunde, bis hin zu den Schlagrohren und den gespalteten Kürbisköpfen. Alles bestätigt durch die Zeugenaussagen des Briefträgers, von Sebastian und seinem Vater, der alten Damen im Haus gegenüber und natürlich der beiden Hundefrauen, die nicht genug davon bekommen konnten, immer wieder triumphierend zu erklären, dass ihnen mein Verhalten schon von Anfang an höchst verdächtig vorgekommen ist.

Nur mein Totschläger in Altenburgs Park ist sonderbarerweise nie aufgetaucht. Unter uns gesagt, heute bin ich sicher, dass ihn der junge Polizist schon vor mir gesucht und dann endgültig verschwinden lassen hat. Und das Ding, mit dem Altenburg aus dem Keller gekommen ist, war tatsächlich nur ein Versandrohr mit einem zusammengerollten, großen Porträtfoto Isabellas. Im Keller hat die Polizei auch kein Sadomaso-Studio entdeckt, sondern bloß einen klimatisierten, alarmgesicherten Depotraum für wertvolle erotische Gemälde, Grafiken und ein paar angeblich gewagte, aber im Grunde harmlose Bondage-Fotografien Isabellas, die ich im Gegensatz zu dir leider nie zu Gesicht bekommen habe. Nein, es hat wirklich nichts gegeben, was mich entlasten oder meine Tat hätte rechtfertigen können.

Also habe ich es vorgezogen – sehr zum Ärger meines Pflichtverteidigers – zu schweigen. Und habe damit natürlich das perfekte Bild eines heimtückischen und zur Reue unfähigen Mörders abgeliefert. So überzeugend, dass man es offenbar nicht für nötig gehalten hat, noch irgendwelche Fragen zu stellen. Zum Beispiel, wo Isabella und du in den zwei Wochen gewesen seid, während denen ich laut dem Staatsanwalt ›deine Gastfreundschaft missbraucht habe, um ein Verbrechen zu begehen‹.

Aber wozu erzähle ich dir das? Ihr wart ja beim Prozess dabei und habt die Erschütterten gespielt, du und Isabella. Und drei Monate später habt ihr schon geheiratet. Da ist mir dann schön langsam ein Licht aufgegangen über euer Scheißspiel, für das du unsere Freundschaft verraten hast.

Was draußen geschieht, kriegt man nämlich auch im Gefängnis mit. Besonders dann, wenn man wie ich in der Anstaltsbibliothek arbeitet. Da gibt's nicht nur Bücher, sondern jede Menge Zeitschriften. Und andere Häftlinge, mit denen man ins Gespräch kommt. Da habe ich alles erfahren über euch zwei. Wie ihr ›MagicAltenburg‹ für eine Wahnsinnssumme an einen französischen Kosmetikkonzern verscherbelt und euch dann ein schönes Leben gemacht habt, mal in Saint Tropez, mal in Sankt Moritz. *Isi und Robby*, das neue Schickimickipaar, jahrelang Dauergäste in sämtlichen Promi-Gazetten. Affig, absolut affig! Und überall bist du mit deinem Scheißmustang aufgekreuzt, den du damals mit knapper Not vor der Geldeintreibertruppe mit ihrem Scheißpitbull gerettet hast. Einfach am Tag nach dem überfallsartigen Besuch im Bungalow klammheimlich aus der Garage geholt. Weißt du, wer mir das erzählt hat? Der Obermafioso höchstpersönlich. Der Clown, der auf Al Capone gemacht hat. Franz Stadler, ein kleiner Möchtegerngangster, den sie ein paar Jahre nach mir wegen Totschlags eingesperrt haben. Ich sag ja, auch hinter Gittern erfährt man alles.

Mein Vater ist übrigens genau am ersten Jahrestag meiner Tat gestorben. Ich hätte auf sein Begräbnis gehen können, aber ich habe drauf verzichtet. Es war mir egal, für mich war er ja schon tot, seit ich ihn in meinem Kopf gleichzeitig mit Altenburg erschlagen habe. Franziska hat mir später einen Brief geschrieben. Hat Vaters Unschuld am Tod meiner Mutter beteuert und behauptet, Mutter habe schon jahrelang Alkoholprobleme gehabt und sei betrunken die Treppe hinuntergefallen.

Aber ich glaube das nicht. Ich will es nicht glauben. Denn wenn ich es glauben würde, hätte mein Mord ja seinen einzigen Sinn verloren.

Dann wäre ich am Ende nichts anderes als ein sentimentaler Trottel, der einem eiskalten, berechnenden, hinterlistigen Schweinehund auf den Leim gegangen ist.

Und dann würde es auch keine Gerechtigkeit geben. Gut, Gerechtigkeit wird ohnehin stark überschätzt.

Ich wünsche mir nur, dass es wirklich eine Hölle gibt. Eine

Hölle für derart abgrundtief böse Menschen wie meinen Vater und dich. So eine Hölle muss es einfach geben.

Und dort sollst du leiden, Robert. Mehr leiden, als du hoffentlich schon vor ein paar Jahren nach der Nachricht gelitten hast, dass Isabella bei einem Segeltörn vor der südfranzösischen Küste ertrunken ist. Und noch mehr, viel, viel mehr als in den endlos langen Augenblicken, in denen sich die Lenkradsäule in deinen Brustkorb gebohrt hat.

Ja, leiden sollst du, Robert. Wirklich leiden. Unter entsetzlichen Schmerzen, unter Folter und Höllenqualen, die nie mehr zu Ende gehen.

Und vorher langsam und erbärmlich krepieren. Eingehen, jämmerlich verenden wie ein gefährlicher, unberechenbarer Scheißköter, den man in Notwehr über den Haufen geschossen hat. Weil nichts anderes bist du in meinen Augen: ein räudiger, tollwütiger Hund.

Mehr wollte ich dir eigentlich nicht sagen.«

Robert Lehmann starb ein Jahr lang. Einen Tag vor meinem siebenundsechzigsten Geburtstag schaltete man die Geräte ab. Am nächsten Abend ging ich ins Ristorante »Milano« und feierte Roberts Tod mit einer Piccata milanese und einer Flasche Rotwein. Tags darauf war mir speiübel.

Ich hätte es wissen müssen.

Weitere Titel finden Sie auf den folgenden Seiten und im Internet:

WWW.GMEINER-SPANNUNG.DE